UNHAPPY NEW Year

Image de couverture : © Shutterstock
Conception graphique : Laëtitia Kalafat et Marion Rosière
Mise en page : Nord Compo

Collection « Hugo New Romance® » dirigée par Arthur de Saint Vincent
Ouvrage collectivement dirigé par Sylvie Gand, Lea Mariani, Marie Maublan, Karen Maury et Alice Serverin
Coordination éditoriale : Lea Mariani

Département de Hugo Publishing
34-36, rue La Pérouse
75116 Paris
www.hugopublishing.fr

ISBN : 9782755671940
Dépôt légal : décembre 2023
Imprimé en novembre 2023 par CPI BUSSIERE

DAHLIA BLAKE DELINDA DANE LYLYBLABLA
MAGALI INGUIMBERT MORGANE MONCOMBLE

NEW ROMANCE®

UNHAPPY NEW Year

Hugo Roman

FAMILLE SCOTT

ROBERT — HOPE

FALLON AIMEE IVY TAYLOR HAZEL

À toutes ces âmes perdues qui ont oublié
de croire en l'immensité de l'Amour.

Lucas, Les Frères Scott

Playlist

Angèle – *Jalousie*
Destiny's Child – *Girl*
Lily Allen – *L8 CMMR*
The Mayiries – *Back To You*
Pink Sweats – *At My Worst*
Sleeping At Last – *Touch*
Nickelback – *How You Remind Me*
Red Hot Chili Peppers – *Snow (Hey Oh)*
U2 – *One*
Adele – *Love In The Dark*
Lea Michele – *Auld Lang Syne*
Kate York – *New Year*
Taylor Swift – *New Year's Day*
Hayley Kiyoko – *Girls like girls*
Hayley Kiyoko – *Sleepover*

Sommaire

Prologue

On a toujours aimé l'odeur du feu.

Toutes les cinq.

Il y a des souvenirs, dans notre enfance, qu'on a tendance à oublier. Puis il y en a d'autres, parfois anodins, qui restent toujours. L'image du feu qui crépite en fait partie. Qu'il soit de cheminée ou de camp, il a systématiquement été synonyme de joie. Chacune d'entre nous a grandi avec l'image de notre père ajoutant des bûches dans l'âtre pendant les hivers rudes de Wilmington, ou de notre mère qui nous préparait des *s'mores* durant nos vacances d'été.

C'était le bon vieux temps.

On pouvait rester des heures à contempler les flammes danser dans le foyer ou leur ombre serpenter sur les murs du salon. Combien de fois avons-nous écouté le crépitement mélodieux du bois ou senti l'odeur du sucre et du chocolat ? Des dizaines, si ce n'est des centaines... et pourtant, chacune d'entre elles était mémorable.

Parce qu'on était ensemble.

Finalement, qu'est-ce que ça change ?

Tous les bons souvenirs de la Terre n'ont pas empêché notre maison de brûler aujourd'hui, et ce sont bien eux qui s'envolent les premiers avec les flammes qui nous aveuglent. Des bourrasques de vents violents les malmènent tandis qu'elles s'élèvent sur la façade qui nous a autrefois servi de rempart contre le reste du monde.

La vue est spectaculaire, comme sortie d'un film post-apocalyptique. C'est beau et dramatique à la fois. La cendre s'éparpille dans le ciel, pour retomber comme une pluie de poussière dans le décor sombre.

Aucune de nous ne parle. Cinq sœurs, cinq cœurs serrés qui regardent croître un brasier. Impuissantes, nous ne pouvons détacher les yeux des mèches orangées qui nous narguent en s'emparant de l'endroit qui nous a vues grandir.

Difficile de savoir combien de temps nous restons là, hypnotisées par le désastre, entourées de nos proches et de nos invités à l'expression abasourdie. Insensibles aux cris des voisins qui ont quitté la chaleur de leur foyer, alertés par le vacarme. Jusqu'à ce que les quatre zéros apparaissent sur tous les téléphones portables, preuve que le temps ne s'arrête jamais, même face au malheur des gens.

Il est minuit.

Un feu d'artifice éclate au loin, et au même moment, quelque chose explose dans la maison. L'une d'entre nous lâche un rire nerveux avant de s'exclamer, une coupe de champagne tendue dans les airs :

– Et bonne année, hein !

1
Fallon

Celle qui est devenue blonde

Sept heures plus tôt

– Ce sera une bonne année !

La phrase retentit dans l'habitacle alors que je tire le frein à main. Quand ma gorge se serre, j'inspire profondément et la prononce de nouveau. Ma psy a sûrement raison : la pensée positive pourrait être la solution à mes problèmes. Après avoir passé toute ma vie à imaginer le pire, qu'est-ce que je risque à espérer le meilleur ? Quand, pour la troisième fois, je me répète que l'année à venir sera super, j'ai déjà plus d'aplomb. Je tombe sur mon reflet dans le rétroviseur et grimace. J'ai des cernes, mes sourcils froncés laissent apparaître des rides entre mes deux yeux. Je tire la peau de mon front, espérant lisser les signes du temps. Nickel... J'ai à peine trente ans et je suis déjà dangereusement tentée par le botox ! Je me reprends en me rappelant encore les paroles de ma psy : il n'y a pas pire critique que soi-même. Cette année qui arrive sera mon année !

– Mais oui ! Je suis belle, intelligente et cette année sera incroyable, décrété-je à mon propre reflet en forçant un rictus.

Sauf que mon sourire meurt sur mon visage à la seconde où il naît.

– C'est une blague ?

Cette année s'annonce merdique. J'en suis convaincue à la seconde où j'aperçois dans le rétroviseur l'énorme trace de rouge à lèvres qui tache mes dents.

– Non, mais ce n'est pas possible, lâché-je entre deux gémissements en frottant frénétiquement mon doigt entre mes lèvres.

Il est 17 heures, bordel ! 17 heures ! Ça veut donc dire que j'ai passé la journée à sourire à tout le monde en ayant l'air débile ? Et le mec qui me scrutait à la station-service ? Comme une idiote, j'ai été flattée en pensant qu'il me draguait…

Pensée positive, mon cul, oui !

Je ferme les yeux et tape l'arrière de mon crâne contre l'appuie-tête. Je dois me rendre à l'évidence : ma vie est à l'image des conseils de ma psy : nulle ! On est le 31 décembre et à quelques heures des douze coups de minuit, je peux officiellement le dire, cette année était la pire de ma vie. Qu'est-ce qu'elle m'a apporté à part des kilos en plus, des cernes et des problèmes matrimoniaux ?

Dès l'instant où je pense à Luke, mon cœur se serre. Je suis à deux doigts de m'accorder une petite session d'auto-apitoiement quand deux coups secs contre la vitre de la voiture me sortent de ma tourmente :

– Fallon ? Tout va bien ?

La voix étouffée de Gracie, notre voisine – et accessoirement la meilleure amie d'Hazel, la plus jeune de mes sœurs –, me force à ravaler ma peine. Ma vie est certes pathétique, mais hors de question que je le laisse paraître auprès des autres. J'essuie du revers de la main l'embryon de chagrin au creux de mes paupières et placarde un sourire de façade. En deux secondes, je sors de mon véhicule, mon sac de courses calé sous le bras. J'ai à peine le temps de poser mes affaires sur le capot que la jeune femme se jette dans mes bras :

– Gracie, comment vas-tu ma chérie ? Tu es déjà rentrée pour les vacances ?

– J'arrive tout juste. Et toi ? Tu vas bien ? Waouh, fais voir un peu, commente-t-elle en attrapant ma main pour me faire tourner sur moi-même. Ton look, tes cheveux ! Blonde, hein ?

– Oh, ça ? dis-je en attrapant les mèches courtes sur ma nuque. Oui, j'avais envie de...

Pendant un moment, je peine à trouver une justification à mon bouleversement capillaire. J'avais besoin de quoi au juste ? D'attirer l'attention ? De me sentir vivante ? D'une bonne partie de jambes en l'air ?

– De ressembler à Jessica Biel dans *Easy Virtue* ? m'interroge-t-elle.

– Si tu veux. Disons plutôt que j'avais besoin de changement.

– OK... C'est cool ! Mais tout va bien ? Tu avais l'air un peu triste dans la voiture.

– Oh, non, j'ai juste oublié de prendre la mayo végane que m'a demandée Hazel... Mais j'ai chopé des légumes et du houmous pour qu'elle ait un truc à grignoter. Je suis sûre que papa n'a rien prévu qu'elle puisse manger. Et je ne vais pas mentir, j'aurais préféré faire la fête plutôt que de faire acte de présence chez mon père.

– Vous ne savez toujours pas pourquoi il vous a demandé de venir ?

Non, toujours pas. Il y a quelques semaines, mon père a sommé ses cinq filles de venir fêter le Nouvel An dans la maison Scott, comme nous l'avons fait pendant tant d'années. Rien que de m'imaginer ici avec mes quatre sœurs, j'ai à la fois hâte et mal au crâne. Chez nous, tout est plus bruyant que dans une famille classique, les rires sont cinq fois plus éclatants et les engueulades aussi. Et ce soir, nous serons de nouveau réunies pour la première fois depuis ce qui me semble une éternité. Et pourquoi ? Personne ne le sait. Mon père a simplement dit qu'il avait une grande nouvelle à nous annoncer. Je ne sais pas pourquoi, mais je ne le sens pas du tout. Trente ans que je connais mon père et il n'a jamais organisé un seul repas de famille.

– Aucune idée de ce que ça pourrait être.

– Hazel non plus, mis à part que ton père voulait toutes les filles Scott à la maison, comme au bon vieux temps.

Cette dernière phrase me pince le cœur. Le 31 décembre a toujours été un moment spécial dans notre famille. Mais maintenant, c'est différent.

– Bon, je dois te laisser. Je vais rentrer chez moi histoire de faire acte de présence, mais peux-tu dire à Hazel que je passerai dans la soirée ?

Sans me laisser le temps de répondre, elle file en direction de sa maison.

– À tout à l'heure. Par contre, Gracie ?

– Quoi ?

– Essaie de passer par la porte, pour une fois, s'il te plaît.

Les chambres des deux amies sont si proches qu'elles ont pris l'habitude de passer par leur fenêtre plutôt que de faire comme tout être normal et d'utiliser les portes d'entrée.

– Je ne te promets rien. Embrasse Penny et Luke de ma part.

Je me contente de lever les yeux au ciel tout en notant d'embrasser ma fille quand je la récupérerai demain matin. C'est une promesse assez facile à tenir : je pourrais passer la journée à combler chaque centimètre de ses joues de baisers. Pas comme avec mon mari. Je me demande où il est, d'ailleurs. Sûrement à son magasin de quincaillerie dans le centre-ville ou en intervention chez quelqu'un pour réparer la plomberie. Partout sauf chez nous vu qu'il fuit nos quatre murs comme la peste.

Je laisse échapper un soupir en attrapant mon sac de courses posé sur le capot et me dirige vers la maison familiale.

Le ciel est sombre et le vent souffle étrangement fort. Le bruit des branches malmenées par les bourrasques m'interpelle. Je savais que des vents violents étaient attendus pour cette nuit mais il est à peine 17 heures. Pourvu que mes sœurs arrivent vite.

Juste avant de gravir les marches qui mènent au porche, je lève les yeux vers la vieille bâtisse. Je n'avais peut-être pas fait attention la dernière fois, mais la maison me semble plus fatiguée que d'habitude. Les glycines grimpent sauvagement sur les rambardes et le toit jusqu'à grignoter le crépi. Les gouttières débordent de feuilles mortes, pour celles qui sont encore fixées à la toiture. Ce n'est vraiment pas dans les habitudes de mon père de laisser la maison dans cet état. Certes, ce n'est pas un bricoleur dans l'âme, mais il a toujours veillé à maintenir un service minimum tout en comptant sur son gendre préféré, le seul, pour faire le sale boulot à sa place. Mais depuis un an, c'est de pire en pire.

– Ça va aller, me rassuré-je dans un murmure avant d'atteindre la porte.

Je chasse l'angoisse qui campe dans mon ventre en quelques inspirations profondes. Quoi que cette soirée nous réserve, ça ne peut pas être si horrible. Pour seule réponse, une guirlande arborant les mots « Happy New Year » n'est plus accrochée que par un seul côté à la porte d'entrée qui me fait face. Elle virevolte tristement au gré du vent, à moitié fatiguée de porter le poids de ses propres promesses.

OK... J'ai compris le message !

J'appuie sur la sonnette mais aucun bruit ne retentit. Je tente encore et de nouveau, le silence. Je frappe deux coups contre la peinture écaillée avant d'entrer dans la maison. Le vestibule est plongé dans la pénombre. J'actionne un interrupteur mais ce dernier ne fonctionne pas plus que la sonnette. Je pénètre donc dans le salon. Malgré le manque de lumière, en l'espace de quelques secondes, le foyer familial m'enveloppe de sa douce familiarité. L'odeur de poussière de l'immense bibliothèque se mélange à celle des canapés en cuir et des cigares de notre paternel. Rien a changé, à part les petites décorations qui sont apparues par-ci par-là, notamment quelques petites boules discos festives et un grand bocal arborant le mot « FAITH[1] » au-dessus de la cheminée. Une fois à l'intérieur, je me rends compte à quel point mes visites se sont faites de plus en plus rares alors que je ne vis qu'à dix minutes d'ici. Inconsciemment, j'ai évité de venir. Cette maison est hantée. Heureusement, par de merveilleux souvenirs pour la plupart. Elle a accueilli de terribles chamailleries enfantines, une multitude de petits bobos soignés par des baisers magiques. Elle a été le témoin des premiers amours qui promettent de durer toujours et de cœurs brisés qu'on imagine ne jamais voir se réparer. Mais elle reste aussi la dernière demeure de ma mère. C'est ici que, il y a un an, elle nous a fait ses adieux. Et quand on entre, on sent que le spectre de cette journée plane encore sous ce toit.

– Hey !

La voix de ma sœur me ramène brusquement parmi les vivants. Hazel, la benjamine de la famille, me scrute par-dessous sa frange, anormalement silencieuse. Machinalement, je passe la main sur mon crâne.

– Oh, waouh. Tu as fait quoi à tes cheveux ?

Je laisse échapper un soupir agacé.

– Aucune idée ! Je me suis réveillée ce matin avec une nouvelle coiffure et une patine...

Elle s'approche et attrape une de mes mèches devenue blonde et l'inspecte.

– Sûrement l'œuvre d'un serial coiffeur, rétorque-t-elle en cachant un sourire en coin.

– Tout à fait. Le taux de criminalité capillaire est terrible dans cette ville.

---

1 Foi ou destin en anglais.

Une silhouette familière entre alors dans le salon. Ce qui me marque instantanément, c'est ce qu'elle tient entre ses doigts : une dizaine de ballons bleus et violets, les couleurs préférées de maman.

– Ma toute belle, tu es arrivée ! Tu as fait un tour chez le coiffeur. Ça te va à ravir.

J'enlace Carole, la meilleure amie de ma mère. Il aurait été impossible de fêter ce jour si particulier sans elle.

– Tu as vu ça, Carole ! Blonde en plus… Ça te change ! renchérit ma sœur.

– Tu serais assez mal placée pour me faire la morale là-dessus…

En effet, ma plus petite sœur a certes gardé son brun naturel sur le haut de sa chevelure, mais à partir des yeux, c'est un bleu pâle qui encadre son visage. Un peu comme un ciel d'été mélancolique, qui hésite encore entre la pluie et le beau temps.

– Ce n'est pas faux… mais ça fait partie de mon personnage. Lesbienne, végane et féministe : évidemment que je devais me teindre les cheveux en bleu ! Venant de toi, en revanche, c'est surprenant.

Je serre les dents. Oui, je sais. La vieille Fallon, prof de lycée plan-plan qui devient blond platine, c'est juste *incroyable*. Peut-être même ridicule.

– J'ai compris, c'était une mauvaise idée…

– Ne dis pas une chose pareille ! Tu es superbe.

– Mais oui, ça te va super bien ! Je ne m'y attendais pas, c'est tout. Je viens de découvrir que ma grande sœur est plutôt cool, finalement. Laisse-moi le temps de digérer l'info. Viens par là.

Elle glisse ses bras fins autour de mon cou et, pendant quelques secondes, elle me fait oublier mes problèmes de couple, mes kilos en trop et l'inquiétude que provoquent ces retrouvailles. En une étreinte, je me sens chez moi.

– Mais, ma chérie… Tu as changé un truc ?

La voix de mon père m'arrache à la douceur sororale. Je me tourne vers lui pour déposer un baiser sur sa joue et lui expliquer le concept d'un rendez-vous chez le coiffeur, quand il me devance :

– C'est bizarre ce que tu portes. C'est nouveau ?

Non, mais c'est ma fête ou quoi ?

– Tais-toi, Rob... murmure Carole en passant près de mon père avant d'aller installer les ballons dans l'entrée.

Je la remercie silencieusement d'un signe de tête tout en faisant mon possible pour ne pas être vexée par les remarques des membres de ma famille, mais ils me rendent la tâche de plus en plus difficile. J'inspire profondément et choisis la diversion :

– La sonnette ne fonctionne pas ?

– Non, l'électricité a encore sauté, me répond mon père, le nez déjà plongé dans sa boîte à outils.

Je comprends mieux pourquoi toutes les lumières sont éteintes. Heureusement que le soleil n'est pas encore couché, sinon on n'y verrait rien.

– Luke arrive. Il a dit qu'il allait régler le problème, ajoute nonchalamment ma sœur en scrollant sur son téléphone.

La mention de son nom creuse un peu plus profond encore le sillon dans mon cœur. Puis vient la panique :

– Luke ? Va venir ? Ici ?

– Oui... Je l'ai appelé.

Quand elle me voit me décomposer, son visage affiche l'incompréhension :

– Qu'est-ce que ça change ? Il allait arriver après la fermeture de la quincaillerie de toute façon, non ?

– Non, justement.

Au moment où ses sourcils se soulèvent de surprise, je comprends que j'ai parlé à haute voix.

– Comment ça, non ?

Ma gorge se serre. Pendant un moment, j'ai comme une envie de fuir cette discussion. Courir un marathon sous la tempête qui nous pend au nez dehors me paraît plus tentant que la conversation que je vais devoir avoir avec ma famille ce soir. Mais fuir n'empêche jamais la vérité de nous rattraper. Cette saleté cavale vite. J'inspire profondément, pourtant j'ai l'impression d'étouffer quand je prononce :

– Luke et moi, je crois que c'est fini.

2
Fallon

Celle qui était une saucisse cocktail

– Attends, quoi ? Comment ça, tu crois que c'est fini ?

Avant de répondre, je tourne le regard vers Carole, qui est trop loin pour nous entendre, puis en direction de mon père. Il est si absorbé par ses tournevis qu'il ne nous écoute plus. Et ce n'est pas pour me déplaire. Luke est comme son fils, je n'ai aucune envie de devoir porter le deuil de leur relation en plus de celui de mon mariage.

– Fallon ? insiste ma sœur.

– Je ne sais pas quoi te dire de plus, Hazel, rétorqué-je en me dirigeant vers la cuisine.

Elle est sur mes talons, le pas aussi pressé que toutes les questions qui doivent se bousculer dans sa tête. Je pousse la porte battante et pose mes courses sur le comptoir de la cuisine. Puis un détail m'interpelle : la pièce est nickel. Le plan de travail est immaculé, la gazinière n'a pas une trace de gras ou de sauce. Ce n'est définitivement pas une cuisine qui est censée recevoir un dîner de Nouvel An dans quelques heures.

– Papa n'a pas fait à manger ?

– Non, il m'a dit que tu t'en chargerais.

– Je n'ai rien pris d'autre que des légumes pour toi...

– C'est déjà gentil d'y avoir pensé, mais rembobine deux secondes, s'il te plaît : quand tu dis que c'est « fini », tu parles de quoi au juste ?

– C'est une blague, j'espère. C'est lui qui nous a invités et c'est à moi de faire la popote ?

– Au pire, les invités boufferont les biscuits immondes à la figue. Il y en a plein les placards.

– Des gâteaux à la figue ? Mais papa déteste la figue.

Hazel se plante devant moi pour me forcer à lui répondre. Pour une fois, ses yeux noisette ne sont pas rivés sur l'écran de son téléphone. Elle me sonde, le visage figé par la crainte.

– On s'en fout de la bouffe, Fallon ! Qu'est-ce qui se passe avec Luke ? Tu me fais peur.

Son inquiétude me fait froncer les sourcils. Je n'avais pas réfléchi au fait que ma séparation avec Luke pourrait l'affecter.

– Je suis désolée, Hazel, mais c'est compliqué...

– C'est toi qui veux te séparer ?

Je sens une pointe de rancœur dans sa voix. Je prends un moment pour peser mes mots. Est-ce que je veux me séparer de mon mari ? Non. Disons plutôt que je commence à me dire que c'est la seule solution pour faire bouger les choses.

– On peut dire ça comme ça.

– Qu'est-ce qu'il a bien pu faire de si impardonnable ? Il a oublié d'acheter du beurre et tu veux lui arracher la tête ?

Elle est clairement en colère contre moi. Je connais la relation qu'elle a avec mon mari : il est le grand frère qu'elle n'a jamais eu et le confident que je ne serai jamais. Mais la voir ainsi prendre automatiquement sa défense me serre la poitrine. Sûrement parce que je ne pensais pas que ma propre sœur se préoccuperait plus de mon mari que de moi.

– Pourquoi ce serait forcément ma faute ?

– Tu sais comment tu es. Si quelqu'un fait la moindre erreur, tu es là pour lui taper sur les doigts – moi la première, donc je sais de quoi je parle.

– Ce n'est pas vrai ! Je ne te tape jamais sur les doigts. Je m'assure juste que tout aille bien pour toi. Surtout depuis...

La mort de maman. Mais parler de son décès le jour de son anniversaire est de l'ordre du blasphème.

– Bref ! Je fais ce qui doit être fait et je me tape tout le sale boulot. Qui a dû passer des semaines à batailler pour régler tes problèmes de sécurité sociale étudiante parce que tu as oublié d'y souscrire quand tu t'es cassé le poignet, hein ? C'est bibi ! Alors ne viens pas me dire que je suis injuste quand je ne fais que résoudre les problèmes de tout le monde.

– Exactement ! Et tu n'y peux rien, hein. C'est ton côté prof... Tu te balades dans la vie avec un stylo rouge, prête à relever les erreurs de chacun, comme tu le ferais sur la copie de tes élèves. Mais personne n'est parfait, Fallon.

– Tu ne sais pas de quoi tu parles.

– OK. Explique-moi, alors.

– Tu es trop jeune pour comprendre.

– Je ne suis plus une gamine. J'ai vingt ans.

– Bien sûr que si ! En amour, tu restes un bébé. As-tu déjà eu ne serait-ce qu'une seule histoire d'amour sérieuse ?

Ma voix éclate et je sens ma frustration gronder dans mon ventre. J'aimerais arriver à la contenir, mais après avoir été tant muselée depuis des mois, il est impossible de la réprimer plus longtemps :

– C'est être intransigeante que de demander trois secondes d'attention ? Est-ce que tu sais ce que c'est de donner tout son cœur, tout ce que tu es à une seule personne et qu'en retour, tu ne reçoives rien ? De l'indifférence tout au plus ? Non, tu ne sais pas. Alors oui, je suis blonde, oui j'ai enfilé une jolie tenue que j'ai achetée chez Forever 21 parce que j'en avais marre de me sentir Already 64. Parce que quitte à ne plaire à personne, autant me plaire à moi-même. Plutôt crever que de passer une journée de plus à être transparente pour tout le monde. Plutôt crever que d'être ignorée par celui qui a juré de m'aimer jusqu'à la fin de mes jours.

Quand ma phrase se termine, je suis à bout de souffle, le cœur au bord des lèvres et les larmes au coin des paupières.

– Waouh. Je suis désolée, Fallon. Je ne savais pas... Putain. Tu es sûre qu'il n'y a rien à faire ?

– J'ai essayé de lui parler. Ça fait des mois que je tente de renouer le dialogue, mais autant parler à un mur. Tu sais comment il est...

– Oh que oui ! Il n'est pas du genre à faire de grands discours.

– C'est le moins qu'on puisse dire !

– Mais, il est adorable. Toujours prêt à rendre service. Et surtout, il t'aime plus que tout au monde, Babycakes.

Je laisse échapper un soupir triste à la mention du surnom qu'il ne m'a pas donné depuis des mois.

– Tu sais quoi ? Pour la première fois depuis quinze ans, j'en viens à en douter.

Je sens la douleur de cette confession venir me piquer les yeux. Hazel n'a pas le temps d'émettre une opposition que nous entendons trois coups puissants taper contre la porte d'entrée. Dès qu'elle s'ouvre, un courant d'air violent s'engouffre dans la maison et soulève les nappes et les rideaux. La porte s'ouvre en grand. Ça ne dure que quelques secondes et rapidement, le calme revient dans la maison, la porte se referme. Mais mon cœur, lui, continue à tempêter.

Pour me calmer, j'attrape mon sac de courses, en sors les légumes que j'ai achetés pour l'apéritif et les jette dans l'évier. Juste là, de l'autre côté de la porte, dans le salon, j'entends cette voix grave que je pourrais reconnaître même en plein vacarme. Machinalement, j'essuie la larme qui coule sur ma joue d'un geste rageur. Je refuse de lui offrir ma peine, pas alors qu'il ne m'offre qu'un désert d'indifférence. Sans me retourner, je m'adresse une dernière fois à ma sœur :

– Hazel, je ne te demande qu'une seule chose, ne lui dis rien.

– T'es sûre ? Je suis sa préférée, peut-être que si je lui en parlais…

– Non. C'est entre lui et moi. S'il te plaît, jure-le-moi, la pressé-je en la regardant, alors que le son des pas de Luke se rapproche de la cuisine, comme le tonnerre annonce un orage imminent.

Elle hoche la tête et ça me suffit. Je m'agrippe à la porcelaine de l'évier pour rester droite. Il est là. Il n'a pas encore prononcé un mot, pourtant je ressens sa présence dans mon dos. Je pose les légumes dans l'évier et commence à les frotter comme si ma vie en dépendait.

– Hey, Luke, l'accueille Hazel. Waouh ! Et tout ça, c'est pour quelle occasion ? demande ma sœur avant de siffler.

Je fronce les sourcils. Je suis tentée de me tourner mais préfère faire profil bas.

– Ne m'en parle pas, la coupe-t-il sèchement. Tu sais à quel point je déteste toutes ces conneries. Tu m'appelles pour quoi, cette fois ?

– L'électricité a sauté.

– Encore ? Tu as de nouveau branché une multiprise sur une multiprise ? Ou alors tu as encore essayé d'utiliser celle de la cuisine, au-dessus de l'évier ?

– Non ! Depuis le savon que tu m'as passé hier, promis, je ne le fais plus.

Il est déjà venu hier ? Pourquoi continue-t-il à rafistoler cette maison alors qu'il enterre notre mariage chaque jour un peu plus ?

– Je suis fier de toi.

Je n'ai pas besoin de me retourner pour savoir qu'il prend ma sœur dans ses bras imposants pour déposer un baiser sur ses cheveux. Luke est comme ça. Il passe ses journées les lèvres pincées et les sourcils froncés, mais ce n'est que la façade qui cache une nature douce et aimante. Du moins, quand il l'a décidé.

– Je vais regarder ce qui se passe et le courant devrait revenir rapidement. Mais tu sais que ton père va devoir faire venir un vrai électricien, un de ces jours.

– Je sais… Ce n'est pas à moi qu'il faut dire ça. Merci d'être venu.

– Avec plaisir, Bambi.

L'entendre lui donner ce surnom est une nouvelle épreuve. C'est sûrement dans cette cuisine qu'il l'a rencontrée pour la première fois. Elle avait 7 ans et trimballait sa petite peluche Bambi partout. Que diraient les ados que nous étions s'ils nous voyaient aujourd'hui ? Rien de bon, j'en suis certaine.

– Je vous laisse, souffle doucement ma sœur avant de quitter la pièce.

Elle fuit le champ de bataille, et elle a bien raison. Je me demande combien de temps il nous faudra avant que les hostilités commencent.

– Bonjour, salue-t-il amicalement.

Cette fois, nous ne sommes que tous les deux. Il s'adresse donc à moi, sauf que sa voix est anormalement chaleureuse. Et malgré moi, un bouillonnement naît au creux de mon ventre. Ça doit faire des mois qu'il ne m'a pas réservé autant de douceur.

Mais dans quelle précarité affective suis-je donc pour qu'un simple « bonjour » me mette dans un état pareil ?

– Je suis Luke. Vous devez être une amie d'Hazel.

Je mets quelques secondes à accuser le coup. Pourquoi se présente-t-il à sa propre femme ?

Oh, l'enfoiré…

Je me tourne doucement et révèle à celui à qui j'ai promis l'éternité une mine outrée. Dès qu'il voit ma tête, il sursaute, comme s'il venait de voir un fantôme.

– Fallon ? Qu'est-ce que tu as fait à tes cheveux ?

– Ça va… C'est juste une coupe.

Il fronce de plus en plus les sourcils à mesure qu'il découvre l'ampleur des changements. Il reste d'abord silencieux, à secouer la tête comme s'il refusait mon nouveau look.

– Mais, qu'est-ce qui t'a pris ? Tu n'es pas blonde. Tout ça, ce n'est pas toi, ajoute-t-il en pointant ma tenue du doigt.

– Qu'est-ce que tu en sais ?

– Ce que j'en sais ? Ça fait des années qu'on se connaît.

– Ça fait des mois qu'on ne se parle plus.

– Arrête avec ça, s'il te plaît. Pas aujourd'hui.

– C'est faux peut-être ?

– On ne va pas recommencer. J'imagine que si tu voulais qu'on fasse un break, c'était pour qu'on arrête d'avoir les mêmes discussions en boucle, non ?

J'accuse le coup, la mâchoire serrée. Je déteste qu'il me fasse porter à moi seule la responsabilité de nos problèmes.

– Luke, je ne suis pas celle qui veut un break. C'est toi qui m'y pousses en refusant de me parler.

– Tu rigoles, j'espère ? Je ne suis pas celui qui fait chambre à part depuis Thanksgiving. Je ne suis pas celui qui hurle chaque fois que nous sommes dans la même pièce. Donc arrête un peu avec ça.

Il coupe court à la conversation, comme d'habitude, et ça a le don de m'agacer. Il a raison, lui et moi sommes dans un cercle vicieux dont ni l'un ni l'autre n'arrivons à nous sortir. Pire, sa stratégie d'évitement ne nous fait que faire des tours supplémentaires. Tout ceci est absurde. Je recommence à frotter mes légumes en laissant échapper un rire mauvais.

– On peut savoir ce qui te fait rire ?

– Rien. Je me demandais pourquoi tu étais soudainement agréable avec moi... C'est juste parce que tu ne m'as même pas reconnue. Hilarant, tu ne trouves pas ?

Je lui jette un regard mauvais. Pour seule réponse, il lève les yeux au ciel et croise ses bras sur sa poitrine. Je m'arrête deux secondes sur lui et remarque enfin pourquoi Hazel a sifflé tout à l'heure. Il est toujours aussi beau, mais beaucoup plus élégant qu'à l'accoutumée. Au lieu d'arborer son éternel duo jean-tee-shirt, il porte une chemise noire qui met en valeur son large torse et sa peau mate. Les derniers boutons sont ouverts et laissent entrevoir le haut de ses pectoraux. Pas de chaussures de sécurité ce soir. Au contraire, il se pavane avec une paire en cuir noir que je lui ai achetée et qu'il a toujours refusé de porter. Il a également troqué sa casquette pour une coupe faussement décoiffée. Est-ce que lui aussi est allé chez le coiffeur ? Je ne lutte que quelques secondes avant de lâcher la question qui me brûle les lèvres :

– Tu es bien élégant. Tu vas où au juste ?

– À une fête. Je ne sais pas si tu es au courant, mais c'est la Saint-Sylvestre.

– Chez qui ?

Mon cœur bat vite, tant que je dois lutter pour contrôler ma respiration. S'il ose dire « Gloria », je crame cette baraque de malheur.

– Gloria organise une petite soirée avec quelques connaissances.

Évidemment ! La déesse colombienne en personne a invité *mon* mari à passer la soirée chez elle. *Gé-nial !*

– Comme je n'avais rien à faire ce soir, elle m'a proposé de passer.

J'attrape l'intérieur de ma lèvre entre mes dents, jusqu'à ce que ça fasse mal, jusqu'à ce que la douleur que je m'inflige me fasse oublier celle que me procure cette nouvelle.

– Décidément... Cette femme a le cœur sur la main quand il s'agit de toi.

Il doit sentir mon amertume car il laisse échapper un soupir avant de me répondre, visiblement agacé :

– Ne le prends pas comme ça. Pour une fois que Penny est chez ma mère, je n'avais pas envie de rester à la maison tout seul. Gloria a juste voulu être sympa.

Le pire, c'est que je sais que c'est vrai puisque je la connais très bien, la Gloria. Nous sommes collègues. Brune, un mètre soixante-dix-huit de gentillesse, d'amabilité et d'intelligence. Le tout emballé dans un physique de rêve qui me fait me sentir comme une petite saucisse cocktail difforme que personne ne veut bouffer à l'apéro.

– Je ne vois pas ce qui t'énerve. Clairement, tu ne voulais pas de moi ici. J'étais censé passer la soirée tout seul ? Ça t'aurait fait plaisir ?

Il a raison. Je ne l'ai pas invité. Quand j'ai reçu l'e-mail officiel de mon père il y a deux semaines, on venait tout juste d'acter notre séparation. Je me voyais mal l'inviter à passer le Nouvel An ici. Mais même si c'est vrai, je n'arrive pas à me raisonner. J'attrape un chou-fleur et le pose sur une planche à découper avant de me munir d'un couteau. Pardon, pauvre pédoncule, mais tu vas prendre pour toutes les profs sexy.

– Honnêtement Fallon, je ne vois pas ce que j'ai fait de mal. Je te laisse passer tes nerfs sur tes légumes. On se voit demain à la maison.

Cette phrase vient me frapper comme un coup en plein cœur. Où compte-t-il passer la nuit ?

– C'est une blague, j'espère ?

Il ne me répond pas tout de suite et mon cerveau échafaude tout un tas de scénarios décrivant ce qu'il compte faire de sa soirée, tous plus cruels les uns que les autres.

– Pourquoi es-tu en colère au juste ? On ne dort plus ensemble de toute façon !

– Tu as raison ! Tu découches, mais tout va bien. Tu ne me reconnais même plus de dos, mais tout roule !

– Qui a parlé de découcher ? Fallon, discuter avec toi m'épuise. OK, je ne t'ai pas reconnue, mais pour ma défense, entre ta coiffure, ta tenue et ces chaussures... C'est quand, la dernière fois que tu t'es maquillée ? Ou que tu as enfilé un truc qui n'était pas recouvert de vomi de bébé ? Alors, si tu veux bien, je vais aller remettre l'électricité avant de partir et on se voit demain.

Il me tourne le dos et se dirige vers le cellier, sûrement à la recherche des fusibles. Il part comme on laisse un enfant capricieux bouder dans sa chambre après qu'il a piqué une crise ridicule.

Sûrement pas, mon pote !

La colère bouillonne dans mon ventre jusqu'à déborder entre mes lèvres :

– Je ne sais plus quand je me suis fait belle pour la dernière fois… C'était peut-être le dernier jour que tu m'as fait un compliment, ou alors que tu m'as invitée à sortir. Oh, non en fait ! Ça devait sûrement être autour de la dernière fois que tu as réussi à me faire l'amour.

Cette fois, il se tourne vers moi et me jette un regard outré. Il accuse le coup que je porte à sa masculinité du mieux qu'il peut, mais à voir sa poitrine se soulever à en écarter les boutons de sa chemise, je sens qu'il a du mal. En deux enjambées rapides, il s'approche de moi. Lorsque son torse est presque collé au mien, je relève la tête, lui présentant la même expression rageuse que celle qu'il me réserve.

Plaisir d'offrir, joie de recevoir !

– Tu es sérieusement en train d'insinuer ce que je pense ?

– Tu le sais très bien !

Au moment où je me rapproche de lui et que je pose ma main sur son torse, il se raidit et recule. La même réaction presque épidermique qu'il a depuis des mois chaque fois que nos corps se frôlent.

– Tu vois ? Tu ne supportes même plus que je te touche.

Il est sur le point de me répondre, peut-être même pour me rendre une réplique aussi blessante que la mienne, quand la porte de la cuisine s'ouvre. Ivy, ma petite sœur, entre dans la pièce, tout sourire. Derrière elle, elle traîne son meilleur ami qui semble lutter pour fuir la cuisine. Je ne cherche même pas à comprendre ce qui se passe tant je peine à me concentrer avec Luke si proche de moi.

– Votre sœur Scott favorite est dans la place ! Mince... on vous dérange ?

Je ne réponds pas. Pendant une seconde, je capte le regard auburn de mon mari. Le contour de ses iris ne m'a jamais paru aussi sombre. Sauf qu'il semble plus triste qu'en colère. La culpabilité me rattrape. Je suis peut-être allée trop loin. À vouloir à tout prix le faire réagir, j'en ai oublié qu'on n'est pas censé blesser ceux qu'on aime.

– Luke, je suis...

– S'il te plaît, tais-toi, murmure-t-il sèchement avant de se tourner vers ma sœur et son meilleur ami. Clairement, vous ne « nous » dérangez absolument pas. « Nous » n'avons plus rien à nous dire.

Quand il quitte la pièce pour s'engouffrer dans le cellier, mon cœur tombe au fond de ma poitrine.

On n'est pas censé blesser ceux qu'on aime, oui. Mais qu'en est-il si on n'est pas sûr que ce soit toujours réciproque ?

3
Fallon

Ceux qui s'étaient rencontrés pour la première fois

Les lumières se rallument, pourtant la scène qui vient de se dérouler assombrit toujours mes pensées. Je sais bien que je n'aurais pas dû être blessante. *« Sûrement autour de la dernière fois que tu as réussi à me faire l'amour ! »*

Quelle horreur...

Je suis mortifiée. Surtout que le problème n'est pas là. Enfin, si, mais pas que. Ce n'est pas seulement le sexe qui nous manque, mais toute une intimité, une complicité que nous avons perdue. Mais c'est apparemment plus simple de taper sous la ceinture plutôt qu'en plein cœur. Parce que la vérité, c'est que je voulais qu'il reste. L'échange que nous venons d'avoir est le plus long que nous ayons eu depuis des semaines.

– T'as fait quelque chose à tes cheveux ?

La voix d'Ivy me sort de mes pensées. Je balbutie une réponse incompréhensible quand un léger cliquetis métallique me fait lever la tête. Prise dans notre engueulade avec Luke, j'en avais oublié la présence de Connor. Il est planqué derrière ma sœur comme si j'étais sur le point de lui sauter à la gorge.

– Je ne savais pas que tu te joindrais à nous, Connor. Bienvenue à la maison Scott, sois à ton aise. Tu n'es pas obligé de suivre Ivy à la trace, tu sais.

J'espérais lui arracher un sourire mais à la place, ses joues s'empourprent et à nouveau, le bruit de chaînes en métal attire mon attention. Un soupir blasé trahit mon agacement : ces deux nigauds se sont menottés l'un à l'autre. Si seulement c'était la seule de leurs extravagances. Chaque fois que je les vois, l'un balance un défi insensé que l'autre s'empresse d'accepter. Ma sœur se tourne juste à temps pour remarquer mon regard désapprobateur.

– Ah ! C'est beaucoup mieux avec la lumière allumée, hein, Fallon, élude Ivy en me donnant un petit coup d'épaule complice. Heureusement que Luke est là. Cette maison tomberait en ruine sans lui !

Je râle d'exaspération et retourne à mon meurtre de légumes en marmonnant :

– Oui, je sais. Luke est parfait, Luke est incroyable. Comment le monde pourrait-il bien tourner sans Luke ? *Gnagnagna !*

– Qu'est-ce que tu dis ?

– Rien. C'est vrai qu'on y voit plus clair.

– Tout va bien ?

Non ! Je suis moche, je n'aurais jamais dû me couper les cheveux aussi courts et mon mari est un idiot. Mais avant que je puisse mentir, ma sœur m'enlace de son seul bras libre. Comme si elle savait. C'est avec douceur qu'Ivy, en posant ses yeux verts sur moi, me fait revenir à l'instant présent.

– Pardon, j'ai la tête ailleurs, m'excusé-je en lui rendant enfin sa tendresse. Tout va bien. Mais toi surtout, comment vas-tu ?

– Très bien ! Mon équipe déchire en championnat. On est non seulement premières, mais en plus, on est invaincues cette saison ! L'équipe de Connor s'en sort pas trop mal également, hein Holden ?

Connor acquiesce et je l'écoute en caressant distraitement les longs cheveux ondulés de ma petite sœur. De nous cinq, Ivy est la plus secrète. Je fais mon possible pour prendre de ses nouvelles, de même que chacune de mes sœurs. Je suis l'aînée et, sans ma mère pour prendre soin d'elles, c'est mon rôle.

– Bon ! On fait à manger ?

– Il paraît que papa t'a nommée responsable du menu.

– Oui, il a juste oublié de me prévenir...

– Ça va aller ! Hein, Connor ?

– Euh... oui, d'accord, répond faiblement son meilleur ami. Mais pardonnez-moi d'avance si je fais des conneries. La cuisine, c'est pas mon fort.

– Comme ça, on n'aime pas faire à manger ? le taquiné-je.

Sauf que, comme chaque fois que je respire un peu trop fort près de lui, ce jeune homme se liquéfie.

– Non, madame Scott, j'adore ça, balbutie-t-il en baissant les yeux sur ses chaussures.

Je manque de m'étrangler. « Madame Scott » ? J'ai trente ans bordel, pas soixante-dix ! Je m'apprête à rappeler à ce sale gosse que nous n'avons que six ans d'écart quand ma sœur intervient :

– C'est parti les gars ! On s'active pour préparer le meilleur repas qu'on ait jamais mangé !

Et, tirant sur son poignet, elle entraîne Connor vers le plan de travail et le sauve d'une mort certaine. L'entrain d'Ivy est, pour une fois, assez peu communicatif. Ni moi ni Connor ne sommes très enclins à cuisiner. Pourtant, elle applaudit pour motiver les troupes, ce qui a comme effet de soulever le bras de son ami comme un pantin articulé.

– *Aïeuuuh !* Fais attention, quand même.

– Oooh... On a le poignet sensible ? Tu veux peut-être jeter l'éponge ?

– Dans tes rêves, Scott !

Je regarde ces deux-là se défier, une lueur complice dans les yeux, et je me demande à quel moment Luke et moi avons perdu le contact. Ils ne savent pas à quel point ce qu'ils partagent est précieux.

– Fallon, tu as une idée de menu ?

– Moi, non...

Après un moment de flottement, ma sœur et moi nous tournons de concert vers la petite boîte en bois clair sur le comptoir de la cuisine. Nous sommes muettes, pourtant, j'ai l'impression d'entendre le chagrin de nos cœurs de petites filles fendre l'air à chaque battement.

– Tu crois que quelqu'un l'a ouverte depuis...

Elle ne finit pas sa phrase. Quelqu'un a-t-il eu le courage d'ouvrir la boîte de recettes de notre mère depuis son décès ?

– Non, je ne pense pas.

Naturellement, j'enveloppe la main d'Ivy dans la mienne pour lui rappeler que, même si nous avons perdu notre mère, elle nous a chacune dotée de quatre sœurs pour nous aider à surmonter son absence. Mais comme chaque fois que nous faisons allusion au décès de notre génitrice, elle se renferme :

– Est-ce que tout va bien, Scott ? lui demande Connor en posant doucement une main sur son épaule.

– Oui, oui, pourquoi ça n'irait pas ? rétorque-t-elle en lâchant un rire nerveux. Ce sont juste des recettes. Maman aurait adoré qu'on lui fasse honneur le jour de son anniversaire. Allez, nos sœurs ne vont pas tarder et, à part les biscuits à la figue, on n'a rien à se mettre sous la dent !

Et, sans plus de cérémonie, elle ouvre la boîte et attrape la première fiche cartonnée au-dessus de la pile.

– « La salade de pommes de terre pour se faire des amis pour la vie. »

– Quoi ? demande Connor, perdu.

– C'est notre mère. Elle était persuadée que la nourriture était la meilleure façon de faire passer des messages. Pendant des années, elle a inventé des recettes pour répondre à nos problèmes. Du mal avec un exercice de maths ? Une recette de brownies pour faire ses devoirs. Un gros rhume ? Une soupe de pâtes pour guérir vite. Tu as du mal à te faire des amis ?

– Une salade de pommes de terre ?

– Ouais ! ajouté-je joyeusement. Maman l'apportait à chaque barbecue dans le quartier et je ne te dis pas le nombre de copains qu'elle s'est faits avec ce plat. Cette recette est parfaite pour vous. C'est ce que vous êtes : des amis pour la vie, non ?

– Exactement, dit Ivy alors que ses joues s'empourprent subtilement. Allez Connor, suis-moi ! On va voir s'il y a des patates dans le cellier.

Ils quittent la pièce et je me retrouve seule. Je me dirige à mon tour vers la boîte à recettes de ma mère. Mes problèmes de couple ne risquent pas de disparaître, autant m'occuper les mains et l'esprit. Une fois devant le coffret, je pioche une recette. Quand je décrypte l'intitulé de la recette, je sens le sang quitter mon visage.

Cookies à 4 mains pour trouver sa moitié

Attention, cette recette ne peut être faite que par deux tendres cuisiniers. Pour obtenir des cookies fondant et moelleux, la pâte doit impérativement être pétrie avec amour. Sinon ils seront durs et dégoûtants. Beurk !

Quand nous étions petites, nous pensions toutes que cette boîte et les recettes qu'elle renfermait étaient magiques. Il faut dire qu'elle n'a jamais fait défaut. Tous les chocolats chauds ont guéri des bobos d'Hazel qui passait son temps à tomber et la tarte aux fraises a apaisé plus de cœurs brisés qu'on pourrait l'imaginer. Chaque fois qu'on avait un problème, une nouvelle recette apparaissait dans la boîte. Et celle-ci a été créée juste quand mon camarade de classe, fraîchement arrivé dans le quartier avec son père, devait venir à la maison faire des cookies pour la vente de gâteaux de l'école. Je lui avais envoyé un mot. Sur un petit bout de papier, j'avais écrit « Tu veux faire équipe avec moi ? Oui ou Non. » Il avait commencé par froncer les sourcils, comme d'habitude, puis, à la fin du cours, il était simplement venu me voir pour me dire « OK ». Et ça a marché. Après avoir passé deux heures dans cette cuisine, je suis tombée amoureuse pour la première fois. Et jusqu'à présent, j'ai vraiment cru que ce serait la dernière.

Je laisse échapper un soupir triste. La première larme qui coule sur mes joues me surprend. Je lutte contre la deuxième. Une fois que je comprends que cette bataille est perdue, je cesse de compter les autres. Quand j'entends les rires d'Ivy et Connor se rapprocher de moi, je ne réfléchis pas et décide de sortir par la porte arrière. Alors que je tourne la poignée, le battant s'ouvre avec force, aidé par le vent. J'arrive à le refermer derrière moi, non sans peine. Je ne savais pas à quel point j'avais besoin de prendre l'air avant qu'une puissante bourrasque m'accueille sur la terrasse. Je ferme les yeux et laisse le vent soulever mes cheveux pour rafraîchir ma nuque, mon corps s'affaissant contre la porte.

Je ne pensais pas que ce serait si difficile d'être dans cette maison aujourd'hui. Le jour de l'anniversaire de ma mère, le jour de ma rencontre avec Luke. Je m'en souviens comme si c'était hier. Ma mère fêtait son anniversaire, comme chaque ultime jour de l'année. J'avais quatorze ans, et de nouveaux voisins avaient emménagé dans le quartier, à la place des Stevenson, dans la grande maison aux volets bleus au bout de Main Street. Je suis sortie sur la terrasse avec un grand saladier entre les mains. Toute ma vie, je me souviendrai de la première fois que je l'ai vu. Mes mains moites peinaient à maintenir le plat droit alors qu'il se rapprochait de moi. Chacun de ses pas faisait écho au battement dans ma poitrine. Malgré moi, ce souvenir fait naître un sourire sur mes lèvres. Comme aujourd'hui, le vent soufflait fort. Il malmenait l'érable rouge au fond du jardin comme un premier amour ravage un cœur vierge. Je ne pense pas pouvoir oublier un jour ce moment où il s'est approché de moi et où, d'une voix adolescente et désinvolte, a lancé :

– Il y a toujours autant de vent, dans ce bled paumé ?

J'ouvre les yeux et sursaute. C'est bien ce qu'il m'a dit il y a quinze ans, toutefois ce n'est pas la voix prépubère de Luke qui m'interroge. C'est l'adulte. Le dos appuyé contre une poutre et les avant-bras croisés sur sa poitrine, il a envoyé balader son blazer contre la rambarde et a retroussé les manches de sa chemise. Ses mêmes yeux d'automne qui m'ont charmée une nuit d'hiver me sondent. Il semble moins en colère que tout à l'heure, mais toujours agacé. Au moins, il est là.

– Pardon, s'excuse-t-il. Te voir là me rend nostalgique. Et je ne sais pas si tu te souviens mais... Bref. Ça n'a pas d'importance. J'allais justement y aller.

Il me tourne le dos et mon cœur se tord.

– Bien sûr que je me souviens. Il faisait un temps de chiotte comme ce soir.

Ces mots ont cavalé hors de ma poitrine, pressés par l'espoir de le rattraper. Et à ma grande surprise, ça marche. Luke se retourne.

– Tu portais une jupe noire, comme ce soir.

– C'est vrai...

Il sourit et tout à coup, j'ai quinze ans de nouveau. Peut-être parce qu'au fond, je n'ai pas l'impression d'avoir tant changé quand je suis devant lui. Juste une jeune fille qui sait qu'elle ne peut pas lutter contre les sentiments qu'elle a pour un garçon.

À la différence qu'aujourd'hui, j'ai plutôt l'impression de combattre pour les maintenir en vie.

– Pour ne pas rester sur un malentendu, quand je t'ai dit qu'on se voyait demain, ce n'est pas parce que je comptais passer la nuit chez Gloria. Je pensais plus que tu passerais la nuit ici pour profiter de tes sœurs.

– D'accord.

– Tu as l'air soulagée.

– Évidemment que je le suis.

Il laisse échapper un rire mauvais.

– Qu'est-ce qu'il y a de si drôle ?

– Je ne te comprends pas. C'est toi qui as demandé une séparation et maintenant tu t'énerves quand tu crois que je passe la nuit ailleurs ? Tu ne peux pas me reprocher quelque chose que tu as provoqué.

Il reste calme, la hanche calée contre le plan de travail, ses bras barrant sa poitrine. Et ça m'énerve d'autant plus.

– Un break ne veut pas dire qu'on renonce à nos vœux de fidélité, Luke.

– Ne me fais pas une Rachel et Ross, un break est un break. Sinon, en quoi notre situation est-elle différente de celle que nous connaissons depuis des semaines ?

– Tu as envie d'aller voir ailleurs ?

– C'est plutôt à toi que je devrais poser cette question ! Tu refuses de dormir avec moi, quand tu m'adresses la parole c'est pour m'agresser, tu veux un break et maintenant tu es blonde... Qu'est-ce que tu veux à la fin ?

Te faire réagir, imbécile !

– Je ne cherche rien. Je sais juste qu'on ne peut pas continuer comme ça.

À la seconde où je termine ma phrase, il laisse échapper un soupir lourd d'exaspération.

– Et donc, ta solution, c'est de se séparer ?

– Qu'est-ce que je peux faire d'autre ? On est là à cohabiter sans plus rien partager. Je veux juste qu'on se parle.

Je me rapproche de lui malgré moi, sachant pertinemment qu'il va m'éviter. Pourtant, quand il le fait, je ne peux empêcher mon cœur d'accuser le coup une fois de plus. Une fois à distance, il prononce, plus calme cette fois :

– Fallon... Comment un break pourrait-il nous aider à parler ? D'autant qu'on se parle tous les jours.

– Oui, pour savoir qui va chercher Penny chez la nounou ou quel gâteau on prépare pour aller chez ta mère le dimanche.

– Je croule sous le travail, Fallon. Désolé si je n'ai pas le temps de t'offrir des fleurs ou des chocolats.

Mon poing s'abat contre le bois de la porte.

– Arrête de me parler comme ça ! Je ne suis pas une gamine qui fait un caprice pour avoir un bonbon. Tu es mon mari !

– Et toi, ma femme ! À un moment il faudrait peut-être penser à te comporter comme telle !

– Ça veut dire quoi, au juste ?

– Tu passes ton temps à me faire la gueule ou alors à ne plus m'adresser la parole. Ça fait des semaines que je supporte tes sautes d'humeur, tes décisions ridicules.

– Comme ?

– Comme faire chambre à part !

– Ce n'est pas une décision ridicule. Tu es celui qui ne me parle plus, tu es celui qui vient te coucher une fois que je suis endormie pour partir avant que je me réveille.

– Parce que je travaille...

– Moi aussi et pourtant, je suis là.

De nouveau il laisse échapper un rire désabusé en massant de ses doigts l'espace entre ses sourcils. Comme si mes demandes, pourtant légitimes, n'étaient que des réclamations délirantes. Ça fait des semaines, des mois que ça dure. Des mois que je parle dans le vide, que j'essaie de l'atteindre, en vain. Quoi que je tente, j'ai un mur en face de moi. Que dois-je faire pour qu'il m'entende enfin ? Et si...

– Je n'en peux plus de tout ça. Ça va continuer longtemps ?

– Figure-toi que moi aussi, j'aimerais que ça cesse. Mais... si c'est comme ça que ça doit se passer entre nous, je me demande si nous ne ferions pas mieux d'en finir une bonne fois pour toutes et de divorcer.

Au moment où je vois ses yeux s'écarquiller, un cri aigu nous parvient de la cuisine. Impossible de savoir laquelle de mes sœurs en est responsable mais encore une fois, il n'y a plus d'électricité. Un coup de tonnerre gronde et les premières gouttes de pluie viennent fouetter le paysage autour de nous.

– Luke ! On a besoin de toi !

La voix d'Hazel nous parvient de la fenêtre ouverte de sa chambre à l'étage. Il ne lui répond pas et se contente de me scruter d'un regard dur en serrant la mâchoire. Il attrape la poignée et ouvre la porte.

– Pardon, j'ai besoin de rentrer.

– Luke, on n'a pas fini.

– Si. Tu m'excuseras, je vais aller remettre l'électricité vu qu'apparemment il ne peut pas s'écouler plus de deux minutes sans que les plombs sautent dans cette maison. Et ensuite, je me ferai un plaisir de rendre tes rêves réalité et de foutre le camp pour de bon !

Quand la porte claque violemment derrière lui, je suis sûre que cette fois, le vent n'y est absolument pour rien.

4
Fallon

Celle qui ne mange plus de cookies

Cookies à 4 mains pour trouver sa moitié

4 mesures de farine
3 de sucre
2 de beurre
Et une pépite de chocolat pour tous
les « je t'aime » qu'on se dira un jour.

Trouver sa moitié... Quelle expression nulle ! Malgré moi, je ne peux m'empêcher d'en vouloir à ma mère. Elle a passé sa vie à aimer mon père et m'a fait croire dès le plus jeune âge que c'était ça, l'amour. On trouve quelqu'un, on s'aime, on se marie, on fait des gosses et boum ! Ça dure toujours. Et comme mon mari préfère les grandes brunes, je devrais, en plus d'être seule, me retrouver amputée de la moitié de moi-même ?

Sûrement pas, maman !

Je laisse échapper un grognement rageux. Sauf qu'il n'y a que le silence qui me répond. Elle n'est plus là. Et ma colère, aussi forte soit-elle, ne la ramènera pas.

J'ajoute la farine au sucre, le cœur lourd. Je ne sais même pas pourquoi je me fais subir ça. Reproduire la recette que ma mère décédée a inventée pour que j'avoue à mon premier amour que je l'aime toujours alors que nous sommes sur le point de divorcer : c'est pour m'achever ? Il faut vraiment être maso.

– Fallon, tu es là ! Tu savais que papa avait invité tout le quartier ?

Aimee, ma sœur de trois ans ma cadette, me fait sursauter. Elle et moi avons toujours été un peu à part, en tant que les deux aînées.

– Tu m'as fait peur. Je n'ai plus l'habitude de voir mes sœurs débarquer de chaque recoin de la maison. Tu es arrivée il y a longtemps ?

– Non, à l'instant. Et heureusement ! J'ai cru que la voiture de mon boss allait s'envoler.

Le patron d'Aimee est bien connu dans la famille. Nous le détestons toutes. Ce n'est pas suffisant d'exploiter ma sœur, il faut qu'il le fasse en tirant la tronche !

– Mister Connard t'a amenée jusqu'ici ?

– C'est une longue histoire... Tu as vu le temps qu'il fait dehors ? Un peu plus et je disais mes dernières paroles à ce grincheux.

Nous regardons machinalement toutes les deux par la petite fenêtre de la cuisine. Le vent semble être encore plus violent que tout à l'heure. Rapidement, pourtant, le paysage devient flou pour laisser place au souvenir de Luke. Ses cheveux ébouriffés par nos échanges rageurs, ses yeux aussi sombres que le ciel derrière lui. Je camoufle comme je peux la tempête qui sévit en moi pour me concentrer sur celle dehors :

– Oui, j'espère que Taylor réussira à arriver ce soir.

– J'espère aussi.

– Ou alors elle se servira de la tempête pour nous poser un lapin encore une fois...

– Ne dis pas ça... Papa veut attendre qu'elle arrive pour nous annoncer sa « grande nouvelle ». Toi aussi, tu penses qu'il a menti juste pour nous faire toutes revenir ici ?

– Je n'en sais absolument rien. En tout cas, ça fait du bien de se revoir.

Je me rue dans ses bras et pose ma tête sur son épaule. Après quelques secondes, je sens ma sœur tenter de se dérober, mais malgré moi, mes doigts restent agrippés autour de sa taille.

– Waouh... Tu aurais dû me dire que tu avais tant besoin d'un câlin. J'aurais commencé par ça plutôt que de parler de la météo.

Je ne réponds rien et garde Aimee près de moi. Depuis combien de temps quelqu'un ne m'a-t-il pas serrée dans ses bras ?

– Qu'est-ce qui se passe ?

– Rien, minimisé-je, la libérant enfin.

– Tu es sûre ? Tu as l'air... différente.

– Pourquoi tu dis ça ?

– Tes cheveux, ta tenue, ton make-up, pour commencer.

La porte battante s'ouvre à nouveau et Hazel entre dans la pièce. Nonchalamment, elle grimpe sur le plan de travail avant de lâcher :

– T'as vu Aimee ? Ça la change grave ! Personnellement, je kiffe son nouveau look de MILF célibataire.

– Quoi ? Toi et Luke, c'est fini ?

Je jette un regard assassin à ma plus jeune sœur qui se contente de me répondre, presque surprise :

– Quoi ? Pardon... Je croyais que tu le lui avais déjà dit.

Elle n'a jamais eu de tact. Ce n'est pas maintenant qu'elle changera.

– Non, vu comme tu as pris la nouvelle, j'ai préféré attendre que vous soyez toutes là pour en parler.

– Attends une seconde. Reprends depuis le début et raconte-nous ce qui se passe, m'encourage Aimee avec douceur.

Retrouver la plus calme de mes sœurs m'apaise. Elle a toujours su apporter de la sérénité dans ce foyer. J'inspire pour réunir mon courage et admets enfin :

– Luke et moi sommes séparés.

– Depuis quand ?

– C'est vrai ça, depuis quand ? ajoute Hazel d'un air inquisiteur.

– Depuis deux semaines environ. Mais pour être honnête, ça fait longtemps que je nous sens nous éloigner l'un de l'autre. Au moins depuis la naissance de Penny, je dirais. Au début, j'ai mis ça sur le dos de notre vie de parents. Mais plus les mois passaient, plus on s'éloignait. Après la soirée de Thanksgiving, j'en ai eu assez et j'ai fait chambre à part. Et depuis Noël, on est officiellement séparés.

– Je croyais que vous n'aviez rien fait pour Thanksgiving parce que Luke bossait.

Clairement, cette année, j'ai passé mon tour pour les fêtes de fin d'année. Je n'étais pas d'humeur à porter la charge mentale de l'organisation des fêtes de toute la famille Scott alors que mon mariage tombait en ruine.

– On n'a rien fait le jour même, mais quelques jours plus tôt, on est passés faire un tour à la soirée organisée par le proviseur pour se retrouver entre collègues.

Rien que d'y repenser, ma gorge se serre.

– Qu'est-ce qui a bien pu se passer pour que vous fassiez chambre à part ?

Une silhouette parfaite, digne de figurer dans un magazine féminin, surgit dans mes pensées. Je m'apprête à mentir quand ma petite sœur s'exclame d'un ton accusateur :

– OK, j'ai pigé. Toi, t'es jalouse, m'accuse Hazel, picorant des chips à même le paquet sur le comptoir. Balance. C'est qui, qu'on doit tuer ?

– Pas du tout !

– Ah si ! Tu as fait ta tête que tu fais tout le temps quand Luke se fait draguer quelque part.

– Il se fait tout le temps draguer, en même temps, commente Aimee.

C'est vrai que mon mari est un aimant. Il se balade un peu partout en ville avec sa caisse à outils et, pour une raison que j'ignore, ça a le don d'attirer l'attention. Je ne parle même pas des fois où il intervient chez quelqu'un pour réparer un évier et qu'il n'a même pas encore repéré la fuite que le ou la cliente est déjà à poil.

– Certes... Mais tu sais que ça ne veut rien dire, Fallon, me rassure Hazel. Il ne drague jamais en retour. C'est *Luke* ! Il n'est même pas capable de s'apercevoir quand une autre femme lui fait les yeux doux.

Et c'est vrai aussi. La confiance a toujours été totale entre nous. Jusqu'à cette soirée.

– Mais quand c'est *Gloria*, c'est différent, commenté-je, amère.

Mon Dieu... Je suis pathétique. J'entends ma propre voix, enlaidie par la jalousie, et j'ai envie de me matraquer la tête avec un des choux-fleurs.

– C'est qui, Gloria ? me questionne Aimee.

– La fille qu'on doit tuer ? demande Hazel avec un sourcil arqué, son téléphone brandi telle une arme. C'est quoi, son Instagram ?

– Gloria n'est personne, ce n'est rien, laissez tomber, chuchoté-je.

J'essaie de leur tourner le dos pour me remettre à ma recette de cookies, mais mes sœurs m'en empêchent.

– Oh non, tu ne peux pas faire ça ! Dis-nous tout. D'autant plus que ça se voit que tu en as besoin.

Je m'apprête à nier quand Hazel relève les yeux de son téléphone pour s'exclamer fièrement :

– Trouvée !

– Trouvé quoi ?

– La fameuse Gloria.

– Tu as pensé à faire carrière pour le FBI, sérieux ? la taquine Aimee.

– Carrément. Peut-être à la fin de mes études. Alors, c'est une prof d'espagnol dans ton lycée. Gloria Maria Marquez Concepción… Attends, sa photo charge… Ouh là là !

– Quoi ?

Aimee est pendue aux lèvres d'Hazel. Cette dernière relève des yeux écarquillés de son écran, sous le choc :

– C'est avec elle que Luke te trompe ?

– Attends, mais il te trompe ? s'insurge Aimee. Il est où, Supermario ? Que je lui cale sa clef de douze bien profond dans la plomberie. Il fera moins le malin !

– Calme-toi… Je ne sais pas ce qui se passe entre eux. Disons qu'il est souvent avec elle.

– Dans quel contexte ?

– Il refait sa maison…

– Ah ouais, d'accord. Donc en vrai il ne te trompe pas du tout. C'est juste une cliente, quoi, se moque Hazel.

– Je n'en sais rien. Tout ce que je sais, c'est qu'à cette soirée, ils étaient tout le temps fourrés ensemble, à rire. Et puis en arrivant, le premier truc qu'il lui a dit…

– Quoi ?

J'inspire pour donner enfin l'impulsion de sortir cette confession que je garde à l'intérieur depuis des semaines :

– Il lui a dit qu'elle était belle.

C'est ridicule. Je sens des petites larmes qui naissent sous mes paupières et j'ai envie de me cacher. Une femme de trente ans qui pleure pour si peu est si triste.

– En même temps… Il n'a pas tort. Elle est canon ! Parole de lesbienne, insiste Hazel en posant la main sur son cœur comme si elle prêtait le serment d'allégeance devant le drapeau américain.

Ses mots me blessent encore plus.

– Oui, je suis au courant, patate ! C'est juste que ça m'a blessée. Voir ton mari dire ça à une autre quand il ne t'a pas dit un seul mot gentil depuis des mois, ça fait mal.

Voilà, c'est dit ! Je suis pathétique et tout le monde le sait.

Aimee pose une main dans mon dos.

– Pourquoi ne nous as-tu rien dit ?

– Vous êtes parties, toutes. Depuis la mort de maman, vous n'êtes que rarement là. Taylor n'a même pas rencontré Penelope.

– On s'appelle assez souvent pourtant. Nous aurions pu te soutenir, même éparpillées dans quatre États différents. On est tes sœurs, on est là pour t'écouter.

– Pas quand on est l'aînée... Je ne suis même pas sûre qu'on s'appellerait autant si je n'imposais pas une heure d'appel hebdomadaire. C'était quand, la dernière fois que l'une d'entre vous m'a demandé comment ça allait ? Je ne parle même pas de papa qui m'appelle toutes les deux minutes pour que mon mari vienne lui rafistoler quelque chose dans cette maison de malheur. Tout le monde part du principe que tout va bien, que *je* vais bien et que, même si ça ne va pas, je saurai me débrouiller. Sauf que là, depuis que j'ai perdu la seule personne qui se préoccupait de moi, je ne sais plus comment faire.

– Tu parles de Luke ?

– Oui... Enfin non. Je parle surtout de maman. Elle me manque tellement. Pendant ma grossesse, elle m'envoyait un petit message tous les matins pour me faire penser à prendre mes vitamines. Jusqu'à la fin, elle a voulu s'assurer que j'allais bien. Elle est morte avant que j'accouche. Elle n'a même pas pu rencontrer sa petite-fille...

Ma voix se brise. Je déteste penser à tout ça. Devenir mère alors qu'on vient de perdre la sienne a été la plus grosse épreuve que j'ai eue à surmonter. Je secoue la tête, comme pour chasser cet affreux constat, et me ressaisis :

– Bref ! Maintenant elle n'est plus là, vous non plus et Luke...

– Désolée, on ne savait pas. Promis, on fera attention. On t'appellera plus souvent. Hein, Hazel ?

Quand nos regards se tournent vers Hazel, elle arbore une moue dubitative.

– OK, j'ai compris… Tu n'as pas envie !

– Oh, mais c'est pas ça ! Je veux bien t'appeler plus souvent, mais il va falloir que tu sois plus détendue. Et la prochaine fois que tu veux faire une couleur, appelle-moi, je suis une vraie pro ! Je te vois bien avec un violet pour ta prochaine teinture.

– J'aimerais bien voir la tête de Luke si je faisais ça… Déjà qu'il a failli s'étrangler en me voyant ce soir. Mais tu as raison. C'est vrai, je suis un peu sur les nerfs en ce moment.

– En même temps, tu m'étonnes ! Si Luke et toi faites chambre à part depuis Thanksgiving, tu n'as pas… eu de cookie depuis fin novembre, tu dois avoir faim, commente Hazel en me faisant les gros yeux.

Aimee et moi mettons un moment à comprendre ses allusions.

– Ah… Toi et Luke n'avez pas… Depuis un mois du coup ? traduit Aimee.

Je sens ma gorge se serrer et mes joues me picoter. Je n'aime pas parler de ces sujets-là, et encore moins avec mes petites sœurs.

– Oh, ça va ! Tu peux nous dire. Ça fait combien de temps ?

– On va dire que depuis la naissance de Penny, on n'a pas vraiment…

– Attends, quoi ? Tu n'as pas mangé un seul cookie depuis huit mois ? s'insurge notre benjamine. Même pas un petit bout ?

Je secoue la tête.

– Puisque je te dis que non ! Depuis mon accouchement difficile, on n'a rien fait !

– OK, mais tu dois bien te faire un petit Oreo toute seule de temps en temps ?

Cette fois, il n'y a pas que mes joues qui chauffent. La gêne brûle la peau de mon corps tout entier.

– Waouh ! Tu es toute pardonnée, Fallon. Normal que tu te prennes la tête pour rien.

– Et croyez-le ou non, ce n'est pas ma faute. Je suis plus qu'ouverte à un cookie. Au point où j'en suis, je prendrais n'importe quoi.

– Un Mentos ? s'amuse Aimee.

– Un Tic-Tac, insisté-je.

– Tu es plutôt drôle pour une nana au bord de l'hypoglycémie.

– Ma psy dit que j'utilise le sarcasme comme stratégie d'évitement face à des événements que je ne peux pas contrôler.

– Ouais... ça me paraît beaucoup de mots pour dire que tu es en manque ! rigole Aimee.

– Ce qui me surprend, c'est que Luke sache que tu as « des envies de sucré » et ne fasse rien.

– Je sais... Et c'est très étrange. Normalement il est plutôt enjoué à l'idée de...

– Faire la cuisine ? complète Aimee.

– Exactement ! Mais depuis quelques mois, c'est tout juste s'il ne prend pas ses jambes à son cou quand je l'approche.

– Fallon, tu lui as dit que ça te frustrait ?

– Oui...

Mais j'omets de préciser que la première fois que j'ai parlé à Luke de notre vie sexuelle, c'était il y a une heure, en égratignant son ego au passage. Il est vrai que ce n'est pas un sujet facile à aborder pour moi. Et qu'à part ce soir, je n'ai jamais avoué à qui que ce soit, y compris moi, nos problèmes intimes.

– C'est pour ça que tu es jalouse de Gloria ? Parce que tu crois qu'il est plus attiré par elle que par toi ? Tu pouvais nous le dire, on aurait pu comprendre.

– Ce n'est pas ça... Je me rends bien compte que cette histoire de Thanksgiving est ridicule. Il n'y a sûrement rien d'autre que de l'amitié entre eux. J'ai bien conscience de me monter la tête pour une pauvre phrase. Mais pour ma défense, Luke ne fait absolument rien pour apaiser mes craintes.

Je sens l'émotion faire vaciller mes cordes vocales.

– J'essaie de me raisonner. Chaque soir, je me dis que c'est idiot et, chaque matin, la jalousie est là pour me souffler que Luke ne me regarde plus, moi, pour mieux la regarder, elle. Parce que, elle, elle n'a pas un ventre flétri par neuf mois de grossesse. Elle ne ressemble pas à un hippopotame de dos ni à un zèbre de profil. Elle est parfaite, elle.

Pour la première fois depuis des semaines, j'ai enfin l'impression de reprendre mon souffle. Je ne savais pas à quel point j'avais besoin de retrouver mes sœurs. Chez nous.

– Alors je sais que c'est surprenant, ce changement de look. Mais ce soir, juste pour une fois, j'ai essayé de me faire belle. Et même là, ça ne sert à rien. Il ne me parle toujours pas. Donc merde à la fin ! Je n'en peux plus d'avoir envie de pleurer en imaginant toutes celles qui sont plus attirantes que moi. Je refuse d'être la vieille Knacki qui finit à la poubelle !

– Donc tu penses sérieusement à divorcer à cause de Gloria ? C'est ridicule.

Je me retourne brusquement, le sang quittant définitivement mon visage. Luke est là, sur le seuil de la cuisine, les sourcils plus froncés que jamais. Encore une fois, il ne s'en rend pas compte, mais il soupire comme un adulte s'agace des enfantillages ridicules d'une petite fille.

– Un conseil, Luke : quand une femme est bouleversée, quelle que soit la raison, minimiser ce qu'elle ressent est rarement la bonne réponse, suggère Hazel avant de descendre du comptoir sur lequel elle s'était juchée.

– Bambi, reste en dehors de tout ça.

– Excuse-moi Roméo, clairement tu gères la situation, marmonne-t-elle entre deux chips. Fallon, rappelle-moi de t'offrir une machine à cookies. J'en connais de très efficaces.

Aimee et moi laissons échapper un rire sous le regard perdu de Luke.

– Vous pouvez nous laisser, s'il vous plaît ? s'impatiente-t-il.

- On est à côté si tu as besoin, Fallon, me glisse Aimee avant de disparaître dans le salon en traînant Hazel derrière elle.

Quand je lève les yeux vers mon mari, il n'est pas en colère. Contrairement à tout à l'heure, il semble sérieusement préoccupé.

- Alors ?

- Alors quoi ?

- On ne va pas faire comme si je n'avais rien entendu.

Je reste silencieuse. Je ne sais pas quelle partie de ma conversation avec mes sœurs il a écoutée.

- Comment peux-tu sérieusement envisager le divorce ?

Je vois la peine se dessiner dans ses yeux et la regarder en face est trop difficile. Machinalement, je me tourne et remets les mains dans mon bol.

- Je ne sais plus, Luke.

- Comment ça, tu ne sais plus ? Tu me parles de divorce, l'instant d'après j'apprends que tu penses que je me fais Gloria entre deux travaux de peinture. Mais là, soudainement, tu ne sais plus ?

Je prends un instant pour le regarder. Il se tient devant moi et attend une réponse sincère. Nous nous engueulons depuis des semaines sur les mêmes choses pendant que d'autres restent tues. De son côté comme du mien. Si je veux que ça cesse, il est peut-être temps que je sois plus honnête. Alors ce soir, je me fais violence et pose la question qui me brûle les lèvres depuis huit mois :

- Tu me trouves attirante ?

Mon cœur bat fort, je le sens jusque dans ma gorge faire vibrer en rythme ce que je muselle depuis trop longtemps. Lui reste silencieux, pris de court.

- C'est une vraie question. Est-ce que tu me trouves toujours sexy ?

- Bien sûr !

– Dans ce cas, je ne comprends rien. J'ai l'impression d'être invisible à tes yeux.

– C'est faux.

– Si, c'est vrai ! Ça te tuerait de dire de temps en temps à ta femme qu'elle est jolie ?

Il a les yeux rivés sur moi. Je me sens nue devant lui, si vulnérable à implorer sa tendresse, que je me détourne encore une fois. Je l'entends se rapprocher de moi. Il se place au-dessus de l'évier à côté de moi et se lave les mains, son épaule contre la mienne. Je peux sentir son parfum. Être aussi proche de lui est une torture, parce que je l'aime et que chaque parcelle de moi reconnaît celui à qui elles sont liées. Au fond de moi je sais que c'est la même chose pour lui. Si seulement nous trouvions un moyen de communiquer à nouveau…

Il se sèche les mains, balance le torchon sur son épaule et s'installe derrière moi.

– Qu'est-ce que tu fais ?

Ma voix s'étrangle sur le dernier mot. La chaleur de son torse contre mon dos me fait perdre le fil.

– Je t'aide. Cette recette est faite pour être exécutée à quatre mains.

Me tenir ici avec lui me ramène quinze ans plus tôt. Sauf qu'aujourd'hui, il est bien plus grand que moi. Les petites mains hésitantes et adolescentes ont laissé place à une poigne ferme et virile. Il fait glisser ses mains le long de mes bras. Je tente de retenir les frissons qui naissent sous ma peau, mais un soupir fébrile déjoue ma vigilance et trahit mon trouble. Quand ses doigts rejoignent les miens dans la pâte, je sens la chaleur brûler mes joues et humidifier ma nuque.

– Tout ça, c'est juste à cause de Gloria ?

– Tout ça, quoi ?

Ma remarque lui provoque un rire bref. Son souffle vient taquiner ma nuque et je ne suis plus sûre de savoir de quoi on parle.

– Les engueulades, la séparation, le nouveau look ?

– Tu sais très bien que non. Gloria est juste la goutte d'eau qui a fait déborder le vase. Je me sens seule depuis bien plus longtemps.

Doucement, nous commençons à pétrir la pâte. Je ne veux plus parler d'une autre.

– Tu sais que je n'ai jamais voulu ça.

Je dérobe mes doigts de ses paumes et me tourne vers lui. Je me glisse dans l'espace entre ses bras et une fois nos poitrines l'une contre l'autre, je relève la tête.

– Dans ce cas, qu'est-ce que tu veux ? C'est dur de ne pas imaginer le pire quand je te sens si loin de moi.

– Je suis juste là.

Du revers de la main, il écarte la mèche blonde qui barre mon visage en caressant ma joue. Son pouce se pose sur mes lèvres. Avant que je ne puisse réfléchir, il jette langoureusement ses lèvres sur les miennes comme pour me faire comprendre tout ce qu'il ne peut pas me dire. La sensation de ma langue sur la sienne me fait chavirer, à en faire tomber le saladier à cookies.

Et puis tant pis ! Tant pis pour la vaisselle, tant pis pour sa belle chemise. Je ne contrôle plus rien lorsque mes lèvres retrouvent les siennes. Mes mains pleines de pâte viennent souiller le tissu, jusqu'à remonter à sa nuque. Sur la pointe des pieds, je goûte chaque centimètre carré de sa bouche comme si c'était la première fois.

– La dernière fois qu'on s'est embrassés comme ça, on a déclenché mon accouchement.

Sans que je comprenne pourquoi, je sens sa respiration se couper et son corps tout entier se raidir. Mes mains passent sur ses épaules dans l'espoir de le détendre. À la seconde où je tente de reposer mes lèvres sur les siennes, il m'évite de nouveau.

– Fallon, attends.

– Pourquoi ?

– Tu ne comprends pas...

– Dis-moi alors.

Mon murmure est presque suppliant. Quand j'entends la porte battante de la cuisine s'ouvrir, la bulle dans laquelle nous étions éclate.

– Luke, tu es là ! Tu pourrais venir jeter un coup d'œil à un truc ? Trois fois rien, j'ai l'impression qu'on a un petit souci dans le vestibule.

– Pas de souci Rob. J'arrive tout de suite.

– Non, mais je rêve ?

La frustration bout dans mon ventre alors qu'il se détache de moi. Il se détourne et tout à coup tout semble vide.

– Luke !

Son nom résonne dans la pièce. Il disparaît sans regarder en arrière. Et ça fait mal à un point que je n'avais pas anticipé.

C'est donc peut-être pour ça qu'on parle de trouver sa moitié quand on trouve l'amour. On a beau être entier quand on tombe amoureux, lorsque celui qu'on aime nous tourne le dos, il emporte toujours avec lui une partie de nous.

5
Fallon

Celle qui en a marre d'être une tuile

– Regarde-moi ça. J'ai l'impression que ça s'effrite, par ici.

Mon père pointe un coin du mur, juste au-dessus de la tonne de ballons de Carole, avec un air faussement perdu, et j'ai des envies de meurtre. Je vois clair dans son jeu. Il joue l'ignorant pour flatter le syndrome du héros de mon mari. Et Luke ne court pas, il vole. Ce qui lui ressemble peu. Normalement, si mon père lui avait demandé un énième service alors qu'il est déjà là pour réparer sa maison, il aurait lâché un soupir plus long que notre période d'abstinence. Mais étrangement, il semble plus que ravi de servir d'homme à tout faire aujourd'hui. C'est sûrement plus enviable que de régler nos problèmes conjugaux. Pendant un moment j'ai pensé rester dans la cuisine, le laisser nous tourner le dos, mais c'est plus fort que moi : ce que nous avons partagé il n'y a que quelques minutes n'avait pas le goût de rupture. Et j'ai beau essayer de me persuader que le divorce serait la solution, je ne suis pas prête à baisser les bras.

– D'après ton œil d'expert, quel est le problème, Luke ?

– Papa, Luke n'est pas ton employé. Tu pourrais faire venir quelqu'un plutôt que de nous… de le déranger.

Luke sursaute presque de me voir sur ses talons. Je ne suis vraiment pas du genre à me montrer tenace. En temps normal, je l'aurais laissé partir, mais ça fait huit mois que je fais ça et clairement, ça ne nous mène nulle part.

– Je suis sûr que ça ne dérange pas Luke d'aider son beau-père. N'est-ce pas ?

Mon – ex ? – mari refuse toujours de m'accorder un regard, apparemment trop occupé à inspecter le mur du vestibule.

– Ça ne me pose pas de problème de vous donner un coup de main. Et pour répondre à votre question, oui, je pense qu'il y a une fuite.

– C'est bien ce que je me disais, ajoute mon père en hochant la tête avec un air de connaisseur.

Je me mords l'intérieur de la lèvre pour ne pas exploser. Évidemment qu'il y a une fuite ! Pas la peine d'être Einstein pour voir l'énorme tache jaunâtre qui ronge le mur.

– Bon, maintenant que c'est officiel, Luke, on peut retourner dans la cuisine s'il te plaît ?

– Attends, pas si vite, me coupe mon père. Tu crois pouvoir faire quelque chose rapidement ? Me réparer tout ça et mettre un petit coup de peinture ? Il faudrait que ce soit nickel pour la semaine prochaine.

Et puis quoi encore ? Cent balles et un Mars ? Et pourquoi la semaine prochaine ? Cette maison tombe en ruine depuis des mois mais tout à coup, il faut absolument régler la fuite de l'entrée au plus vite ?

– Je peux essayer de passer lundi pour voir ce qui est faisable. Il y a peu de chances qu'on règle tout ça en quelques jours.

– Oh, non ! Ne me dis pas ça.

– Le temps de repérer la fuite, que le mur sèche…

Et blablabla. On s'en fiche, bordel !

Là, tout ce qui m'intéresse, c'est nous.

– Après, Rob... Sans vouloir être désagréable, quand est-ce que vous avez fait venir un plombier ici pour la dernière fois ?

Mon père rit, un peu embarrassé, avant de répondre :

– Tu sais comment c'est, mon garçon. Le temps passe et on délaisse un peu ses devoirs.

– Je sais, Rob. Mais ce n'est pas une raison. L'entretien quotidien d'une maison est primordial pour avoir un intérieur sain.

Je laisse échapper un rire mauvais. Luke et mon père se tournent vers moi de concert.

– Qu'est-ce qui te fait rire ?

– Oh, rien...

Je sens Luke me scruter. Sa mâchoire se crispe.

– C'est juste que je pense qu'il n'y a pas que pour les canalisations qu'une attention quotidienne est primordiale.

– Ah bon ? Parce que tu t'y connais en maçonnerie, maintenant ? me provoque Luke.

– Oh, je ne sais pas. Prêter attention au réseau électrique, entretenir la chaudière... Une toiture délaissée, par exemple, peut vite devenir un problème.

– Une toiture solide peut bien supporter quelques intempéries. De vraies bonnes tuiles, fidèles, ne foutent pas le camp à la première goutte de pluie venue, tu ne crois pas ?

Il marque chaque syllabe du pied, tel un chef de travaux matrimoniaux frustré.

– Oui, enfin, quand ça fait huit mois qu'elles n'ont pas vu le soleil, elles commencent à fatiguer, les tuiles !

– Si les tuiles ont envie de partir, très bien ! Qu'elles le fassent. Personne ne les retient !

Il fait virevolter sa main entre nous, balayant l'air qui nous sépare et notre mariage au passage. En réponse, mon corps se tend et mes épaules remontent sous mes oreilles :

– Ce sont des tuiles, Luke. Elles ne choisissent pas de partir. Elles cèdent ! Parce qu'au bout d'un moment, même si elles peuvent supporter les tempêtes, elles ne sont pas faites pour ne supporter que ça.

– Donc je suis le seul responsable de la météo, c'est ça ?

– Non, mais pourquoi tu refuses de voir la vérité en face ?

– La vérité, c'est qu'on ne peut pas toujours éviter la pluie.

– Non, Luke, la vraie question est : où est passé le soleil ?

Je sens que je le prends de court. Il tente de répondre mais les mots semblent se coincer dans sa gorge. Quand je vois passer une lueur triste dans ses yeux, je comprends enfin qu'il me cache quelque chose. Ce n'est pas un problème de passage. Ce vide qui s'est installé entre nous, il l'a créé et l'alimente. Qu'a-t-il bien pu se passer ?

Il a le regard rivé au plafond, comme s'il implorait une force supérieure de le sortir de là. Quand la lumière s'éteint de nouveau brutalement, un juron m'échappe dans l'obscurité complète. Apparemment, on a entendu ses prières, mais pas les miennes.

– Je m'en occupe.

Avant que je ne puisse dire quoi que ce soit, Luke n'est plus là.

– Dis donc... L'entretien d'une maison a l'air d'être un sujet délicat entre toi et ton mari...

– On dirait bien.

Mon père se tourne vers moi et attrape mon visage en coupe entre ses mains avant de m'avouer tendrement :

– Quand tu parles, je jurerais entendre ta mère. Elle aussi était du genre à exiger le beau temps quand la pluie se faisait longue. Et pour avoir entretenu cette bâtisse pendant quarante ans avec ta mère, je comprends. S'il y a une chose que je peux te dire, c'est que même si la pluie a l'air froide et interminable, il faut que les tuiles s'accrochent. Le soleil n'est jamais aussi loin qu'on ne l'imagine.

Il dépose un baiser tendre sur ma tempe avant de partir. C'est typique de mon père. Il y a deux minutes, j'étais prête à lui arracher la tête et là, en l'espace d'une seconde, il me rappelle qu'il est certes un homme insupportablement égoïste, mais aussi un père qui peut se montrer tendre. Alors qu'il s'éloigne, je me retrouve seule, plongée dans l'ombre et le silence. J'entends tout à coup le tonnerre gronder dehors. Les rafales font claquer la pluie contre la porte d'entrée.

Le soleil n'est pas bien loin, hein ? Alors, allons à sa poursuite.

6
Fallon

Celui à qui on a demandé de faire un choix

À trois, j'y vais.

Un, deux, tr... Une seconde. J'y vais à trois ou juste après trois ?

Debout, dans le noir complet, je me demande si je ne suis pas en train de perdre la tête. Une chose est certaine, je suis vraiment ridicule. Il me suffit de tourner la poignée de la porte du cellier et... et quoi ? Je lui demande cash pour quelle raison mon propre mari refuse de me donner l'attention que je lui demande ? Qu'est-ce qui a bien pu se passer pour que nous nous éloignions de la sorte ? Et, pour l'amour du ciel, qu'est-ce une femme doit-elle faire dans ce bas monde pour se faire bais...

– Hey ! Luke est dans le coin ? m'interroge Hazel.

Elle est entrée dans la cuisine, une bougie au bout du bras pour la guider dans le noir.

– Oui, il est dans le cellier. Je vais voir s'il a besoin d'un coup de main.

– J'y vais, si tu veux.

– Non ! Je veux y aller. Enfin... Je veux être avec Luke.

Quand je vois un sourire naître sur son visage, je me rends compte que je me suis exprimée avec bien trop d'empressement.

– Tu vois ce que je veux dire, tenté-je piètrement de me corriger.

– Je vois très bien ce que tu veux dire, me répond-elle avec connivence. Je vous laisse, les amoureux. On sera dans le salon, tout là-bas... Très, très, *très* loin du cellier.

Je la regarde retourner au salon un sourire aux lèvres et, cette fois, nul besoin de compter jusqu'à trois. Je pose la main sur la poignée et entre dans le cellier, plus déterminée que jamais. La pièce consiste en un couloir étroit entre deux grandes étagères installées de chaque côté du mur. C'est au fond que se cache l'armoire électrique. Je ferme la porte derrière moi, plaque mon dos contre le bois et laisse le temps à Luke de me repérer. Il est là, de profil, une lampe coincée entre les dents, les sourcils froncés pendant qu'il farfouille dans les fusibles de la maison. Je ne vois que lui dans la faible lumière. Il n'y a plus que nous au milieu du néant.

Sentant sûrement ma présence, il tourne enfin le visage vers moi et je retiens mon souffle. L'ampoule de la lampe m'aveugle un instant. Puis le silence est brisé par le bruit sourd de l'impact quand sa torche tombe au sol pour rouler sous une des étagères. Il laisse échapper un juron. Cette fois, dans le noir complet, on se distingue à peine ; suffisamment pour se repérer dans la pénombre, mais il m'est impossible de déchiffrer ses traits.

– Fallon... J'en ai pour deux minutes. Tu peux retourner dans la cuisine.

Son ton est froid, distant. Tant pis. Je sature mes poumons d'air pour me donner du courage avant de répondre :

– Non.

– Quoi ?

– Non, je ne vais pas t'attendre à côté. Ça fait des mois que j'attends.

– Fallon, je préférerais en parler à un autre moment.

– Quand ? Je ne fais que ça, « attendre un autre moment ». Ça fait des mois maintenant.

– Qu'est-ce que tu attends de moi, au juste ?

Je serre les poings, le souffle agité par toute l'impuissance que me provoque cette impasse.

– Que tu me parles.

Il laisse échapper un soupir lourd.

– Je...

– Tu quoi ?

J'entends sa respiration accélérer dans le noir. Je crois percevoir plusieurs débuts de phrases, mais qui meurent tous après le premier mot. Comme s'il tentait de se sortir du silence dans lequel il s'est muré.

– Parle-moi, l'encouragé-je cette fois.

– J'essaie. Je te jure que je le voudrais mais je n'y arrive pas !

Je distingue ses mains frotter son visage de frustration. Cette fois, elle ne semble pas dirigée contre moi, mais bien contre lui-même.

– Il faut que tu essaies ! On va droit dans le mur. Je ne veux pas partir. Mais à force de tout garder pour toi, c'est ce qui va finir par arriver.

– Donc tu es sérieuse quand tu parles de divorce ?

Je ne vois pas son expression mais je sens l'inquiétude faire vibrer sa voix. Malgré moi, mes pieds avancent vers lui et ma main trouve le chemin de la sienne comme un automatisme. Comme on pourrait retrouver la route vers sa maison les yeux fermés, un soir d'hiver brumeux.

– Dans ces conditions, malheureusement, oui.

Sa main se raidit avant de me lâcher.

– Waouh... Tu es prête à balancer quinze ans de nos vies par la fenêtre ?

– Exactement, Luke ! Alors fais quelque chose. Je ne vais pas attendre que tu m'aimes, que tu fasses de moi ta priorité plus longtemps. Si tu ne changes rien, je choisirai de me faire passer en premier.

– Comment tu peux dire une chose pareille ? Je bosse comme un malade pour que toi et la petite ne manquiez de rien.

– Et on ne manque de rien, sauf de toi !

– Arrête de faire comme si je n'étais jamais là. Je fais tout ce que je peux, Fallon. Alors que toi, tu ne me fais que des reproches.

– C'est faux.

Il plaque soudain mon dos contre une étagère. Se saisissant de mes hanches, il les colle contre son corps, me faisant ressentir la dureté de mon erreur.

– C'était peut-être une autre Fallon qui m'a reproché de ne pas être capable de lui faire l'amour ?

Puis, haletant, en un souffle, il m'embrasse en prononçant, ses lèvres sur les miennes :

– Clairement, tu n'as aucune idée de ce dont je suis capable ou non.

Mes jambes cèdent à la seconde où sa chaleur vient enflammer ma peau. Même des années après notre premier baiser, en une fraction de seconde, il arrive à me laisser pantelante comme une adolescente. Sauf que je n'ai plus quinze ans. Je suis une femme et je commence à me lasser de ces jeux d'enfant.

– Pourquoi tu me fais ça ? Pourquoi il ne se passe plus rien entre nous ? Pourquoi faut-il que je te courre après pour que tu réagisses ?

Il se pince l'arête du nez, agacé.

– Donc c'est seulement ma faute si notre vie sexuelle est inexistante depuis huit mois ?

– Je t'ai demandé un peu de temps après l'accouchement, mais ça voulait dire quelques semaines, un ou deux mois peut-être. Pas que notre fille entre à l'université.

– Tu n'aurais pas pu me le dire, faire le premier pas ? C'est toi qui m'as laissé !

Sa voix se brise sur ce dernier mot qui éclate dans le noir.

– Mais de quoi tu parles ? soufflé-je.

Son visage est près du mien. J'y lis un air si désespéré que je me sens démunie. Ses mains quittent mes hanches pour se poser sur mes épaules.

– Cette année a été... horrible. Ta mère est partie, ça a été affreux. On n'a même pas eu le temps de faire notre deuil que tu devais mettre au monde notre fille. Et cet accouchement...

Je ferme les yeux. Nous n'en parlons jamais, mais mon accouchement a été terrifiant. Pendant un moment, nous avons vraiment cru que je ne m'en sortirais pas.

– Je me rappellerai toujours ce moment où tu as perdu connaissance, toutes les machines bipaient. Je m'en souviens parce que ces bruits me réveillent souvent la nuit.

Ses mains caressent ma peau, comme s'il tentait, avec chacune de ses tendresses, de conjurer le souvenir de cette journée tragique qui le hante encore aujourd'hui. Je n'avais pas pris conscience que mon accouchement l'avait tant ébranlé. Je glisse mes mains autour de sa taille et il pose son front sur le mien.

– Qu'est-ce qui s'est passé quand ils m'ont emmenée en salle d'opération ?

– Rien...

Il secoue doucement la tête. Si je n'étais pas si proche de lui, je n'aurais même pas capté ce mouvement de déni.

– Tu es sûr ? Raconte-moi. J'ai le sentiment qu'il y a quelque chose que tu ne me dis pas.

Je sens qu'il hésite, mais après quelques inspirations toutes plus laborieuses les unes que les autres, il m'avoue enfin :

– Avant que tu ne disparaisses avec ce qui m'a semblé une dizaine de médecins, une interne est venue me demander...

Il s'arrête, et mon cœur cesse de battre pendant une seconde.

– Ils t'ont demandé quoi ?

– Ils m'ont demandé, s'il ne fallait en sauver qu'une, laquelle ce serait. Je sais que c'est toi qui as accouché et pas moi, mais tu n'imagines pas à quel point j'ai été terrifié. Dans quel monde doit-on choisir entre l'amour de sa vie et celui qu'on a créé ensemble ?

– Tu ne m'as jamais dit qu'on t'avait demandé une chose pareille...

– Je sais. Et ça ne devrait pas avoir autant d'importance, ils n'ont pas eu besoin de choisir. Pourtant...

Tout à coup j'éprouve une peine profonde pour lui car, sans qu'il ait besoin de terminer sa phrase, j'en comprends la fin. Comment revenir de l'enfer quand on a senti ceux qu'on aime nous échapper ?

– Après ça, plus rien n'a été pareil. Pour la première fois de ma vie, j'ai compris que je pourrais vous perdre un jour. Que la petite pourrait devoir grandir sans toi. Heureusement, sa maman est revenue de cette salle d'opération plus forte que jamais...

Je sais qu'il tente de nous faire rire pour masquer le bruit de son cœur. Ce genre de confession le met mal à l'aise.

– Et depuis huit mois tu es une mère hors pair.

– Et toi, un père extraordinaire.

Alors que nos corps se rapprochent, la vérité me frappe soudain. Je comprends le problème. En plus de tout ce qui s'est passé, depuis la naissance de notre fille, je ne suis plus qu'une mère à ses yeux. Et lui, un père aux miens. Nous nous sommes tellement investis dans nos rôles de parents que nous en avons oublié que nous avons été des amants.

– C'est toi qui fais de moi un bon père. Qu'est-ce que j'aurais fait sans toi ?

– Mais ça n'est pas arrivé. Je suis là...

– Je sais bien que c'est ridicule, que ce n'était qu'une possibilité et qu'en fin de compte, tout le monde est en vie. Mais j'ai attendu quarante-sept minutes. Quarante-sept minutes sans avoir aucune de tes nouvelles. Quarante-sept minutes où j'ai été sûr que je ne survivrais pas sans toi.

– Je suis là.

– Oui, je sais.

– Non, tu ne sais pas. Je suis là. Touche-moi.

Je prends sa main entre les miennes et ouvre sa paume. J'y dépose un baiser avant de la placer sur ma poitrine. Juste au-dessus de mon cœur. Que chacune de ses pulsations lui rappelle qu'il ne s'est jamais arrêté de battre pour lui.

7
Fallon

Ceux qui se retrouvent dans le noir

– Touche-moi.

Quand sa paume se pose sur ma poitrine, j'en suis presque émue. Et je sais que lui aussi. Il ne dit rien, on se voit à peine mais je sens son trouble. Sa main est moite, sa respiration, plus profonde.

– Je suis là, le rassuré-je. Je suis revenue de cette salle d'opération. Je suis la même. Je suis toujours ta femme.

– Je sais.

– Non, tu ne sais pas. À tes yeux, la mère que je suis devenue ce jour-là est rentrée de l'hôpital, mais pas la femme. Je suis là.

Je ne sais plus combien de fois je lui répète cette phrase. Pourtant, chaque fois, je sens l'espace entre nous se réduire, la chaleur de nos corps se retrouver. Ses lèvres sont si proches des miennes que, même dans la pénombre, je le sens les mordre, comme pour les retenir de briser leur vœu d'abstinence. Mais j'insiste. Je dépose un premier baiser au coin de sa bouche.

Il reste de marbre mais la rigidité de son corps me prouve que je ne suis pas la seule qui aspire au contact.

– Ne me fais pas ça...

– Faire quoi ?

Je laisse l'arête de mon nez taquiner sa peau, approchant dangereusement mes lèvres des siennes. Je ne les touche pas. Je ne franchis jamais l'espace entre nous.

– Ne me provoque pas, Fallon. Pas ici.

– Et pourquoi pas ?

– Parce que tu n'as aucune idée de ce qui t'attend si je craque.

– C'est là que tu te trompes. Ça fait des mois que je n'attends que ça.

Je prononce cette phrase en un murmure sous son oreille. Moi, normalement si retenue dans notre intimité, suis tout à coup bien plus sûre de moi. C'est ce que des mois d'abstinence provoquent. Même dans la pénombre, je crois voir son regard s'allumer d'une lueur féroce. En une fraction de seconde, la tension qui s'étirait entre nous depuis qu'il a posé ses mains sur moi dans la cuisine se brise enfin. Ses doigts remontent lentement sur ma nuque pour attraper mes cheveux et faire basculer ma tête en arrière. Sous la force de sa poigne, à la fois douce et assurée, je laisse échapper un gémissement. Ma réaction provoque chez lui un grognement rauque. Cette fois je sais que j'ai libéré cette partie brute et sensuelle qui était enfermée au fond de lui depuis la naissance de notre fille. Comme pour me prouver que je dis vrai, il prononce, la voix vibrante de désir :

– Ne me dis pas que tu regrettes déjà.

– Ne me dis pas que tu te dégonfles déjà.

Il laisse échapper un rire grave, de ceux qui ont toujours eu le don de faire naître des frissons dans mon corps tout entier.

– Fallon, dis-toi que je ne fais que commencer.

Quand ses lèvres se posent sur les miennes, je déguste chacune des marques de tendresse, comme une assoiffée.

Nos échanges sont fiévreux, désordonnés, loin de la politesse et de la retenue que nous nous réservons depuis des mois. Pendant que sa bouche s'aventure dans mon cou, mes mains froissent sa chemise. Je sens quelques boutons céder sous mon empressement mais peu importe. Dans ce couloir sombre, ce soir, nous n'avons nulle part ailleurs où nous perdre que l'un dans l'autre. Quand je sens sa peau glisser sous ma langue, son cou ou peut-être une épaule, je ne résiste pas et mords. Il étouffe un cri.

– Tu veux jouer à ça ?

Ses mains s'empressent de détacher les liens de mon top pour libérer ma poitrine et je me retrouve à demi-nue. Pour une fois, je ne pense pas à mes vergetures ou aux défauts qui m'obsèdent depuis plusieurs semaines. Il embrasse, lèche, mordille mon corps jusqu'à annihiler tous mes complexes. Arquée contre l'étagère, je m'abandonne à mon mari. Et c'est réciproque car ici et maintenant, il adore chaque parcelle de mon être. Il couvre de baisers chaque recoin de mon ventre jusqu'à se retrouver à genoux devant moi :

– Tu es tellement belle, putain ! Tu m'as tellement manqué.

Ces mots, que je rêve d'entendre depuis des mois, ont plus d'effet que n'importe quelle caresse. La chaleur qui naît dans mon ventre ne fait que monter. Au point que, lorsque Luke passe ma cuisse sur son épaule et que ma jupe se retrouve retroussée sur mon ventre, j'en tremble. Quand ses doigts s'aventurent sur mon intimité, la tension est telle que je resserre les cuisses.

– Quoi, je me suis trompé ? Ce n'est pas ce que tu voulais que je te fasse ?

– Si, soufflé-je alors que l'excitation étrangle les mots dans ma gorge.

– Parlez plus fort, madame Scott. Je ne vous entends pas. Est-ce que c'est ce que tu veux ?

Je suis presque choquée de l'effet qu'il provoque sur moi. J'ai besoin d'un instant pour recouvrer mes esprits et reprendre le contrôle de ma respiration.

– Tu sais très bien que c'est exactement ce que je veux.

– Parfait.

Sans plus de ménagement, il passe une main entre mes jambes et déplace le tissu de mon sous-vêtement pour se frayer un passage. Dès que ses doigts me pénètrent, je ne sais plus où j'habite. D'ailleurs, pendant un instant, j'en oublie même que je suis dans la maison de mon enfance, dans ce cellier avec ma famille à côté : je laisse échapper un cri de plaisir en envoyant balader les boîtes sur l'étagère. Je suis obligée de me mordre l'intérieur de la joue pour me faire taire. Comme pour me faire revenir vers lui, Luke pose une main sur mon ventre et murmure :

– Respire, Fallon.

Et j'obéis. Plus mes inspirations sont profondes, plus je me détends autour de ses doigts.

– Tu es parfaite. Laisse-moi entendre comme tu aimes ce que je te fais.

Ses éloges se mélangent aux vagues de plaisir qu'il me procure. Et alors que je voudrais que ça ne s'arrête jamais, il retire sa main.

– Qu'est-ce que tu fais ?

– Puisque je te dis que ça ne fait que commencer.

Il fait glisser ma culotte le long de mes jambes. Cette fois, je ne sais vraiment pas comment je vais réussir à me contrôler.

– Rappelle-toi que tu dois rester silencieuse.

– Je ferai de mon mieux mais…

Sa bouche se pose sur la partie la plus sensible de mon intimité, et je comprends que faire de mon mieux ne sera pas suffisant. Je pose une main sur ma bouche, tentant le plus possible de bâillonner mon plaisir, mais rapidement ses doigts s'enfoncent dans la chair de mes fesses, accentuant chaque mouvement de sa langue. Je suis au bord de l'extase.

– Je t'en supplie, ne t'arrête pas.

– Tu es sûre de vouloir jouir comme ça ? s'amuse-t-il.

– Absolument !

C'est plus fort que moi. Impossible d'attendre une seconde de plus. Je glisse mes mains dans ses cheveux bruns et enfouis sa tête entre mes cuisses. Moi, normalement si réservée, je me laisse totalement aller. J'ondule sur sa langue et c'est merveilleux. Mon corps, privé de toute forme de plaisir charnel pendant des mois, prend les rênes, laissant la bienséance à la porte. Chaque va-et-vient est plus délicieux que le précédent et rapidement je sens mon plaisir prendre son envol. Encouragée par sa poigne autour de mes fesses, je me retrouve à balancer mon bassin d'avant en arrière de plus en plus vite.

– Luke.

Je répète encore et encore son prénom comme pour me rappeler que je ne rêve pas. Que c'est bien mon mari qui est agenouillé devant moi, saluant mon désir. Comme seule réponse, ses grognements vibrent contre mon clitoris, accentuant davantage mon plaisir.

L'orgasme est puissant, presque violent. Profond, il fait vaciller chaque parcelle de mon corps délaissé depuis si longtemps. Il me faut quelques secondes pour reprendre mon souffle. Luke dépose un dernier baiser sur mon intimité avant de remonter lentement. Il me rattrape quand il sent que je vais chavirer.

– Je te tiens, susurre-t-il en passant ses mains sous mes fesses pour me hisser sur une des étagères derrière moi.

Pendant quelques secondes, le bonheur est total. Complètement abandonnée entre ses bras, je sens l'émotion venir. Je suis incapable de lui répondre, bouleversée d'avoir retrouvé cette connexion qui nous manquait tant.

– Je suis là.

Et cette fois, je sais que c'est vrai. Je suis sur le point de l'embrasser quand un bruit sourd me surprend alors que l'appui sous mes fesses cède. Sans savoir comment, je me retrouve au sol, à cheval sur Luke. Un rire incontrôlable soulève ma poitrine, bientôt accompagné par celui de Luke.

– Tu vas bien ?

– Je vais plus que bien, dis-je en déposant des baisers sur son cou, pressée de lui rendre la pareille.

– Attends, m'arrête-t-il avant de se lever.

– Je croyais qu'on ne faisait que commencer ?

– Mais laisse-moi au moins remettre la lumière dans la maison.

– Tu es si noble de te préoccuper de ma famille.

– Pas du tout. Tout le monde resterait dans le noir si ça me permettait de passer plus de temps avec toi. Mais, premièrement, je ne veux pas qu'on vienne nous déranger.

– Et ensuite ?

– Ensuite, je veux regarder ma femme dans les yeux quand elle me supplira de la faire jouir une deuxième fois.

Il dépose un dernier baiser sur mes lèvres avant de quitter la chaleur de mon corps. Une fois debout, il sort son téléphone de la poche arrière de son jean. Éclairant l'armoire électrique, il rétablit le courant en une fraction de seconde. Une lumière crue arrache notre moment d'intimité à la pénombre. En temps normal, je serais déjà en train de couvrir mon corps. Mais pas ce soir. À la place, je profite du spectacle. Luke est beau, torse nu, son pantalon ouvert tombant légèrement sur ses fesses galbées. Et j'ai beau pincer mes lèvres entre mes dents, impossible de retenir mon sourire quand il me dit :

– Maintenant, retire cette jupe avant que je ne l'abîme.

8
Fallon

Celui qui gardait un secret

Je ne sais pas combien de temps nous avons passé enlacés par terre dans le cellier, entourés de paquets de gâteaux et de boîtes de conserve, mais j'aurais voulu y rester pour toujours. Pendant un moment, j'ai eu peur que ce chapitre ne soit qu'une parenthèse, mais sa présence dans mon dos, tout contre moi, me rappelle que nous nous sommes bel et bien retrouvés.

– Qu'est-ce que tu fais ?

– Je regarde si je peux récupérer quelque chose de cette pâte à cookies.

Alors que je racle les bords du saladier avec une maryse en secouant la tête, Luke s'approche de moi et m'enlace. Ses mains se posent sur mon ventre et je souffle, soulagée. Je laisse reposer ma tête contre son torse.

– La pâte est fichue, me souffle-t-il entre deux baisers dans le cou. On n'a pas rendu hommage à la recette de ta mère...

Je lis la dernière ligne de la recette – « et une pépite de chocolat pour chaque "je t'aime" que nous nous dirons » – et souris.

– Je crois qu'elle serait surtout contente qu'on soit ensemble pour la refaire.

– Je suis sûr que de là où elle est, elle sourit.

– Oui. Enfin... j'espère qu'elle avait un truc à faire pendant qu'on était dans le cellier.

Pour la première fois depuis longtemps, nous rions ensemble. Je pose ma tête contre sa poitrine et me laisse bercer par le son de sa joie. Sauf que ce serait trop simple. Tout ce que nous avons traversé depuis presque deux ans, entre la maladie de ma mère, sa mort, l'accouchement et le bouleversement de devenir parents ne peut pas se régler en une heure.

– Bon... Tu comptes faire quoi ce soir ?

Il me regarde, surpris.

– Qu'est-ce que tu veux savoir ?

– Tu vas toujours chez Gloria ?

– Tu crois encore qu'il se passe quelque chose entre nous ?

– Non... Je pense que je ne l'ai jamais vraiment cru. Elle représente simplement tout ce qui ne va pas chez moi, chez nous.

– C'est-à-dire ?

– Je ne me sens pas bien dans ma peau, elle est rayonnante. On peine à se parler, vous vous marrez toute une soirée. Je me suis mis en tête qu'elle était spéciale surtout parce que j'avais l'impression de ne plus l'être à tes yeux.

– Je suis désolé, ça n'a jamais été mon intention... Surtout que...

Il ne finit pas sa phrase. À la place, il récupère son portefeuille dans la poche arrière de son jean et y farfouille quelques secondes.

– Qu'est-ce que tu cherches ?

– La preuve qu'il n'y a toujours eu que toi.

Quand il sort un minuscule bout de papier à carreaux plié en douze, je fronce les sourcils. Il le pose sur le comptoir et le fait glisser vers moi avec son index.

– Ouvre, Babycakes !

L'entendre m'appeler par le surnom qu'il me donnait quand on s'est rencontrés me fait sourire. Je m'exécute. Lorsque je découvre ma propre écriture adolescente, conservée sur ce petit bout de papier, j'en perds la voix. Les mots « Tu veux faire équipe avec moi ? Oui ou Non » me font monter les larmes aux yeux.

– C'est le mot que tu m'as envoyé il y a quinze ans. J'ai préféré répondre de vive voix juste pour garder une preuve que la plus jolie fille du lycée m'avait vraiment invité à faire des cookies avec elle.

Nous sommes tous les deux penchés sur le morceau de papier que j'avais arraché de mon agenda. Sans pouvoir me retenir, je passe mes bras autour de son cou et dépose un baiser sur ses lèvres.

– Tu l'as gardé toutes ces années ?

– Je l'ai gardé toutes ces années. Tous les jours avec moi. Donc je suis désolé pour mes silences, de ne pas avoir su communiquer avec toi mes peurs. Je te jure que je vais essayer de faire mieux.

– Je suis désolée d'avoir été à cran. Pour nos engueulades. On va faire mieux.

– D'ailleurs, je propose qu'on fiche le camp. On pique une bouteille au frais et on profite de notre soirée de libre.

Il attrape ma main et me fait tourner sur moi-même avant de me ramener contre lui. Je pose ma main sur son torse pour calmer ses ardeurs :

– J'aime beaucoup ce programme, mais mon père attend du monde et on n'a rien à manger.

– Et où est M. Scott pendant que ses filles cuisinent et que son gendre répare sa maison ?

– Tu connais mon père...

Il laisse échapper un souffle exaspéré et lève les yeux au ciel.

– Et il te connaît. Il sait aussi qu'il n'a pas besoin de s'occuper de quoi que ce soit parce que tu es là pour le faire à sa place. Si nous nous sommes éloignés cette année, c'est aussi parce que tu te tues à être la mère de deux foyers. Après le décès de la tienne, tu as dû prendre son rôle.

– Je n'irais pas jusque-là...

– Ah bon ? Qui a aidé Hazel pour son inscription à l'université ? Qui s'est assuré que tout le monde était présent au match de basket d'Ivy, ou a organisé une soirée visionnage des MTV Music Awards pour voir Taylor à la télé ? Alors que Taylor n'a même pas pris la peine de venir rencontrer notre fille. Je sais que tu tiens à les avoir au téléphone chaque semaine juste pour t'assurer qu'Aimee ne s'est pas laissée mourir de faim sous une pile de dossiers à rendre. Sans parler des mois qui ont suivi le décès de ta mère pendant lesquels tu as dû porter ton père à bout de bras.

– Je suis l'aînée, c'est mon rôlc.

– Je sais. Tu es la personne la plus généreuse et désintéressée que je connaisse. Et je suis ravi d'être là pour t'épauler, mais tu as aussi le droit de penser à toi de temps en temps.

Je pose le saladier et me repasse mentalement l'année qui vient de s'écouler. C'est vrai que je me suis efforcée d'être là pour tout le monde même quand on ne me l'a pas demandé. Et, heureusement pour papa, les amies de maman ont été d'un grand soutien pour lui. Je dois toutefois avouer que le temps m'a manqué ces derniers mois. Et cette journée, ce passage chez le coiffeur, ces nouvelles fringues, c'était aussi une petite folie dans cette année où je reste la première personne que j'ai délaissée.

– De quoi tu as envie, maintenant ?

Je prends le temps de réfléchir mais la réponse m'apparaît presque instantanément.

– Tu sais quoi ? Tu as raison. Je ne suis pas celle qui a invité tout le quartier. J'ai envie de passer la soirée à faire la fête avec mon mari.

J'attrape le saladier et ouvre la poubelle pour y jeter la pâte à cookies. Je sors une bouteille de vin pétillant du frigo pendant que Luke attrape deux coupes et me prend la main.

– Ça me semble un programme parfait ! Et si ton père n'est pas content, il n'a qu'à servir les conserves dont il remplit les placards.

Je le regarde ouvrir la bouteille et nous verser un verre chacun.

– On trinque à quoi ?

– À cette nouvelle année. Qu'elle soit un nouveau départ.

– À cette nouvelle année. Qu'importe ce qu'elle nous réserve, je veux la traverser avec toi... Si tu savais comme tu m'as manqué.

Cette dernière phrase trahit les larmes qui menaçaient de quitter mes paupières. En réponse, Luke m'ouvre grand ses bras et je m'y réfugie. Une fois enveloppée de sa chaleur si familière, je retrouve enfin ce qui m'a manqué ces derniers mois. Mon partenaire de crime, mon compagnon de route, mon roc sur lequel je peux toujours me reposer quand je me sens flancher, mon âme sœur à laquelle je reste liée même quand je suis seule.

– Je suis là. Je suis rentré à la maison, me murmure-t-il, ses lèvres tout contre les miennes.

– Et puis, après l'année qu'on vient de passer, la prochaine ne peut pas être pire.

– Oh, méfie-toi. La vie a plus d'imagination que nous. Et d'ailleurs, en parlant de mauvaise surprise : tu sais ce que ton père veut vous annoncer ce soir ?

Avant que je ne puisse lui répondre, des éclats de voix nous parviennent de la salle à manger. Je reconnais clairement les grognements aigus d'Hazel et le faible répondant de mon père.

– Ah, je crois que Bambi n'est pas contente. Tu penses que ton père lui a encore servi un steak alors qu'elle est végane ?

– Pour ça, il faudrait qu'il ait pris la peine d'aller faire des courses. Allons voir ce qui se passe et après on file.

J'ouvre le placard, y prends deux paquets de biscuits et une grande assiette avant que la main de Luke ne me mène jusqu'au salon. Une fois dans la grande pièce principale, je retrouve ma famille comme je l'ai toujours connue : en pleine engueulade. Mon père est assis sur son fauteuil pendant qu'Hazel est presque au-dessus de lui. Aucun invité ne semble être arrivé. La météo a dû en retarder plus d'un. Je repère tout de même Carole dans un coin de la pièce, totalement effarée par la scène qui se déroule sous ses yeux.

– Qu'est-ce qui se passe, Bambi ? intervient Luke en posant une main sur son épaule pour la calmer.

– Papa m'exaspère, comme d'habitude. Ça fait des jours qu'on attend cette « grande nouvelle », j'en ai marre. Dis-nous maintenant, c'est quoi ?

– Calme-toi, Hazel. Taylor n'est pas encore arrivée et Ivy est on ne sait où. Je préfère que vous soyez toutes là pour en discuter, persiste mon père.

– Mais discuter de quoi, bordel ? J'ai passé la semaine dans le suspense, c'est pire qu'un Agatha Christie. Arrête de nous mener en bateau et crache le morceau.

– Elle a raison, papa. Dis-nous une bonne fois pour toutes. On ne sait même pas si Taylor arrivera ce soir, j'ajoute.

– Et ne me prends pas pour une idiote. Je vois bien que tu nous caches quelque chose. C'est quoi, tous ces cartons dans les chambres, là-haut ?

Cette fois, plus personne ne rit. Plus personne ne bouge. Nous sommes tous suspendus aux lèvres de mon père. Il passe une main dans ses cheveux.

– Papa, dis-nous ce qui se passe, interviens-je.

– D'accord… J'aurais préféré que vous soyez toutes là. Mais tant pis.

Nous retenons tous notre souffle.

– Je vous voulais toutes pour ce Nouvel An à la maison car ce sera notre dernier ici.

– Comment ça ? Tu es malade ?

– Non, au contraire. Je suis en pleine forme et je veux en profiter. Je vends la maison.

– Attends, quoi ? Quelle maison ? demande Hazel. J'espère vraiment que tu parles d'une villa à Cuba dont tu aurais oublié de nous informer.

Oh non... Il n'a pas pu faire une chose pareille.

– Bon courage, Rob ! On ne peut pas allumer un grille-pain sans manquer de s'électrocuter, il y a des fuites partout... Vraiment une affaire, cette maison, se moque Luke.

– C'est une blague, pas vrai ? s'insurge Hazel avant de voir le regard déterminé de notre père. Mais c'est ma maison ! Tu ne peux pas faire ça !

– C'est notre maison à toutes, même si on ne vit plus ici.

– Je suis désolé, mais je ne pensais pas que ça vous dérangerait... Vous n'êtes jamais là, de toute façon.

– Donc tu nous fous dehors ? Pas de problème ! Je vais te rendre service et foutre le camp tout de suite !

Je tente de la retenir, mais Hazel retire vivement son bras.

– Qu'est-ce qui se passe ?

Aimee est suivie de très près par un grand homme brun. Elle semble totalement paniquée. Hazel est déjà partie quand Aimee m'adresse un regard d'incompréhension.

– C'est papa, il va vendre la maison ! annoncé-je sans ménagement avant de quitter la maison à la poursuite de notre benjamine.

Une fois à l'extérieur, je la vois s'engouffrer dans la rue, ses cheveux malmenés par les vents violents. Je m'apprête à la suivre quand Luke me retient.

– Laisse-la partir, elle a besoin de souffler. J'irai lui parler tout à l'heure.

Je suis de toute façon incapable de trouver quoi lui dire. Mon père va vendre la maison ?

Je lève les yeux et laisse mon regard dériver sur les murs de notre demeure. Sur le seuil de cette porte, c'est là que Luke est venu me chercher pour mon bal de fin d'année et que j'ai su que ce serait l'homme de ma vie. C'est sur le canapé de notre salon qu'il m'a dit « je t'aime » pour la première fois. Sans compter les innombrables souvenirs que je garde de mes sœurs et de ma mère... Comment est-ce possible de laisser toute cette histoire derrière nous ? Je me sens flancher alors qu'un tourbillon de souvenirs m'assaille. Au moment où je cherche l'appui de la façade pour me maintenir debout, deux bras entourent ma taille.

– Je suis là, je te tiens.

– Il vend notre maison, Luke.

– Je sais.

Je me tourne et me blottis dans ses bras. Cette nouvelle, je ne l'avais pas vue venir. Luke a raison : la vie est bien créative quand il s'agit de torturer les sœurs Scott. Enveloppée dans la chaleur qui m'a manqué pendant presque un an, je ferme les yeux et me rassure comme je peux.

Qu'importe ce que cette année nous réserve, nous la traverserons ensemble.

9

Aimee

Celle qui travaillait pour Satan en personne

Retrouver mes sœurs et savoir que nous allons passer le cap du Nouvel An ensemble éclipse la désagréable compagnie que je subis. Puis, mon regard s'arrête sur le panneau aux abords de la route, nous indiquant qu'il nous reste cinq kilomètres avant d'arriver à Wilmington.

– Nous y sommes bientôt, enfin !

Ce n'est pas trop tôt ! Je pensais que nous n'y arriverions jamais.

– Impatiente d'y être ou de vous débarrasser de moi ?

Euh, les deux ?

– Ni l'un ni l'autre. Je n'aime pas trop les trajets en voiture.

En réalité, malgré tout le confort de sa Bentley, il est des compagnies plus agréables que celle de Satan en personne pour parcourir les cinq cents kilomètres qui me séparent de la demeure familiale.

Je jette un regard en biais en direction de mon redoutable patron que je hais presque autant que je l'admire. Effectivement, c'est bien ça le problème ! J'aimerais l'admirer un peu moins, et le détester un peu plus.

Cet homme à l'aura écrasante qui trouble mon esprit, mon cœur, et m'inspire tant de sentiments contradictoires, c'est Cillian Edward James. Mon employeur depuis plus de deux ans maintenant et accessoirement le big boss de James Holdings : l'une des plus grandes boîtes tech de la côte Est. Ce qui fait de lui le plus beau parti de Chicago, d'après le classement Forbes et les tabloïds.

Tantôt convoité et admiré, tantôt craint et réprouvé, il est impitoyable. Et devinez quoi ? J'ai l'immense honneur d'être son assistante (vous sentez l'ironie ?).

Il m'incombe donc la lourde responsabilité de le supporter à plein temps, de le seconder dans tous les dossiers sur lesquels il travaille, de gérer son agenda en plus de devoir lui servir son café, de récupérer ses costards hors de prix chez le teinturier, de sélectionner des cadeaux de Noël pour sa famille et même d'envoyer des fleurs à ses conquêtes d'une nuit pour les remercier avant qu'il ne les congédie poliment (je le sais puisque c'est aussi moi qui écris les cartes et qui m'occupe des réservations d'hôtel). Un vrai cliché sur pattes de l'assistante multitâche !

Près de moi, dans son costume Tom Ford (le diable ne s'habille pas toujours en Prada, CQFD) d'un noir profond mettant en valeur son teint hâlé et ses épaules carrées, Satan semble imperturbable, concentré sur la route. J'en profite pour l'étudier un instant du coin de l'œil. Diablement beau. Il a un visage d'ange déchu, un regard acéré de la couleur du ciel surmonté par des sourcils épais, et une mâchoire puissante qu'il contracte quand il est nerveux ou sur le point de se montrer vulnérable – c'est arrivé une seule fois.

Malgré notre long trajet en voiture, il est toujours aussi impeccable que lorsque nous avons quitté Chicago. J'envie son élégance naturelle. De plus, sa chemise d'un blanc immaculé ne comporte pas l'ombre d'un pli, sa peau lisse ne brille pas et ses cheveux sont savamment ramenés vers l'arrière comme s'il venait d'y passer les doigts. Il ne transpire pas, et ne s'est pas plaint une seule fois de fatigue ou de faim. En fait, je crois que j'ai percé son secret : ce type n'est pas humain !

Tiens, voilà une hypothèse qui justifierait pas mal de choses, comme son absence de compassion ou le fait qu'il n'affiche aucune émotion ou encore qu'il soit aussi cruel envers les gens qu'il emploie.

Vous l'aurez compris, travailler pour ce cher Cillian (oui, dans ma tête, je l'appelle par son prénom), me coûte. Cela étant, je dois avouer que me sentir indispensable me plaît, même si je raconte le contraire à mes sœurs afin de calmer leurs spéculations quant à une possible relation entre lui et moi. Que ce soit clair, rien n'est envisageable entre nous ! Jamais ! Je veux dire, il est lui... et je suis moi, juste Aimee Scott.

Toutefois, bien qu'il lui arrive d'envahir mon esprit comme c'est souvent le cas (constamment ?), ça ne signifie rien. Rien du tout !

Je me racle la gorge et décide de me repoudrer le nez avant que nous arrivions à la maison. Je récupère ma trousse à maquillage dans mon sac en ignorant le regard de Cillian. Avec un peu d'autopersuasion, je suis certaine que je peux oublier sa présence.

Le miroir de courtoisie me renvoie un reflet tout de suite beaucoup moins glorieux que celui de mon voisin. Mon mascara a coulé, mes lèvres sont gercées à force de les mordiller pour contenir mon anxiété, les jolies boucles que j'ai faites dans mes cheveux ce matin ont disparu et ma robe est aussi froissée que si elle sortait du sèche-linge.

Moi qui avais fait l'effort de soigner mon apparence afin de pouvoir prouver à ma famille combien je suis comblée et épanouie dans ma vie malgré ma rupture avec Dean il y a quelques mois... C'est râpé, on dirait.

Tout ça parce qu'il me reprochait d'être trop accaparée par mon travail. Ce qui en soi n'est pas complètement faux, mais c'est aussi le prix à payer quand vous êtes au service de quelqu'un comme Cillian.

En échange, mon salaire me permet de vivre plus que confortablement et d'ajouter une ligne sur mon CV que m'envient la plupart des assistantes de ce pays. Et puis, il ne faut pas oublier que travailler pour Cillian James est un avantage qui m'ouvrira les portes de n'importe lequel de ses concurrents si j'envisage de le quitter. La seule contrepartie, c'est le célibat. Difficile de s'investir dans une relation quand votre patron vous accapare continuellement. Et de n'avoir personne qui m'attend quand je rentre le soir, eh bien, je dois l'avouer, cela commence à me peser.

Je rectifie mon maquillage du mieux que je peux. Quant à mes cheveux et à ma robe, je ne peux rien y faire dans l'immédiat. De toute façon, autant me rendre à l'évidence : jamais je ne pourrai tromper mes sœurs. Même si on ne s'est pas beaucoup vues depuis la mort de notre mère, j'ai grandi avec elles. Elles me connaissent mieux que personne et peuvent lire en moi comme dans un livre ouvert. Au premier coup d'œil, elles se rendront compte que je ne déteste pas mon travail et mon patron autant que je le prétends.

Malgré moi, un profond soupir de lassitude m'échappe.

– Le trajet a donc été si pénible ?

– Quoi ? Vous n'allez pas me faire croire que vous êtes vexé.

– Qu'en savez-vous ? Peut-être est-ce effectivement le cas.

– J'en doute. Pour ça, il faudrait ressentir des émotions, et nous savons tous les deux que vous en êtes incapable, déclaré-je en rabattant le pare-soleil.

Un rictus moqueur flotte à la commissure de ses lèvres insolentes.

– On dirait que vous m'avez bien cerné. Soit vous êtes une admirable psychologue, soit vous travaillez trop.

– La deuxième option, cela va de soi.

– Je ne vous le fais pas dire !

– Ravie que vous en preniez enfin conscience.

– Je sens une pointe d'insatisfaction, mademoiselle Scott, je me trompe ?

Le fait que nous soyons dans un cadre privé mais que nous conservions cette barrière formelle est étrange.

– Mademoiselle Scott ? répété-je dans ma barbe.

N'empêche, je ne devrais pas être étonnée. Depuis que je travaille pour lui, je ne l'ai jamais vu proche d'un de ses employés. La seule personne qui peut se vanter de fissurer sa carapace en titane est sa petite sœur, Esme James. Une personne charmante avec qui je m'entends plutôt bien. C'est même étonnant que ces deux-là soient de la même famille tant ils sont différents.

– Quelque chose ne va pas avec votre patronyme ?

Je m'étire contre le cuir, savourant le confort du siège chauffant de sa Bentley Continental.

– Absolument pas, murmuré-je, me retenant de lever les yeux au ciel.

– Si vous avez quelque chose à dire, c'est le moment ! Je ne vous en tiendrai pas rigueur, vous avez ma parole.

Je pivote vers lui et suis assaillie par son regard pénétrant.

– Oh, mieux vaut ne pas me tenter, monsieur James, lâché-je en insistant sur son nom.

– Allez, videz votre sac ! ordonne-t-il d'une voix autoritaire. Cela ne vous coûtera pas votre place si c'est ce qui vous inquiète.

Puisqu'il tient à le savoir...

– *Primo*, c'est vous qui devriez être inquiet à l'idée de me perdre. Dois-je vous rappeler qu'avant moi, aucune assistante n'est restée au-delà de la période d'essai ? Vous les faites fuir à toutes jambes les unes après les autres.

– Elles n'étaient pas à la hauteur, mais soit je le concède. Poursuivez...

– *Secundo*, nous travaillons ensemble depuis plus de deux ans, je sais tout de vous, jusqu'à votre numéro de carte bleue.

J'évite de rajouter que je connais avec précision toutes ses informations sensibles, son parfum et même la couleur de ses draps.

– Et nous venons de passer près de sept heures à moins de trente centimètres l'un de l'autre à mêler nos souffles, j'espérais naïvement qu'à ce stade, nous aurions pu laisser tomber les « monsieur » et les « mademoiselle » et utiliser nos prénoms.

Les sourcils de Cillian se froncent, un peu comme s'il semblait réfléchir sérieusement à la question.

Mais au lieu de répondre, il laisse le silence s'installer.

Un silence qui s'étire sur plusieurs minutes, si bien que je crains qu'il ait changé d'avis et qu'il réfléchisse à la meilleure manière de me virer de sa boîte, et... de sa voiture.

Pendant ce temps, je décide de changer de musique pour quelque chose avec des paroles. Non pas que je n'apprécie pas le génie de Beethoven, mais au bout de plusieurs heures, son *Concerto pour piano numéro 4* me sort par les trous de nez.

Au moment où je touche à sa radio dernier cri, Cillian écarte ma main.

– Qu'est-ce que vous croyez faire comme ça ?

– À votre avis ?

– Vous connaissez la règle.

Je lève les yeux au ciel, en répétant silencieusement la fichue règle qu'il m'a imposée à l'instant où j'ai posé un pied dans sa voiture de luxe qui consiste à *ne surtout toucher à rien*.

Obéir au doigt et à l'œil n'est pas dans ma nature. Depuis le temps, il devrait avoir l'habitude. La seconde suivante, la voix de The Weeknd emplit l'habitacle.

– Et évidemment, elle n'en fait qu'à sa tête, marmonne mon patron pendant que je dodeline de la tête au rythme de « Blinding Lights ».

Pour être honnête, je me demande encore comment j'ai pu survivre à notre promiscuité sans qu'il me jette dehors ou que l'un de nous étrangle l'autre.

Tout de même, faire cinq cents bornes en compagnie du roi des Enfers dans un habitacle aussi grand qu'un mouchoir de poche, même le plus courageux et le plus téméraire des héros de l'Olympe ne s'y serait pas risqué.

– Vous savez, je ne vous propose pas de vous endetter sur trente ans avec moi, seulement de laisser tomber cette barrière ridicule, au moins quand nous sommes en dehors du bureau, insisté-je à nouveau.

Moi, têtue ? Si peu...

– J'avais compris.

– Et qu'en dites-vous, Cillian ?

Mon audace me surprend. En réponse, ses iris d'un bleu céruléen brillent d'une lueur de défi. Je parie qu'il se demande si j'aurai le courage de poursuivre. Je m'éclaircis la voix, et vais au bout de ma pensée.

Il m'a promis de ne pas me virer, mais si je suis quand même remerciée pour ça, ma foi, tant pis ! De toute façon, ça fait un moment que je songe à partir et à trouver autre chose. Un travail dans lequel je ne fantasmerais pas sur mon patron.

Bon sang, mais c'est quoi mon problème ?

– Je comprends que vous teniez à cloisonner les relations que vous entretenez avec vos employés, que vous aimiez la distance que ça instaure parce que vous êtes allergique aux relations humaines, mais au cas où vous l'auriez oublié : c'est vous qui avez insisté pour que nous fassions la route ensemble !

Quand j'ai appris que la compagnie annulait mon vol parce qu'une alerte tempête de niveau deux a paralysé tous les vols au départ de Chicago et de sa région, Cillian a immédiatement proposé de m'accompagner.

J'ai d'abord refusé, bien entendu !

Me retrouver avec lui dans un espace aussi réduit que l'intérieur d'une voiture était une option inenvisageable pour moi. Puis, il m'a expliqué qu'il comptait profiter de l'unique jour de congé qu'il accepte de prendre dans l'année pour se rendre dans sa famille, à Savannah et que Wilmington était sur sa route, que ça ne le dérangeait pas de me déposer en chemin. J'ai donc fini par capituler et accepter son offre de covoiturer.

– Personne ne vous a obligé à me rendre service, lui rappelé-je au cas où sa mémoire lui ferait défaut.

Mon élan de courage se ratatine quand Cillian se gare sur le bord de la route, puis se tourne vers moi. Avec son bras derrière mon appuie-tête, il envahit tout mon espace.

Bon ma vieille, je crois qu'il est grand temps de mettre à jour ton CV sur LinkedIn.

– Je n'ai pas oublié, Aimee.

Je pivote d'un coup vers lui.

Il m'a appelée par mon prénom où j'ai halluciné ?

– Je vous demande pardon ? Qu'est-ce que vous venez de dire ?

– Vous n'avez pas rêvé. Et tout bien réfléchi, vous avez raison, faisons ça. À présent que ce détail est réglé, changeons cette musique.

Au même moment, un éclair déchire le ciel et m'arrache un hoquet de surprise. La tempête gronde au loin et d'épais nuages flottent au-dessus de nos têtes tandis qu'un vent furieux agite la cime des arbres.

On dirait que tous les éléments se sont donné rendez-vous pour se déchaîner ce soir, et bientôt quelques minuscules gouttes de pluie tambourinent sur le pare-brise, activant les essuie-glaces automatiques.

– Nous devrions y aller.

– Vous avez raison, si nous nous attardons davantage, j'ai bien peur que la tempête nous rattrape.

– Et que vous ne puissiez plus reprendre la route ensuite, complété-je pour nous deux.

Cillian démarre, une main sur le volant et l'autre passant plusieurs fois de suite dans ses mèches brunes tandis qu'il roule un peu trop vite à mon goût. Je me penche vers lui afin de vérifier discrètement le compteur de vitesse, mais sa voix rauque me surprend.

– Un problème, Aimee ?

Je m'apprête à lui demander de ralentir parce que je suis trop jeune pour mourir, quand soudain, une ombre surgit sur la route devant nous. Je pousse un cri aigu, le cœur au bord des lèvres, terrifiée.

– Cillian, attention !

Il tourne brusquement le volant sur la gauche afin d'éviter l'animal en jurant dans sa barbe.

– Putain !

Heureusement, j'ai ma ceinture, mais malgré tout, le coup de frein qu'il donne est si inattendu qu'il propulse ma tête en avant et, sans sa main protectrice devant moi pour me retenir, mon front aurait percuté le tableau de bord.

Lorsque la voiture s'immobilise entre les deux voies, je suis encore sous le choc.

– Aimee, vous allez bien ? dit-il en se tournant vers moi et en encerclant mon visage entre ses paumes tièdes.

L'urgence dans sa voix achève de me surprendre.

– Vous n'avez rien ? Bon sang, dites-moi que vous n'avez rien de cassé ? répète-t-il.

Il m'examine, faisant pivoter ma tête de gauche à droite, l'air sincèrement préoccupé par mon état.

Son inquiétude est trop bizarre. Et inhabituelle.

– Ma nuque, bientôt, si vous ne cessez pas de la malmener de la sorte.

– Je suis désolé, je n'aurais pas dû me laisser distraire.

Son ton est empreint de colère, mais celle-ci semble diriger contre lui.

– C'était ma faute, mais je ne pensais pas que vous en profiteriez pour chercher à me tuer, le taquiné-je dans une veine tentative pour le dérider.

Cillian ne répond pas, les sourcils froncés. Pire encore, ses mâchoires sont méchamment contractées, comme lorsqu'il est nerveux.

– Hé, je plaisantais, d'accord ?

– Il n'y a rien de drôle.

– Vous avez raison. Ça arrive, et le principal, c'est que nous allions bien tous les deux, Cillian.

Il consent finalement à me relâcher, le visage fermé, et redémarre, les doigts crispés sur le volant si bien que les jointures de ses mains sont blanches.

– À votre avis, qu'est-ce que c'était ? On aurait dit un cerf, non ?

Cillian ne répond pas et ne dit plus un mot pendant tout le reste du trajet. Pas même lorsque nous entrons dans la ville.

Revenir ici après un an me rappelle tellement de souvenirs. J'observe le centre-ville de Wilmington à travers la vitre, surprise de découvrir que la plupart des boutiques ont mis la clé sous la porte.

La vache ! C'est si... triste.

Je sais que les différentes crises économiques ont été dévastatrices pour nombre de commerces de proximité, mais là, c'est carrément inquiétant. Un peu comme si le cœur de la ville sombrait lui aussi.

Dans mon souvenir, à l'approche des fêtes, la grande rue était animée et tout le monde se retrouvait pour déguster un chocolat chaud chez Molly. Le salon de thé semble ne pas avoir été épargné non plus. Toutefois, quelques décorations lumineuses suspendues ici et là viennent donner un petit côté festif à ce tableau mélancolique.

Je constate également qu'il n'y a pas un chat dans les rues désertiques. Cela dit, il ne fait pas bon se balader dans la ville avec cette météo troublée.

– C'est donc ici que vous avez grandi ?

J'opine du chef, le regard balayant les alentours.

– Quelle ambiance ! Je ne comprends pas ce qui vous a donné envie de quitter ce nid douillet pour venir vivre à Chicago.

– Oh, ça va ! Ce n'est pas aussi désert, d'habitude. Dois-je vous rappeler qu'il y a une alerte tempête qui se profile ?

– Ah, c'est donc ce qui explique que nous nous trouvions dans le décor d'un mauvais film d'horreur.

Du coin de l'œil, j'aperçois ses lèvres s'ourler dans un rictus moqueur – sa marque de fabrique.

Est-ce qu'il fait de l'humour ? Je pensais qu'il en était dépourvu. Je me contente de lui indiquer le chemin, satisfaite qu'il ne soit plus contrarié à cause du cerf.

– Continuez tout droit et à la prochaine, prenez à droite, puis au rond-point, vous prendrez à gauche, et ce sera la première maison en face.

– À vos ordres.

Cillian suit mes instructions à la lettre sans rien ajouter, néanmoins je remarque que, de temps à autre, nous faisons des écarts.

– La route est catastrophique, se justifie Cillian, les mains cramponnées au volant.

Au bout du chemin apparaît enfin la grande bâtisse où j'ai grandi. Une maison en pierre blanche à la façade craquelée par endroits et aux volets brinquebalants. Comparée aux maisons du voisinage, il est vrai que la nôtre aurait bien besoin d'un bon coup de peinture et d'un peu d'entretien afin de retrouver son éclat.

Ça me fait toujours aussi mal de la voir ainsi. Certes, notre maison était vieillissante, mais toujours bien entretenue par notre mère. Elle aurait voulu que ça continue, elle qui l'adorait.

Mais depuis l'annonce de sa maladie, puis sa mort, mon père n'est plus le même, lui qui faisait de son mieux, j'ai l'impression qu'il a tout simplement baissé les bras.

Il va falloir que je lui en parle.

Enfin, une fois qu'il nous aura dévoilé quelle est sa fameuse « grande nouvelle », raison pour laquelle je me trouve à Wilmington à ressasser les souvenirs au lieu d'être avachie dans mon canapé devant un épisode de *Black Mirror* à déguster des sushis.

– C'est celle-là ? demande Cillian.

J'opine sans un mot, la gorge nouée par les émotions que je croyais avoir enfouies, mais qui refont surface.

– C'est bien elle, murmuré-je du bout des lèvres.

La Bentley s'arrête dans l'allée sinueuse tandis que ma vue se brouille. En fait, revenir ici m'affecte plus que je ne le pensais. Je suis émue et surtout impatiente de retrouver ma famille. J'ai conscience que ça peut paraître long et que c'est injuste de ma part d'avoir tourné le dos à mes sœurs en partant, mais c'était trop dur pour moi d'être ici alors que je sens partout l'absence de ma mère. D'ailleurs, je ne sais pas si je serai capable d'affronter ce réveillon sans elle. Je pensais que ça irait, et que je tiendrais le coup, mais sa mort est encore vivace dans mon cœur.

Ça ne fait qu'un an...

Je me sens aussitôt mal pour mes plus jeunes sœurs qui, elles, ont eu moins de temps avec elle, je pense notamment à Hazel, la petite dernière.

De mon côté, m'éloigner m'a permis de barricader mes sentiments, de les enfermer dans une boîte et d'élever des murs tout autour afin de ne pas y faire face. Pas maintenant, pas tant que je ne suis pas prête.

Ça peut sembler égoïste, mais c'est le seul moyen que j'ai trouvé pour ne pas sombrer après sa disparition.

Hope Scott n'était pas seulement notre mère, mais également notre meilleure amie. Elle était tout notre monde.

C'était la meilleure !

Quand j'ai eu envie de prendre mon envol, elle a été mon premier soutien. La seule qui me comprenait, qui entendait mes silences aussi, qui les acceptait, et qui ne m'en voulait jamais d'avoir besoin de m'isoler parfois avec un livre quand mes sœurs prenaient beaucoup de place.

J'adore mes sœurs.

Vraiment.

Je les aime de tout mon cœur, mais ça n'a jamais été évident pour moi de grandir entourée de quatre filles aussi brillantes, talentueuses et belles qu'elles, sans me sentir comme le vilain petit canard de la famille.

L'une est mariée à son amour de jeunesse et maman d'une adorable princesse, l'autre est promise à une brillante carrière de basketteuse ou de magnate de la finance au choix, une autre est une star internationale de la chanson, et la dernière, une grande artiste en devenir. Et il y a moi, incapable de décider ce que je vais faire de ma vie.

- Aimee, est-ce que tout va bien ? Vous avez mal à la tête ?

J'ai mal à mon cœur.

- Ça va, oui.

Bien sûr que c'est faux, ça ne va pas du tout, mais je plaque un sourire factice sur mon visage, et malgré le pincement dans la poitrine, je me tourne vers mon patron et fais bonne figure.

- Nous y sommes. Cillian, merci beaucoup d'avoir accepté de m'accompagner jusqu'ici. Je sais combien côtoyer les humains n'est pas une partie de plaisir pour vous, alors j'apprécie d'autant plus l'effort que ça vous a demandé et je vous en suis reconnaissante.

- Aimee, j'ignore quelle est l'image que vous vous êtes faite de moi avec cette imagination débordante qui est la vôtre, dit-il en effleurant ma tempe, mais je ne suis pas aussi asocial, vous savez.

Surprise, je me retiens de passer la main à l'endroit où ses doigts ont caressé ma peau. C'est la deuxième fois aujourd'hui.

En deux ans, il a toujours veillé à maintenir une bonne distance entre nous, alors pardonnez-moi d'être sous le choc face à ce geste tendre inhabituel. *Sauf cette fois-là...* me souffle ma conscience.

– Hum, d'accord. Voulez-vous vous rafraîchir un peu avant de reprendre la route ?

– Je ne pense pas que ce soit une bonne idée.

C'est lui qui voit. Ce faisant, je me détache de son aura magnétique surpuissante. Une petite bourrasque s'engouffre dans l'habitacle dès que j'ouvre la porte. Je mets un pied hors de la luxueuse berline quand un cri aigu provenant de la maison résonne jusqu'à moi.

Aussitôt, je bondis sans réfléchir en direction de la porte d'entrée, le cœur battant, sans prendre la peine de dire au revoir à Cillian ni même de récupérer mes affaires.

Mais à ma grande surprise, quand je m'arrête sur le perron, le souffle court, mon patron – cet homme froid, distant et irascible – se tient à mes côtés, l'air aussi inquiet que moi.

Euh, pardon ? Mais qu'est-ce qu'il fait encore là, lui ?

10

Aimee

Celle qui présentait son patron à sa famille

Je presse le bouton de la sonnette, parce que bien évidemment, j'ai oublié de prendre avec moi le double des clés.

Aucune réponse.

– Bizarre…

Ce que je trouve plus bizarre encore, c'est de ne pas entendre tinter la sonnerie à l'intérieur.

Plantée devant la porte en attendant que quelqu'un vienne ouvrir, je me tourne vers Cillian, essayant de comprendre pourquoi il est encore là. J'aurais cru qu'il se serait fait une joie de me larguer chez moi et de reprendre la route.

– Vous avez changé d'avis ?

À l'intérieur, j'entends du mouvement, mais personne ne vient.

– Je ne vais pas partir sans être certain que tout va bien pour vous.

Qu'il semble s'inquiéter pour moi me surprend presque autant que cette tempête qui s'annonce.

– Je vais bien, mais vous, vous avez conscience que vous allez rencontrer ma famille.

– J'en ai l'impression. En revanche, ne me demandez pas de jouer le rôle de votre petit ami, je serais très mauvais.

Comme je suis noyée dans la profondeur de ses yeux bleus, il me faut quelques secondes pour que son insinuation parvienne aux pauvres neurones qui n'ont pas été ensorcelés par sa beauté envoûtante.

Puis quand je comprends enfin, j'éclate de rire.

– Waouh, en voilà une idée tout droit sortie d'une romance à l'eau de rose. J'ignorais que vous étiez friand de ce genre de lecture. J'aurais parié que votre truc, c'étaient plutôt les biographies de serial killers. Vous cachez bien votre jeu, Cillian.

Son regard scrutateur rivé sur ma personne, Cillian pince ses lèvres séduisantes, un sourcil levé dans ma direction.

– Je plaisante ! Je suis certaine que vous n'avez pas le temps de lire.

Et qu'il fait trop sombre en enfer de toute façon...

– Donc, si je comprends, pas de faux petit ami en vue ? s'enquiert-il à nouveau, une lueur étrange dans les yeux.

À croire qu'il s'attendait à une autre réponse de ma part.

Les paupières plissées, je m'arrête de sourire.

– Quoi, vous êtes sérieux ?

Il est sérieux...

– Je ne sais pas pour qui vous me prenez, mais je peux vous assurer que je ne suis pas du genre à mentir à ma famille. De plus, ce n'est pas à vous que j'aurais fait appel pour le rôle du petit ami idéal si tant est j'en avais eu besoin.

Surtout quand on sait l'amour que lui portent mes sœurs.

– Et puis, qu'est-ce qui vous fait dire que j'ai besoin d'un faux petit ami ? Que savez-vous de ma vie ? Et qui vous dit que je ne suis pas déjà en couple ?

– Le fait que vous soyez dévouée à votre travail ou alors que je n'ai jamais entendu parler de son existence.

– Ça ne prouve rien du tout !

– Et que vous ayez traversé six États avec moi ?

– Il pouvait très bien être occupé ailleurs.

– Bien sûr...

Il m'agace. Et le fait que personne ne vienne m'ouvrir m'agace encore plus.

– Rappelez-moi votre métier, Cillian ? PDG de James Holdings ou inspecteur de police ? D'ailleurs, peut-être bien que je devrais prévenir mon petit ami pour lui dire que je suis arrivée afin d'éviter qu'il ne s'inquiète.

Mon petit numéro de bluff n'a pas l'air de fonctionner, puisqu'il s'avance d'un pas, engloutissant tout l'espace entre nous.

– Vous savez, si vous étiez à moi, je ne permettrais pas qu'un autre homme vous conduise quelque part.

J'ouvre la bouche pour lui répondre, puis la referme, prise de court.

Qu'est-ce qui est en train de se passer, là ?

Il me faut quelques secondes pour réagir, avant de retrouver l'usage de la parole... et de mon cerveau, apparemment envoûté par la voix délicieusement rauque de Cillian avant de me ressaisir.

– Je vous demande pardon ? D'où ça vient, cette façon archaïque de penser qu'une femme est votre propriété ?

– C'est ainsi, je suis jaloux et terriblement possessif, vous devriez le savoir, Aimee.

Argh... Et puis, la façon qu'il a de prononcer mon prénom et de faire rouler lentement chaque lettre sur sa langue me donne envie de... de...

L'embrasser ? Lui rouler la pelle de ta vie ? Gémir son nom dans sa bouche ?

Quoi ? Certainement pas ! Mais le frapper, ça oui !

J'appuie de nouveau sur la sonnette.

– Vous avez entendu comme moi une femme crier, n'est-ce pas ?

Cillian acquiesce.

Et s'il était arrivé quelque chose à l'une de mes sœurs ? Cette fois, un sentiment d'urgence me parcourt : de l'angoisse ? De la peur ? De l'inquiétude ?

À moins que ce ne soit la proximité avec mon patron qui me chamboule plus que de raison.

Il est là, bien trop près, sa fragrance boisée et épicée chatouillant mes narines.

– Vous envahissez mon espace vital, ne puis-je m'empêcher de lui faire remarquer.

Au lieu de s'écarter, Cillian esquisse un pas supplémentaire dans ma direction, m'acculant presque contre le battant en bois. Le sourire en coin qu'il affiche termine d'affoler tous mes sens.

– Peut-être devrions-nous rentrer ?

Cillian s'imagine qu'il est plus intelligent que moi ou bien ?

– Vous pensez que l'idée ne m'a pas effleurée ? La porte est verrouillée. Vous savez, par ici on est plutôt parano.

En réalité, cette maison n'était jamais fermée autrefois. Chaleureuse et accueillante, elle débordait de monde. Il y avait toujours quelqu'un qui entrait ou sortait de chez nous, accompagné par les éclats de rire de la maîtresse de maison. Toute la ville se donnait rendez-vous ici à chaque occasion, mais après sa disparition, fini la joie, les rires et les grandes tablées.

Je repousse la tristesse qui m'enveloppe comme un manteau. Pas question de me montrer vulnérable, pas devant M. Sans-Cœur. Pour masquer mon état, je m'acharne sur cette pauvre sonnette qui n'a rien demandé.

– Hazel ? Ivy ? Fallon ? tenté-je en cognant à la porte.

Il doit bien y en avoir une dans les parages pour m'entendre.

Évidemment, près de moi, têtu comme il est, Cillian fait fi de ce que je lui ai dit et tend le bras pour actionner la poignée qui cède immédiatement.

La porte s'ouvre.

Merveilleux.

J'ignore son sourire goguenard et me précipite à l'intérieur, Cillian sur mes pas. Il fait sombre dans le vestibule, j'en déduis donc que l'électricité a sauté. C'est soit ça, soit quelqu'un a oublié de régler la facture. Ce qui serait tout à fait possible connaissant mon père.

Au même moment, Ivy apparaît et se précipite vers moi. J'ai tout juste le temps de distinguer celui qui l'accompagne avant qu'elle ne me prenne dans ses bras. C'est l'ami dont elle nous parle souvent : Conley ? Consuelo ? Conrad ? Impossible de remettre son prénom.

– Est-ce que tout va bien ? J'ai entendu une femme crier.

Elle m'enlace de toutes ses forces et je suis immédiatement rassurée quand je l'entends pouffer.

– En fait, c'était... Connor.

Connor !

– Tu m'as tellement manqué, Aimee ! Regarde-toi, tu es rayonnante ! me dit-elle spontanément.

Ivy est adorable. Elle a toujours été attentionnée, débordante de joie et la première à nous inonder de compliments.

– Et toi tu es...

Un cliquetis métallique me coupe dans mon élan. Je lève la main de ma sœur et découvre qu'elle est liée à celle de Connor.

– Menottée à ton ami ?

En réponse, Ivy pince les lèvres en affichant une moue contrite.

Bon sang ! Dans quoi s'est-elle fourrée encore ?

Quelque chose me dit qu'elle s'est lancée dans un nouveau pari ! Je connais assez ma petite sœur pour savoir qu'elle est une compétitrice hors pair et toujours prête à relever un défi. Si jusqu'ici, ce n'était qu'un enchaînement de situations cocasses sans gravité, je crains qu'un jour, ça n'aille trop loin.

Adoptant mon rôle de grande sœur, je fronce les sourcils, l'air faussement réprobatrice.

– Qu'est-ce que tu as encore fait ?

– C'est une longue histoire, commence-t-elle en entrelaçant son bras libre au mien afin de nous diriger vers le salon.

Son ami la freine en tirant sur leur lien, tout en me pointant du menton.

– Hum, excuse-moi, Aimee… Je crois que le chauffeur de taxi attend qu'on le paye.

Il désigne de la tête la porte d'entrée, et je me rends compte qu'il parle de mon patron.

Cillian James ? Un chauffeur Uber ?

Après inspecteur de police, pourquoi pas chauffeur ?

Je pique un fard, à deux doigts d'exploser de rire. Après tout, Cillian m'a bien accompagnée jusqu'ici.

Aussi droit qu'à son habitude, Cillian ne réagit pas, mais à sa mâchoire contractée, je remarque qu'il est très agacé. Du coup, je m'empresse de rectifier le tir.

– Ce n'est pas un chauffeur, mais mon patron, Cillian James, je murmure. Cillian, voici ma petite sœur Ivy et son ami Connor.

Heureusement que la coupure électrique ne permet pas à mon interlocuteur de distinguer mes joues cramoisies. Je sens ma sœur qui se tend à l'extrême à mes côtés et je devine qu'elle est dans le même état de gêne que moi, sinon pire.

Je comprends qu'elle puisse être embarrassée, c'est son ami qui a fait la boulette, et face à elle se trouve mon… enfoiré de patron.

Celui dont je leur ai si souvent rebattu les oreilles dans notre groupe de discussion entre sœurs. D'ailleurs, son doux surnom entre nous est « Satan », mais aussi « connard » ainsi que « le boss mégalomane ».

Bien qu'il fasse sombre, Cillian dégage une présence magnétique si écrasante qu'elle engloutit tout l'espace qui l'entoure. Difficile de lui résister. Un peu comme si nous étions des étoiles gravitant autour du soleil. Se retrouver face à lui quand on n'en a pas l'habitude peut se révéler sacrément perturbant.

En mon for intérieur, je prie pour qu'elle ne fasse pas de gaffe. J'aimerais assez que tout ce que j'ai confié à son propos ne soit pas dévoilé par mégarde par Ivy ou une autre de mes sœurs. Je n'imagine pas le désastre s'il savait à quel point il prend cher avec elles.

– Cillian James, se présente-t-il d'une voix autoritaire.

La même que celle qu'il utilise pour s'adresser à ses employés – ainsi qu'à tous ceux qui l'agacent profondément, c'est-à-dire, à peu près tout le monde.

Soulagée de le voir tendre la main pour saluer Ivy et son ami, je pousse un profond soupir. Cillian a une sainte horreur du contact humain, mais qu'il fasse l'effort de se montrer poli avec mes proches alors qu'il n'y est pas obligé me touche.

Connor lui rend sa poignée de main, mais son mouvement est entravé par la menotte qui le lie à ma sœur. Le bracelet émet un cliquètement métallique.

Seigneur ! La scène est risible au possible.

Si c'était avec n'importe qui d'autre, je serais déjà morte de rire. Oui, mais voilà, là, il s'agit de Cillian James. L'homme qui signe mes chèques, mais également quelqu'un qui est incapable de s'amuser et pour qui la vie n'est qu'un moyen de faire fructifier son portefeuille boursier.

Les secondes s'étirent et paraissent interminables, je ne sais plus où me mettre. Malgré l'obscurité, les regards se cherchent, se trouvent puis s'évitent, le tout dans un silence gênant.

– Veuillez m'excuser, mais j'ai besoin de prendre l'air, annonce Connor en se dirigeant vers la porte, obligeant ma sœur à le suivre.

– Je ne pense pas qu'il soit prudent de sortir, ils annoncent une tempête assez sérieuse... les préviens-je. Le vent est déjà déchaîné.

– On n'ira pas loin, déclare Connor par-dessus son épaule sans s'arrêter.

Je comprends que l'embarras le presse de fuir la maison. Moi aussi, à sa place, j'aurais envie de disparaître.

Ivy m'adresse un signe de la main tandis que je me tourne vers mon patron qui suit Bonnie and Clyde du regard jusqu'à ce que la porte claque dans leur dos.

Du bruit provient du salon, alors sans attendre, j'invite Cillian à me suivre afin de changer de sujet. Je ne suis pas prête à parler de ce qui vient de se passer.

– Venez, je vais vous présenter le reste de ma famille, enfin ceux qui sont déjà là... et pas menottés, je l'espère.

Je marmonne la dernière partie dans ma barbe. À ce stade, j'ignore ce qui nous attend.

– Papa ?

Il est bien là, debout près de la console, un verre à la main, je distingue sa silhouette qui s'avance vers nous.

– Aimee, c'est toi ? Tu es enfin là ? se réjouit-il en me prenant dans ses bras.

Puis, il remarque Cillian qui attend dans mon dos. Je m'empresse de faire les présentations avant qu'il ne le prenne lui aussi pour un chauffeur Uber.

– Papa, j'aimerais te présenter Cillian James. Cillian, voici mon père, Robert Scott.

Ce dernier tend la main vers mon patron, un large sourire prenant toute la place sur son visage marqué par le temps.

À ce moment-là, l'électricité revient et toutes les pièces s'illuminent.

– Ah, voilà qui est mieux. Vous pouvez m'appeler Rob. Enchanté de faire votre connaissance, fiston !

Une lueur passe dans les prunelles brillantes de Cillian, puis il acquiesce et le salue en retour.

– Tout le plaisir est pour moi. Merci de votre accueil, Rob, vous avez une charmante maison.

J'assiste à leur échange, surprise de la sincérité qui émane des paroles de Cillian.

C'est inattendu et... plaisant de découvrir une facette de lui que je ne lui connaissais pas.

– Quand êtes-vous arrivés, Aimee ?

Je décroche mon regard de Satan et le reporte sur mon père.

– Oh, à l'instant seulement. À cause de la météo, les routes étaient saturées, et une fois dans la région de Wilmington, la tempête a commencé à faire des siennes. Je suis bien contente que nous soyons enfin arrivés avant qu'elle se déchaîne et que nous nous retrouvions bloqués quelque part sur la route.

– C'est effectivement une chance, et Dieu merci, vous êtes arrivés indemnes ! Maintenant, rassurez-vous, vous êtes ici en lieu sûr.

Vu la vétusté de la maison, on pourrait croire le contraire.

Carole pénètre à son tour dans la pièce, un grand sourire sur son doux visage, et vient directement vers nous pour nous saluer. Élégante comme à son habitude, elle porte une jupe droite en satin d'un vert profond et un chemisier en soie crème qui lui vont à ravir. Quoique l'ensemble soit un peu trop habillé pour une simple soirée en famille, non ? Toutefois, le plaisir de la retrouver éclipse le reste.

– Bonsoir Carole, ça fait longtemps ! m'exclamé-je, surprise, tout en la prenant dans mes bras. Tu m'as tellement manqué.

– Toi aussi, ma chérie.

Elle s'écarte et m'étudie un instant, les yeux pétillant de bonheur.

– Tu as une mine superbe, ma chère Aimee, me complimente-t-elle.

Carole était la meilleure amie de ma mère. Je ne sais plus comment elles se sont rencontrées, mais c'était il y a des années. Je me rappelle seulement qu'elles ont très vite sympathisé pour devenir inséparables au point que Carole fait désormais presque partie de la famille.

– C'est gentil. Toi aussi.

Il y a deux ans, quand la maladie s'est déclarée, ma mère a pu compter sur son soutien indéfectible. Après sa disparition l'année dernière, elle a été présente pour ma famille et même si la revoir remue en moi des émotions que je ne suis pas prête à laisser remonter à la surface, mes sœurs et moi lui sommes reconnaissantes pour ce qu'elle a fait pour nous.

– Merci. Je suis contente que tu aies pu venir sans encombre, ajoute-t-elle en m'étreignant à nouveau à la manière d'une mère qui retrouve sa fille.

Je ne peux m'empêcher de penser à la mienne qui n'est plus là... Une boule dans la gorge, je me contente d'acquiescer si bien que j'en oublie de présenter Cillian.

Heureusement, mon père prend les choses en main. Il affiche un grand sourire, puis pivote vers mon patron.

– Et donc, vous êtes avec ma fille depuis longtemps ? Dean, c'est bien ça ?

Je pique un fard et lui rafraîchis immédiatement la mémoire.

– Papa, c'est Cillian James, l'homme pour qui je travaille. Nous ne sommes pas ensemble. Si je suis venue avec lui, c'est parce que mon vol a été annulé, tu t'en souviens ? J'ai écrit aux filles pour les prévenir, elles ne t'ont rien dit ? Ensuite Cillian a gentiment proposé de m'accompagner en voiture.

– Si si bien sûr. C'est bien aimable à vous d'avoir ramené ma fille à la maison, le remercie mon père en lui donnant une tape amicale sur l'épaule. Alors, dites-moi, mon cher Cillian, quel est votre poison ?

– Un bourbon ira très bien.

Mon père le sert, puis nous invite ensuite à le suivre et à prendre place sur le canapé.

– Papa, hum… Je ne suis pas certaine que ce soit une bonne idée de le faire boire.

– Ah, bon ? Pourquoi ça ? Tu as peur que ton ami ne sache pas tenir l'alcool ?

Son rire gras explose dans le salon. Je lève les yeux au ciel tout en secouant la tête.

Mon père et son humour, vraiment.

– Papa, Cillian doit repartir et il lui reste encore pas mal de route pour arriver à Savannah. Avec la tempête qui s'annonce, il ne faut pas qu'il s'attarde au risque de se retrouver coincé ici.

– Jusqu'à Savannah ? J'ai bien peur que ce ne soit trop tard. Repartir maintenant serait peu judicieux. Par ici, ça va encore, mais aux infos, ils ont annoncé que la quatre-voies en direction du Sud est déjà jonchée de débris à cause de la tempête qui arrive sur nous.

– Ne t'en fais pas, ce n'est pas un problème pour Cillian. Il aime le danger et les sensations fortes. Et puis sa famille doit l'attendre pour le réveillon, n'est-ce pas ?

– Merci pour votre sollicitude, Rob, mais votre fille a raison. D'ailleurs, il vaudrait mieux que je reparte tout de suite.

– Mon garçon, je suis certain que vos proches préféreraient vous savoir en lieu sûr par ce temps troublé, plutôt que sur la route à risquer votre vie. Alors, amateur de sensations fortes ou pas, en tant que père de famille, je me dois de vous interdire de quitter cette maison.

L'insistance de mon père m'embarrasse. Je ne veux surtout pas que Cillian s'imagine des choses. Allez savoir ce que son esprit compliqué est capable d'inventer…

Que tu te sers de la tempête pour le garder avec toi…

Bon sang, mais oui ! Ce serait tout à fait le style de monsieur parano, d'avoir ce genre de pensées farfelues.

– Papa, confessé-je, Cillian n'a pas prévu de rester. Et très franchement, il a mieux à faire que d'assister à nos retrouvailles.

– Mon Aimee jolie, pourquoi ne pas laisser directement ce jeune homme nous faire part de sa décision ? Après tout, c'est sa vie qui est en jeu.

Sa vie qui est en jeu ? Je rêve, mon père est d'un mélodramatique.

– Papa... tenté-je, une dernière fois, suppliante parce que l'idée de passer la soirée du réveillon avec mon patron ne me tente franchement pas.

De plus, Cillian est allergique au contact humain. Je suis pratiquement sûre qu'à choisir, il préfère braver la foudre plutôt que de se coltiner plusieurs Scott dans un espace aussi réduit que notre maison.

– Je ne voudrais pas m'imposer, rétorque le principal concerné, une brève lueur d'amusement traversant ses iris.

De l'amusement ?

Je suis si surprise que, l'espace d'un infime instant, je crois avoir rêvé.

Peut-être bien qu'écouter du Beethoven pendant de longues heures m'a détraqué l'esprit, créant des hallucinations.

– Vous ne vous imposez pas puisque c'est moi qui vous le propose. Aimee, tu devrais installer notre invité dans la chambre d'amis pour ce soir. Je ne crois pas que ça dérangera tes sœurs. D'ailleurs, en parlant de ça, j'espère que Taylor pourra arriver avant qu'ils ne barrent tous les accès routiers du Nord et de l'Ouest.

– Elle est déjà arrivée, non ? Ce n'est pas celle que nous avons croisée dans l'entrée ? s'enquiert Cillian.

Je suis surprise que ce soit ce détail qui attise sa curiosité. Mon père vient quand même de lui annoncer qu'il est bloqué avec moi pour plusieurs heures et il n'est même pas déçu ou en colère ? Étrange...

– Taylor est ici ? s'étonne mon père, soulagé de savoir la dernière de ses filles sous son toit.

– Non, Papa, je suis désolée, mais Cillian a confondu avec Ivy.

Je m'adresse à Cillian cette fois.

– J'ai quatre sœurs. Celle que nous avons rencontrée en arrivant est ma cadette. À mon avis, Taylor n'est pas encore arrivée. Si elle était déjà là, personne n'aurait manqué son entrée.

Satan affiche une mine perplexe et se penche vers moi.

– Votre sœur s'appelle Taylor ?

Dans cette position, j'ai tout le loisir de respirer son parfum. Sa peau sent diablement bon le santal et l'ambre.

Je ne suis pas une pro des notes olfactives, mais c'est assez simple pour moi d'en reconnaître les senteurs dans la mesure où c'est aussi moi qui m'occupe de lui commander son parfum, un parfum fabriqué sur mesure pour lui. Je connais son odeur par cœur.

– Taylor Scott ? L'artiste qui flirte en tête du classement Forbes ?

Même s'il est amateur de musique classique, je ne suis pas étonnée qu'il ait entendu parler d'elle, je veux dire : qui ne connaît pas Taylor ?

– Effectivement. Ça fait un moment qu'elle n'est pas venue, mais alors, quand elle est à la maison, je vous garantis qu'il est impossible de ne pas remarquer sa présence.

– Donc, vous êtes cinq en tout ? m'interroge Cillian pendant que mon père allume l'écran plat.

– Affirmatif. Je vous préviens tout de suite, ça risque d'être animé ce soir. D'ailleurs, je suis désolée que vous ne puissiez rejoindre votre famille pour le réveillon. C'est à cause de moi, si vous n'aviez pas proposé de m'accompagner...

Cillian me coupe immédiatement.

– Aimee, vous n'êtes pas responsable de la météo. Et puis, si je pars demain matin à la première heure, j'arriverai chez nous pour le déjeuner.

Je suis sans voix.

Depuis quand Satan est-il devenu aussi mesuré ? Pire, il semble prendre la nouvelle avec philosophie.

Je n'aurais jamais cru dire ça un jour, mais on dirait bien que ce soir, il gèle définitivement en enfer...

11

Aimee

Celle qui se sentait submergée par les réminiscences du passé

Finalement, Cillian est assis dans notre salon, son verre à la main, sirotant son bourbon et échangeant avec mon père sur plusieurs sujets divers et variés comme le sport, la politique, les nouvelles technologies et les enfants.

J'hallucine... Pourtant je n'ai pas bu une seule goutte d'alcool !

Peut-être que c'est tout simplement l'adrénaline qui me fait délirer. Je veux dire, nous avons presque failli avoir un accident tout à l'heure, Cillian et moi, en venant ici.

C'était il y a plus d'une heure, ma vieille... Finito, pipo l'adrénaline.

Bref, me voilà donc assise face aux deux hommes qui discutent comme de vieux amis. Carole est là aussi et semble absorbée par l'écran plat où un présentateur météo n'annonce aucune amélioration pour les heures à venir. Il préconise même de rester chez soi et de reporter dans la mesure du possible ses déplacements.

Pendant ce temps, mon regard embrasse la pièce et s'attarde un moment sur le pan de mur devant nous consacré aux photos de famille. Il y a des cadres de toutes les formes et de différentes tailles.

Ma mère était une fan absolue des appareils argentiques. Pour elle, les photos de famille étaient trop précieuses pour qu'on les laisse s'entasser dans la mémoire de nos téléphones portables.

Sur la droite, en plus de quelques décorations, la collection de coupes et de médailles que mes sœurs et moi avons remportées au fil des années est encore là, à sa place, alignée sur le manteau de la cheminée. Il y a également un bocal que je n'avais jamais vu auparavant et qui porte l'inscription FAITH. Je plisse les yeux dans sa direction afin de mieux discerner son contenu. On dirait qu'il est rempli de bouts de papiers de différentes couleurs et pliés en deux. J'ai envie de demander à mon père ce qu'est cet étrange bocal, mais il est en grande discussion avec mon patron.

Je me désintéresse donc de l'objet pour le moment et mes yeux vagabondent de nouveau dans la pièce. Je me remémore un vieux souvenir dans lequel le vieux piano de ma mère trônait dans le fond, près de la fenêtre. C'était avant qu'il n'atterrisse au grenier. Combien de repas se sont terminés avec nous autour d'elle pendant qu'elle nous jouait nos mélodies préférées quand il était encore installé dans le salon ? Trop pour pouvoir les compter. J'imagine sans mal que c'est de là que vient la passion de Tay pour la musique.

Les bribes du passé affluent à mesure que mon cœur s'emplit d'une chaleur inexplicable. Cet endroit regorge de tellement de bons moments avec mes sœurs, et principalement avec notre mère…

Je m'aperçois alors qu'être ici ravive les souvenirs que j'ai d'elle. Il y a forcément des instants douloureux. Difficile de les évoquer sans penser à sa maladie, puis à sa mort. Même un an après, ceux-là continuent de lacérer mon cœur de son absence, créant un vide en moi qui ne sera jamais totalement guéri. Je porterai une cicatrice éternelle.

Mais il y a surtout tous les bons moments. Comme des milliers de morceaux d'elle, incrustés désormais en nous. Bon sang, cet endroit m'a tellement manqué ! Tous ces mois sans revenir, c'est beaucoup trop long !

– Un biscuit à la figue ? Ils sont à tomber ! nous propose Carole, une assiette de gâteaux entre les mains.

Perdue dans les réminiscences du passé, je n'avais même pas remarqué qu'elle s'était absentée.

Cillian décline poliment. Par conséquent, je me sens obligée d'accepter de goûter à un biscuit afin de lui faire plaisir, même si, premièrement, je n'aime pas la figue, et, deuxièmement, j'essaie désespérément de faire attention à mon alimentation.

Hélas, depuis que j'ai perdu ma mère, je me suis également rendu compte que je mangeais mes émotions.

C'est donc à contrecœur que je pioche un gâteau, et pendant que je le grignote petit bout par petit bout, je note que Carole pose le plat sur la table basse sans en prendre pour elle.

– Tu ne te sers pas ? m'étonné-je.

Un sourire discret apparaît sur les lèvres fines de la meilleure amie de ma mère.

– J'aimerais bien, d'autant qu'ils sont délicieux. Mais je ne peux pas me le permettre, vois-tu, je ne veux pas que le beurre qu'ils contiennent vienne directement se loger dans ma culotte de cheval. Je pars bientôt en vacances alors je préfère éviter les cochonneries de ce genre, tu comprends, n'est-ce pas ? dit-elle en lissant sa jupe.

Puis de ses ongles impeccables, elle retire une poussière imaginaire de son chemisier en soie.

J'adore Carole de tout mon cœur, mais là, tout de suite, je la déteste un tout petit peu.

– Bien sûr, je comprends... dis-je en mâchonnant lentement. Merci Carole de penser à moi.

Je remarque que mon père regarde sa montre à plusieurs reprises. J'imagine tout de suite qu'il est impatient que toutes ses filles soient là afin qu'il nous fasse part de sa fameuse nouvelle. J'aimerais bien savoir ce que ça peut être...

D'ailleurs, j'en profite pour lui demander où se trouvent Fallon et Hazel. Hazel vit ici, donc elle doit traîner dans le coin, mais pas Fallon.

– Est-ce que Fallon est arrivée ?

– Ta sœur aînée est dans la cuisine et ma Paupiette est dans sa chambre.

– D'accord, je vais aller les voir pour les prévenir que je suis là. Avant, je peux savoir quelle est cette « grande nouvelle » que tu voulais nous annoncer ?

– Bien sûr, tu le sauras bien assez tôt, mais chaque chose en son temps. Je tiens à ce que tes sœurs et toi, vous soyez toutes réunies.

Sa réponse attise davantage ma curiosité.

Le téléphone de Cillian sonne, il s'excuse aussitôt et s'éloigne à l'autre bout de la pièce pour prendre l'appel. C'est impoli de ma part, j'en ai conscience, mais je ne peux m'empêcher de tendre l'oreille, histoire de tenter de discerner des bouts de sa conversation et ainsi de deviner éventuellement l'identité de son interlocuteur... ou interlocutrice.

– Et puis, les invités ne vont plus tarder à arriver, maintenant, déclare mon père en s'adressant à Carole qui affiche un large sourire.

Sa remarque me détourne aussi sec de Cillian.

– Les invités ? De quels invités parles-tu ? Je croyais que tu voulais nous avoir pour toi tout seul ?

Comment compte-t-il nous annoncer sa « grande nouvelle » si la maison est pleine d'invités ?

– Rassure-toi, il n'y aura pas grand monde, seulement nos amis du quartier et quelques voisins.

– Rien que ça ?

Évidemment, ma réplique est ironique.

– Tu sais bien que ça aurait fait plaisir à ta mère que nos amis se joignent à nous afin que nous soyons tous réunis comme à l'époque où elle était encore là. Alors en sa mémoire, je les ai conviés.

D'après mes calculs, cela fait au moins une bonne dizaine de personnes en plus. Moi qui croyais que c'était un dîner en famille.

Je ne peux m'empêcher de regarder autour de moi et rien ne semble prêt pour accueillir autant de convives. De plus, je suis presque sûre que si mes sœurs étaient au courant de cette invitation massive, elles en auraient parlé sur notre groupe de discussion. Or, je n'ai pas le souvenir que l'une d'elles ait évoqué un quelconque dîner en grande pompe.

– Donc, si je comprends bien, tu es en train de me dire qu'une partie du quartier est attendue à la maison, ce soir ?

– Affirmatif, ma Aimee jolie.

– C'est merveilleux.

Encore de l'ironie.

– Toutefois, j'ai une question, papa. Tu as prévu de nourrir tous ces gens à l'occasion du dîner grandiose que tu as organisé ?

– Cela va de soi ! Fallon s'occupe de tout, me confirme-t-il.

Son assurance ne me dit rien qui vaille. J'adore mon père, mais je sais aussi qu'il ne se rend pas compte dans quoi il s'est embarqué avec son invitation générale. De plus, qu'il se lance dans ce genre de plan bancal sans nous consulter avant, je ne trouve pas ça très sympa.

– OK, dans ce cas, je vais aller trouver Fallon pour voir si elle a besoin de mon aide. Papa, tu veux bien dire à Cillian que je reviens dans un instant ?

– Bien sûr. File, ne t'inquiète pas pour ton ami, il est entre de bonnes mains.

Mon ami ?

Je suis presque sûre que Cillian préférait s'étouffer avec son verre de bourbon plutôt que de s'entendre qualifier ainsi.

Sans plus de cérémonie, je file retrouver mes sœurs.

Je n'ai pas besoin de chercher longtemps puisque je retrouve Fallon, l'aînée des Scott et notre pilier à toutes, surtout depuis que maman est partie, dans la cuisine, s'affairant à préparer je ne sais quelle recette, un saladier devant elle.

– Fallon ! Tu es là ! Tu savais que papa avait invité tout le quartier ?

Elle sursaute, une main sur sa poitrine. Plusieurs choses me sautent aux yeux. D'abord, son maquillage, puis sa nouvelle coiffure. Ma sœur est à présent... blonde ?

Waouh ! Ça a le mérite de changer !

À mesure que je m'approche, je m'aperçois que plusieurs mèches plus claires illuminent les traits de son visage. J'aime ce nouveau look, je trouve que ça lui va bien et la met en valeur.

Elle s'est affinée également, car elle porte une robe différente qu'elle n'aurait jamais osée d'habitude. En tant que professeur, Fallon privilégie des vêtements pratiques et confortables, donc le changement est radical, elle est tout simplement renversante.

Ainsi que je connais les membres de ma famille, je parie que tout le monde a dû lui faire remarquer qu'elle a changé alors j'évite de m'extasier à mon tour et de risquer de la mettre mal à l'aise. Je la félicite, parce qu'elle a davantage de volonté que moi pour le sport.

Pour ma défense, Cillian ne me laisse pas une minute de répit depuis que je suis à son service. En réalité, ce n'est pas seulement une secrétaire qu'il faut à cet homme, mais une assistante personnelle, une coach de vie et une épouse. De toute évidence, j'occupe toutes ces fonctions.

Ma sœur essuie ses mains sur un torchon et me prend dans ses bras. Son parfum aux notes de vanille et de jasmin me ramène aussitôt à la maison, à nos souvenirs d'enfance, à nos éclats de rire, toutes les cinq réunies autour de ce même îlot pendant que ma mère cuisinait nos plats favoris, à tous ces instants dont nous n'avions pas conscience de combien ils étaient éphémères.

La douleur de *son absence* est semblable à un poignard qu'on m'enfonce dans le ventre, laissant un trou béant qui fait mal, affreusement mal.

Elle n'avait que cinquante-cinq ans, bordel ! Cinquante-cinq, ce n'est pas un âge pour mourir !

C'est un âge pour profiter de la vie, voyager, voir ses filles s'épanouir, être heureuses et peut-être même fonder leurs propres familles à leur tour.

Je ferme les yeux, regrettant de ne pas avoir plus profité de notre mère quand elle était encore là. Quand nous avions encore le temps. Quand la maladie ne planait pas telle une épée de Damoclès au-dessus de nos têtes.

Un sentiment partagé par nous toutes, j'en suis certaine, mais encore plus par Hazel, la petite dernière qui aura eu moins de temps que nous toutes auprès d'elle.

Que la vie est cruelle.

Elle peut en un instant vous arracher brutalement la personne que vous aimez le plus au monde et vous laisser orpheline de mère.

Mais heureusement, il arrive qu'elle se montre clémente par moments et vous enveloppe de douceur, comme avec cette étreinte bienvenue de ma grande sœur dont j'avais besoin sans même le savoir.

12

Aimee

Celle qui apprenait une terrible nouvelle

Quand nous finissons par nous séparer, l'air mélancolique de Fallon m'inquiète. Il y a quelque chose qui ne va pas chez ma sœur aînée ! J'en ai l'intime conviction et pas seulement parce qu'elle a changé de look. Alors, je finis tout de même par lui poser la question.

Au même moment, la porte battante s'ouvre et laisse apparaître Hazel, la plus stylée d'entre nous que ce soit au niveau vestimentaire ou des cheveux.

La benjamine se hisse sur le plan de travail, passe ses doigts dans son épaisse frange qui retombe sur son front et lâche une bombe en indiquant Fallon du menton.

– T'as vu, Aimee ? Ça la change grave ! Personnellement, je kiffe son nouveau look de MILF célibataire.

Célibataire ?

Un hoquet de stupeur m'échappe. Ai-je bien entendu ? Comment ça, « célibataire » ?

– Toi et Luke, c'est fini ?

Je me tourne vers ma grande sœur et la vérité crue me saute aux yeux. Tout à coup, je comprends pourquoi elle a tant changé, sa coiffure, ses fringues, son make-up, et ce voile de tristesse qui assombrit ses prunelles noisette.

Non... Je ne peux pas le croire, c'est impossible ! Je refuse de l'admettre. Pas après autant d'années ensemble. Je veux dire, c'est Fallon et Luke. L'un ne va pas sans l'autre. Alors, qu'ils soient séparés ?

C'est brutal comme nouvelle, et me fait le même effet que si l'on m'annonçait la rupture de Beyoncé et Jay-Z, de Tom Holland et Zendaya, de Blake Lively et Ryan Reynolds.

Ma peine est immense.

Si Falluke (comprenez la contraction entre Fallon et Luke) n'est plus, alors l'espoir que j'avais en l'amour disparaît lui aussi.

Moi, excessive ? Absolument pas !

En revanche, j'ai besoin d'informations. Il doit forcément y avoir un malentendu. Alors, avec ma voix la plus douce, je lui demande de plus amples explications.

Et c'est ainsi que Fallon, la plus forte d'entre nous, notre roc à toutes, celle sur qui on a toujours pu s'appuyer durant la maladie de maman, son décès puis les longs mois qui ont suivi, nous ouvre son cœur, nous confie ses fêlures et nous partage son fardeau.

À nous d'être présentes pour elle cette fois. Sauf que rapidement, nous prenons conscience du fond du problème : en fait, ma sœur est affreusement jalouse des femmes qui reluquent Luke à longueur de journée.

Il faut dire que mon beau-frère n'est pas seulement un beau gosse bourru et taiseux, mais il est aussi un homme serviable, attentionné, et toujours prompt à rendre service à son prochain. Il n'y a qu'à voir le nombre de choses qu'il a réparées dans notre vieille baraque. Sans lui, elle serait déjà tombée en ruine.

Nous parlons ensuite de la famille dans un échange sincère, mais non moins teinté de remords. Les reproches de Fallon sont légitimes, et je suis bien obligée d'avouer qu'elle a raison. Sous prétexte qu'elle est l'aînée, nous avons été aveuglées par notre propre peine, oubliant qu'elle souffrait autant que nous de la situation. Un profond sentiment de culpabilité m'assaille.

J'ai honte de moi, de nous, car je me rends compte que notre égoïsme est probablement responsable en partie de la destruction de leur couple et que je n'avais rien vu, trop concentrée que j'étais à m'apitoyer sur mon sort, à me plaindre de ma rupture avec Dean et de mon impitoyable patron.

Quelle nunuche je fais, sérieux !

Le constat est terrible. Hope Scott nous a mieux élevées que ça ! Bon sang, nous sommes des guerrières ou des mauviettes ?

Notre mère nous a toujours encouragées à nous débrouiller par nous-mêmes, à poursuivre nos rêves, à étudier parce que, selon elle, le savoir est une arme.

Fallon continue de se livrer à cœur ouvert jusqu'à ce que la voix rauque de Luke nous parvienne.

Debout, l'épaule contre le chambranle, il a troqué son habituel bleu de travail pour une chemise noire élégante qui met en valeur son teint mat. Une chose est sûre, l'ambiance est tendue et, entre deux joutes verbales, il dévore sa femme des yeux d'un appétit féroce. Lui, ne plus avoir de sentiments pour Fallon ? C'est ça, mon œil ! Comment ma sœur peut-elle ne pas remarquer qu'il est dingue d'elle ? Je veux dire, ça se voit comme le nez au milieu de la figure ! Mais peut-être qu'à force de tout porter toute seule, Fallon ne discerne plus ce qui est juste devant elle.

Quand Luke nous demande de les laisser, Hazel et moi disparaissons sans sommation.

Je me contente de glisser à ma sœur que nous ne sommes pas loin si elle a besoin de nous.

Je veux qu'elle sache que nous ne la laisserons plus jamais tomber.

Hazel m'entraîne dans le salon, mais étrangement, la pièce est à présent vide.

– Tiens, où sont papa et Carole ?

Et où est Cillian ?

– Aucune idée, lance Hazel.

– Elle était ici, avec une assiette pleine de gâteaux à la figue.

Ma petite sœur penche la tête sur le côté, faisant glisser sa longue crinière brune parsemée de mèches bleu clair.

– Des gâteaux à la figue ? répète-t-elle en faisant la grimace. Je ne comprends toujours pas pourquoi papa continue d'en acheter alors que personne n'aime ça. Bon et sinon, tu as vu sa tenue ?

– La tenue de qui ?

– Ben, de Carole ! Classe, hein ?

– C'est sûr, elle était sur son trente-et-un. J'imagine qu'elle était conviée pour le dîner que papa a décidé d'organiser. Tu es au courant, tout le quartier est attendu à la maison pour un dîner, et, surprise : il n'a rien préparé.

– C'est papa, quoi. Rien de neuf sous le soleil. Rappelle-toi quand maman était encore là, et qu'il organisait des barbecues géants dans le jardin sans la prévenir.

– Je me souviens. Ça la rendait folle. Autant elle aimait recevoir, autant elle aurait apprécié d'être mise au courant à l'avance au lieu de se retrouver devant le fait accompli.

– Pour lancer les invitations, il est présent, mais dès qu'il faut mettre la main à la pâte, il n'y a plus personne.

Je comprends l'animosité d'Hazel envers notre père. C'est dur pour elle d'être celle qui doit supporter ses excentricités sans broncher parce qu'elle revient souvent à la maison.

– C'est notre père et, bien qu'il ne soit pas parfait, nous n'avons personne d'autre que lui. Je pense que c'est une raison valable pour prendre sur nous le temps d'un repas. Tu verras qu'un jour, ses bizarreries te manqueront.

– Mouais... fait-elle, pas convaincue pour un sou.

Hazel a un caractère bien trempé. Impétueuse et volcanique, elle ne se laisse pas marcher sur les pieds. Tout le contraire de moi.

– D'ailleurs... Il paraît que les portes de l'enfer se sont ouvertes récemment, tu confirmes ?

– Je ne vois pas du tout de quoi tu parles, Hazel.

– Vraiment ? Pourtant tu devrais, vu que Satan t'accompagnait.

– Ah !

– Je croyais que ce mec était le mal incarné et qu'il te faisait la misère au travail. J'ai toujours cru qu'il était l'homme à abattre. Alors, qu'est-ce que ce connard fiche chez nous ?

Impossible de nier, elle a raison. Je ne sais combien de fois je me suis lamentée sur mon job dans notre conversation de groupe. Il est normal que la situation soit incompréhensible pour elle.

– Ton langage, Hazel, la réprimandé-je. Et puis, c'est papa qui l'a invité à rester. Enfin, « invité »... Disons plutôt qu'il ne lui a pas laissé le choix, surtout.

– On s'en fout de mon langage : démissionne. Et papa, je m'en occupe.

– Je ne sais pas, je ne suis pas aussi téméraire que toi.

Pour être honnête, si je suis autant partagée, c'est parce que, secrètement, je crois bien que je n'ai pas envie de démissionner. Je m'explique : cela voudrait dire que je ne le verrais plus tous les jours. Et, pour une raison que j'ignore, cette éventualité me rend triste.

En fait, je me rends compte qu'une part de moi apprécie Cillian. L'apprécie *un peu trop*, et ce, malgré son comportement de connard.

Argh...

– Écoute-moi bien, Aimee. Je sais que tu n'en as peut-être pas conscience, mais tu es forte, courageuse et incroyable. De plus, tu es une Scott et les femmes de notre famille ne se laissent pas marcher dessus comme des carpettes.

– Tu as raison. La prochaine fois, j'essaierai de lui faire comprendre de quel bois je me chauffe.

– Pourquoi pas l'année prochaine, tant que tu y es ?

– Techniquement, à partir de demain, nous serons l'année prochaine alors...

– Pitié, Aimee, tu vas de ce pas aller retrouver Satanas et lui annoncer que s'il ne change pas de comportement fissa avec toi, tu le largues !

Les mots de ma petite sœur trouvent écho en moi.

Forcément, Cillian James se matérialise dans mon esprit, vêtu de son superbe costume de créateur, avec ses cheveux soyeux dans lesquels je rêve de passer les doigts, ses lèvres gourmandes que je brûle de caresser avec ma langue et son sourire irrésistible de démon qui me fait fondre.

Stop ! *Ressaisis-toi, ma vieille !* Ce n'est pas le moment de fantasmer sur lui, mais de se rebeller !

Mue par une énergie nouvelle, je sens la colère que j'ai trop longtemps enfouie gronder dans ma poitrine, se décupler, et affleurer à la surface.

– Tu sais quoi, Hazel ? Il est temps de remettre ce bon vieux Cillian à sa place ! déclaré-je en bombant la poitrine.

– C'est pas trop tôt ! Fonce, ma fille, et montre-lui qui est Aimee Scott !

Sous les encouragements de ma plus jeune sœur, je pars à la recherche de mon patron, prête à en découdre.

Enfin, ça, c'est ce que je crois...

Puisque finalement, la cave me semble être une issue plus tentante. Dès qu'Hazel disparaît dans le salon, je change de trajectoire et m'y engouffre avec une idée en tête.

Non, en fait, plutôt deux.

La première : descendre fouiller dans les boîtes de rangement afin de récupérer des cotillons et pourquoi pas des confettis également pour égayer le décompte et ainsi fêter le Nouvel An comme il se doit malgré les circonstances.

La seconde : éviter Cillian et ainsi ne pas avoir à lui rentrer dans le lard. L'Aimee mordue de son patron approuve. Mais un petit démon en forme d'Hazel confortablement installé sur mon épaule est consterné.

Désolée, *baby devil*...

J'actionne l'interrupteur et descends les marches une à une en veillant à ne pas me prendre les pieds dans un objet non identifié qui pourrait traîner dans l'escalier à mon insu.

Une fois en bas, je ne sais pas par où commencer mes recherches. En plus des étagères pleines à craquer, il y a plusieurs cartons disséminés un peu partout.

D'ailleurs, je m'étonne du nombre.

Pourquoi il y en a autant ? Hazel a l'intention de faire une brocante ou quoi ?

De plus, l'endroit n'est pas chauffé, alors il règne un froid de canard dans la vaste pièce. Je réchauffe mes mains en les frottant l'une contre l'autre avant de me diriger vers le pan de mur devant moi. Aussitôt que j'ôte le couvercle d'une des boîtes en plastique, les souvenirs m'éclaboussent. À l'intérieur, je découvre des objets en vrac, quelques poupons ayant appartenu à mes sœurs et moi, des crayons, des feutres, des cartes à jouer, et même de vieux vêtements de poupée cousus à la main qui datent de la période où je rêvais d'être styliste.

Waouh, je m'aperçois que ma mère avait tout gardé, tout ce qui nous appartenait. Des vestiges qui ne valent pas un clou, mais qui sont aussi précieux que de l'or pour mes sœurs et moi, pour mes parents aussi certainement.

– Je me demandais où vous étiez passée, intervient la voix grave de Cillian dans mon dos.

Je me raidis, surprise qu'il m'ait trouvée aussi facilement. Non pas que je me cachais, mais j'espérais avoir un peu de temps pour réfléchir avant de devoir me confronter à ses yeux pénétrants.

Le plancher craque sous ses pas lourds qui se rapprochent de plus en plus de l'endroit où je me trouve et bientôt, je sens son souffle tiède sur ma nuque, pareil à un murmure. Un frisson douloureux dévale le long de mon épine dorsale.

– Ainsi, c'est ici que vous avez décidé de vous terrer, Aimee.

Je ne prends pas la peine de répondre à sa question rhétorique.

– Le plus loin possible de moi, on dirait ? ajoute-t-il.

Son timbre est délicieusement rauque et résonne dans l'atmosphère soudain électrique. Paradoxalement, je suis morte de froid, pourtant, la fine chair de poule qui recouvre ma peau n'est pas due aux températures fraîches, mais à lui. Je le sais, puisque je reconnais les réactions de mon corps quand Cillian gravite trop près de moi.

Je rassemble mes pensées éparpillées, referme le couvercle de la boîte aux souvenirs, puis la remets à sa place pour me saisir d'une autre.

– Que faites-vous là ? Je croyais vous avoir dit de m'attendre dans le salon.

– Je n'ai pas souvenir d'avoir reçu une telle demande de votre part.

– Mon père devait vous faire passer le message.

J'imagine qu'il a dû oublier de le prévenir, tout comme il a oublié de nous avertir que des invités débarquaient au dîner improvisé de ce soir.

– Eh bien, votre père avait des affaires urgentes à régler dans son bureau, il me semble. L'amie de votre mère également.

Des affaires urgentes ?

Je me demande bien ce qui peut être urgent un soir de Nouvel An en dehors de l'alerte tempête qui oblige mon patron à rester chez nous.

– J'étais seul, et en général, ce n'est pas moi qui attends les autres, c'est même plutôt l'inverse.

Cette fois, il m'est difficile de me concentrer alors que son parfum chatouille mes narines, signe qu'il n'est qu'à quelques centimètres à peine de moi.

– Puis-je vous aider ? Si vous m'éclairiez sur ce que nous cherchons, nous irions plus vite à deux ?

Moi-même je l'ignore.

Au départ, si je suis descendue ici, c'était surtout pour vous fuir... ai-je envie de lui avouer.

Alors à la place, je botte en touche. C'est indéniablement plus facile que de lui faire face.

– N'importe quoi qui puisse ajouter une touche festive à cette soirée et rappeler que c'est le réveillon.

– Très bien, grommelle Cillian en s'écartant, emportant toute la chaleur suave de son corps avec lui.

Sans perdre de temps, nous nous activons en silence, mais pour être honnête, il m'est de plus en plus difficile de poursuivre sans qu'un nuage de buée se forme au bord de mes lèvres à chacune de mes expirations.

Même si retrouver des souvenirs de notre enfance me touche, j'ai tout de même hâte de dénicher ce dont nous avons besoin pour ensuite remonter à toute vitesse pour nous réchauffer. Après plusieurs boîtes, mes mains sont raidies alors je tente de les frotter l'une contre l'autre pour faire circuler le sang à nouveau.

À la seconde où Cillian m'aperçoit en train de faire, il abandonne son poste pour venir vers moi, d'un pas pressé. Il s'arrête à ma hauteur et je dois lever le menton si je veux soutenir son regard. Ses pupilles sont dilatées si bien que je peine à discerner le bleu de ses iris.

– Euh, un problème, Cillian ?

Ses mâchoires sont contractées tandis que son index trace une ligne le long de ma mâchoire, jusqu'à mes lèvres que je mordille afin de ne pas claquer des dents.

– En effet. Vous êtes frigorifiée.

Je l'observe ôter sa veste, une manche après l'autre, puis la poser sur mes épaules. Je ne le comprends pas. Pourquoi agit-il de la sorte ?

Cela ne lui ressemble pas. Et comme je n'y tiens plus, je finis par balancer ce qui me passe par la tête sans plus de cérémonie.

– J'ai du mal à vous suivre, vous savez ? Un coup, vous me détestez, un coup, vous vous inquiétez pour moi parce que j'ai froid ?

– Vous détester ? Qu'est-ce qui vous fait dire une chose pareille ?

– Sérieusement, Cillian, ricané-je. Vous avez vraiment besoin d'exemple ? Je vous en prie, vous, comme moi, nous savons que vous ne supportez personne dans votre entourage. Je demande seulement à comprendre vos sautes d'humeur. Pendant toute l'année, c'est à peine si vous m'adressez la parole, et tout à l'heure, en voiture, vous étiez mort d'inquiétude à l'idée que je sois blessée. Et à présent, ça ! déclaré-je en pointant sa veste sur mes épaules. Sans compter ce qui s'est passé l'autre jour, mais vous ne vous en souvenez peut-être déjà plus...

Si je me concentre assez, je peux même sentir encore le goût de ses lèvres sur les miennes.

Au lieu de répondre, Cillian glisse sa main dans ses cheveux pour les ramener en arrière sans se départir de ce stupide sourire en coin qui fait s'envoler une nuée de papillons dans mon ventre.

Cependant, une fois que je suis lancée, difficile de m'arrêter.

– Qu'ai-je fait pour mériter votre mépris au quotidien ? Je pense pourtant être efficace dans mon travail. Je suis investie, je travaille deux fois plus que n'importe qui d'autre, alors quoi ? Vous n'aimez pas les femmes ? Votre mère ne vous a pas fait assez de câlins dans votre enfance ? Expliquez-moi, Cillian parce que ça, là, dis-je en indiquant l'espace qui nous sépare, ça ne pourra pas durer éternellement.

Ma patience s'étiole et atteint ses limites à mesure que le silence ponctue ma respiration saccadée.

– Vous savez quoi, laissez tomber. Je ne sais même pas pourquoi je cherche à vous comprendre. Il est clair que ça vous importe peu.

Sur ces mots, je tourne les talons et mets le plus de distance possible entre lui et moi. Une fois en haut de l'escalier, je me réfugie dans la première pièce qui se présente et qui ne semble pas être occupée par un Scott : les toilettes. Au moins, ici je suis sûre d'être loin de lui.

J'aurais dû suivre les conseils d'Hazel et en découdre avec mon patron une bonne fois pour toutes ! Au lieu de quoi, j'ai écouté mon cœur.

Voilà ce qui arrive lorsque l'on se montre vulnérable face à quelqu'un comme Cillian James, me sermonné-je.

13

Aimee

Celle qui livrait ses quatre vérités

– Que faites-vous là ?

Cillian est dans ma chambre, debout, face à ma bibliothèque, et tient un de mes livres préférés qu'il feuillette sans la moindre gêne.

– Je vous cherchais.

– N'avez-vous pas envisagé la possibilité que je n'avais pas envie de vous voir ?

J'imagine qu'il a dû oublier ce qui s'est passé au sous-sol vu qu'il m'ignore, du Cillian James tout craché !

– Ça ne me dit toujours pas ce que vous faites là, Cillian.

En fait, non. Il ne le *feuillette* pas, il fourre son nez dans mes annotations.

– J'étais curieux de découvrir votre chambre d'adolescente. Cela répond à votre question, Aimee ?

– Comment avez-vous su laquelle était la mienne ?

– Intéressantes, vos remarques sur *La Ligne verte*, répond-il, esquivant totalement ma question précédente.

– C'est privé.

– Un livre n'est pas un objet privé, c'est un objet qui se partage, se prête, s'offre et se donne.

Son arrogance m'agace. Mais même si nous nous trouvons dans ma chambre, et que l'idée de l'envoyer se faire voir est tentante, je ne peux pas oublier qu'il reste mon patron.

– Certes, mais celui-ci est à moi. Je vous prierai donc de le remettre à sa place.

– Dans un moment.

OK, Cillian ne me respecte pas du tout. J'ai presque envie d'appeler Hazel à la rescousse afin qu'elle s'occupe de son cas. Elle au moins ne se laissera pas impressionner par le bleu céruléen de ses yeux.

– « J'ai rêvé que tu errais comme moi dans l'obscurité. Puis nous nous sommes rencontrés », lit-il à haute voix, son timbre rauque et grave s'infiltrant dans les cellules de mon corps.

Je déteste ce que sa présence provoque en moi. Autant, au travail, j'ai une échappatoire : mon bureau. Autant ici, dans ma petite chambre d'adolescente, je suis à la merci de son aura écrasante. De là où je me trouve, la fragrance épicée qu'il a laissée dans son sillage chatouille mes narines.

Son odeur. Mon point faible.

N'importe quoi ! Mais c'est quoi mon foutu problème ? *Je le déteste… n'est-ce pas ?*

Ma frustration s'exprime par un sentiment urgent de colère.

– C'est bon, vous pouvez le reposer à présent !

Cillian semble indifférent à mon irritation.

– Je ne me souvenais pas de ce passage. Mais je suis content de voir que vous en avez relevé les plus beaux, je vous félicite, nous avons des goûts similaires en matière de lecture.

– Waouh, c'est merveilleux. Là, telle que vous me voyez, je suis flattée. Maintenant, ça suffit, vous vous êtes assez amusé à mes dépens.

En quelques pas, j'efface la distance qui nous sépare et lui arrache mon bouquin des mains pour le replacer avec les autres dans la bibliothèque.

Sauf que ce que je n'avais pas prévu, c'était que Cillian se retrouve dans mon dos, et moi, prisonnière de ses bras. Je me retourne dans le petit espace qu'il me concède, me retrouvant face à lui, ou plutôt face à son torse musclé, louchant sur sa pomme d'Adam qui monte et descend dans sa gorge. Le mouvement est hypnotisant, entêtant et provoque le bazar dans ma poitrine. Dans cette position, j'ai une vue parfaite sur la fine cicatrice qui court sous son menton, en partie dissimulée par sa légère barbe. Même cette toute petite imperfection lui donne un charme supplémentaire. Cillian ne bouge pas d'un cil, son souffle tiède se mêle au mien. Je prends une profonde inspiration afin de contenir le halètement qui menace de m'échapper. L'heure n'est pas à la séduction. Je ne dois pas oublier à qui j'ai affaire.

Cillian James est un homme implacable et sans le moindre sentiment. Il n'hésite pas à jouer de sa position pour faire plier à sa volonté les gens travaillant pour lui.

– Pourriez-vous cesser d'envahir mon espace vital, Cillian ? murmuré-je, son prénom s'attardant sur ma langue.

Il sourit, et je m'arme de toute ma volonté pour me détourner, en vain.

Mais qu'est-ce que je redoute à la fin ?

De vouloir planter tes dents dans ses lèvres... m'avertit une petite voix dans ma tête qui cherche à me pervertir.

La même, incontrôlable, qui trouble sans cesse mes pensées avec des remarques salaces sur mon patron.

Embrasse-le ! Embrasse-le ! Embrasse-le !

Heureusement, Cillian recule d'un pas sans jamais me quitter des yeux, comme s'il cherchait à pénétrer mon âme. Le temps semble s'étirer à l'infini à mesure que ma colère s'amenuise.

Si Hazel me voyait, elle serait mortifiée. Ou me tirerait les cheveux, au choix.

Pourtant j'essaie vraiment de me soustraire à son emprise.

Cillian est un redoutable adversaire, ça, je le savais déjà avant d'accepter de travailler pour lui, sa réputation le précède, mais ce que j'ignorais, c'est combien il me serait difficile de me retrouver à le côtoyer chaque jour.

Il m'inspire tant de sentiments contradictoires qu'il m'est difficile de maintenir une distance entre ce que je pense et ce que je ressens en sa présence.

Je m'aperçois qu'il n'y a qu'une seule solution...

– Je dois vous dire quelque chose d'important. Sachez que je suis désolée de le faire de cette manière triviale.

– Je suis tout ouïe, Aimee.

Son regard sur moi menace de faire plier les barrières de ma volonté.

– Je démissionne, Cillian. Vous trouverez ma lettre dans votre boîte e-mail dès lundi à la première heure.

Bordel, je l'ai fait ! Voilà, à présent, plus de retour en arrière possible !

Je vais être dans le rouge pendant plusieurs semaines, c'est indéniable, le temps pour moi de retrouver un nouveau job. Toutefois, j'ai quelques économies de côté, et je suis prête à quitter Chicago s'il le faut, même si c'est une ville que j'affectionne. Peut-être que je serai obligée de revenir vivre à Wilmington et d'emménager de nouveau dans cette petite chambre à la peinture défraîchie. L'idée ne me déplaît pas tant que ça. Il y aurait des avantages à la situation, pas vrai ? Cela me permettrait de me rapprocher de mes sœurs, d'alléger la charge mentale qui pèse sur Fallon et de passer plus de temps avec Penny, Ivy et Hazel.

Pourtant, malgré la fierté que je ressens d'avoir réussi à m'imposer face à lui, je ne parviens pas à me réjouir comme je l'espérais. Certainement parce que je prends conscience du fait que les conséquences de mon acte « héroïque » signifient que je ne verrai plus jamais Cillian. Imaginer soudain mon quotidien sans lui me tord le ventre.

– Je refuse.

Deux mots.

Et mes rêves de retour au bercail éclatent comme une bulle de savon.

– Je vous demande pardon ?

– Vous m'avez parfaitement entendu : je refuse votre démission.

– Mais vous ne pouvez pas faire ça ! m'insurgé-je, le cœur battant une mesure incontrôlable.

Et inconsciemment soulagée, je dois l'admettre. Mais ma fierté m'empêche de le lui montrer. Alors je continue à m'insurger, parce que je préfère avoir le cœur brisé plutôt que ce soit lui qui le piétine.

– Détrompez-vous, Aimee. Je le peux et je le fais. Considérez donc que vous êtes toujours mon assistante et que je vous attends au bureau à la fin de ce week-end si cette tempête de malheur nous le permet.

Choquée par son aplomb, et en colère aussi, je réagis peut-être un peu trop vivement, je le concède, mais j'ai démissionné et s'il ne veut pas l'entendre, c'est son problème, pas le mien.

– Allez vous faire foutre !

Je ne sais pas ce qui m'a pris, je ne me reconnais plus. Oui, je suis en rogne contre lui, mais de là à proférer une injure à son encontre... Il ne me le pardonnera jamais, c'est certain.

Cette fois, Cillian ne sourit plus, et son regard polaire s'obscurcit si bien que je peine à distinguer les cercles d'un bleu très clair qui entourent ses iris.

– Un conseil : faites bien attention à ce que vous souhaitez, Aimee, dit-il avec son flegme habituel.

Mais je ne me fie pas à son ton calme, je ne sais que trop bien ce qui se cache sous ses multiples couches de bonnes manières. Sa rage bout.

Personne ne tient tête à Cillian et je parie que, dans sa tête, il m'a déjà tuée de plusieurs manières.

– Je ne veux plus travailler pour vous, est-ce si difficile à concevoir ?

– Expliquez-moi ce qui se passe.

– Non.

– Oh si, vous allez le faire

– Non, répété-je en croisant les bras.

Apparemment, j'ai de nouveau douze ans.

– Vous ne comprenez pas. Je ne vous laisse pas le choix.

Soutenir son regard me coûte. Je réunis mes pensées éparpillées et me concentre sur le feu qui crépite en moi pour ne pas perdre contenance.

J'opte pour la vérité crue.

– Vous êtes cruel.

– Jamais avec vous.

– Je pourrais vous lister toutes les fois où vous l'avez été avec moi sans bégayer.

– Vous vous méprenez.

– Vraiment ? ricané-je. Alors, pourquoi m'avoir accordé seulement deux jours quand ma mère est morte ? Deux malheureux petits jours. Quel genre d'homme êtes-vous pour ne pas compatir ? J'ai perdu la personne que j'aimais le plus sur cette planète, et lorsque je vous ai demandé quelques jours afin d'assister à son enterrement et partager mon chagrin avec ma famille, vous avez froidement déclaré que j'avais quarante-huit heures et pas une de plus pour revenir travailler.

– J'accorde un seul jour à tous mes collaborateurs. Vous avez eu le droit au double.

– Seigneur, vous êtes vraiment sans cœur…

– C'est ce que vous me reprochez, Aimee ? Est-ce de cela qu'il est question ? Ce sont là toutes vos revendications ? Vous me trouvez injuste envers vous, *sans cœur* – ce sont les mots que vous avez employés, n'est-ce pas ?

– Ce que je vous reproche, c'est de m'avoir embrassée, puis de m'avoir ignorée sans aucune explication. Pire encore, j'ai eu droit à votre mépris. Ce que je vous reproche, c'est de constamment souffler le chaud et le froid avec moi. Vous voulez la vérité, Cillian ? Si je reste un jour de plus auprès de vous, je risque de devenir folle.

– Aimee, vous...

– Ne me dites pas que j'exagère, sinon je vous jure que je hurle, le coupé-je brusquement.

– Laissez-moi donc vous rafraîchir la mémoire. Lorsque mon père est mort, j'ai pris une journée. Une seule foutue journée ! Vous devez vous en souvenir, puisque j'ai assisté à ses obsèques et que je suis revenu le soir même au bureau. Je vous ai demandé de faire envoyer une gerbe de fleurs à ma mère.

Je m'en souviens.

Seulement, je ne savais pas que son père était mort. Je pensais qu'il avait très mauvais goût en matière de fleurs.

– Ce jour-là, je vous ai demandé de rentrer chez vous et de me laisser seul avec ma bouteille de whisky. Mais comme toujours, vous n'en avez fait qu'à votre tête et vous êtes restée. Vous m'avez pris dans vos bras pour me réconforter, alors que j'ai toujours été odieux avec vous. Ensuite, j'ai craqué et je vous ai embrassée. Je n'aurais pas dû, j'ai abusé de ma position et bien sûr, fait mon possible ensuite pour effacer cette incartade. Voilà, vous êtes contente !

– Je suis désolée pour votre père, ça vaut ce que ça vaut, mais je vous présente mes condoléances.

– Merci, j'apprécie. Et pour en revenir à vous, si je vous ai accordé deux jours, c'est déjà un jour de plus qu'à tous mes collaborateurs. Par ailleurs, j'ai appris à vous connaître, et je sais combien ça vous aurait coûté de rester chez vous. Vous êtes sensible, altruiste et beaucoup trop émotive. Vous avez le syndrome du superhéros et vous voulez sauver tout le monde.

– Qu'en savez-vous ?

– Je sais que si vous étiez restée plus longtemps à Wilmington, ça vous aurait détruite.

– Vous croyez me connaître ?

– J'ai vu dans quel état vous étiez après votre rupture avec ce déchet humain.

– Vous voulez parler de Dean, soufflé-je.

– C'est ça. Quelle personne sensée aide son ex à déménager, puis le réconforte quand il se fait plaquer par la femme pour qui il l'a quittée ?

Ma bouche s'ouvre et mes yeux s'arrondissent.

– Comment savez-vous tout ça ?

– Dans le milieu du travail, les gens parlent, Aimee. Et le jour où ce branleur est venu à l'accueil, je revenais d'un rendez-vous.

– Vous voulez dire que vous m'avez espionnée ? Mais pour qui vous prenez-vous ?

– Vous espionner ? Vous étiez au beau milieu du hall d'entrée. Écoutez, il est vrai que vous avez raison sur certains points. Certes, je n'admets aucun retard dans ma compagnie et tous ceux qui travaillent pour moi le savent, et s'y plient, sauf vous.

– Dans ce cas, tant mieux puisque vous serez débarrassé de moi bientôt.

– Aimee, vous êtes une calamité. Vous êtes bruyante, exaspérante, vous riez trop fort, vous discutez systématiquement mes ordres, vous modifiez mon emploi du temps sans me consulter, et vous êtes toujours en retard, TOUJOURS. Mais vous êtes terriblement efficace au travail, et je peux compter sur vous, sur votre loyauté et sur votre discrétion. La vérité, c'est que vous êtes la seule à ne pas avoir peur de moi, à me voir tel que je suis, moi, Cillian, et pas le dirigeant plein aux as d'une compagnie qui vaut plusieurs millions. Jusqu'à ce que vous débarquiez dans ma vie, je pensais ne pouvoir montrer qu'une seule facette de ma personnalité, celle de l'homme d'affaires impitoyable. Être auprès de vous est rafraîchissant et vous me rendez... plus humain. Alors je vous le répète afin que ce soit clair là-dedans, dit-il en effleurant délicatement ma tempe, je n'accepte pas votre démission. Faites-vous une raison.

– Je ne sais pas... Cillian. Nous sommes différents, vous et moi, ce ne serait pas raisonnable de poursuivre notre collaboration.

– J'ai besoin de vous.

– Vous trouverez une autre assistante.

– Vous ne comprenez pas ? C'est vous que je veux, putain.

Je ne m'attendais pas à ça. À ce qu'il jure ? Non, ça, je m'en fiche. Ça le rend encore plus humain. Ce qui me surprend, c'est qu'il m'avoue sans détour qu'il me veut. Je ne sais pas quoi en penser. Dois-je céder à la tentation qu'il représente ? Si je franchis ce pas, entre nous, ce ne sera définitivement plus pareil.

Doux Jésus, il m'est difficile de réfléchir alors que la pulpe de son pouce trace à présent le contour rebondi de ma lèvre inférieure, et bientôt une chaleur délicieuse envahit mon ventre. Mes joues s'empourprent et je suis obligée de mordre l'intérieur de ma joue pour retenir un gémissement.

Brusquement, la porte de ma chambre s'ouvre et le visage de ma petite sœur apparaît dans l'entrebâillement.

Je pousse Cillian en même temps que je fais un bond en arrière, brisant notre bulle de sensualité.

– Hazel ? Est-ce que ça va ? Tu avais besoin de quelque chose ?

– Non. Rien du tout, dit-elle avant de refermer la porte dans un claquement bruyant, laissant derrière elle un sentiment de gêne si épais qu'il en est presque palpable.

Merci, Hazel...

14

Aimee

Celle qui succombait à la tentation

Bon sang, mais qu'est-ce qui m'a pris ?

– Je pense qu'il est préférable que vous repreniez la route avant qu'il ne soit trop tard, soufflé-je dans un murmure rendu rauque par la tension qui s'épaissit entre nous.

Super, Aimee. Un pas en avant et trois en arrière.

– Vous en êtes sûre ? C'est bien ce que vous voulez ?

Un rire sans joie m'échappe. Je ne le quitte pas des yeux tout en m'efforçant de ne pas lui montrer combien je suis affectée par sa présence et par ce qui aurait pu arriver si ma petite sœur ne nous avait pas interrompus.

Jusqu'où serions-nous allés ? L'aurais-je laissé m'embrasser ? Voire plus ?

Oui ! Incontestablement.

Bon sang, j'ai complètement perdu la tête ou quoi ? J'ai l'impression que le choc de tout à l'heure dans la voiture était plus violent que je ne le croyais et qu'il a ravagé mes neurones.

Cillian James est mon putain de patron ! Pas un coup d'un soir avec qui je peux m'envoyer en l'air puis le chasser de mon esprit comme si de rien n'était.

Je me tourne vers Cillian, son regard orageux me scrute avec intensité.

La tension crépite autour de nous et sature l'air de ma petite chambre d'adolescente.

Un éclair s'abat tout près de la maison, l'orage éclate et un vent violent hurle au dehors. Puis les lumières s'éteignent précisément à ce moment-là. Seulement, cette fois, l'électricité tarde à revenir.

– Alors, comme ça, vous souhaitez toujours que je parte ? m'interroge-t-il, une lueur de défi illuminant furtivement ses prunelles d'un noir de jais, que je distingue grâce à l'éclairage public filtrant par la fenêtre.

– C'est ce qui serait le plus raisonnable, m'entends-je lui souffler. Une aventure au travail, vous imaginez les risques si ça s'ébruite.

– Vous ne comprenez pas, Aimee, je me contrefous des autres. Il n'y a que vous qui comptez, parce que vous êtes la seule à m'avoir vu sans masque, vulnérable, et malgré ça, vous ne vous êtes pas enfuie. Ce jour-là, dans mon bureau, si vous ne vous étiez pas écartée, je serais allé jusqu'au bout.

– Jusqu'au bout ?

On dirait qu'il n'y a pas uniquement dans la maison que l'électricité a sauté, mes neurones aussi semblent s'être décidés à abandonner le navire.

– Et depuis, je lutte chaque jour pour ne pas vous sauter dessus et vous baiser jusqu'à ce que vous ne puissiez plus faire deux pas sans penser à moi.

Waouh, je ne m'attendais pas à ça. Il me faut quelques secondes pour remettre de l'ordre dans mes pensées et réfléchir à ce que je veux.

Face à moi, Cillian est tendu, je le vois dans ses larges épaules noueuses et dans ses mâchoires qu'il contracte.

Toutefois, il me laisse de l'espace. L'espace nécessaire pour que je puisse me décider.

Il glisse une mèche folle à l'arrière de mon oreille, et ce simple contact suffit à m'électriser. Toutefois, je retiens mon souffle pendant qu'il détache son regard du mien et, alors qu'il s'apprête à sortir de ma chambre, un seul nom résonne à l'intérieur de mon crâne, et de mon cœur. Le sien.

– Cillian, attendez !

Cette fois, c'est moi qui m'avance vers lui, l'attire à l'intérieur et, sans attendre, son bras s'enroule autour de ma taille dans un geste possessif pour me ramener contre son torse musclé.

– Aimee, es-tu bien sûre de toi ?

Je note qu'il passe au tutoiement, et je dois avouer que j'aime assez ça.

À présent, pas de retour en arrière possible, si je dois me consumer, autant que ce soit avec Satan lui-même.

Sur cette dernière pensée, je lui souris. Il comprend et, sans perdre une seconde de plus, ses lèvres pleines se referment sur les miennes.

La sensation est au-delà de mon imagination et de mes rêves les plus dingues. Le domaine d'expertise de Cillian ne s'arrête pas aux nouvelles technologies. Apparemment, il est aussi doué pour arracher des gémissements de plaisir à Aimee Scott sans qu'elle s'en rende compte.

Bon sang, cet homme embrasse divinement, il peut faire passer tous les roulages de pelle de ma vie pour de chastes baisers.

– Rassure-moi, tu as un préservatif ? demandé-je entre deux baisers.

Il secoue la tête.

– Cillian ! geins-je. Ce n'est franchement pas responsable !

– Désolé, je n'avais pas prévu de te baiser dans la voiture. Crois-moi, je regrette à mort.

– OK, je vais voir ce que je peux trouver.

Je rajuste ma tenue histoire de paraître un minimum décente au cas où je croiserais quelqu'un de ma famille et réfléchis en passant devant les portes de mes sœurs. Déjà, Hazel, c'est mort. À moins qu'elle ne s'amuse à les gonfler avec de l'eau pour les envoyer à la tronche de ceux qui la font chier. S'il reste des capotes dans les tiroirs de Taylor, elles sont sûrement périmées vu qu'elle est partie depuis des années et qu'à chaque fois qu'elle est revenue, c'était à la vitesse de l'éclair. Non merci, je n'ai pas envie de me retrouver en cloque à la première baise. Quant à Fallon, ça fait bien longtemps que son ancienne chambre est devenue une pièce fourre-tout.

J'évite la porte de mon père, ugh... Je ne veux même pas y penser. Mon seul espoir, c'est Ivy. Je me faufile dans sa chambre et regarde autour de moi.

Par où commencer ?

Ça me gêne de venir fouiner de la sorte, mais je suis certaine qu'elle comprendrait. J'ouvre les tiroirs de son bureau les uns après les autres, sans succès. Dans le noir, ce n'est pas évident.

Allez ! Ne me déçois pas petite sœur.

Finalement, dans le dernier tiroir, au milieu d'un tas de paperasse, j'aperçois un éclat métallique, tente ma chance et m'en empare. Je manque de crier victoire quand une guirlande de préservatifs pendouille au bout de mes doigts.

– Merci, Ivy, je te revaudrai ça ! murmuré-je comme une promesse solennelle.

D'humeur généreuse, je me contente d'en détacher un seul, puis repose le reste sagement à sa place, referme le tiroir et, à pas de velours, je repars d'où je viens, mon sésame entre les mains.

Une fois de retour dans ma chambre, je verrouille derrière moi et, dos au battant, je prends le temps de le contempler. Cillian est toujours là, bien réel et me dévorant des yeux.

– Par pitié, dis-moi que tu as trouvé un préservatif ?

Je lève *mon précieux* face à lui.

– Bordel, merci mon Dieu ! grogne-t-il.

Bon, et maintenant, je fais quoi ? Est-ce que je dois aller vers lui ? Me déshabiller ? Plutôt attendre qu'il vienne vers moi ?

Ça craint ! Depuis Dean, je ne suis sortie avec aucun autre homme alors, avouons-le, je ne sais plus comment m'y prendre pour séduire.

Je fais taire la petite voix qui me conseille de tenter un striptease. D'abord parce que je n'ai pas envie de faire fuir Cillian, et ensuite, parce que je me connais, je suis aussi souple qu'un éléphant de mer.

Finalement, Cillian coupe court à mes tergiversations quand il se lève, avance vers moi d'une démarche assurée, m'attire de nouveau à lui et m'embrasse comme si j'étais la plus délicieuse des friandises. Il mordille mes lèvres, les suce, les aspire entre ses dents et les lèche du bout de sa langue, me laissant à bout de souffle (un expert, vous dis-je !).

Lentement, très lentement, il me déleste de ma robe qui tombe à mes pieds.

– Tu es tellement belle...

Jamais un regard ne m'avait donné l'impression d'être aussi désirable. Je me tiens en sous-vêtements face à lui, pourtant je ne me sens pas embarrassée, pas alors qu'il me contemple avec admiration. Puis, c'est à mon tour de l'aider à se déshabiller. D'abord sa veste de costume, et pendant que je m'occupe de sa chemise, ouvrant les boutons un à un, Cillian retire son pantalon dont il se débarrasse d'un mouvement du pied.

– Ainsi le mystère est dévoilé, Cillian James porte des boxers, plaisanté-je contre ses lèvres qui effleurent les miennes avant de glisser le long de mon cou jusqu'à la courbe de mon épaule, y déposant délicatement une nuée de baisers.

– Si tu veux tout savoir, je dors sans rien.

– Hmm intéressant, en effet. Mais dis-moi une chose, ce n'est pas désagréable d'être à poil dans des draps en soie ?

– Je te laisse le soin de le découvrir par toi-même la prochaine fois.

Donc il y aura une prochaine fois ?

J'évite de bondir de joie à cette perspective. Envolée, toute la colère que je ressentais pour lui en arrivant ici, je suis à deux doigts de couiner d'impatience à présent.

Un peu de tenue, nom d'un chien !

Cette pensée s'évanouit dans un gémissement étouffé quand Cillian libère mes seins de leur carcan de dentelle, glisse son pouce dans ma bouche pour l'humidifier de ma salive et vient tracer le contour de mon téton rosé avec une lenteur délicate. Un délicieux frisson parcourt ma colonne vertébrale et embrase mon sang.

– Cillian, je te préviens tout de suite, encore une minute de plus de ce traitement et tu pourras prononcer l'heure de mon décès.

Cillian s'esclaffe contre ma peau et m'attire vers le lit avant de nous y allonger.

L'entendre rire me procure un drôle de sentiment.

Je ne l'ai jamais vu comme ça, détendu, et heureux. Je crois que je pourrais m'habituer à ce Cillian-là. Peut-être même devenir accro.

Pfff... comme si ce n'était pas déjà le cas... me susurre une voix dans ma tête.

À moins que ce ne soit parce qu'il descend avec sa langue dans un endroit intime. Alors que je pourrais me sentir gênée, c'est tout le contraire : je me sens à l'aise et, disons-le, choyée par l'attention qu'il m'accorde.

À deux doigts de gémir son nom, je suis obligée de mordre mon poing si je ne veux pas rameuter tous les habitants de la maison.

– Est-ce qu'il y a une chose que tu ne sais pas faire sur cette terre ? Bordel...

Je n'y tiens plus, glisse mes doigts dans ses cheveux et, tandis que mes orteils se recroquevillent, je me sens quitter mon corps.

Cillian, Cillian, Cillian...

Coïncidence ou pas, l'électricité revient à ce moment très précis. La vache, c'est bien la première fois que j'ai un orgasme qui, en plus d'allumer mes terminaisons nerveuses, rétablit le courant dans une pièce.

Alors que mes battements cardiaques retrouvent un rythme plus régulier, Cillian remonte vers moi et m'embrasse avec passion, aspirant ma langue entre ses dents. Cette fois, je ne me retiens plus et gémis de plaisir.

C'est terriblement sensuel, de nous entendre haleter dans un parfait accord et, à mesure qu'il dévore ma bouche, je sens de nouveau la chaleur inonder mon bas-ventre de désir.

Cillian se débarrasse de son boxer, fait glisser ma culotte le long de mes jambes, récupère le préservatif et me le tend.

– Tu veux le faire ?

– Faire quoi ?

Un nouveau rire lui échappe. Celui-là fait s'envoler une pluie de papillons dans mon ventre.

Monsieur James, sachez que j'aime votre rire.

Cillian se met à genoux entre mes cuisses et je comprends. Encore une chose que je n'ai jamais faite, sauf sur une banane en cours de biologie à l'école, mais ce n'est pas comparable, n'est-ce pas ?

Son regard rassurant me met en confiance. J'attrape le préservatif d'une main, de l'autre caresse lentement son sexe, glissant mon pouce sur la veine saillante qui part de son gland.

Cillian grogne en mordant sa lèvre inférieure.

– Tu me tues, putain…

Savoir que c'est moi qui lui procure autant de plaisir est grisant. Je recommence ce traitement avant de l'habiller de latex.

Cillian s'allonge sur moi, son sexe positionné devant mon entrée et je perds le souffle quand il s'enfonce en moi, m'étirant de la plus délicieuse des manières. C'est infiniment bon, et le sentir se retirer, puis coulisser de nouveau en moi me submerge de plaisir. Je ne peux plus me retenir et gémis son nom à mesure que nos corps claquent violemment l'un contre l'autre, et que les battements de mon cœur s'affolent dans ma poitrine. Cillian saisit mes hanches à pleines mains afin de me pénétrer plus profondément. Peu à peu, je sens les prémices de l'orgasme se construire dans mon bas-ventre et un frisson dévaler le long de mon épine dorsale jusqu'à l'intérieur de mes cuisses.

C'est fort et puissant.

Puissant et violent.

Violent et délicieusement douloureux.

Et tandis qu'il accélère ses va-et-vient, nous voilà haletants à l'unisson, cherchant davantage de contact encore. Puis soudain, j'explose en un millier de particules, me dispersant dans le firmament pendant que Cillian se déverse en moi, dans un grondement rauque.

Il me faut plusieurs longues secondes avant de parvenir à reprendre mon souffle, béate de plaisir, et je colle mon corps alangui contre celui, brûlant, de Cillian et me laisse bercer par le mouvement de sa poitrine qui monte et descend dans un rythme apaisant.

– Oh, mon Dieu ! J'ai une tête…

Le reflet que me renvoie le miroir me désole. Mes cheveux sont terriblement ébouriffés, et une légère rougeur farde mes joues, preuves que le plaisir que m'a procuré Cillian est le meilleur des blushs.

– Je te trouve incroyablement belle, au contraire.

À travers le reflet du miroir, son regard brille d'une lueur de sincérité qui me fait chaud au cœur.

Nous nous rhabillons rapidement afin de partir retrouver les autres avant qu'ils ne se demandent où nous sommes passés et se décident à partir à notre recherche.

Toutefois, il faut quand même que je fasse quelque chose pour ma coiffure. Je me tourne vers mon patron/fauteur de troubles.

– N'empêche, Cillian, admets que je ne peux pas descendre comme ça, il faudrait être à moitié aveugle pour ne pas comprendre ce qu'on a fait dans cette chambre !

– Moi, ça ne me gêne pas que ta famille sache que tu es à moi. Peut-être alors qu'ils cesseront de penser que je suis uniquement ton putain de chauffeur.

Je glousse contre ses lèvres pleines qui fondent sur moi.

J'aime l'homme que je découvre et cette nouvelle facette de lui qu'il me dévoile, le fait qu'il soit, derrière cette carapace froide et sans émotion, quelqu'un d'attentionné, de drôle et de taquin.

Je l'écarte doucement, en fronçant les sourcils.

– Je n'y arriverai jamais si tu ne cesses pas de me distraire, protesté-je.

Cela amuse Cillian qui s'allonge dans mon lit, les mains derrière la nuque, son regard rivé sur moi, pendant que je tente de dompter ma chevelure, sans succès.

Heureusement, j'ai encore mon vieux fer à lisser !

Je le branche, puis, dès qu'il est suffisamment chaud, je le fais glisser sur mes mèches afin de cacher la misère.

Il me faut une bonne dizaine de minutes pour retrouver une apparence satisfaisante. Aussitôt que je suis prête, je dépose l'appareil sur le coin de mon bureau et me fige brusquement quand des cris nous parviennent depuis le rez-de-chaussée.

Cillian et moi nous dévisageons et, sans échanger le moindre mot, nous sortons de la chambre pour rejoindre les autres sans perdre une minute de plus.

15

Aimee

Celle qui était prête pour tout affronter

Les éclats de voix proviennent du grand salon. Cillian, sur mes talons, ne pose aucune question, et je lui en suis reconnaissante. Je dévale l'escalier avec un seul souhait : que rien de grave ne soit arrivé.

Quand je déboule dans la pièce, mon regard s'arrête sur mon père, assis dans son fauteuil, ma petite sœur penchée au-dessus de lui. Ça crie, ça hurle, ça fulmine.

Les paroles qui me parviennent sont incompréhensibles.

Interdite, je n'y comprends plus rien. Qu'est-ce qui a pu mettre Hazel dans un tel état de rage ? Ses joues sont rouges et son corps, tendu comme un arc. Sans réfléchir, je bondis vers elle, tente d'apaiser le brasier qui semble s'échapper d'elle.

Hazel finit par soupirer, des larmes à la lisière de ses longs cils. Autour de nous se tiennent Fallon et Luke. Ils ont l'air terriblement proches, ce qui est de bon augure pour leur couple, pensé-je. Et alors que Luke pose sa main sur l'épaule d'Hazel pour la calmer, je pivote vers ma sœur aînée.

– Fallon, qu'est-ce qui se passe ?

Elle arbore un air si triste, si dépité que les larmes me montent aux yeux.

Bon sang, mais qu'arrive-t-il à notre famille ? Ça devait être des retrouvailles heureuses, dans la joie et la bonne humeur, et non une guerre civile.

– Il se passe que… papa vend la maison.

– Attends, quoi ?

J'ai forcément mal compris. Vendre la maison ? Cette maison ? La nôtre !

– Je sais…

Dans mon dos, Hazel continue de fustiger mon père. Je les observe en silence, la laissant vider son sac. Puis elle craque et finit par quitter la pièce précipitamment. Quelques secondes plus tard, la porte d'entrée claque violemment.

– Excuse-moi, je vais aller voir comment elle va, m'informe Fallon.

– Oui, vas-y.

Ça me rassure de savoir qu'Hazel ne se retrouvera pas dehors, toute seule, à ruminer sa colère, avec cette météo complètement dingo.

Luke leur emboîte le pas et nous nous retrouvons dans un silence assourdissant.

Il ne reste plus que mon père, Carole et… Cillian.

Mon patron a assisté à la scène, et c'est déjà une fois de trop. Je me demande ce qu'il doit en penser. J'aurais préféré lui offrir une autre image de notre famille. S'il y avait la moindre chance pour qu'une histoire naisse entre nous, après une telle soirée, c'est foutu à mon avis.

Nous sommes tous au beau milieu du salon, personne n'ose bouger ou faire un commentaire, donc j'imagine que c'est à moi de briser la glace. Avec toute la retenue possible, je me lance.

– Papa, tu veux bien m'expliquer ce qui t'a conduit à prendre cette décision ?

Mon père se lève de son vieux fauteuil tout rapiécé par endroits. On dirait qu'il a pris dix ans d'un coup et qu'il traîne un lourd fardeau derrière lui. Je comprends pourquoi il tenait tant à toutes nous réunir. Une bombe pareille ne se partage pas par téléphone.

– Ma Aimee jolie, toi, tu dois comprendre mon choix.

– En fait, non. Tu ne crois pas que tu aurais pu nous consulter avant ? demandé-je d'un ton calme. Ou au moins, en parler à celles qui sont directement concernées, Hazel, Ivy et Fallon ? Tu sais que je suis souvent de ton côté, mais sur ce coup-là, je suis désolée de te dire que tu as foiré.

– Elles n'auraient pas voulu et auraient compliqué les choses. Tu connais tes sœurs, Hazel aurait été capable de s'enchaîner à la porte pour empêcher l'agent immobilier d'entrer.

Il marque un point.

– Tu as des problèmes d'argent ? C'est pour cette raison que tu vends notre maison ? Tu sais que si tu nous en avais parlé, nous aurions pu t'aider. On te le propose souvent et à chaque fois, tu refuses.

– Ce n'est pas une question d'argent.

– Alors là, je ne comprends rien. Vraiment, j'essaie, mais je ne comprends pas pourquoi tu veux te séparer de la maison de maman, de tous nos souvenirs.

– C'est précisément pour cette raison. Aimee. J'ai aimé ta mère profondément, mais depuis un an, j'ai l'impression de vivre dans son sillage. Ici, tout me fait penser à elle, les odeurs, les objets, les murs. Il n'y a pas un seul endroit, pas un seul centimètre carré de cette maison où je ne la revois pas, déambulant ou fredonnant, armée de son sourire immense et de ses yeux rieurs.

Une boule d'émotion se loge dans ma gorge. Je ne me rendais pas compte que c'était si dur pour lui, j'étais concentrée sur mon propre deuil. Encore une fois, j'ai le sentiment d'avoir été nulle, de n'avoir rien vu...

– Papa, je suis désolée que tu aies à vivre ça tout seul, tu aurais dû nous en parler.

– Ma chérie, je ne blâme personne. Seulement, tes sœurs et toi devez comprendre que je vis dans un mausolée depuis qu'elle nous a quittés. Et je n'en peux plus, j'ai essayé, mais j'ai besoin de vivre pour moi. J'étouffe ici, dit-il dans un sanglot réprimé qui me brise le cœur.

Les seules fois où j'ai vu mon père pleurer, c'était lors de la naissance d'Hazel et à la mort de ma mère. C'est tout. J'étais trop petite pour la première et bien trop submergée par le chagrin pour la seconde. Mais là, je prends la pleine mesure de sa souffrance, de son mal-être, et je serais la plus ingrate des filles si je ne me mettais pas à sa place.

– Je te comprends papa, et même si ça me fait mal de faire mes adieux à cet endroit, je n'ai pas mon mot à dire. C'est ta vie, ta maison, ton choix.

Ma voix n'est qu'un filet. Mon père enroule ses bras autour de moi et, l'espace d'un instant, je suis de nouveau sa petite fille. Je m'écarte et sèche mes larmes avec le revers de ma manche.

– Nous aurions pu t'aider à trouver une autre maison. Fallon a une amie dont le mari est agent immobilier à Wilmington. Ça t'aurait évité de faire les recherches tout seul. Du coup, tu déménages quand ?

Je suppose qu'il restera dans le quartier, car il a tous ses amis dans le coin.

Mon père se gratte l'arrière du crâne, l'air penaud, pendant que je poursuis :

– Ta nouvelle maison est loin d'ici ? Tu sais, tant qu'on est là, on peut t'aider à faire quelques cartons...

– C'est inutile, j'ai très peu d'affaires et le reste sera donné aux bonnes œuvres comme le voulait Hope. Pour ce qui est de la maison, je compte partir m'installer loin d'ici.

– Loin, comment ? Dans le centre-ville, tu veux dire ?

– Je veux dire, en Floride.

– Pardon ?

– J'ai prévu de voyager pendant quelques semaines et, à la fin du mois, je m'installerai définitivement à Saint-Petersburg en Floride.

L'annonce me fait l'effet d'une gifle.

– Waouh. Alors ça, je ne m'y attendais pas... Donc, quand Hazel disait que tu nous abandonnais, elle n'avait pas tort...

Mon père esquisse un pas dans ma direction, tandis que j'en fais un en arrière.

– Je ne sais pas quoi dire.

– Aimee ?

– Non, là, c'est beaucoup trop. Donc on perd notre mère, et maintenant notre père aussi ?

– La Floride, ce n'est pas si loin.

– Très bien, si tu le dis, je serais curieuse de savoir ce qu'en pensent tes filles ?

Sur ces mots, je quitte le salon sous le regard fiévreux de Cillian. J'ai honte de l'abandonner ainsi au milieu d'une dispute familiale, mais je ne peux plus rester, sinon je crains de prononcer des paroles que je regretterai. Il vaut mieux pour moi que je sorte me calmer. Quand j'ouvre la porte, je me retrouve nez à nez avec plusieurs voisins, dont Terry qui habite la maison d'en face. Elle est accompagnée de son mari et de ses enfants. Quant aux autres, je ne les connais pas. Des nouveaux sûrement.

Pendant une seconde, la colère affecte ma mémoire. Je me demande d'abord ce qu'ils fichent ici et pourquoi ils ne sont pas en train de fêter le réveillon chez eux.

– Joyeux réveillon ! crient-ils à l'unisson.

Ensuite, c'est Terry qui reprend.

– Nous espérons que nous ne sommes pas trop en retard pour le dîner.

Ah, oui, le fameux dîner !

Ravalant le sanglot qui me brûle la gorge, je plaque un sourire factice sur mon visage et ouvre la porte en grand.

– Bien sûr que non, pour tout vous dire, vous êtes les premiers ! Entrez, je vous en prie. Vous trouverez mon père dans le salon.

Ils entrent les uns après les autres et m'offrent une accolade chacun leur tour.

– Vous pouvez y aller, c'est tout droit, les informé-je en pointant mon index dans la bonne direction. J'espère que vous aimez les gâteaux à la figue… marmonné-je avant de m'extirper hors de cette maison.

Une fois à l'extérieur, je me prends une bourrasque qui m'arrache un long frisson. De plus, la pluie qui tombe en fines gouttelettes anéantit définitivement mon espoir de sauver ma coiffure.

Je regarde autour de moi, la rue est déserte, et étonnamment silencieuse. J'ignore combien de personnes sont encore attendues, mais l'envie de rester là pour le découvrir ne m'enchante pas. Je referme mes bras sur ma poitrine et fais le tour de la maison d'un pas furieux. Là, dans notre jardin, se trouve notre vieille balançoire. Je m'y installe puis, le nez en l'air, je me laisse bercer par le bruit du vent qui s'élève et apaise mes pensées éparpillées. D'habitude, quand les étoiles sont de sortie, elles offrent un tableau splendide au milieu de l'immensité du ciel sombre, mais ce soir, la tempête qui gronde m'empêche de voir quoi que ce soit.

Au bout de quelques minutes à grelotter sous la pluie, je sens du mouvement dans mon dos, un parapluie au-dessus de ma tête, puis un vêtement chaud que l'on dépose sur mes épaules.

– J'ai pensé que tu aurais besoin de ça.

– Merci.

Un autre parapluie en main, Cillian s'installe sur la balançoire voisine sans ajouter un mot. Si on me laissait le choix, je remonterais le temps, quand lui et moi étions blottis l'un contre l'autre dans mon lit d'adolescente. Au bout de plusieurs minutes, je me sens obligée de me justifier pour ce qui s'est passé à l'intérieur.

– Je suis désolée pour ce soir. C'est un véritable fiasco.

– Ne t'excuse pas pour quelque chose dont tu n'es pas responsable.

– Tu as raison. Tu veux la vérité... Je ne sais pas du tout comment je vais réussir à gérer la nouvelle. D'abord la maison, puis mon père...

– Tu oublies un détail.

– Lequel ?

– Je suis là.

– Oui, ce soir, tu es là, mais demain ? Et les jours suivants ?

– Je peux comprendre que tu doutes de moi. Après tout, en deux ans, j'ai fait ce qu'il fallait de sorte à ériger une barrière infranchissable entre nous, mais la vérité, c'est que je me protégeais. Je percevais bien notre attirance et nos points communs, et savais qu'à la seconde où je baisserais ma garde, il me serait impossible de dissimuler mes sentiments envers toi plus longtemps. Aujourd'hui, j'ai la chance de pouvoir faire partie de ta vie, alors, Aimee, je ne te laisserai pas tomber. Ni ce soir, ni jamais. Si tu ne l'as pas encore compris, alors je me ferai un plaisir de te le prouver autant de fois que nécessaire.

Sa déclaration me touche, plus qu'il ne l'imagine. J'efface alors la minuscule distance qui nous sépare de la plus délicieuse des façons et souffle un « merci » dans le creux de son cou.

J'ignore effectivement de quoi demain sera fait, mais si j'ai une certitude, c'est qu'avec mes sœurs à mes côtés et, à présent, Cillian, je suis prête à affronter tous les obstacles qui se dressent sur ma route.

Je pose ma joue contre son épaule solide. Son bras ceinture ma taille et me rapproche de lui jusqu'à me faire basculer sur ses genoux.

Nos nez se touchent, nos lèvres s'effleurent et nos souffles se mêlent.

– Cillian ?

– Qu'y a-t-il, bébé ?

Bébé...

Son petit surnom affectueux provoque en moi une douce chaleur qui s'enroule autour de mon cœur.

– Maintenant que nous deux, enfin tu vois, je risque de me faire virer quand tout le monde l'apprendra, non ?

– Certainement pas ! m'annonce-t-il, d'une voix autoritaire et équivoque. J'étais sérieux tout à l'heure. Je veillerai personnellement à ce que personne ne t'ennuie. J'espère que c'est suffisamment clair pour toi.

– Limpide. Ça tombe bien parce que je dois te faire une confidence.

– Laquelle ?

– J'aime mon travail. Alors c'est une chance que je couche avec le patron, murmuré-je, parce que j'aurais été triste de devoir me trouver un nouveau job.

– C'est moi qui ai de la chance de t'avoir.

Je lève un regard vers lui, il est aussi splendide que d'habitude, ses iris rivés sur moi me réchauffent le ventre et affolent mon cœur.

J'ai conscience qu'il y a encore des non-dits dans ma famille, qu'il nous reste des questions en suspens que nous devrons régler avec mon père, sans compter ma vie personnelle à remettre sur pied, mais chaque chose en son temps, et là, tout de suite, malgré le vent tempétueux qui nous enveloppe, je refuse de bouger et souhaite profiter de la chaleur des bras de Cillian encore un moment.

Et puis, si je vois le bon côté des choses, très franchement, que peut-il nous arriver de pire ?

16

Ivy

Celle qui avait des menottes dans son tiroir

De tous les scénarios imaginables pour commencer cette nouvelle année, je crois que je suis en train de vivre l'un des pires.

– Tu veux bien décroiser tes bras, maintenant, Scott ?

– Nope.

C'est la seule réponse que Connor obtient de moi alors qu'il s'affaire à manœuvrer sa BMW dans l'allée sinueuse qui mène à la maison de mes parents, ce qui lui arrache un long soupir de lassitude. C'est jouissif, de le sentir à ce point agacé. Le sourire suffisant que j'arbore depuis que nous avons pris la route il y a deux heures ne faiblit pas : mes muscles sont endoloris et mes articulations me font souffrir le martyre, mais l'irritation grandissante de Connor est une motivation suffisante pour endurer cette souffrance sans broncher.

– Je jure que j'ai chopé une tendinite par ta faute. Si on perd notre match à la rentrée, je te laisserai expliquer au coach que tu en es responsable.

– Il me pardonnera. Mon équipe est première du championnat féminin et invaincue cette saison. Rien ne pourra le foutre en rogne contre moi.

Connor me jette un regard mauvais, tirant sur le lien qui nous unit tout en veillant à ne pas me faire mal. Lorsque le métal s'enfonce dans la chair de mon poignet, je grimace et il s'arrête immédiatement.

Nouveau soupir de sa part. Nouveau pas vers la victoire de mon côté.

– Tu sais, dis-je d'une voix mielleuse, un mot et je te libère.

– Tu peux toujours courir. D'ailleurs, je me demande quelle faveur je vais te demander quand je l'emporterai...

Il hausse un sourcil taquin tout en s'efforçant de faire un créneau d'une seule main devant l'entrée de la grande maison où j'ai grandi. Derrière nous, les arbres malmenés par le vent menacent de s'effondrer. Heureusement que nous sommes partis suffisamment tôt pour éviter la tempête.

– La dernière fois, tu as gagné simplement parce que j'avais mal dormi la nuit d'avant. Sinon, j'aurais pu tenir en équilibre sur ce maudit poteau au moins deux heures de plus.

– Rien que ça, ricane-t-il en me lorgnant.

– Rien que ça, oui.

– Donc si on recommence, disons, le week-end prochain, tu penses être capable de me battre.

– Sans aucun doute.

Un sourire malicieux se dessine sur son visage et je devine ses paroles avant même qu'il ne les prononce. Une chaleur familière se répand dans ma poitrine et mon ventre.

– Tu veux parier, Scott ?

– Pari tenu, Holden.

Il lâche le volant le temps d'entrecroiser son petit doigt avec le mien, et nous voilà repartis pour l'un des défis totalement absurdes qui rythment notre quotidien depuis des années.

Cela fait maintenant quatre ans que Connor Holden et moi sommes amis. Nous nous sommes rencontrés peu de temps après notre rentrée en première année à l'université de Raleigh, en Caroline du Nord. Les sélections pour intégrer les équipes de basketball féminine et masculine avaient lieu dans le même gymnase et nous y participions tous les deux. Entre nous, le courant est passé tout de suite et nous avons passé les deux journées de mise à l'épreuve ensemble. Pour finir, nous avons tous deux intégré nos équipes respectives et, deux ans plus tard, nous en sommes même devenus les capitaines.

Les premières semaines, notre relation était la définition même du coup de foudre. Nous ne nous trouvions que des points communs et c'était… facile. Au fil des mois, les choses se sont toutefois corsées : Holden me ressemble en de nombreux points, et la fierté mal placée en fait partie. Il est compétiteur et borné et arrogant et franchement agaçant, ce qui le pousse à ne jamais – JAMAIS – s'avouer vaincu et à ne reculer devant aucun obstacle, sous aucun prétexte.

Manque de bol pour lui, je suis *exactement* pareille.

Depuis trois ans, donc, nous passons notre temps à nous chamailler et à nous défier pour tout et n'importe quoi, ce qui exaspère à peu près tout le monde autour de nous. Chaque fois que nous prenons de bonnes résolutions pour mettre fin au cycle infernal de rivalité qui règne entre nous, nos vieux travers nous rattrapent. Il y a environ un an, nous avons donc tacitement cessé d'essayer, et il ne se passe désormais plus un seul jour sans qu'on se lance des défis à la con.

Et c'est précisément à cause de l'un de ces défis que nous nous retrouvons aujourd'hui, un trente-et-un décembre, menottés l'un à l'autre pour passer le réveillon avec ma famille.

Quelques heures plus tôt...

Mon sac est prêt. Après tout, je ne pars qu'une nuit. Ne manque plus que ma longue tignasse blonde sèche un peu et je pourrai prendre la route dans une demi-heure, comme prévu. Je termine à peine d'enfiler une paire de chaussettes chaudes quand on frappe à la porte de ma chambre universitaire. À 14 h 30, un trente-et-un décembre, la liste de potentiels visiteurs est suffisamment courte pour que j'aie la certitude qu'il s'agit de...

– Connor.

Ce dernier me salue à peine quand je lui ouvre la porte, et me dépasse pour aller s'affaler sur mon lit comme s'il s'agissait du sien.

– Hé ! Lève-toi de là, sale porc ! le réprimandé-je. Je viens de changer mes draps.

– Bonjour à toi aussi, Scott. Du calme, je sors de la douche. J'ai couru dix kilomètres en moins de quarante-cinq minutes, ce matin. Je suis mort. Je te parie que tu ne fais pas mieux.

– Pari tenu, réponds-je machinalement. Qu'est-ce que tu fiches ici ?

– Je passais dans le coin, alors je me suis dit que ça te ferait plaisir de voir mon joli minois avant de prendre la route.

Luttant pour ne pas lever les yeux au ciel, je m'empare de l'objet le plus proche – un carnet de notes – et le lui balance à la figure. Il le dévie de la main sans ciller.

– Moins je te vois et mieux je me porte, tu le sais bien.

– Menteuse, tu m'adores.

C'est entièrement vrai, mais hors de question que je le lui avoue. L'ignorant, j'entreprends de frictionner les longueurs de mes cheveux à l'aide d'une serviette. Ils annoncent une alerte météo assez sérieuse pour le début de soirée, alors je n'ai pas intérêt à traîner si je ne veux pas rester bloquée ici.

– Tu ne devrais pas être en chemin pour aller rejoindre ta sœur ? lui demandé-je en m'installant à ses côtés une fois ma tâche terminée.

– Si, soupire-t-il en m'enlaçant d'un bras, mais je t'avoue que la perspective de passer le Nouvel An avec ses trois marmots et son mari chiant comme la pluie ne m'enchante pas des masses. J'hésite à rester ici, finalement. Mike et Nathan prévoient une petite soirée à la fraternité.

La quasi-totalité de nos amis ont quitté le campus depuis plusieurs jours déjà pour passer les fêtes en famille. C'est également ce que je fais, habituellement. La maison n'est qu'à deux heures de route d'ici, alors je prends généralement la voiture le premier jour des vacances et j'y reste jusqu'à la rentrée. Mais cette année, sans maman... c'est différent. Nous n'avons même pas fêté Thanksgiving ni Noël et, si mon père n'avait pas insisté pour perpétuer la tradition du Nouvel An – qui coïncide avec l'anniversaire de maman – ce serait sans doute passé à la trappe également. J'avais même fini par m'inscrire aux entraînements avancés que propose le coach Jackson durant cette période, comme Holden.

Je comprends que mon père ait à cœur de nous avoir auprès de lui ce soir, mais plus les heures passent et plus j'appréhende cette soirée. J'admets avoir levé les yeux au ciel en recevant son message, même si je suis curieuse de savoir ce que le vieux nous prépare... Je me console en me disant que, pour la première fois depuis trop longtemps, les cinq sœurs Scott seront réunies sous le même toit.

– Tu devrais y aller, ta sœur doit être impatiente de te retrouver. Et puis, ce sera seulement pour vingt-quatre heures.

La main de Connor se perd sur mon crâne qu'il se met à masser machinalement, comme à son habitude. Un frisson me parcourt : j'adore quand il fait ça.

– Ouais. Ils n'ont pas vraiment de place pour m'accueillir plus longtemps. Les affaires des triplés traînent partout, c'est un enfer.

– Ça, c'est l'excuse qu'elle a dû te sortir, m'esclaffé-je. La vérité, c'est qu'elle ne peut sûrement pas te supporter plus d'une journée, et ses gosses non plus.

– N'importe quoi. Je suis le mec le plus facile à vivre qui soit.

Je feins de m'étouffer, ce qui me vaut un magnifique majeur levé de la part de Connor.

– Tout bien réfléchi, reprend-il avec un sourire railleur, je comprendrais que toi, tu ne supportes pas de passer vingt-quatre heures d'affilée avec moi. T'es bien trop susceptible pour apprécier mon humour piquant.

– Quoi ? m'estomaqué-je. Moi, susceptible ? N'importe quoi. Dis plutôt que toi, tu ne supporterais pas une telle proximité. Comment pourrais-tu résister à mon charme sans échappatoire pour reprendre tes esprits de temps en temps, hein ?

C'est à son tour de feindre une mort foudroyante par crise cardiaque. Nous nous chamaillons de longues minutes avant que les paroles fatidiques ne soient prononcées :

– Vas-y, tu veux parier, Scott ? Vingt-quatre heures collés l'un à l'autre, interdiction de se séparer. Même pour aller au petit coin.

– Pari tenu, Holden ! Et j'ajouterai même, dis-je en sautant sur mes pieds pour fouiller dans un des tiroirs de ma commode, vingt-quatre heures menottés l'un à l'autre. Alors ? Tu me suis ou tu te dégonfles ?

Ses yeux marron s'arrondissent en se posant sur la paire de menottes que je fais tournoyer dans les airs. Au fond de moi, je sais qu'il s'agit de la pire idée que j'aie eue depuis un long moment. Mais hors de question de reculer maintenant, surtout pas face à cet arrogant !

– Attends, pourquoi t'as ça dans ta table de nuit ?

– Pas tes affaires. Alors ? On parie, Holden ?

– Pari tenu, Scott.

Et c'est ainsi qu'après un rapide passage par la chambre de Connor pour qu'il mette des vêtements chauds et embarque un sac avec quelques affaires, nous finissons par prendre la route pour aller rejoindre ma famille, menottés l'un à l'autre.

- Bon, ça fera l'affaire, souffle Connor en coupant le contact après avoir vérifié une dernière fois ses rétroviseurs.

Je décroise finalement les bras, pas peu fière d'avoir tenu tout le trajet sans flancher. Il me lance un regard assassin tout en faisant rouler ses épaules sans doute aussi endolories que les miennes.

- T'es vraiment une peste, Scott.

- Tu ne pouvais pas me faire plus beau compliment.

J'ouvre la portière côté passager lorsque je suis sèchement retenue à l'intérieur de l'habitacle.

- Alors là, ma puce, tu rêves. Tu m'as déjà obligé à entrer dans cette foutue caisse par ton côté, cette fois, c'est à ton tour de souffrir.

Connor ne me laisse pas le choix et use de sa force pour s'extirper du véhicule, me rendant la monnaie de ma pièce en contractant son bras droit près de son flanc pendant que je me contorsionne dans l'habitacle pour sortir à mon tour. Une douleur aiguë me transperce quand je me prends le volant dans les côtes, mais le rire d'hyène de Connor me motive à serrer les dents sans m'en plaindre.

Je grogne de soulagement quand mes deux pieds touchent enfin la terre ferme. Je n'ai absolument pas anticipé ce genre de désagrément quand j'ai sorti cette foutue paire de menottes. Connor s'empare de nos sacs d'une seule main avant de me faire signe qu'on peut y aller.

Prenant une profonde inspiration, je me dirige vers la porte d'entrée en appréhendant déjà la réaction de ma grande sœur, Fallon, quand elle nous verra ainsi. Sa voiture est garée dans l'allée, la connaissant, elle est déjà là depuis un moment pour tout superviser. À plusieurs reprises, elle s'est sentie obligée de me parler de ces paris à répétition et, *spoiler alert*, c'est loin d'être positif. Lors de notre dernière visio à cinq, par exemple, j'ai cru bon de raconter comment j'avais réussi à sortir de ma chambre par la fenêtre à l'aide de draps noués entre eux, simplement pour prouver à Connor que c'était faisable. Résultat : Fallon a passé les dix minutes suivantes à m'engueuler comme une enfant, prenant soin de me lister toutes les façons dont j'aurais pu mourir à cause de ma fierté mal placée. J'ai même fini par verser quelques larmes honteuses...

– Bon, t'es prêt ?

Connor hoche la tête. Je l'entraîne à ma suite et entre dans la maison dans laquelle j'ai grandi sans prendre la peine de sonner à la porte, braillant un détonnant « c'est moi ! » tout en ôtant mes baskets sans les mains. Surprise de trouver la maison dans la pénombre alors même que le soleil a bien entamé sa descente, je tente d'allumer la lumière, en vain : l'électricité a dû sauter, *encore une fois*. La bâtisse commence à se faire vieille, et il faut dire que mon père ne fait pas grand-chose pour l'entretenir, ces derniers temps, si bien qu'elle semble tomber en ruine. Je fais signe à Connor de laisser nos sacs dans l'entrée – on les montera plus tard dans ma chambre. Des voix me parviennent depuis la cuisine. Nous n'utilisons plus que très rarement cette pièce...

Un pincement me serre le cœur quand un flot de souvenirs me revient, des souvenirs dans lesquels maman se trouve derrière les fourneaux tandis que nous sommes toutes réunies, mes sœurs et moi, autour d'elle.

Elle aurait dû avoir cinquante-cinq ans.

– Tout va bien ? s'enquiert Connor, un pli soucieux sur le front.

Il place une main rassurante dans le creux de mes reins tout en scrutant mon visage.

J'ai beau m'être préparée psychologiquement à cette soirée, à la fois festive et profondément triste en l'absence de maman, je ne peux empêcher une boule douloureuse de se former dans ma gorge. Habituellement, j'ai plus de facilité à masquer mes émotions. Ce soir, pourtant, il me faut user de toute ma concentration pour y parvenir. Je déglutis et me recompose un masque d'insouciance tout en acquiesçant pour le rassurer. Connor se montre toujours très attentionné envers moi. Il est sans cesse en train de s'assurer que je vais bien, que je n'ai pas faim, ni froid, et que je ne manque de rien. En quatre ans, il est devenu un pilier essentiel à mon bon équilibre.

Fut un temps où je rêvais de plus que d'amitié, pour nous. Mais même si Connor Holden m'adore, il ne m'aime pas *comme ça*. Durant des mois, je me suis rendue malade à essayer de comprendre pourquoi. Aujourd'hui, je l'ai accepté.

Le premier à venir nous saluer dans le hall d'entrée est mon père, Robert Scott, dit Rob, cinquante-huit ans, (presque) toutes ses dents et encore plus féru de basketball que Connor et moi réunis. Il nous salue sans même réagir au fait qu'il fait anormalement sombre.

– Comment va ma petite championne ? dit-il en m'offrant une rapide accolade et une tape sur l'épaule.

– Bien, réponds-je en essayant de cacher mon poignet menotté derrière mon dos.

Connor saisit immédiatement ce que j'essaie de faire et me prête main-forte. Mon père n'est pas du genre à accorder de l'importance à ce qui l'entoure, il est bien trop centré sur lui-même et sur sa petite routine. Dans la situation actuelle, j'admets que ça m'arrange.

Il adresse un grand sourire à Connor qui lui fait un signe de la main gauche. Mon père ne se rend compte de rien et commence presque immédiatement à nous parler de l'actualité des Charlotte Hornets, son équipe de basket favorite. Là, debout dans l'entrée.

Quand le silence retombe, je lui adresse un sourire contrit avant de tourner les talons sans plus de cérémonie, entraînant une nouvelle fois Connor à ma suite bien malgré lui en direction de la cuisine.

Je croise ma petite sœur Hazel sur le pas de la porte battante qui se referme derrière elle. Mon assaut de bisous baveux lui arrache un petit rire, mais je n'échappe pas à une tape derrière la tête pour me signifier de la laisser tranquille.

– Comment va mon grand bébé ? Pourquoi est-ce que vous vivez dans le noir ? lui demandé-je alors qu'elle salue Connor.

– Bien ! L'électricité a encore sauté, mais t'inquiète, j'ai déjà appelé Luke pour qu'il règle le problème.

Je n'ai pas le temps de lui répondre que ses yeux s'écarquillent, rivés sur la paire de menottes qui me lie à Holden. En une fraction de seconde, son insolence légendaire est de retour.

– Qu'est-ce qui s'est passé ? Non, en fait, je veux pas savoir, s'empresse-t-elle d'ajouter en secouant ses mains devant elle. Mais il va sérieusement falloir songer à grandir, les gars…

Connor et moi échangeons un regard tandis qu'elle nous laisse plantés là, avant de nous esclaffer à l'unisson.

– Luke et Fallon sont dans la cuisine, nous informe Hazel par-dessus son épaule avant de disparaître dans l'escalier.

J'interroge Connor du regard, qui acquiesce une fois avant d'ouvrir la porte.

– Votre sœur Scott favorite est dans la place ! chantonné-je gaiement avant de me raviser. Mince… on vous dérange ?

Ma grande sœur et son mari sont nez à nez, mais vu leurs mines renfrognées, je n'ai pas l'impression que la romance soit de la partie.

– Clairement, vous ne « nous » dérangez absolument pas, répond Luke en se dirigeant vers la porte. « Nous » n'avons plus rien à nous dire.

Un silence s'installe lorsque mon beau-frère quitte la pièce. Fallon a l'air abattue et je n'ai qu'une envie : la prendre dans mes bras et la réconforter. Mais je connais ma sœur, elle détestera se montrer vulnérable face à Connor… Je choisis donc de changer de sujet, me promettant intérieurement de trouver un moment pour discuter avec elle plus tard.

– T'as fait quelque chose à tes cheveux ?

Pas de doute, elle n'était pas blonde la dernière fois que je l'ai vue. Et elle ne portait pas ce type de fringues, non plus. Ses joues s'empourprent et je m'empresse d'ajouter que ça lui va à ravir.

– Ouais, je sais pas.

Fallon n'a jamais su accepter les compliments, alors je n'insiste pas. Son attention finit par se focaliser sur Holden, que ma famille connaît bien, désormais, pour l'avoir vu plusieurs fois lors de mes matchs.

– Je ne savais pas que tu te joindrais à nous, Connor. Bienvenue à la maison Scott, sois à ton aise. Tu n'es pas obligé de suivre Ivy à la trace, tu sais.

Il essaie tant bien que mal de répondre mais la panique s'empare de lui et, finalement, seul un bégaiement inintelligible franchit ses lèvres. J'oublie toujours à quel point Fallon le terrifie. Il la trouve stricte et intimidante. C'est hilarant.

Prise de pitié, je prends sur moi de lever nos poignets avec une moue désolée. Fallon reste bouche bée avant de lever les yeux au ciel en serrant la mâchoire, me promettant silencieusement de me passer un savon plus tard, quand Connor ne sera plus là.

La lumière s'allume soudainement. Ce cher Luke a fini par régler le problème, comme toujours.

– Ah ! C'est beaucoup mieux avec la lumière allumée, hein, Fallon ! m'exclamé-je en donnant un petit coup d'épaule complice à ma sœur. Heureusement que Luke est là. Cette maison partirait en ruine sans lui !

Elle marmonne une réponse inaudible et change de sujet lorsque je lui demande de répéter. Elle prend de mes nouvelles et je lui réponds en essayant d'inclure Connor à la conversation, même si ce dernier reste muet, bien trop impressionné par la présence de ma sœur.

– Bon, décrète Fallon en claquant dans ses mains après un moment, on fait à manger ?

Évidemment, notre père n'a rien prévu pour sa petite fête.

– Tu as une idée de menu ?

– Moi, non…

Mon cœur se serre douloureusement lorsque nous tournons toutes les deux la tête vers la vieille boîte de recettes de maman. J'adore la symbolique, mais quand je sens les larmes affluer, je fais tout pour détourner l'attention. Je vois bien que Connor n'est pas dupe, mais j'ignore sa sollicitude pour me concentrer sur le repas. Ouvrant la boîte de ma main libre, je pioche une recette au hasard : la fameuse « salade de pommes de terre pour se faire des amis pour la vie » de maman, qu'elle apportait à chaque barbecue du quartier.

Ni une, ni deux, Fallon nous assigne à chacun des tâches compatibles avec notre liberté de mouvement… limitée. Nous devons aller chercher un gros sac de patates dans le cellier, que Connor se chargera d'éplucher tandis que je les couperai en petits cubes. On devrait pouvoir s'en sortir. Habituellement, je déteste cuisiner. Mais aujourd'hui, c'est différent : Connor est tellement sous pression qu'il ne décroche plus un seul mot. J'y vois l'occasion rêvée de le faire craquer. Je pose la petite clef des menottes bien en évidence devant nous, lui promettant tacitement de passer la soirée à faire de sa vie un véritable enfer.

– Y'a de l'eau dans le gaz, entre ta sœur et son mec ? me demande Connor.

– Son mari, le reprends-je. Et je n'en sais rien. Ils sont ensemble depuis, genre, une éternité. Ça doit être normal.

– Elle a l'air tellement furieuse ! J'ai peur qu'au moindre faux pas, Fallon finisse par s'en prendre à moi.

Je ricane dans ma barbe sous le regard accusateur de mon ami.

– C'est pas drôle. Elle me fout les jetons.

– Ma sœur est un modèle de gentillesse et d'abnégation. Elle ne ferait pas de mal à une mouche. Détends-toi, mauviette.

– Ouais... elle me fait quand même flipper.

– Tu n'as qu'à abandonner, si ça te stresse à ce point. Je comprendrais totalement que tu préfères passer la soirée sur le canapé en compagnie de mon père. La clef est juste là...

Je fais glisser mon regard vers le petit objet scintillant qui trône fièrement sur le plan de travail, pile sous le nez de Connor. Ce dernier fronce les sourcils avant de partir dans un éclat de rire.

– Bien tenté, Scott, mais tu rêves. Oublie ça. J'adore Fallon.

– Cool, on peut aller la chercher, si tu veux passer plus de temps avec elle ?

Connor retombe immédiatement dans son mutisme, soudain très concentré sur ses patates, et je me retiens de ne pas m'effondrer de rire, littéralement.

Cette soirée promet d'être mémorable.

17

Ivy

Celle qui était prête à tout pour gagner

Connor a refait sauter toute l'électricité de la maison... et il se pourrait que ce soit ma faute.

– Merde ! Tu vas bien ?

– Ça va, siffle-t-il entre ses dents serrées.

Quand il s'est mis en tête de toaster quelques tranches de pain pour accompagner la salade de Fallon, j'ai bien vu qu'il était sur le point de brancher le grille-pain sur *la* prise défectueuse de la cuisine, celle qu'on n'utilise plus depuis des années parce qu'on sait tous qu'elle fonctionne mal. Et il se pourrait bien que j'aie gardé cette information d'importance capitale pour moi.

Dans mon scénario machiavélique, son geste aurait simplement causé deux ou trois étincelles, une petite frayeur et, surtout, un énorme malaise chez mon ami qui aurait fini par déclarer forfait et détacher les menottes pour aller se terrer dans un trou de souris jusqu'à notre départ le lendemain. Au lieu de quoi, il s'est mangé un énorme coup de jus qui lui a arraché un hurlement de douleur strident et, le soleil achevant sa descente vers l'horizon, toute la maison a fini plongée dans l'obscurité.

C'est le chaos dans la cuisine : Luke se précipite vers le compteur électrique après qu'Hazel l'a appelé au secours depuis sa chambre, au moment où mon père débarque armé d'une lampe torche. Connor, lui, tient sa main fermement contre son torse, le visage déformé par la douleur, et l'espace d'un instant, j'ai peur qu'il se soit sérieusement blessé. Je l'entraîne vers l'évier afin de plonger sa main sous l'eau froide.

– Papa, l'apostrophé-je, tu veux bien nous éclairer s'il te plaît ? Histoire de constater les dégâts.

– Ça va, répète Connor en essayant de récupérer sa main. Pas besoin de vous inquiéter, je vous assure que...

– Est-ce que ce sont... des menottes ? demande mon père en nous dévisageant à tour de rôle.

Connor se racle bruyamment la gorge en grimaçant quand le faisceau de lumière se braque sur son visage.

– Il va falloir qu'on discute de ce que tu fais avec ma fille, jeune homme.

– Rien, je vous jure, je...

– C'est juste un pari, papa, m'agacé-je. Et quand bien même, ce ne sont pas tes affaires, ajouté-je en séchant la main de Connor avec un torchon. Je ne vois aucune trace de brûlure, tu devrais t'en sortir indemne, Holden.

Il récupère sa main en grommelant, les joues si rouges qu'on croirait qu'il a pris un coup de soleil. C'est mignon.

– Ça va ? insisté-je d'une petite voix, ma culpabilité atteignant des sommets.

Ma vision a fini par s'ajuster à la pénombre, si bien que je discerne maintenant parfaitement les pupilles brillantes de Connor.

– Ça va, souffle-t-il finalement en détournant les yeux.

Je le connais suffisamment pour savoir qu'il est mortifié et qu'il serait déjà loin s'il n'y avait pas cette histoire de pari pour le retenir. Derrière nous, mon père s'apprête à revenir à la charge quand j'entends la porte d'entrée claquer. La voix d'Aimee me parvient et je me tourne brusquement vers Connor, tout excitée de lui annoncer l'arrivée de ma sœur.

Je me précipite dans le vestibule, trop heureuse de fuir cette situation qui s'annonce plus que gênante, entraînant un Connor toujours renfrogné avec moi. Il prend bien soin d'attraper la petite clef d'un geste vif et de la fourrer dans sa poche avant de m'emboîter le pas. Je ris intérieurement malgré mes remords : à peine une heure que nous sommes là, et le pauvre est déjà au bout du rouleau. Il craquera avant minuit.

– Est-ce que tout va bien ? s'enquiert Aimee en m'enlaçant, l'inquiétude déformant son visage habituellement si calme. J'ai entendu une femme crier.

– C'était Connor, pouffé-je en la serrant de toutes mes forces de mon seul bras libre.

Holden manque de s'étouffer et mon hilarité redouble alors qu'Aimee me rend mon étreinte. Ma sœur et moi nous engageons dans une vive discussion, comme si nous étions seules au monde, sans tenir compte du fait que nous soyons toujours sans électricité. Même si mes sœurs et moi discutons régulièrement par téléphone malgré la distance qui nous sépare, ça fait du bien de se parler de vive voix.

Nous sommes en plein échange lorsque je sens Connor tirer sur notre lien avant de s'adresser à ma sœur :

– Hum, excuse-moi, Aimee… Je crois que le chauffeur de taxi attend qu'on le paye…

Il désigne la porte d'entrée de la tête, et je remarque seulement l'homme qui se tient devant, droit comme un piquet et visiblement très, *très* agacé. Je le dévisage, persuadée de l'avoir déjà vu quelque part, quand je remarque la mine effondrée d'Aimee et la gêne dans ses yeux noisette. Et alors, je comprends qu'il s'agit en fait de…

– Ce n'est pas un chauffeur, mais mon patron, murmure ma sœur qui a l'air d'avoir envie de disparaître. Cillian, voici ma petite sœur Ivy et son ami Connor.

Oh. Mon. Dieu.

Le peu de fois où Aimee a parlé de son enfoiré de patron, c'était pour nous raconter la misère qu'il lui fait depuis plusieurs années. Heureusement que la pénombre empêche de distinguer nos visages car Cillian verrait sûrement sur celui d'Holden la même chose que sur le mien : un cocktail de honte et d'embarras.

– Cillian James, se présente-t-il d'une voix tranchante et assurée en tendant une main franche vers Connor.

Quand ce dernier tente de lui rendre sa poignée de main, le tintement du métal attire l'attention sur les menottes. Le temps semble se figer. Plus rien ni personne ne bouge si ce n'est nos regards qui passent des uns aux autres dans un silence empli de jugement. Connor me fait les gros yeux, et c'est uniquement par miracle que je parviens à me retenir de rire. C'est à ce moment précis que la lumière revient dans la maison, rendant le moment plus embarrassant encore.

Personnellement, c'est le genre de situation que je trouve désopilante. Mais c'est l'humiliation de trop pour Connor. Un long soupir résigné lui échappe, puis il laisse finalement retomber son bras le long de ses flancs et passe sa main libre sur son visage, abandonnant tout effort pour garder une contenance.

– Veuillez m'excuser, mais j'ai besoin de prendre l'air, annonce-t-il en se dirigeant vers la porte, m'obligeant à le suivre en titubant.

– Je ne pense pas qu'il soit prudent de sortir, ils annoncent une tempête assez sérieuse... nous avertit Aimee. Le vent est déjà déchaîné.

– On n'ira pas loin, lance Connor par-dessus son épaule sans s'arrêter, trop pressé de fuir la maison.

J'adresse tant bien que mal un signe de la main à Aimee qui finit par inviter son patron à la suivre dans le salon pour le présenter au reste de la famille.

Ce n'est que lorsque la porte d'entrée se referme derrière nous dans un fracas que Connor se penche en avant, s'appuie sur ses genoux... et lâche un long soupir de soulagement. Je plaque une main sur ma bouche pour m'empêcher de rire, profitant également de quelques secondes de répit pour digérer tout ce qui vient de se passer en si peu de temps.

Le ciel s'est considérablement assombri depuis notre arrivée, en grande partie du fait d'épais nuages grisâtres qui nous surplombent désormais. Les quelques lampadaires qui jonchent les rues, toujours ornés de quelques décorations de Noël lumineuses, se montrent particulièrement utiles en ce début de soirée. Le vent impétueux siffle entre les arbres, envoyant valser les branches les moins solides sur son sillage. La tempête n'a pas encore atteint Wilmington, mais elle n'est clairement pas loin.

Je n'imaginais pas des retrouvailles si mouvementées. Finalement, j'ai à peine pu discuter avec mes sœurs, tout ça à cause d'un énième pari stupide. J'essaierai de me rattraper dans la soirée ; si Connor craque avant l'arrivée de Taylor, je pourrai profiter de mes quatre sœurs réunies, ce qui n'est plus arrivé depuis le décès de maman.

Maman...

- Tu l'as fait exprès.

La voix pincée de Connor me tire de mes tristes pensées.

- Quoi ?

- La prise. Tu l'as fait exprès.

Il incline légèrement le chef pour me regarder droit dans les yeux. Il sait que je suis incapable de lui mentir quand il fait ça. Je pince les lèvres pour résister... mais finis inévitablement par hocher la tête en me mordant l'intérieur de la joue pour ne pas aggraver mon cas.

– Bordel, Scott ! s'exclame-t-il, sa main libre fendant l'air. T'es complètement inconsciente ! J'aurais pu y perdre un bras, voire pire.

– Je suis désolée ! Je pensais que ça allait juste te picoter et te foutre la honte, c'est tout.

Il descend d'une marche sur le perron pour se placer face à moi. Une bourrasque s'engouffre dans ses cheveux châtains, emmêlant davantage ses mèches rebelles. Il arbore une mine sérieuse que je ne lui connais pas, les sourcils froncés. Ça m'angoisse.

J'ai toujours considéré Connor Holden comme une version masculine de moi-même, c'est pour cette raison que c'est si facile, entre nous. Je ne réfléchis jamais deux fois aux réactions qu'il pourrait avoir, je pars simplement du principe qu'elles seraient les mêmes que les miennes… et je me trompe rarement. Il est mon reflet dans le miroir, mon alter ego. Celui qui aurait bien pu être mon âme sœur, si cela n'avait tenu qu'à moi… dans une autre vie.

Une vie où nous ne serions pas deux joueurs accros à l'adrénaline.

– Donc, tu étais prête à mettre ma vie en danger… pour un pari ?

– Dit comme ça, ça a l'air horrible, grimacé-je en baissant la tête, penaude.

Quand il place un doigt sous mon menton pour m'obliger à le regarder à nouveau, un sourire malicieux habille ses lèvres.

– Bien joué, Scott. J'aurais sûrement fait pareil, murmure-t-il.

Il rit franchement et j'ai un moment d'hésitation avant de me joindre à lui. J'ai vraiment cru qu'il était fâché pour de bon, cette fois ! Holden et moi passons le plus clair de notre temps à nous chamailler, mais il ne nous est jamais arrivé de réellement nous disputer. Je crois qu'il déteste la confrontation autant que moi alors, généralement, quand le ton monte, l'un de nous finit toujours par blaguer ou carrément par détourner la conversation. Ce n'est sûrement pas la façon la plus saine de gérer des différends entre amis, mais ça fonctionne pour nous. C'est tout ce qui compte.

– On y retourne ? proposé-je en indiquant la porte d'un geste.

– T'es malade ? Hors de question que je remette un pied dans cette baraque. Ta famille doit certainement me prendre pour un idiot.

– Ça ne date pas d'aujourd'hui.

Ma remarque insolente me vaut une pichenette sur le nez qui me fait grimacer.

– Ouch ! Ça fait mal.

– Mauviette. Je te parie que je peux en supporter dix sans broncher.

– Pari tenu, crétin.

Je me mets immédiatement en action et Connor encaisse sans émettre aucun mouvement… jusqu'au dernier coup, que je lui assène avec plus de force que les précédentes. Ne s'y attendant pas, il plisse les yeux.

– *Yes !* triomphé-je alors qu'il se frotte le bout du nez. Déjeuner à tes frais lundi, exigé-je comme récompense.

Connor accepte la sentence en grommelant, ce qui m'arrache un ricanement.

– Où veux-tu qu'on aille, si tu refuses de rentrer ? Le ciel risque de nous tomber sur la tête à tout moment, lui demandé-je finalement en plissant les yeux vers les gros nuages qui nous surplombent.

Connor lance un coup d'œil circulaire alentour avant de tourner la tête en direction du terrain de basket délabré de l'autre côté de la rue. Aussi loin que je me souvienne, ce terrain a toujours été laissé à l'abandon – depuis avant ma naissance, sûrement. Mais, si le sol cabossé fait peine à voir, le panier, lui, est resté intact.

– Un défi en dix paniers, ça te dit ? J'ai un ballon dans la voiture.

– Et si la tempête éclate ?

– On abandonne tout et on rentre. Celui qui aura mis le plus de paniers l'emporte.

J'hésite une seconde avant d'accepter. Je caille un peu sans manteau. Heureusement que nous portions tous deux des sweats bien molletonnés quand nous avons scellé notre pari du jour, car les menottes nous empêchent d'enfiler quoi que ce soit d'autre. J'imagine que l'exercice m'aidera à me réchauffer.

– OK, Holden. Prépare-toi à voir ce dont une *vraie* capitaine est capable.

18

Ivy

Celle qui écoutait aux portes

– Hé ! Ne triche pas. Garde au moins un pied sur la ligne.

Connor m'attrape par le coude pour me faire reculer d'un pas, coinçant le ballon contre son flanc à l'aide de son bras.

– On ne la voit même pas, ta ligne. La peinture est effacée.

– Faux. On en voit un bout, juste là. On commence ici, et on recule d'un pas à chaque lancer.

Il pointe du doigt l'extrémité gauche du terrain – qu'on peine à voir d'ici, seulement éclairés par deux lampadaires fatigués – puis trace une ligne imaginaire jusqu'à nous, m'indiquant l'endroit exact où il souhaite qu'on se positionne pour tirer.

– Un peu psychorigide sur les bords, Holden. Flippé à l'idée de perdre ?

– Je pars avec un désavantage, se plaint-il en secouant son poignet droit menotté au mien.

Mince ! Je n'avais pas pensé à ce détail. Notre situation n'est pas idéale, c'est sûr, mais au moins, mon bras droit est libre, ce qui me confère suffisamment de liberté pour tirer. Je me triture les méninges afin de trouver une solution pour que le défi soit équitable – hors de question de la jouer déloyalement ! – quand un détail me revient :

– Mais... tu es gaucher !

Une lueur malicieuse passe dans ses yeux, preuve qu'il se paie ma tête. Je lui assène un coup de poing dans l'épaule avant de lui arracher le ballon des mains.

– Continue de faire l'enfant dans ton coin et laisse faire les pros !

Je prends une profonde inspiration pour me concentrer et simule plusieurs lancers afin d'ajuster ma posture. Connor fait de son mieux pour accompagner mes mouvements, rendant finalement la sensation d'être menottée quasiment inexistante.

– On est d'accord, clarifié-je avant de lancer pour de bon, interdiction de se gêner l'un l'autre ?

– Même pas envisageable, confirme-t-il en secouant la tête. Ce serait indigne d'un capitaine. Le *fair-play* avant tout.

J'acquiesce, sur la même longueur d'onde. Je tire... et mets un premier panier parfait.

– Et toc ! frimé-je en levant un poing victorieux. Un pour moi !

– Bien joué, mais on vient à peine de commencer. « Le secret, c'est la constance », ajoute-t-il en citant notre coach.

Holden égalise, mais rate le lancer suivant. « À cause du vent », paraît-il. De mon côté, je n'en rate aucun jusqu'au cinquième lancer, ce qui nous ramène à égalité.

Finalement, tirer en étant menottée est moins difficile que je ne le pensais.

– Tu as dû en passer, du temps, à t'entraîner ici.

– Beaucoup, confirmé-je en l'observant pratiquer quelques dribbles. C'est ici qu'est née ma passion pour ce sport.

Je souris tristement en m'autorisant à ressasser le passé, après m'être assurée que toute l'attention de Connor était dirigée vers le panier.

J'ai effectué mes premiers lancers sur ce terrain, avec mon père, avant même de savoir aligner trois phrases correctes.

Mes sœurs se joignaient souvent à nous, certainement pas pour jouer au basket, mais simplement pour être ensemble. Je me souviens parfaitement de maman qui avait l'habitude de nous regarder depuis le perron de la maison, les bras refermés autour de son éternel cardigan couleur crème, un sourire angélique plaqué sur les lèvres... Elle profitait de ces instants de calme durant les week-ends pour nous préparer un gâteau au chocolat. Je n'ai jamais pensé à vérifier si elle nous avait laissé sa recette dans la boîte qui se trouve dans la cuisine. Je donnerais n'importe quoi pour en goûter de nouveau.

Je sursaute quand la main de Connor apparaît dans mon champ de vision.

– Ivy ?

Je récupère machinalement le ballon, perdue dans un passé où nous étions une famille soudée et heureuse. Je m'autorise rarement à prendre ce chemin, et c'est précisément pour cette raison : le retour à la réalité. À la dure, froide et brutale réalité sans maman.

Je m'éclaircis la gorge quand je sens une boule s'y former et je m'empresse de remettre en place mon masque de légèreté. L'expression méfiante de Connor montre bien que je n'ai pas été assez rapide, mais ce n'est pas grave. Si je détourne la conversation, il n'insistera pas.

– Ouais. Merci pour le ballon. Six partout !

Il plisse les yeux, soucieux.

– Qu'est-ce qu'il y a ?

– J'ai raté mon lancer, Ivy. Tu mènes.

– Oh...

– Est-ce que tout va bien ? s'enquiert-il d'une voix douce.

J'accueille volontiers le contact de sa main chaude sur ma joue, priant pour qu'il ne remarque pas que j'en frissonne. C'est délicat, réconfortant. Ça suffit à me remettre du baume au cœur. Un sourire sincère se forme sur mes lèvres.

– Oui. J'ai juste froid. Merci. Allez, laisse-moi te montrer pourquoi je suis la préférée du coach !

Comme escompté, ma petite provocation le pique et il s'empresse de contre-attaquer :

– Techniquement, nos victoires valent plus que les vôtres. Tout le monde sait que le championnat masculin a un niveau bien supérieur au championnat féminin.

J'attrape la balle au rebond après avoir remporté un nouveau point et tente de la lui balancer en pleine tête, mais échoue lamentablement, gênée par ces foutues menottes.

Je sais pertinemment que Connor n'en pense pas un mot, mais il s'agit là de son cheval de bataille favori pour me faire sortir de mes gonds. Je déteste qu'on sous-estime mon équipe. Mes filles ont un excellent niveau et notre équipe est invaincue cette saison, après avoir terminé deuxième du championnat les deux années passées. Cette année, j'ai la certitude que la coupe sera pour nous ! Quand il s'agit du collectif, je deviens une vraie lionne : hors de question de laisser qui que ce soit remettre en cause notre mérite.

Une chose est sûre, le fait que le coach Jackson nous nomme tous deux capitaines de nos équipes respectives la même année a eu deux effets : celui de nous rapprocher, et celui d'alimenter davantage notre rivalité.

– Garde ton venin : tu rêverais que tes ailiers aient ne serait-ce qu'un quart du talent de Judith. Et Shelby mettrait à l'amende n'importe lequel de tes acolytes au un contre un.

– Tu veux parier ?

– Laisse-moi en parler aux filles avant d'accepter, mais sur le principe : pari tenu !

Nos chamailleries vont bon train tandis que le niveau se corse. Nous nous tenons désormais à près de six mètres du panier et les ampoules vieillissantes des quelques lampadaires nous aident à peine à y voir clair. Le score est de huit partout. Quand Connor me surprend en train de masser mon épaule douloureuse à force de la bouger de façon peu naturelle, il saute sur l'occasion :

– Ce serait dommage d'arriver avec une tendinite sur le terrain à la rentrée, Scott, tu crois pas ? Tout ça pour un pari stupide... Si tu veux, je te donne la clef. Avec grand plaisir, même, ajoute-t-il avec emphase.

Il sort la petite clef de la poche arrière de son jean et je lui adresse mon majeur pour toute réponse.

– Je vais gagner ce pari, et je sais quelle faveur je vais te demander : un long et vigoureux massage réparateur d'une heure au moins.

L'espace d'un instant fugace, je crois voir son regard s'assombrir, mais il se reprend rapidement.

– *Deal.* Tu pourrais me demander la lune que j'accepterais, puisque je n'aurais pas à te l'offrir, de toute façon. De mon côté, je réfléchis encore à ma récompense. Tout ce que je sais, c'est que tu vas me supplier de...

Il est interrompu par un flash aveuglant suivi par le coup de tonnerre le plus effroyable et assourdissant qu'il m'ait été donné d'entendre.

Merde.

Nous étions tellement pris par la compétition que nous n'avons même pas remarqué à quel point le temps s'est dégradé. Les nuages sont presque noirs au-dessus de nos têtes, et un vent furieux se lève, emportant tout ce qui traîne sur son passage.

– Le laps de temps entre l'éclair et le tonnerre était bien court, ce qui signifie... commence Connor en levant une paume vers le ciel.

– ... que l'orage n'est vraiment pas loin.

Et comme pour illustrer mes propos, une averse s'abat brutalement sur nous. J'ai à peine le temps de comprendre ce qui est en train de se passer que mes vêtements se retrouvent trempés, comme si j'avais sauté dans une piscine tout habillée.

– C'est quoi ce bordel ? m'exclamé-je en essuyant l'eau de mes cils, prise d'un rire nerveux.

– Au hasard : la tempête dont tout le monde parle depuis des heures ? Dépêche, il faut qu'on aille se mettre à l'abri !

– Quoi ? Non ! On est à égalité ! Il faut qu'on tire au moins la balle de match !

– Non mais ça ne va pas ? s'écrie Connor en me dévisageant, incrédule.

Un nouveau coup de tonnerre tonitruant retentit et use du peu de patience qu'il lui reste. Il se penche en avant... et me fait basculer par-dessus son épaule sans que je m'y attende, m'arrachant un cri strident tandis qu'il cavale en direction de la maison à toute vitesse.

– Je demande ma revanche, parviens-je à articuler malgré les secousses provoquées par sa course acharnée.

– Pas de problème, mais quand on sera au sec, si tu veux bien ! rétorque-t-il en franchissant le pas de la porte.

Il me relâche sans ménagement sur le sol et je manque de m'étaler par terre.

– On est trempés.

Je lui jette un regard blasé avant d'inspecter les lieux pour m'assurer que personne ne nous a vus rentrer. Plusieurs voitures sont apparues dans l'allée depuis que nous sommes sortis, les habitants de Wilmington les plus courageux ayant bravé la tempête pour honorer l'invitation de Rob Scott. J'entends justement des voix en provenance du salon.

– Viens, dis-je en l'entraînant vers la cage d'escalier. On ferait mieux de monter se changer avant que Fallon ne nous tombe dessus.

Connor attrape nos sacs restés dans l'entrée et nous traversons le vestibule pour grimper l'escalier menant au premier étage. Je ne prends pas la peine d'allumer la lumière et navigue prudemment jusqu'aux marches. Je me suis plusieurs fois pris les pieds dans les cartons que mon père aime laisser traîner devant la porte de son bureau, que nous atteignons tout juste. Elle est entrouverte et je suis étonnée de l'y apercevoir alors même que des invités sont dans notre salon. Je jette un coup d'œil à l'intérieur, ne pouvant contenir ma curiosité, et aperçois l'ombre d'un mouvement qui m'indique qu'il n'est pas seul. Me rappelant que je suis trempée et toujours menottée à Connor, je tourne les talons lorsque la voix de l'inconnue m'interpelle :

– Alors ?

Carole ! Il suffit d'un seul mot pour que je reconnaisse la meilleure amie de maman au moment où son dos entre dans mon champ de vision. Elles étaient si proches que nous l'avons toujours considérée un peu comme une tante. Je suis heureuse qu'elle soit là, ce soir. Il faudra que j'aille la saluer, une fois que je serai sèche et présentable.

Je me demande vaguement pourquoi elle est enfermée avec papa dans son bureau, quand les paroles de ce dernier me coupent le souffle.

– J'ai annoncé aux filles la mise en vente de la maison. Elles l'ont très mal pris... Et encore, Taylor et Ivy n'étaient pas là.

Carole se retourne subitement et je me précipite vers l'escalier pour éviter de me faire prendre. Le temps que mon cerveau déchiffre le sens de ce que je viens d'entendre, j'ai atteint la première marche. Je m'arrête net, prenant Connor par surprise, si bien qu'il me rentre dans le dos.

– Ça va ? s'enquiert-il.

Est-ce que j'ai bien entendu ? Est-ce que j'ai bien *compris* ? Mon père veut... vendre notre maison ? C'était *ça*, sa grande nouvelle ? Et il n'a pas été foutu d'attendre qu'on soit au complet pour nous le dire ? J'étais juste dehors, bordel !

Un million d'émotions contradictoires m'assaillent et je ne parviens pas à toutes les gérer, ni à les interpréter. De la surprise, de la tristesse, de la nostalgie... de la colère ? Je n'ai pas l'habitude de ressentir tout ça. Je déglutis, sentant mon cœur tambouriner dans ma poitrine, et reprends mon ascension avant que mon père ne remarque ma présence, sans prêter attention aux questions de Connor. J'avance d'une traite jusqu'à ma chambre et referme la porte derrière nous dans un soupir. Je ne comprends pas pourquoi cette nouvelle me touche autant. Cela fait plusieurs années maintenant que j'ai quitté le domicile familial. La plupart de mes affaires sont sur le campus et je n'ai jamais envisagé de revenir m'installer ici après mes études. Il m'arrive souvent de venir passer les week-ends, mais c'est uniquement pour pouvoir profiter de ma famille. Je ne considère plus cette maison comme mon chez-moi, et pourtant... L'idée de nous en séparer m'est insupportable. Est-ce parce que tous nos souvenirs avec maman...

Non.

Hors de question que je m'aventure sur ce terrain-là.

– Ivy, murmure Connor en me prenant par les épaules.

Il m'observe, le front plissé, comme s'il cherchait des réponses dans mes yeux.

– Oui ?

– Est-ce que tu étais au courant ?

Je toussote pour me redonner une contenance avant de lui répondre que non, mais le tremblement dans ma voix me trahit. Il m'ouvre immédiatement ses bras, m'emprisonnant dans une étreinte d'ours en embrassant mes cheveux. Je clos les paupières, au bord des larmes, mais pour une tout autre raison...

Son comportement me désarçonne, ce soir. Lui qui est si nonchalant et blagueur habituellement, agit comme s'il... se souciait sincèrement de mes histoires de famille. Connor est toujours présent quand j'ai besoin de lui. C'est juste que, de sa part, je me serais plutôt attendue à quelques paroles réconfortantes ou à une simple tape sur l'épaule. Et même si sa déférence me touche sincèrement, je refuse de lui gâcher son réveillon avec mes états d'âme. Je le serre fort contre moi, m'autorisant à humer son odeur caractéristique mêlée à celle de la pluie, à graver dans ma mémoire la sensation de ses bras puissants autour de moi, avant de me libérer. J'affiche un sourire angélique tout en m'assurant qu'il atteint bien mes yeux. Son regard averti ne me quitte pas.

– Arrête de me dévisager comme ça, Holden. On croirait que tu veux me dévorer toute crue.

Ma remarque a l'effet escompté : il s'empresse de reculer d'un pas en se détournant, comme un gamin pris sur le fait.

– N'importe quoi.

– Bon, il faut qu'on enfile des vêtements secs, dis-je pour clore le sujet.

Il faut surtout que je digère la nouvelle de la vente de la maison avant d'être capable d'en discuter. Après tout, elle est immense. C'est peut-être la meilleure chose à faire...

J'observe ma chambre en cherchant une solution pour nous assurer un minimum d'intimité. Les murs à la peinture grise pailletée sont recouverts de posters, tous en lien avec l'univers du basketball. Directement sur notre droite, une première porte mène à un dressing étroit mais fonctionnel, et une autre à une petite salle d'eau privative. Je ressens un pincement au cœur quand je prends conscience que bientôt, ce sera la chambre de quelqu'un d'autre. Je secoue la tête et désigne la seconde porte du doigt.

– On peut emprunter la salle d'eau à tour de rôle en tendant le bras. Ça n'est pas idéal, mais c'est déjà ça. On pourra fermer un peu la porte et le tour est joué.

Connor ricane, rejetant mon idée tordue d'un geste de la main.

– Ivy Scott, tu pourrais tout aussi bien te changer sous mes yeux que ça me ferait autant d'effet que quand les gars se déshabillent dans les vestiaires.

Je me fige, interdite. Je suis outrée – et même carrément blessée. Je sais qu'il dit ça pour me piquer dans ma fierté, parce que c'est comme ça qu'on fonctionne, mais bordel ! Ça fait un mal de chien. Je sais bien qu'il ne m'aime pas *comme ça*, mais de là à me comparer à ses coéquipiers...

Je sens les larmes me monter aux yeux et je *refuse* qu'il le voie. Je refuse qu'il m'interroge sur mes réactions. Je ne suis pas prête pour cette conversation. Je bats rapidement des paupières et cache ma peine derrière un sourire diabolique, usant de mon principal atout pour m'en sortir et détourner son attention dans ce genre de moment : le jeu. Une idée, aussi terrible qu'ingénieuse, me traverse l'esprit.

– Ah oui ? Tu es bien sûr de ça ?

– Absolument.

Je sais que je vais le regretter. Mais mon ego blessé mêlé à mon addiction pour nos paris tordus parle à ma place. Hors de question de faire machine arrière.

– Très bien, Connor Isaac Holden, énoncé-je en tendant un doigt sous son nez. Alors écoute-moi attentivement : on se déshabille là, au milieu de la pièce. On garde seulement nos sous-vêtements. Interdiction de détourner le regard. Interdiction de ciller. Interdiction ne serait-ce que de rougir. Aucune réaction autorisée. Qu'est-ce que tu dis de ça ? Puisque je te fais le même effet que Dean ou Warren, ça devrait aller pour toi.

Ses yeux se sont arrondis sous l'effet de la surprise à mesure que j'énonçais les règles du pari, ses paupières tressaillant imperceptiblement. Il s'humecte les lèvres et je sens qu'il hésite, mais sa fierté l'oblige à me tenir tête. Il se place face à moi, me dominant de toute sa hauteur, les prunelles plus intenses qu'à l'accoutumée. Je réprime un frisson, mettant un point d'honneur à soutenir son regard malgré les ratés de mon cœur.

– Pari tenu, Scott, souffle-t-il.

Ses sourcils légèrement froncés sont la preuve qu'il n'est clairement pas serein, mais jamais il ne l'avouera. Plusieurs secondes défilent sans qu'aucun de nous ose bouger, toutefois, nos yeux qui ne se lâchent plus sont la preuve que la partie a bel et bien commencé.

– Parfait.

Ma voix n'est qu'un murmure.

Connor est le premier à se lancer. J'inspire profondément lorsqu'il s'accroupit devant moi et entreprend de se débarrasser de ses chaussettes. Je l'imite dans un mouvement fluide, remuant ostensiblement les orteils sur la moquette pour tenter d'attirer son attention, en vain.

– « Interdiction de détourner le regard », non ? cite-t-il alors que nous nous redressons de concert. Bien tenté, Scott, mais c'est la partie la plus simple pour moi. J'adore tes yeux verts.

Il replace une mèche rebelle derrière mon oreille tout en m'adressant un clin d'œil aguicheur et je lui réponds d'un doigt d'honneur, ignorant la sensation étrange qui me retourne le ventre.

La première étape était la plus facile. Il est maintenant temps de se débarrasser du reste.

– Passons aux choses sérieuses, raille Connor en utilisant sa main gauche pour déboutonner son jean.

Il s'en sépare d'un geste adroit et, une seconde plus tard, le bruit sourd du tissu trempé sur le sol résonne entre nous.

Ce n'est pas la première fois que Connor se retrouve en caleçon devant moi. Ce mec n'est pas étouffé par la pudeur. Cependant, je ne sais pas si c'est dû à notre proximité ou bien à la façon intense qu'il a de me dévisager, mais mon pouls s'emballe.

– Tiens, glisse-t-il en feignant la surprise. Serait-ce du rouge que je vois apparaître sur ces joues ? C'est interdit, non ?

Il lève sa main libre pour caresser mon visage mais je la chasse d'une tape en lui balançant des noms d'oiseau au passage.

– À mon tour, clamé-je en m'attaquant à mon legging.

Le tissu gorgé d'eau colle à ma peau, si bien qu'il ne glisse pas facilement. C'est une galère sans nom de tenter de m'en débarrasser mais je ne laisse rien paraître, concentrant toute mon attention sur Connor.

Mon secret pour gagner ce genre de combat est simple : je ne regarde pas mon adversaire dans les yeux mais *entre ses deux yeux*, au niveau de l'arête de son nez. Ça m'aide à rester concentrée et, bien souvent, à l'emporter.

Holden ricane lorsqu'il constate que je lutte. Il réduit le peu d'espace qui nous séparait encore et la pression grimpe d'un cran lorsque je sens ses phalanges frôler mon bas-ventre. Je m'autorise à garder les yeux clos une fraction de seconde supplémentaire tandis que je frémis. Si Connor le remarque, il n'en dit rien. Il m'aide à faire glisser mon legging sur mes hanches puis s'éloigne de nouveau quand je reprends le contrôle, mettant un maximum de distance entre nous malgré les menottes.

Mon cœur bat à tout rompre. Je déteste l'effet qu'il me fait encore depuis toutes ces années. Même après ce qui s'est passé entre nous. Même après que j'ai eu la confirmation que Connor Holden ne m'aime pas *comme ça*. Pourtant, il flirte clairement avec moi dans l'espoir de me voir craquer et détourner le regard la première. Il est temps de lui rendre la monnaie de sa pièce.

– Tes yeux sont presque noirs tant tes pupilles sont dilatées. Tu sais ce que ça signifie ? ricané-je en haussant un sourcil insolent.

– Je t'en prie, éclaire ma lanterne, Einstein.

Je me hisse sur la pointe des pieds pour aligner mon visage avec le sien et chuchote :

– Ça signifie que tu ne me regardes absolument pas comme tu regardes tes coéquipiers.

Ses paupières se plissent subrepticement, mais il ne dit rien. Il ne dément pas. Il ne sourit plus. De ma vision périphérique, je remarque que son torse monte et descend de plus en plus fort au rythme de sa respiration saccadée.

Tel est pris qui croyait prendre.

Ce n'est que lorsqu'il attrape l'ourlet de son sweat avec détermination pour l'ôter à son tour qu'un détail me frappe. Un détail sacrément important.

– Comment est-ce qu'on est censé enlever nos manches, avec les menottes ?

Il met une seconde à comprendre où je veux en venir avant de pincer les lèvres.

– Merde. On est obligés de les enlever temporairement.

– C'est toi qui as la clef, je t'en prie, lancé-je nonchalamment.

Il me jette un regard avant de s'interrompre à mi-chemin.

– Attends… on est bien d'accord, c'est une trêve ?

Je ne peux réprimer un sourire malicieux.

– Scott ? T'allais me laisser ouvrir ces foutues menottes et *perdre*, là ?

– C'était ton idée ! argué-je en haussant les épaules.

– T'es vraiment une peste, bordel ! C'est mort, on n'ouvre rien du tout. On va rester avec nos pulls trempés, tant pis.

– OK… donc, tu perds notre second pari.

Un éclair de compréhension passe sur son visage lorsqu'il se souvient des termes du marché : « On garde seulement nos sous-vêtements ».

– Bon, c'est quoi, la solution ? souffle-t-il, las.

– C'est ça, dis-je en tendant le bras pour attraper une paire de ciseaux à l'aveuglette, posée sur mon bureau.

Je ne lui laisse pas le temps de réagir et commence à découper mon sweat. Connor me dévisage, horrifié.

– Tu sais combien il coûte ? s'étrangle-t-il en tirant sur l'ourlet de son vêtement.

– Plus cher que ta fierté ? réponds-je en lui tendant la paire de ciseaux. Rien ne t'empêche d'abandonner.

Il m'arrache l'objet des mains et, à contrecœur, découpe grossièrement le tissu gris.

– Je sais ce que je vais te demander quand j'aurai gagné ce pari à la con : de me repayer ce sweat, en trois coloris différents.

Je grimace, l'air de dire « cause toujours », alors qu'il s'attaque au dernier vêtement qu'il doit encore enlever. Son tee-shirt finit en lambeaux sur le sol avec le reste, le laissant simplement vêtu d'un caleçon noir face à moi. Heureusement que mon regard ne doit pas quitter le sien, car je sais pertinemment que je n'aurais pas pu m'empêcher de dévorer son corps athlétique des yeux.

Il me tend les ciseaux et m'interroge silencieusement quand je ne réagis pas, perturbée par ce que je viens de réaliser. Je m'éclaircis la voix, embarrassée.

– Je... Je ne porte pas de soutien-gorge.

Ses lèvres s'entrouvrent. Son souffle chaud caresse mon visage. Visiblement, je ne suis pas la seule à avoir du mal à contrôler mes ardeurs.

Il ne réagit pas, et je sais que j'ai gagné.

Connor Holden est espiègle, joueur, taquin et tout un tas d'autres trucs. Mais c'est avant tout un gentleman. C'est sur ce postulat que je m'appuie lorsque je tente mon dernier coup de bluff. J'humidifie ma lèvre du bout de la langue et entaille le tissu blanc de mon tee-shirt en priant très fort pour qu'il m'arrête.

– Tant pis, j'avais qu'à y penser avant.

Ses paupières sont de plus en plus lourdes, sa respiration, saccadée. *Il va craquer.*

Un deuxième coup de ciseau.

– De toute façon, tes yeux ne doivent pas quitter les miens. Tu ne verras rien.

Un troisième.

– Quoique...

Ma voix n'est plus qu'un murmure entre nous.

– Tu te souviens de mon dernier piercing. Tu sais, celui que tu m'as mis au défi de réaliser l'an dernier...

Ses paupières sont closes, désormais. Il voit exactement de quoi je parle.

– Peut-être que tu l'apercevras sur mon sein, de ta vision périphérique, mais pas sûre que tu discernes grand-chose.

Je m'autorise un dernier coup de ciseau avant de m'avouer vaincue s'il ne capitule pas en premier.

– C'est dommage. Mais si je te fais vraiment le même effet que tes coéquipiers, je te laisserai peut-être l'effleurer, de façon tout à fait platonique, simplement pour que tu puisses savoir quelle forme...

Il étouffe un juron et balance la tête en arrière en reprenant une profonde inspiration, plaquant sa main gauche sur son visage.

– Fait chier, grogne-t-il de frustration en me tournant le dos.

Pour la première fois en quatre ans, Connor Holden jette délibérément l'éponge face à moi.

19

Ivy

Celle qui n'avait pas réellement fait son deuil

On a dû ouvrir les menottes. Quatorze secondes seulement, pas une de plus.

Après avoir passé de longues minutes à nous quereller à moitié nus comme deux idiots, refusant fermement de nous accorder une quelconque trêve, nous n'avons pu nier l'évidence : soit on restait à poil jusqu'au lendemain, soit on ouvrait ces foutues menottes. On a fini par s'accorder sept secondes chacun pour enfiler un pull et remettre notre lien en place.

– Ta chambre est grande, je n'avais pas fait attention, commente Connor en inspectant les lieux.

Je suis affalée sur mon lit que je refuse de quitter – une fois que j'ai trouvé une position confortable, difficile de me faire bouger – alors, il fait ce qu'il peut pour assouvir sa curiosité tout en gardant son bras droit tordu vers moi.

– Cette lampe doit être plus vieille que ma grand-mère, commente-t-il en lorgnant ma vieille lampe à huile. Pourquoi est-ce que tu utilises toujours ce truc ?

– Elle appartenait à ma mère. Je la lui ai piquée une fois, lors d'une coupure de courant. Ça arrive souvent, ici. Je l'ai gardée depuis.

– Mouais... Ça m'a l'air bien dangereux, tout ça. N'oublie pas de l'éteindre quand on quittera la pièce. C'est un coup à foutre le feu !

J'acquiesce vaguement alors qu'il continue de toucher à tout ce qui est à portée de main, de fouiller les tiroirs de ma commode, d'étudier les posters au mur et les photos encadrées çà et là.

– Vous êtes cinq sœurs en tout, c'est ça ? Je connais Fallon et Hazel, et un petit peu Aimee, énumère-t-il en les pointant du doigt sur les différentes photos. Mais je ne crois pas avoir déjà vu Taylor, si ? Enfin, ailleurs qu'à la télé, je veux dire.

– Je ne crois pas, confirmé-je en fouillant dans ma mémoire. Ça fait deux ans qu'on ne l'a quasiment pas vue ici. Et avant ça, elle était toujours en tournée ou invitée à des trucs de gens connus. Mais elle sera là ce soir ! Ce sera l'occasion.

Taylor est ma petite sœur, l'avant-dernière de l'adelphie, juste avant Hazel. C'est également une chanteuse de renommée internationale qui parcourt le monde au rythme de ses succès. Elle ne devrait pas tarder à arriver, elle a promis de rentrer.

– Deux ans ? tique Connor. Ça veut dire qu'elle n'était pas là pendant...

Il s'interrompt soudain, craignant d'en avoir trop dit. Pourtant, il a raison : elle n'était pas là pendant la maladie de maman. En réalité, elle n'est plus revenue à la maison depuis le diagnostic de son cancer. Elle a tout de même fait l'effort d'assister aux obsèques, le temps d'une journée seulement, avant de disparaître à nouveau. J'imagine que nous avons chacune notre façon d'affronter certaines épreuves... et celle de Taylor a été de faire l'autruche.

– Non.

Habituellement, je n'ai pas de mal à évoquer ma mère. Pendant des mois, j'étais persuadée d'avoir fait mon deuil, allant jusqu'à soutenir auprès de Fallon que j'avais simplement accepté la fatalité. J'y croyais dur comme fer, au point qu'aucun de ses mille arguments ne faisait mouche. Mais depuis le début, elle est persuadée que je suis dans le déni. J'étais pourtant sûre de moi... jusqu'à l'invitation de papa. Depuis qu'il nous a annoncé son envie d'organiser cette pseudo-fête pour le réveillon – le premier sans maman – j'ai sans cesse cette impression d'être prise à la gorge par les litres de larmes que je n'ai jamais versés.

Pourtant, je *sais* que ce serait inutile. Ce qui est arrivé à maman était injuste et cruel, elle ne méritait absolument pas de souffrir autant. Mais c'est la vie, et il n'y a rien que l'on puisse faire... Pleurer ne la ramènera pas.

Je lance un regard triste vers Connor qui s'affaire à explorer le contenu d'une vieille trousse du mieux qu'il peut, à une main. Il a été là pour moi quand nous avons appris pour la maladie de maman, puis a pris régulièrement de ses nouvelles durant son combat. Il m'a consolée quand elle est partie, me répétant que je pouvais pleurer devant lui si besoin. À force d'insister, j'ai fini par comprendre qu'il pensait que je me retenais par pudeur ou par fierté. La vérité, c'est que je n'ai pas versé une seule larme depuis son enterrement. Pourtant, sa disparition est la pire chose qui me soit jamais arrivée et une partie de moi est morte en même temps qu'elle ce jour-là. C'est simplement que je ne pleure pas. Jamais.

Ni de rire, ni de joie, ni de tristesse.

– C'est toi, sur cette photo ?

Connor a repris son inspection. J'accueille la distraction avec soulagement.

– Oui. Je devais avoir treize ans.

– Tu étais déjà grande.

– J'ai atteint le mètre soixante-dix cette année-là, et j'ai pris les cinq derniers centimètres au cours des deux années qui ont suivi.

Il hoche la tête sans répondre et passe à un autre sujet, continuant son interrogatoire. Nous savons tous deux ce que ça a pu être de dépasser tous nos camarades si jeunes et comment on a pu le vivre. Connor mesure lui-même une bonne quinzaine de centimètres de plus que moi.

Il passe un long moment à observer chacune des photos que j'ai choisi d'encadrer, et la multitude de questions qu'il me pose me pousse à la confidence. Je lui raconte le contexte derrière chacune d'entre elles, et les souvenirs qu'elles m'évoquent, tous heureux. Un après-midi à la plage entre filles, une journée équitation en forêt, une séance d'essayage de robes pour le bal de promo de Fallon... Connor me taquine beaucoup et trouve systématiquement *la* réplique pour se moquer gentiment de moi sur chacune des images. Nous rions beaucoup. C'est agréable, de m'autoriser à repenser au passé de façon aussi légère. Avant ce soir, j'évitais soigneusement de regarder les photos, de peur de m'effondrer. Pourtant, le moment que nous passons me fait un bien fou... L'atmosphère est douce, agréable, et c'est entièrement grâce à Connor.

Il finit par me rejoindre sur le lit une fois sa visite de fortune terminée, accompagné d'un seau de pop-corn au caramel qui traînait non loin de là. Heureusement que les menottes le limitent dans ses déplacements ; il aurait pu y passer la nuit, autrement.

– Décale-toi un peu, ordonne-t-il en m'écrasant à moitié.

– Hé ! Je veux bien te faire une place, mais laisse-moi au moins le temps de bouger.

– T'en veux ? dit-il en me tendant le seau sans prendre la peine de s'excuser.

Je secoue la tête en gigotant sur le lit. Une fois installé confortablement, il s'empare de son téléphone et pianote distraitement sur l'écran.

– Tes sœurs vont se demander ce qu'on fout.

Je balaie son inquiétude d'un geste de la main.

– T'inquiète. Si l'une d'entre elles a besoin de moi, elle me le fera savoir. Cela dit, on peut redescendre passer du temps avec Fallon si tu insistes.

Mon sourire narquois me vaut une nouvelle pichenette sur le nez.

– Arrête de te moquer ! Je ne t'ai toujours pas pardonné le coup de la prise, Scott. Ta sœur doit me prendre pour un idiot. Je ne sais pas si j'oserai de nouveau soutenir son regard un jour.

Je ricane un bon coup, puis il cède et se joint à moi.

– Tu as l'air proche de ta famille. C'est beau à voir.

Je me tourne brusquement vers lui, surprise de la mélancolie qui émane de sa voix. Connor se montre rarement vulnérable.

Son regard est rivé au plafond lorsque je tente d'en savoir plus :

– Vous êtes nombreux, vous aussi. Tu as quatre frères, en plus de ta sœur, c'est ça ?

– C'est bien ça, acquiesce-t-il. Tu connais ma sœur, Carrie. Elle est déjà venue assister à quelques matchs. C'est bien la seule : mes quatre frères n'ont jamais montré un quelconque intérêt envers moi. Ils avaient déjà quitté le domicile familial au moment de ma naissance.

Il hausse une épaule, abattu.

– Je t'ai toujours dit que tu ne les voyais jamais parce qu'ils vivent loin. La vérité, c'est qu'ils considèrent que la famille était déjà au complet avant mon arrivée. Jack, l'aîné, me l'a dit texto, une fois. J'ai cru à une taquinerie, mais personne n'a démenti, alors...

Je savais déjà que Connor n'était pas vraiment en contact avec ses grands frères. Holden et moi sommes proches, il est mon ami le plus cher, nous partageons beaucoup ensemble. Pourtant, jamais il ne m'avait expliqué clairement les raisons de cette distance, de leur absence. Les conversations à cœur ouvert ne sont pas son truc – ni le mien, d'ailleurs.

Habituellement, on se balance ce genre d'informations au détour d'une conversation, toujours avec légèreté et sans épiloguer. Néanmoins j'ai l'impression que quelque chose est différent ce soir.

– Pendant longtemps, j'ai cru qu'on était juste une fratrie distante, qu'on était tous trop accaparés par nos vies perso pour passer des moments ensemble.

Un rictus sans joie lui échappe.

– Puis, quand j'ai eu seize ans, j'ai compris qu'en réalité je n'étais simplement pas convié aux réunions de famille, rien de plus. Ma mère allait bien rendre visite aux autres, ils se réunissaient plusieurs fois par an, mais sans moi. Quant à mon père... va savoir où il est. La dernière fois que je l'ai vu, j'avais quatre ans.

Je n'avais jamais compris à quel point Connor pouvait souffrir de sa situation familiale, et je m'en veux terriblement de ne m'en rendre compte que maintenant.

J'entremêle machinalement mes doigts aux siens et exerce une légère pression.

– Je suis désolée, Connor.

– Si je te raconte tout ça, poursuit-il sans relever, c'est pour que tu saches que moi aussi, j'ai mon lot de casseroles. On rigole bien, tous les deux... mais tu sais que si tu as besoin de quoi que ce soit, tu peux compter sur moi, n'est-ce pas Scott ? Tu peux te reposer sur moi.

Je déglutis, surprise de la tournure de notre conversation. Envolées, la légèreté et les taquineries.

Quand il se met à me scruter, je concentre toute mon attention sur le plafond pour éviter de perdre pied.

– Je sais, murmuré-je.

– Alors parle-moi, souffle-t-il.

Au départ, je comptais me taire. Mais quelque chose dans le timbre de sa voix ouvre les vannes sans que je l'aie réellement décidé.

– Je… J'adore ma famille. Vraiment. C'est parfois difficile de trouver sa place quand on est si nombreuses, surtout quand on est l'enfant du milieu, mais j'adore avoir quatre sœurs. Elles sont chacune plus incroyables les unes que les autres, si inspirantes. J'adore mon père, aussi, malgré son sale caractère et sa nonchalance plus qu'irritante. Et… j'adorais ma mère. Par-dessus tout. La perdre a été la pire chose qui pouvait m'arriver. Et j'ai le sentiment que ça nous a tous éloignés. Comme si elle était le ciment de cette famille. C'est dur, de fêter ce jour si particulier sans elle…

Ma gorge est douloureusement nouée quand ma voix meurt finalement. Après quelques minutes de silence, je me décide à me tourner vers Connor. Je vois bien à ses yeux qu'il en attend plus, qu'il souhaite que je me confie davantage. Mais j'ai atteint mes limites.

Il m'observe avec attention, puis m'adresse un sourire triste et chaleureux à la fois avant de détourner le regard vers le plafond. Ça me suffit, et il le sait. Connor me connaît par cœur. Il agit toujours de la meilleure des façons, adopte toujours la bonne attitude. Ça me brise de me l'avouer, mais c'est dans ce genre de moment que j'ai la certitude qu'il est mon alter ego.

Ses cheveux châtains sont plus longs que d'habitude et ondulent sur son front, soulignant ses yeux sombres. Sa mâchoire anguleuse se crispe et se détend successivement, si bien que je me demande ce qu'il peut bien penser. Je suis sur le point de le lui poser la question lorsqu'il tourne de nouveau la tête vers moi. Je ne m'y attendais pas. Et l'intensité avec laquelle il me dévisage me provoque des palpitations. Ses yeux me détaillent, comme s'ils tentaient de me déchiffrer, et lorsqu'ils s'attardent sur mes lèvres… je ferme les miens.

Il faut qu'il arrête ça. Après nos confidences à cœur ouvert, je ne suis pas sûre de réussir à me contrôler, ce soir. Il faut que je me rappelle que Connor Holden ne m'aime pas *comme ça*, et le jour où je l'ai compris est gravé dans ma mémoire à jamais.

Deux ans plus tôt

Le coach Jackson m'a nommée capitaine de l'équipe féminine de basket-ball. Moi, Ivy Lynn Scott !

La nouvelle est tombée en début d'après-midi et je peine toujours à percuter. Papa va être fou en l'apprenant. J'imagine que maman aussi, même si le basket n'est clairement pas son truc. J'espère qu'elle fera un gâteau au chocolat pour fêter ça ce week-end. Les filles devraient être là – quoiqu'on ne sache jamais avec Taylor, il faudrait que je prenne le temps d'appeler pour m'en assurer.

Toutes ces années de travail acharné portent enfin leurs fruits. J'ai l'impression de flotter alors que je déambule sur le campus, comme transportée par le nuage sur lequel je suis depuis ma nomination.

Je n'ai pas encore de nouvelles d'Holden, ce qui peut signifier deux choses : soit son entrevue avec le coach n'est pas terminée... soit il n'a pas eu le brassard. La deuxième option est improbable : Connor Holden est un véritable prodige sur le terrain, la seule raison qui pourrait pousser le coach Jackson à choisir quelqu'un d'autre, c'est son arrogance.

Il est 17 heures lorsque je reçois enfin le message tant attendu : « Appelle-moi Capitaine Holden !! RDV à la coloc' pour fêter ça ce soir !! »

Je serre mon téléphone contre ma poitrine, doublement heureuse pour mon ami, et file me préparer.

– On est capitaines !

C'est au moins la dixième fois qu'Holden hurle cette phrase à pleins poumons par-dessus la musique sous les acclamations détonantes de nos deux équipes réunies. Le salon de la grande maison qu'il partage avec plusieurs de ses coéquipiers est bondé, l'ambiance est grisante. Je crois que c'est l'un des moments les plus heureux de ma vie.

Connor fléchit les jambes et me surprend lorsqu'il m'attrape juste sous les genoux pour me soulever dans les airs. Je ris à plein poumons, euphorique, alors que mon verre de bière se renverse partout autour de nous et que nous reprenons tous en chœur le refrain du dernier tube de Taylor.

Ce n'est que vers 2 heures du matin que le calme revient dans la maison. Nous ne sommes plus qu'une vingtaine, éparpillés en petits groupes un peu partout dans le grand salon.

– Scott ! me hèle un Connor hilare depuis le canapé. Doucement sur la boisson !

– C'est de la limonade, crétin.

– Je te parie que t'es trop bourrée pour faire trente tractions, là, tout de suite.

Mon gobelet manque de se renverser lorsque je le pose brusquement sur la table. Nos amis échangent des regards exaspérés, parfaitement au fait de ce qui va arriver.

– Alors là ! Pari tenu, Holden, rétorqué-je en sautant déjà sur mes pieds pour me rendre à l'étage, suivie de près par Connor.

Je monte les marches deux par deux et n'en manque aucune – preuve que je ne suis vraiment pas bourrée – et rejoins la chambre de Connor où une barre de traction est fixée sur le chambranle de la porte.

– Prêt à perdre ? le nargué-je en échauffant mes poignets. J'exige un petit déj' à tes frais au réveil.

– Tout ce que tu voudras, Scott, approuve-t-il en me soulevant par la taille pour m'aider à atteindre la barre.

Il ne me relâche qu'une fois ma prise ajustée, un sourcil insolent haussé alors qu'il m'observe en train d'effectuer mes tractions, persuadé que je n'y arriverai pas.

Les premières sont les plus simples, j'en enchaîne dix en un souffle. Passé ce stade, une sensation de brûlure commence à envahir mes muscles fatigués, mais je tiens bon.

La concentration ne m'empêche pas de remarquer le rapprochement subtil de Connor, qui se tient prêt à me rattraper au cas où je lâcherais prise.

Il est toujours si attentionné envers moi...

Au bout de la vingt-cinquième traction, c'est l'intégralité des cellules de mon corps qui protestent. Un violent tremblement me parcourt alors que je serre les dents pour tenir bon. Perdre si près du but serait rageant, mais il faut se rendre à l'évidence : je crois bien que j'ai épuisé mes ressources. Ma prise sur la barre métallique se relâche, et je suis presque sur le point d'abandonner lorsque la voix courroucée de Connor claque dans les airs :

– Scott, bordel ! T'y es presque ! Allez ! tonne-t-il en claquant dans ses mains à la manière du coach.

Je bats des cils, surprise de l'entendre m'encourager alors même que nous sommes rivaux. Mais sur son beau visage, je ne lis que de la détermination et... une pointe de fierté ? La même que je vois chaque fois que nous nous entraînons ensemble et que je réussis mes exercices ; chaque fois que je marque le panier qui entraîne mon équipe vers la victoire. Connor est à la fois mon plus fervent adversaire et mon meilleur supporter, et c'est lui qui me pousse à me surpasser.

J'effectue de nouvelles tractions en plissant fort les yeux, puisant au fond de moi le peu d'énergie qu'il me reste.

– C'est ça, Ivy ! Vas-y !

Les encouragements de Connor provoquent une montée d'adrénaline qui me rend plus légère et c'est dans un grondement que je me hisse une trentième fois, remportant ainsi le défi.

Mes bras lâchent aussitôt mais Connor me rattrape par la taille avant que je ne m'effondre au sol. Plusieurs secondes passent sans qu'aucun de nous parle. Je suis bien incapable de dire quoi que ce soit tant je suis hors d'haleine. Nos visages sont tout proches, mon souffle est si erratique qu'il fait danser les quelques mèches qui ondulent sur son front.

– Tu l'as fait, championne.

– Je n'aurais jamais tenu sans toi, soufflé-je.

– Je vais devoir me lever plus tôt que prévu pour préparer ton petit déj'.

Ses bras puissants m'emprisonnent fermement, tout contre lui, laissant mes pieds flotter à dix centimètres du sol.

Ma poitrine me fait mal, comme chaque fois que je tente de me persuader que nous ne sommes qu'amis mais que mon cœur tambourine pour me prouver le contraire.

– On peut s'arranger autrement, proposé-je en humectant mes lèvres rendues sèches par mon essoufflement.

Ce geste accroche son regard qui ne quitte plus ma bouche. Ses pupilles sont si dilatées que ses iris paraissent noirs, tout à coup. Ça arrive assez régulièrement ces derniers temps, chaque fois que j'ai l'impression qu'il m'observe avec attention... sans jamais tenter de rapprochement pour autant. Pourtant je sens que c'est différent, ce soir. L'atmosphère est électrique entre nous, étourdissante.

– Je t'écoute.

– Tu n'as qu'à me lancer un autre défi. Si je le relève... alors tu te réveilleras bien une heure plus tôt pour me faire des crêpes. Si j'échoue, on pourra dire qu'on est quittes.

Un sourire paresseux étire le coin de ses lèvres charnues. Et dans un murmure, il me demande :

– Ne m'embrasse pas. Cap ?

Il s'exprime si bas que je ne suis pas certaine de l'avoir bien entendu. Je l'interroge du regard et ne lis que le reflet de mon propre désir dans le sien, preuve qu'il pense totalement l'inverse de ce qu'il vient de dire. J'aurais voulu prendre le temps d'y réfléchir à deux fois. Mais ma raison est comme anesthésiée – par la fatigue ou par l'adrénaline ? – et mon cœur prend le dessus. Quand ses lèvres s'entrouvrent sur la pointe de sa langue, je perds pied. Et je l'embrasse.

Sa réaction est immédiate. Un instant je regagne le sol, et celui d'après je suis de nouveau dans ses bras, mes jambes enroulées autour de sa taille. Connor me rend mon baiser comme si, tout comme moi, il n'attendait que ça depuis toutes ces années. L'une de ses mains se perd dans mes cheveux, l'autre se fond dans le creux de mes reins.

Quand nos lèvres se séparent finalement, nous laissant tous deux pantelants, il colle son front contre le mien. Mes paupières sont lourdes, je m'autorise à les clore le temps de m'imprégner du moment et de mettre de l'ordre dans mes pensées. Et quand je rassemble enfin le courage nécessaire pour lui avouer mes sentiments... cet imbécile de Connor Isaac Holden me relâche et me sort la pire des répliques qui soient, un immense sourire de connard aux lèvres, lui verrouillant mon cœur pour de bon :

– T'as perdu, Scott. Un point pour moi.

Le souvenir de ce soir-là m'assaille alors même que Connor refuse de détourner le regard. Le soir où j'ai pris conscience – et fini par accepter – qu'il ne serait jamais que mon ami et rien de plus. J'étais pourtant certaine que mes sentiments étaient partagés, que ses regards ne trompaient pas, que j'avais compris le sens de ses allusions.

Mais Connor Holden est un joueur né, et il manie aussi bien le ballon que les cœurs, voilà tout.

J'ai compris ce soir-là que je me trompais sur toute la ligne. Et même si c'était extrêmement douloureux, cela fait des années maintenant que j'ai appris à vivre avec. Puisque son amitié est tout ce qu'il peut m'offrir, alors je l'accepte.

Malgré tout, dans les moments comme celui-ci où je ressens son regard sur moi presque *physiquement*, comme une brûlure, je ne peux empêcher mon cœur de se fourvoyer, encore et encore. Même après tant d'années.

– Pourquoi tu ne m'as pas dit que c'est l'anniversaire de ta mère ?

Je bats des cils, interdite. Sa question me prend au dépourvu. Comment... ?

– Fallon l'a évoqué, tout à l'heure, précise-t-il comme s'il avait lu dans mes pensées.

Je dois m'y reprendre à plusieurs reprises pour formuler une réponse cohérente.

– Je ne savais pas que ça t'intéresserait.

Il fronce les sourcils, l'air... agacé.

– Évidemment que ça m'intéresse, Ivy. Comment peux-tu penser le contraire ? Après ce qu'on vient de se dire ?

– Peut-être parce qu'avant ce soir, je n'en avais pas vraiment conscience, Connor. On passe notre temps à se chamailler et à déconner ensemble. On se dit beaucoup de choses, mais on se confie rarement sur ce qu'on ressent.

– Faux, objecte-t-il. *Tu* te confies rarement, *tu* esquives toutes les conversations sérieuses et *tu* prends toujours tout à la légère. Nuance. Je suis même étonné que tu n'aies pas fui la conversation une nouvelle fois, ce soir. J'imagine que c'est l'avantage des menottes, elles ont dû bâillonner ta lâcheté également !

Ma mâchoire se décroche alors que je le dévisage. Je me redresse brusquement sur le lit, grimaçant lorsque le métal s'enfonce dans ma chair.

Réalisant l'impact de ses propos, il s'assied à son tour en m'adressant un regard d'excuse et reprend :

– Je plaisante Scott, du calme. Ce que j'essaie de te dire, c'est que j'aimerais que tu me fasses suffisamment confiance pour me parler de ces choses-là. Pour te confier à moi quand ça ne va pas.

– Merci Connor, mais je vais très bien, maugréé-je. J'ai juste été submergée par mes émotions. C'est tout.

– T'es sûre de ça ?

Je détourne le regard. Sa question remue tout un tas de sentiments contradictoires en moi. Ça ne me plaît pas.

– On devrait aller voir ce qui se passe en bas, murmuré-je.

Connor lâche un long soupir, mais n'émet pas d'objections. Je sais qu'il n'a pas dit son dernier mot, toutefois je suis soulagée qu'il n'insiste pas. Notre conversation représente déjà un pas de géant pour moi, j'espère qu'il en a conscience. Il se lève finalement le premier, et je lui emboîte le pas en direction du couloir. Planté devant la porte de ma chambre, il s'immobilise néanmoins le temps de me poser une ultime question :

– Pourquoi est-ce que tu as autant de mal à me faire confiance, Ivy ?

Ma réponse fuse sans que j'aie besoin d'y réfléchir.

– Parce que je n'arrive jamais à savoir quand tu ne joues pas, Connor.

20

Ivy

Celle qui ne contrôlait plus rien

– Où est passé Satan ? De retour en enfer ? lancé-je à Aimee en la dépassant dans le couloir.

Son air affolé et le coup qu'elle me flanque à l'épaule me font glousser. Elle s'assure que Cillian n'est pas dans les parages avant de me répondre :

– Ne l'appelle plus comme ça ! On est... en bons termes, maintenant.

Le rouge lui monte aux joues et elle détourne le regard. J'écarquille les yeux.

– Oh, mon Dieu... Aimee ? Toi et Cillian ?

Elle place une main sur ma bouche, m'entraînant d'un pas vif en direction du salon. Si elle espère me faire taire après avoir piqué ma curiosité de la sorte, elle rêve !

– Ça y est ? parviens-je à articuler entre ses doigts tout en me débattant. Tu lui as enfin mis la main au paquet ?

Elle étouffe un cri indigné, plus rouge encore qu'un champ de coquelicot au printemps. Je me retiens d'exploser de rire.

– Alors, c'était comment ? Est-ce qu'il est plutôt du genre doux et attentionné ? Ou brutal et...

Je suis interrompue par le toussotement gêné de Connor. Merde ! Je l'avais presque oublié. Si la peau d'Aimee a viré au cramoisi, celle de mon ami n'en est pas loin non plus.

Je finis par adresser un sourire canaille à Aimee, lui promettant un interrogatoire digne de ce nom plus tard.

Nous arrivons tous les trois au salon, que nous trouvons blindé de monde. Quelques décorations festives habillent les lieux, et je me demande vaguement qui en est à l'origine. Le fait que mon père ait pu avoir ce genre d'attention me semble improbable. Peut-être que Fallon a prévu le coup en arrivant. Ou alors, est-ce Carole qui s'est souvenue que maman les gardait rangées à la cave ?

Je reconnais quelques-uns de nos voisins : le couple de la maison d'en face, les Carson, retraités et mariés depuis cinquante ans ; Mrs Fine, la veuve de la maison juste à côté ; la famille Sawyer au complet, y compris leur nourrisson... Je les salue d'un signe de la tête, adressant des sourires à ceux que je préfère. Au bout de quelques minutes, je remarque néanmoins qu'aucun membre de ma famille n'est présent à l'exception d'Aimee que je rejoins.

– Bah... Ils sont passés où, tous les Scott ? m'étonné-je.

– Personnellement, je prends juste quelque chose à boire et je file. Je crois qu'Hazel boude dans sa chambre, Fallon et Luke ont disparu je ne sais où et papa est sûrement dans son bureau.

– Pourquoi Hazel boude ?

– Je pense qu'elle tente d'éviter quelqu'un, m'explique-t-elle. C'est pas son ex, la fille là-bas ? Comment elle s'appelle déjà ?

Je réfléchis un instant, honteuse d'avoir déjà oublié.

– Diane ? j'essaie. Aucune idée, j'ai dit ça au pif.

– Papa aurait pu s'abstenir, quand même. Je suis certaine qu'il ne se rend même pas compte de sa connerie...

En effet. Décidément, Rob passe beaucoup de temps dans son coin pour un homme qui a invité tout le voisinage à la baraque. Ça me sidère, qu'il se permette de se reposer autant sur Fallon alors que c'était son idée. C'est Rob Scott tout craché, ça.

À l'évocation de mon père, je repense inévitablement à sa « grande nouvelle », la vente de notre maison. Je dévisage Aimee, hésitant à la confronter sur le sujet dès maintenant. Elle est forcément au courant : papa a dit qu'il ne manquait que Taylor et moi. Je meurs d'envie de savoir comment ça s'est passé, et pourquoi personne n'a pensé à me prévenir. Pourquoi ne m'ont-ils pas envoyé un message ou passé un coup de fil pour me demander de revenir dans la maison ?

– Dis, Aimee, à propos de papa...

– Jeunes filles, est-ce qu'il y a autre chose à manger que ces biscuits à la figue ramollis ? nous demande le vieux McLaggen, qui repart en rouspétant quand Aimee lui répond que non d'un air désolé.

Son interruption a au moins le mérite de me rappeler que nous sommes entourées, ce soir. Et, contrairement à mon paternel, je ne pense pas qu'il s'agisse d'un sujet à discuter devant toute la ville. Je me ravise donc, priant pour trouver un moment d'intimité pour discuter avec mes sœurs plus tard.

– Je vais voir si Cillian a besoin de quelque chose, s'excuse Aimee en piquant un fard, les mains chargées de deux coupes de champagne.

– Fais donc ça, m'esclaffé-je. Va vite aider ce pauvre homme, à l'abri des regards, hein !

Connor m'envoie une bourrade sur l'épaule, pris de pitié pour ma sœur.

– Sois sympa, la pauvre donne l'impression de vouloir disparaître sous terre tant tu la mets mal à l'aise.

– C'est le but, dis-je en haussant un sourcil.

Il secoue la tête en riant, et je suis soulagée de le voir retrouver une humeur plus légère.

– C'est ma sœur, elle est habituée à mes taquineries.

Le grand canapé d'angle qui trône au milieu de la pièce grince lorsque je m'y affale, invitant Connor à en faire autant.

– Tu es sûre que c'est suffisamment solide pour nous deux ? Ce truc semble plus vieux que nous.

– C'est certainement le cas. Faudrait peut-être qu'on prévienne les gens, je suis sûre d'avoir déjà vu une photo de Taylor bébé dessus.

– Où est-elle, d'ailleurs ? s'enquiert-il en jetant un coup d'œil par la fenêtre. Il se fait tard et vu la météo...

– Elle ne devrait plus tarder, réponds-je en jetant un coup d'œil à mon téléphone. Et elle n'est pas seule, un certain « Zic » lui « colle au cul » et « respire l'air précieux » qui lui est normalement réservé, précisé-je en citant les derniers textos de Taylor.

– C'est lui, la victime.

– Hé ! m'offusqué-je en le bousculant. T'as qu'à ouvrir les menottes, si c'est si difficile. Je te rappelle que la clef est à disposition.

– C'est tentant, mais hors de question.

Nous traînons un moment devant la télévision, à regarder les programmes spéciaux du réveillon tout en lâchant des vannes bien senties, piochant dans les quelques cacahuètes disposées sur la table basse par Fallon. On n'entend pas grand-chose, le son de la télévision étant couvert par le brouhaha des conversations des convives et par le bruit des coupes de champagne qui s'entrechoquent. À défaut d'avoir quelque chose à bouffer, les invités ont au moins de quoi étancher leur soif ! L'ambiance est beaucoup plus détendue que lorsque nous avons quitté ma chambre. Moins triste. Je suis soulagée de retrouver *mon* Connor, drôle et insouciant, mais j'admets que notre discussion tourne en boucle dans un coin de ma tête.

Ma première visite à la maison après le décès de maman a été très difficile. J'avais l'impression d'avoir atterri dans une dimension parallèle, copie conforme de la nôtre, au détail près que ses chaussons roses ne traînaient plus dans l'entrée, que son sac à main n'était plus accroché à la rambarde de l'escalier, que l'odeur de ses petits plats n'embaumait plus la cuisine... et que son rire ne résonnerait plus jamais dans les couloirs de la vieille bâtisse. Toute trace de maman était désormais remplacée par un immense chagrin. Je me souviens avoir fermé les yeux, pris une profonde inspiration, et enfermé tous ces souvenirs heureux dans une boîte imaginaire, précieusement rangée au plus près de mon cœur. Je ne l'ai plus ouverte depuis.

Je me suis persuadée avec le temps que c'était la bonne façon de faire, que c'était la marche à suivre pour vivre avec mon deuil sans sombrer. Mais le chaos récent de mes émotions remet tout en perspective, et j'en viens à me demander si je ne me suis pas trompée en cours de route. Si je ne me suis pas perdue.

– Connor ?

Il doit percevoir l'hésitation dans ma voix car il se redresse pour me faire face, sérieux.

– Qu'est-ce qui se passe ?

– Rien de spécial, le rassuré-je. C'est juste que je repense à notre conversation et... Tu trouves réellement que notre amitié est superficielle ? Même après toutes ces années ?

Il exhale, les paupières closes, avant de m'ouvrir ses bras. J'accueille volontiers son contact, et il positionne son menton sur le haut de mon crâne, sans me relâcher.

– Je suis désolé. Je me suis mal exprimé tout à l'heure, et je m'en veux que tu en sois arrivée à cette conclusion.

Il me libère de son étreinte juste assez pour plonger ses prunelles chocolat dans les miennes. Et plus rien d'autre que lui n'existe – j'en oublie presque que nous ne sommes pas seuls dans la pièce.

– Tu es... la relation la plus stable que j'ai eue dans ma vie depuis très longtemps, mon amie la plus chère. Il n'y a rien de superficiel entre nous, Ivy Scott.

– Alors pourquoi...

Je ne termine pas ma phrase, soudain embarrassée.

– Attends, viens, lui intimé-je.

Je guide Connor jusqu'à la cuisine que nous trouvons vide, afin de nous accorder un semblant d'intimité. Sur le comptoir, les pommes de terre que nous avons coupées sont telles que nous les avons laissées, accompagnées de restes de pâte à cookies dont je n'ai pas vu la couleur.

Connor reprend, aussitôt que les portes battantes se referment derrière nous :

– Écoute, Ivy, mes paroles ont dépassé ma pensée, d'accord ? C'est simplement que... c'est la première fois que je te vois évoluer dans ton cercle familial, que tu m'accueilles dans l'intimité de ton foyer, et j'ai l'impression de découvrir une facette de toi que je ne connaissais pas.

– Plus faible, marmonné-je en baissant le regard.

– Plus vraie, me reprend-il en souriant. Toi qui ne laisses jamais paraître la moindre faille, je te trouve simplement plus authentique depuis que nous sommes arrivés ici. Et ça m'a amené à me poser des questions.

– Quel genre ?

– Je me suis demandé si tu ne me montrais pas cette version de toi par manque de confiance. Parce que je ne t'avais pas suffisamment prouvé que tu peux compter sur moi. Peut-être que j'ai été maladroit, mais ce que j'essayais de te dire, là-haut, c'est que je te sens vulnérable, ce soir. Je sens bien que la nouvelle de la vente de la maison t'atteint, et j'aimerais que tu m'en parles plutôt que de tout refouler comme à ton habitude. Rien de plus.

Je reste coite, trop ébranlée par ses paroles pour répondre du tac au tac. Jamais je n'aurais pensé Connor aussi attentif à mes états d'âme. Je suis si touchée que je sens ma gorge se serrer et, pour la première fois depuis longtemps... je ressens le besoin de me confier. Vraiment. Sans rien retenir.

Tout est trop brouillon dans ma tête, je voudrais lui parler de ma mère, de mes sœurs, de la maison, sans savoir par où commencer.

– Connor, je...

La voix de mon père me coupe l'herbe sous le pied et surprend Connor qui s'éloigne subitement de moi, autant que les menottes le lui permettent.

– Passe par l'avant, c'est mieux.

Je suppose que papa nous a aperçus depuis la fenêtre qui donne sur le jardin. Je change toutefois vite d'avis quand il poursuit sa conversation juste derrière la porte entrebâillée. Il ne sait pas que nous sommes là.

Je toussote pour lui signifier notre présence, sans succès, et décide finalement d'aller ouvrir grand la porte. J'ai eu mon lot de surprises pour aujourd'hui, je ne tiens pas à réitérer l'expérience. Ma main touche à peine la poignée qu'un bout de phrase me parvient. À peine quelques mots, cinq pour être exact, mais il a fallu que ce soient *ces mots-là*. Cinq mots qui suffisent à comprendre toute une histoire.

Cinq mots qui changent la donne.

– À plus tard, mon amour.

C'est comme si l'ensemble des muscles de mon corps avaient décidé de cesser de fonctionner au même moment, en même temps que mon cerveau. Je reste figée, bouche bée, le poing serré sur la poignée de la porte du salon.

Mon père a une nouvelle petite amie.

Moins d'un an après le décès de maman.

Il l'a déjà remplacée.

Est-ce qu'elle est invitée, ce soir ?

Mon cœur se brise en un millier d'éclats sur le sol, à ses pieds. Même Connor se retrouve à court de mots. Nous échangeons un regard hébété, interrompu par mon père qui pénètre enfin dans la cuisine... et s'immobilise en comprenant que nous l'avons entendu. Que j'ai saisi. Toute trace de couleur quitte son visage.

– Vyvy... commence-t-il, mais je l'interromps d'une main levée.

– Ne m'appelle pas comme ça.

– Laisse-moi t'expliquer. Je sais que tu ne comprends sûrement pas tout ce qui se passe.

– Au contraire. C'est limpide.

Mes tentatives pour paraître ferme sont vaines. Ma voix tremble tellement qu'on croirait que je suis sur le point... de pleurer ?

Il esquisse un geste vers moi, comme pour me prendre par l'épaule, mais a la décence de se raviser aussitôt. Mon père n'est pas du genre loquace, si bien qu'il bute sur les mots et ne parvient pas à émettre une seule idée cohérente. Habituellement, il finit par laisser exploser sa colère comme mécanisme d'autodéfense. Mais pas cette fois. Peut-être que ce qu'il lit sur mon visage le désarçonne également.

– Tu es amoureux d'elle ?

Ma question me surprend moi-même. Je n'avais pas prévu de la lui poser, mais maintenant que c'est fait, j'attends sa réponse. Il déglutit avant de hocher doucement la tête, et c'en est trop pour moi. C'est comme un coup de poing dans le ventre. À court d'air, je le dépasse sans ménagement, heurtant son épaule au passage, et fonce vers la porte arrière sans même prêter attention à Connor.

Ce dernier ne tente pas de me retenir et me suit sans me donner de fil à retordre – une part de moi lui en est infiniment reconnaissante. J'ai désespérément besoin de m'éloigner.

Je ne me rends compte qu'il pleut toujours à verse que lorsque j'arrive au milieu du jardin. Les éléments se déchaînent autour de nous. Plus de doutes, la tempête a fini par atteindre Wilmington. Elle est moins violente que ce que je pensais, mais tout de même : les feuilles des arbres alentour malmenés par le vent chantent le chaos – je ne serais pas étonnée d'en retrouver quelques-uns au sol demain. Je ne m'arrête que lorsque j'atteins le bord de la piscine, le souffle court. Une violente nausée me frappe. Je place une main sur mon estomac, comme pour soulager la douleur sourde qui se répand sinueusement de ma poitrine jusqu'à mon ventre.

Mon père a une nouvelle petite amie. En plus de vouloir vendre la maison, le dernier endroit détenant les souvenirs de maman, il l'efface encore un peu plus en la remplaçant moins *d'un an* après son décès. Depuis combien de temps la fréquente-t-il ? Si ça se trouve, ça date même d'avant...

Cette pensée achève de me retourner l'estomac. C'est si brutal que je suis contrainte de me rendre à l'évidence : l'état dans lequel je me trouve actuellement est le résultat de plusieurs mois de déni et d'émotions refoulées. Fallon avait raison, et Connor aussi. Tout le monde y voyait clair, sauf moi. Je ne sais pas vraiment quel en a été l'élément déclencheur... La vente de la maison ? La liaison de mon père ? Les paroles de Connor ?

Connor...

Le cliquetis régulier de la pluie sur la surface de la bâche m'empêche presque de l'entendre quand il prend enfin la parole.

– Ivy... est-ce que tu pleures ?

Je me retourne vivement pour lui faire face. La peine qui déforme son visage me pousse à porter une main à ma joue. Mêlées aux gouttes de pluie glacée se trouvent effectivement des larmes brûlantes. Les premières que je verse depuis que maman est partie. D'une certaine façon, la trahison de mon père est comme une deuxième mort pour son souvenir, alors ça fait sens. J'étouffe un sanglot incontrôlable d'une main et les bras de Connor sont aussitôt autour de moi. Et c'est ainsi, enveloppée par sa chaleur réconfortante, que j'accueille la multitude de sentiments contradictoires qui m'assaillent et que je craque pour de bon. Je pleure comme ça ne m'était jamais arrivé.

Les minutes défilent et les pluies diluviennes ne tarissent pas, mais Connor ne semble pas le remarquer. Il me serre contre lui alors que je frissonne entre ses bras, caresse mes cheveux trempés, me réconforte.

– Parle-moi, Ivy, plaide-t-il.

La vérité, c'est que j'en ai envie mais que mon cerveau ne semble pas savoir comment s'y prendre. Les mots se précipitent et se heurtent au bord de mes lèvres scellées par une pudeur que je ne saurais expliquer.

– S'il te plaît.

Il s'éloigne suffisamment pour me saisir par les épaules et me sonder de son regard implorant.

– Tu ne peux pas me faire croire que tu es dans cet état juste parce que ton père a une nouvelle nana. Il y a autre chose, mais j'ai besoin que tu m'aides à te comprendre.

– C'est ce que j'ai essayé de faire, tout à l'heure. Connor... ce n'est pas facile pour moi de me confier. Notre conversation...

– Ce n'était pas assez ! s'agace-t-il.

J'ouvre et referme la bouche à plusieurs reprises, amorçant des phrases qui ne trouvent pas de suite dans mon esprit embrouillé. Sa façon de me brusquer me laisse dans l'incompréhension.

– Allez, Ivy, dis ce que tu as sur le cœur !

Il continue d'insister, sans relâche, et je comprends enfin ce qu'il est en train de faire : il applique la méthode du coach Jackson. Celle qui consiste à nous provoquer et à nous pousser dans nos retranchements jusqu'à ce que l'on parvienne à se surpasser. Comme il l'avait fait le soir où je suis parvenue à enchaîner trente tractions grâce à ses encouragements.

Si cette méthode fonctionne à merveille dans le sport, j'admets que ce soir, c'est l'effet inverse qui se produit : plus il insiste et plus il m'est difficile d'abaisser mes barrières.

– Tu ne peux pas continuer comme ça, Scott, s'exaspère-t-il finalement en reculant d'un pas. Tu ne peux pas constamment refouler tes émotions et repousser tous ceux qui tentent de te comprendre. Chaque fois que j'ai le sentiment de faire un pas en avant, tu en fais trois en arrière.

– Je sais bien, Connor, parviens-je à articuler dans un sanglot. Mais c'est plus compliqué que...

– Que quoi ?

Il souffle en secouant la tête avant d'ajouter les mots qui terminent de m'arracher le cœur :

– Écoute, Scott. Il nous reste encore vingt heures à tenir menottés. Ça va être infernal si tu t'entêtes à te morfondre sans rien dire.

Et c'est comme si j'étais projetée deux ans en arrière. Lors de ce fameux soir où je m'apprêtais à lui ouvrir mon cœur quand il m'a finalement rappelé que tout n'était qu'un jeu.

« Je n'arrive jamais à savoir quand tu ne joues pas, Connor. »

En voilà, une vérité que je n'ai eu aucun mal à lui sortir, pourtant il ne l'a pas écoutée. Alors, à quoi ça servirait ? Et à quoi ça sert de me crier dessus pour que je parle, à part me blesser ? Moi aussi, je peux faire mal !

J'essuie mes larmes d'un revers de la main et lui assène, de la défiance dans le regard :

– Je ne vois pas l'intérêt de discuter de ces choses-là avec toi, Holden. Tu n'es certainement pas le mieux placé pour me donner des conseils sur les relations avec nos paternels, n'est-ce pas ?

Au moment de terminer ma phrase, je sais que j'ai fait une erreur monumentale. Connor accuse le coup, reculant d'un pas comme s'il avait reçu une gifle. Ses poings se resserrent contre ses flancs alors que sa mine s'affaisse. Après quelques secondes d'éternité, il secoue la tête en portant sa main libre à la poche arrière de son jean... pour en sortir la petite clef argentée. Mon regard suit le moindre de ses gestes. Il se mure dans un silence absolu alors qu'il l'insère dans la serrure des menottes qu'il détache dans un mouvement fluide, et les laisse retomber au sol sans ménagement.

– Félicitations, Scott. Tu gagnes.

Et il me laisse plantée là, tremblante, trempée et brisée, sans même un dernier regard en arrière.

21

Ivy

Celle qui ouvrait son cœur

Je me réfugie dans la chaleur de la maison – cette vieille bâtisse qui sera bientôt le foyer d'une autre famille – quelques minutes après Connor. Le chuintement de mes chaussures trempées sur le carrelage est insupportable. Je m'en débarrasse sans ménagement dans l'entrée et m'apprête à rejoindre ma chambre pour me changer quand je prends conscience que Connor a sûrement eu la même idée. Tant pis, je vais devoir supporter mes vêtements gelés quelques minutes supplémentaires.

Je ne suis pas encore prête à me confronter à lui. J'ai bien conscience que je lui dois des excuses pour l'avoir blessé sciemment, de sacrées excuses, même. Connor me raconte beaucoup de choses, mais rarement avec tant de vulnérabilité. Il a accepté de me montrer ses faiblesses pour une fois, ce soir, et je n'ai rien trouvé de mieux à faire que de m'en servir contre lui… Il faut que nous en discutions, mais ce n'est pas la seule conversation que nous devons avoir, tous les deux. D'une manière ou d'une autre, je dois parvenir à lui faire comprendre que son attitude aussi me blesse parfois. Pourtant, je sais bien qu'il ne le fait pas exprès : tout part toujours d'un bon sentiment, avec Connor. Il me taquine et joue sans cesse, mais c'est principalement parce que je lui donne l'impression que ça me *suffit.* Tout ce temps passé à lui cacher mes sentiments et à tenter de les contrôler – de les étouffer – n'aura mené qu'à une montagne de non-dits qui nous mettent dans ce genre de situation. Et je ne peux plus continuer comme ça.

Depuis toujours, j'ai cette mauvaise habitude de ne pas dire ce que j'ai sur le cœur aux gens que j'aime. De peur de les blesser, de les agacer ou de les déranger. Je garde tout pour moi, j'emprisonne mes ressentis en mon for intérieur et j'agis systématiquement comme si rien ne m'atteignait. C'est précisément ce qui m'a valu l'étiquette de la fille dont la bonne humeur est à toute épreuve. Ce n'est pas totalement faux : mon optimisme m'aide à toujours voir le bon côté des choses et à ne pas m'attarder sur les points que je ne peux pas changer. Mais aujourd'hui, je me rends compte que le trop-plein d'émotions refoulées me bouffe de l'intérieur. Ça met de la distance entre mes proches et moi, ça m'empêche d'être la meilleure version de moi-même. Puisque le Nouvel An est synonyme de bonnes résolutions, alors voilà la mienne : accepter de ressentir des choses et de les partager avec mon entourage. Ils le méritent. *Je* le mérite.

Après une courte hésitation, c'est finalement vers la chambre de Fallon que je me dirige. J'espère l'y trouver : cela fait des années que sa chambre ressemble davantage à un débarras, avec tous les cartons qui s'y sont empilés au fil du temps. Les voisins invités à la super fête de mon paternel sont partout, je ne peux pas risquer qu'ils me trouvent dans cet état. J'évite soigneusement de passer devant le salon. Ma grande sœur m'invite à entrer après deux coups frappés à sa porte, et je suis soulagée de la trouver là. Le regard affolé qu'elle me lance en se ruant vers moi me confirme que j'ai une mine épouvantable. Du coin de l'œil, je vois Aimee se lever du lit pour nous rejoindre.

Je referme la porte derrière moi juste avant que Fallon ne m'attrape par les épaules pour m'inspecter de son regard inquisiteur.

– Mon Dieu, Ivy, tu es trempée ! Est-ce que tu es tombée dans la piscine ? Ça fait des mois que je dis à Papa de la couvrir, mais tu le connais, moins il en fait et mieux il se porte !

– Je ne suis pas tombée, Fallon, et la piscine est bien couverte. J'ai pris la pluie, c'est tout.

– Tu étais dehors ? Par ce temps ?

– Et qu'est-il arrivé à tes yeux ? demande Aimee en arrivant à notre niveau. Ils sont tout rouges. On croirait que tu as...

– Pleuré ! s'exclame Fallon, choquée.

Mes sœurs échangent un regard alarmé, comme s'il s'agissait d'une situation d'urgence.

– Mais... tu ne pleures jamais, insiste Aimee.

– Ne me dis pas que c'est encore un pari, m'avertit Fallon avec un regard sévère. Du genre « lequel peut se foutre du poivre dans les yeux sans éternuer » ou bien « qui de vous deux se rendra aveugle le premier en ne clignant plus des paupières pendant trois jours consécutifs ».

Fallon est hilarante bien malgré elle, parfois. Un rire mêlé à un sanglot m'échappe, et les regards inquiets de mes deux grandes sœurs terminent d'ouvrir les vannes. Un flot de larmes envahit mes joues glacées, et la seconde qui suit, elles m'enlacent toutes les deux sans tenir compte de mes vêtements mouillés. Elles semblent désemparées de me voir dans cet état, ce qui me conforte dans mon idée que j'ai passé trop d'années à les tenir à l'écart.

Fallon m'entraîne dans sa propre salle de bains pour m'aider à retirer mes habits tandis qu'Aimee m'apporte une tenue piochée au hasard dans l'armoire de notre sœur aînée : un legging noir un poil trop court et un pull en maille de la même couleur, *oversize* sur moi. Ça fera l'affaire. Je prends une douche rapide et brûlante – en profitant pour sécher mes larmes et reprendre mes esprits – avant de les rejoindre sur le lit.

– Où est Connor ? s'interroge soudain Aimee alors qu'elle s'affaire à démêler mes cheveux.

– Tiens, c'est vrai, ça. Plus de menottes ?

Je suis sur le point de leur servir une excuse toute réchauffée mais me ravise. Les nouvelles résolutions commencent maintenant. J'inspire profondément pour me donner du courage... et leur raconte tout, sans faire de détour. Je leur raconte comment Connor et moi sommes devenus amis, et comment j'ai pris conscience que nous ne serions jamais plus que ça. Je leur avoue que ça m'a brisé le cœur, et qu'aujourd'hui encore, je ne suis pas très au clair avec ce que je ressens pour lui. Je leur parle de maman... du manque que son absence provoque. Je leur parle également de la vente de la maison, de la façon dont je l'ai apprise et du mal que ça m'a fait. Mes grandes sœurs se confondent aussitôt en excuses et en profitent pour m'expliquer tout ce qui s'est passé. Apparemment, c'est Hazel qui a obligé papa à tout déballer avant l'arrivée des invités, et Aimee m'informe qu'elle est enfermée dans sa chambre depuis. Fallon s'excuse une nouvelle fois au nom de tous pour ne pas m'avoir attendue, toujours prête à porter tous les fardeaux de cette famille. J'accepte leurs excuses tout en ayant une pensée pour Taylor. Dieu sait quelle sera sa réaction lorsqu'elle l'apprendra...

Je n'ose pas leur dire que la distance qui s'est installée entre nous me blesse, je sais bien que mes sœurs font de leur mieux. Nous traversons la même épreuve, chacune à notre façon, et nous avons toutes nos propres vies à gérer. Je ne voudrais pas qu'elles pensent que je leur en veux, que je me retrouve dans cet état par leur faute...

Aimee chasse quelques larmes de ses joues d'un revers de la main. Quand je leur annonce que papa a une nouvelle petite amie, elles deviennent toutes deux livides.

– Tu es sûre d'avoir bien compris ? me demande Fallon sans grande conviction.

– Il l'a appelée « mon amour ».

Un silence s'installe entre nous alors qu'elles accusent le coup. Elles semblent tout aussi touchées que moi, et même si ça me brise le cœur pour elles, ça me rassure de me dire que je n'ai pas surréagi à la nouvelle. Que j'ai le *droit* de ressentir ce que je ressens.

– C'est ce qui t'a fait craquer ? me demande Aimee.

Je confirme d'un hochement de tête.

– Entre la vente de la maison, et maintenant ça...

– Vous pensez que c'est la raison pour laquelle il déménage ? demande Aimee. Pour aller s'installer avec elle ?

Fallon renifle avec dédain tandis que je hausse une épaule.

– Ça ne m'étonnerait pas de la bête, se moque-t-elle.

– C'est pour ça que tu t'es disputée avec Connor ? demande Aimee.

– Oui. Il a voulu me pousser à en parler et... je n'ai pas réussi. Je lui ai balancé des méchancetés pour qu'il arrête d'insister, et maintenant, je regrette.

– Où est-il ? s'enquit Fallon.

– Sûrement dans ma chambre pour se changer. Il était trempé, lui aussi.

Mes sœurs échangent un regard entendu.

– Quoi ? demandé-je en les observant à tour de rôle.

– Tu devrais aller le voir, me conseille Aimee.

– Pourquoi ?

– Pour t'excuser, dans un premier temps, m'ordonne Fallon, sévère. On ne blesse pas les gens qu'on aime ! Et ensuite, pour avoir une petite conversation avec ce jeune homme afin de commencer l'année du bon pied.

– En fait, je pensais plutôt aller voir papa pour discuter de ce qu'il s'est passé...

Fallon écarte mon idée d'un geste.

– Tu surestimes les compétences sociales du vieil homme. Ma main à couper qu'il n'a même pas conscience de l'impact de ses actes sur nous.

– C'est clair, surenchérit Aimee. Tu te rends compte que, son idée de génie pour nous annoncer qu'il vend cette maison, a été d'organiser une soirée avec l'ensemble du voisinage ?

– Si ça se trouve, il a invité sa nouvelle copine et il a prévu de l'embrasser à minuit pile, et c'est ainsi qu'il compte nous la présenter, cet idiot, se moque Fallon. Bref, laisse tomber, Ivy. Je te parie qu'il est en train de discuter avec ses invités en s'empiffrant de cacahuètes. Y'a rien d'autre à bouffer, de toute façon.

Elle exerce une légère pression sur ma main, réitérant son conseil d'aller retrouver Connor. Aimee m'assure qu'elles prendront la relève pour qu'on puisse discuter avec papa, mais plus tard. Ce soir est censé être une fête, elles ont raison : je refuse d'entamer cette nouvelle année sans la personne qui compte le plus pour moi à mes côtés.

– J'ai de la chance de vous avoir. Vous êtes vraiment les meilleures grandes sœurs que cette planète ait jamais portées.

– Tâche de prendre exemple sur nous pour soutenir Taylor et Hazel, ironise Fallon qui ne sait définitivement pas accepter un compliment.

– On t'aime aussi, ajoute Aimee.

Nous faisons un câlin collectif et je suis sur le pas de la porte quand un détail m'interpelle.

– Qu'est-ce que vous maniganciez, planquées ici ? Où sont passés Luke et Cillian ?

Mes sœurs partagent un rire complice qui m'indique clairement que je rate un épisode. Ou deux. Ou même une saison complète.

– Promis, on te racontera tout plus tard. Va rejoindre ce pauvre Connor.

La porte de ma chambre est entrouverte. J'y entre d'un pas hésitant alors que Connor s'affaire près de mon lit. Ses mouvements sont assurés, organisés. Je ne peux m'empêcher de le détailler en catimini. Connor Holden est un très bel homme, et ses ondulations brunes sont loin d'être son unique atout. Il semble tout droit sorti d'un shooting pour une marque de *sportswear*, simplement vêtu d'un bas de survêtement gris et d'un tee-shirt blanc tendu sur ses épaules puissantes. Il n'a pas besoin de plus pour attirer tous les regards sur lui.

– T'as oublié d'éteindre ton antiquité meurtrière, commente-t-il en désignant ma lampe à huile d'un mouvement de la tête, sans me regarder.

J'ignore sa remarque acerbe.

Le bruit caractéristique d'une fermeture Éclair me fait percuter qu'il referme le sac de voyage qu'il a apporté.

– Qu'est-ce que tu fais ? m'enquiers-je en refermant doucement la porte sur laquelle je m'adosse.

Connor me toise par-dessus son épaule en haussant un sourcil avant de retourner à sa tâche.

– Mon sac.

– Pourquoi maintenant ?

Pas de réponse.

– Pourquoi maintenant, Holden ? répété-je en approchant d'un pas.

Il exhale longuement avant de venir se pointer devant moi, m'obligeant à pencher la tête en arrière pour accrocher son regard sombre.

– J'ai perdu le pari. Je n'ai plus de raison d'être ici, alors je vous laisse en famille.

Je balaie sa remarque d'un geste.

– Il est hors de question que je te laisse prendre la route par ce temps !

Sa mâchoire saillante se contracte alors qu'il détourne les yeux. Il essaie de garder la face, mais je vois clairement à travers sa carapace. Je l'ai blessé. J'ai appuyé là où je savais que ça lui ferait mal, et le moins que l'on puisse dire, c'est que je ne me suis pas loupée.

– Ne dis pas de bêtise, Holden, reprends-je d'une voix adoucie. Rien ne me ferait plus plaisir que de commencer cette nouvelle année avec toi à mes côtés.

Il reporte son attention vers moi, toujours silencieux. Me rappelant mes nouvelles résolutions, je gonfle mes poumons de courage et continue sur ma lancée, décidée à suivre les conseils de mes sœurs avant qu'il ne soit trop tard.

– Je suis désolée d'avoir évoqué ton père, lancé-je d'une traite avant de me dégonfler. C'était un coup bas, je voulais simplement que tu arrêtes d'insister pour me faire parler alors j'ai joué cette carte, mais je n'aurais pas dû. C'était une erreur.

Il hoche la tête, toujours renfrogné mais le regard moins sévère, ce qui m'encourage à continuer :

– Je sais que je suis un peu nulle, comme amie. Mais je fais de mon mieux, d'accord ? J'ai juste cette fâcheuse tendance à tout garder pour moi. J'ai regardé sur Google, ils disent que c'est typique des enfants du milieu. D'un côté, c'est cool comme position. Personne ne m'emmerde et j'ai mon indépendance, pas comme Fallon qui a un poids monstre sur les épaules, ou encore Hazel qui nous a *tous* sur le dos, constamment. Quoi qu'elle dise, quoi qu'elle fasse, on est toujours en train de commenter et de donner nos avis, c'est...

– Ivy ? m'interrompt Connor.

– Pardon, tu as raison, je m'égare.

– Tu es très loin d'être nulle, comme amie. Tu es même la meilleure qui soit.

Sa déclaration me prend au dépourvu, mais je n'ai pas le temps de réagir qu'il m'ouvre ses bras pour m'emprisonner dans une étreinte d'ours. Je mets une seconde à me détendre, trop surprise par son geste, mais finis par me laisser aller à profiter du réconfort que sa chaleur m'apporte. Je pensais qu'il serait plus difficile à convaincre, je suis soulagée.

Son odeur est enivrante – j'y décèle un arôme de fraise qui me fait prendre conscience qu'il a utilisé mon gel douche. Ça me fait sourire.

Il prend la parole sans me libérer, posant son menton sur le haut de mon crâne.

– J'accepte tes excuses, Scott. Mais ne recommence plus. S'il te plaît.

Je hoche frénétiquement la tête, ce qui le fait rire.

– C'est promis ! C'est juste que ça m'a fait beaucoup de peine, quand tu as sous-entendu t'intéresser à ce que je ressentais simplement pour le pari. Alors j'ai voulu te rendre la pareille. C'était mesquin, je m'en rends compte maintenant.

Holden tressaille entre mes bras et finit par s'éloigner, m'attrapant par les épaules pour me dévisager.

– Qu'est-ce que tu racontes ?

– Bah, tu sais, marmonné-je en détournant le regard. Quand tu as dit que tu ne voulais pas avoir à supporter ma mauvaise humeur alors qu'on était menottés.

Un éclair de compréhension traverse son visage, suivi d'un air coupable.

– Mon Dieu, Ivy. Tu sais bien que j'appliquais seulement la technique du coach, tu sais, celle...

– Pour me pousser dans mes retranchements, je sais. Mais l'espace d'un instant, ça m'a ramenée deux ans en arrière, lors de cette fameuse soirée et...

Je m'interromps brusquement quand je prends conscience que j'en ai trop dit. Mon vain espoir que Connor n'ait pas saisi mon sous-entendu disparaît dès que je remarque son front plissé.

– De quoi tu parles, Scott ?

Je me mords la langue, m'autoflagellant mentalement de ne pas réfléchir davantage avant de l'ouvrir. *Fait chier !*

– Rien, oublie ça.

Il ricane, affichant une rangée de dents parfaitement blanches et alignées.

– Alors là, tu rêves. Parle.

Je me passe une main sur le visage en soupirant. Maintenant que j'ai mis les pieds dans le plat, il est trop tard pour faire machine arrière, alors qu'il en soit ainsi. Je relève le menton, mettant un point d'honneur à garder la tête haute, et regarde Connor droit dans les yeux.

– Je t'adore, Connor, et j'adore notre relation. J'aime que tout soit facile entre nous. J'aime que nous ayons la même passion. J'aime même les paris stupides qu'on se lance à longueur de journée, qui agacent tout le monde mais qui nous permettent de passer du bon temps ensemble. Le problème… c'est que parfois, j'ai l'impression que le jeu prend le dessus sur notre amitié. À vrai dire… j'ai même *systématiquement* cette impression.

Connor me dévisage avec circonspection, clairement pris de court, mais il m'écoute attentivement sans m'interrompre.

– J'ai peur… que notre amitié soit superficielle à tes yeux, admets-je en butant sur les mots. Que le jeu soit plus important que tout le reste.

Je termine d'une voix presque inaudible, le regard rivé au sol. Cela m'a demandé un courage hors du commun de me confier à lui de la sorte, de me montrer si vulnérable. Mais maintenant que c'est fait, j'en suis soulagée. Je sais en mon for intérieur que c'était la meilleure chose à faire. Et si notre relation est réellement aussi sincère que je l'espère, alors il ne ressortira que du positif de cette conversation.

Le souffle chaud qui lui échappe provoque un frisson au creux de mon échine. D'un geste très doux, il s'empare de mon menton pour m'obliger à le regarder. Son regard affecté est la preuve que mes paroles l'ont touché. Je suis rassurée d'y lire ce type d'émotions plutôt que du mépris.

– Ivy…

Je m'attends à ce qu'il se défende, à ce qu'il réfute mes arguments.

– De quelle « fameuse soirée » parles-tu ?

Je déglutis, le cœur au bord des lèvres. Son regard intense, sa présence, son odeur, sa voix suave sont autant d'éléments qui me déstabilisent. Mais je sais à son ton déterminé qu'il ne lâchera pas l'affaire.

– Il y a deux ans, quand nous avons été nommés capitaines, vous avez organisé une soirée à la coloc'...

Il clôt brusquement les paupières et je sais qu'il a compris. Qu'il se souvient. Je concentre mon attention sur un point imaginaire par-delà son épaule pour ne pas perdre pied.

– Ce soir-là, je t'ai embrassé, Connor. Je ne l'ai pas fait à cause de l'alcool, ni dans l'euphorie du moment, ni à cause d'un stupide pari. Je t'ai embrassé parce que j'en mourais d'envie... Parce que j'avais des sentiments pour toi, depuis plusieurs mois, et ce soir-là j'ai cru qu'ils étaient réciproques. Alors quand tu as remis le pari sur le tapis juste après que nos lèvres se sont séparées, ça m'a brisé le cœur. Parce qu'une fois de plus, tout n'était qu'un jeu à tes yeux. Voilà, tu sais tout...

Il ne réagit pas tout de suite. Après plusieurs secondes, je m'autorise à lever les yeux.

Il est douloureusement beau, et quand je me décide enfin à chercher son regard, je suis décontenancée par ce que j'y trouve. Un maelstrom d'émotions entremêlées déforme son visage. Il déglutit, sa pomme d'Adam dansant de haut en bas, ouvre et referme la bouche plusieurs fois.

Je finis par me décider à briser le silence, craignant de l'avoir effrayé. Je pose mes mains à plat sur son torse pour attirer son attention.

– Je te raconte tout ça simplement parce que tu as insisté. Mais tu n'as plus à t'inquiéter, Connor, je t'assure. Je sais qu'on ne sera jamais plus que des amis. Je l'ai compris et je ne te demande rien de plus. J'ai appris à mon cœur à se contenter de ton amitié, dis-je, mes paroles sonnant faux à mes propres oreilles.

Il éclate d'un rire sans joie qui me surprend. Je m'attendais à tout sauf à ça. Ma poitrine se serre, craignant soudain que l'histoire se répète. Je recule d'un pas, me heurtant à la porte de ma chambre. Sa frustration est presque palpable. Il va et vient entre mon lit et moi, passant nerveusement une main dans ses cheveux en pagaille.

Soudain, il fond vers moi d'un pas décidé, me faisant tressaillir lorsqu'il se saisit de mon visage en coupe. Et sa voix comme une caresse tranche délicieusement avec la détermination dans son regard.

– Ivy… toi et moi, on n'est pas amis.

Mon cœur manque un battement.

Je ne suis pas certaine d'avoir bien saisi le sens de ses propos, même si la douceur de son pouce sur ma joue est un bon indice. L'idée de me faire de faux espoirs me terrifie, pourtant tout dans l'attitude de Connor tend à prouver que je ne me trompe pas.

– Ah bon ? réponds-je simplement, la gorge sèche.

Il secoue la tête, un sourire irrésistible étirant ses lèvres parfaites. Je prends sur moi de ne pas trop m'attarder dessus, de peur d'en avoir le tournis. Son front rencontre le mien et je clos les paupières, submergée par l'angoisse de l'attente.

Son souffle balaie mon visage quand il s'exprime enfin.

– Les simples amis n'agissent pas comme nous, Scott. Si tu n'étais qu'une amie, tu ne serais pas la première personne à laquelle je pense en me réveillant le matin, ni la dernière dont je veux entendre la voix avant de sombrer une fois le soleil couché. Je ne chercherais pas la moindre excuse pour venir m'affaler sur ton lit. Je ne m'assurerais pas de mettre mon réveil quinze minutes plus tôt *tous les matins* pour aller te chercher une bouteille de ton eau vitaminée préférée. Fraîche et aromatisée au citron. Je ne t'aurais jamais donné le maillot que je portais lors de mon premier match en tant que capitaine pour que tu puisses traîner avec les week-ends. Je n'aurais pas accepté de passer le réveillon du Nouvel An menotté à toi, juste pour le plaisir de sentir ta présence à chaque instant pendant vingt-quatre heures. Et je n'aurais certainement pas l'impression d'être à ma place, peu importe l'endroit, simplement en me plongeant dans le vert de tes yeux, si tu n'étais qu'une simple amie, Ivy.

Sa déclaration s'éteint sur ses lèvres dans un murmure. Je serre les paupières, m'autorisant à savourer la pureté de ce moment qui n'appartient qu'à nous. Seuls existent nos souffles irréguliers, la chaleur de ses mains sur mes joues et son odeur enivrante. Nos nez se frôlent, nos lèvres plus séparées que par l'aile d'un papillon échappé de mon ventre. J'ai rêvé de ce moment pendant si longtemps, à tant de reprises que j'ai du mal à réellement assimiler ce qui est en train de se passer. En quelques phrases seulement, il a balayé les doux mensonges que je n'ai eu de cesse de me répéter depuis deux ans dans le but de préserver notre amitié sans trop en souffrir.

Le château de cartes qui dissimulait la véritable nature de mes sentiments s'effondre lamentablement à mes pieds.

– Mais tu ne m'aimes pas *comme ça*, soufflé-je, sentant une boule se former au creux de ma gorge.

– Je t'aime comme un fou, Ivy Lynn Scott. Depuis si longtemps, si tu savais... J'avais simplement peur de briser notre amitié parce que je pensais que ce n'était pas réciproque.

Le monde tangue sous mes pieds.

Connor décolle son front du mien, le temps de m'interroger du regard, de me demander mon accord. Pour toute réponse, je réduis la distance qui sépare encore nos deux visages, et je souffle contre ses lèvres :

– Ne m'embrasse pas. Cap ?

Et tout comme moi deux années auparavant, Connor perd ce pari. Et il m'embrasse.

22

Ivy

Celle qui trouvait l'amour

Je ne me suis jamais retrouvée submergée par les flots. La plage de Wrightsville, située au nord de Wilmington, est réputée pour ses vagues vertigineuses, si bien que dans mes souvenirs les plus lointains, mon père nous sermonnait déjà sur la dangerosité de l'océan. Son impétuosité. Sa témérité.

C'est pourtant l'impression que j'ai, là, maintenant, alors que Connor s'empare de mes lèvres comme si sa vie en dépendait.

Il m'embrasse d'abord doucement, lentement. Je sens que, tout comme moi, il savoure la magie du moment. Et lorsque je lui rends son baiser avec plus d'ardeur, entrouvrant légèrement les lèvres pour accueillir le bout de sa langue, un bruit sourd émane de sa gorge. Le sol se dérobe sous mes pieds alors qu'il me soulève par les cuisses, m'invitant à l'entourer de mes jambes. Mon dos heurte le mur, son corps s'écrase tout contre le mien et je l'accueille volontiers. Nos souffles erratiques composent leur propre mélodie. Connor finit par nous guider jusqu'à mon bureau où il me dépose délicatement, et ses mains désormais libres se retrouvent partout sur mon corps. Toute la frustration et les non-dits de ces dernières années passent dans nos baisers. Et soudain, ce n'est plus assez. Je glisse une main audacieuse sous son tee-shirt, puis la deuxième lorsqu'il gémit son approbation. Sa peau est brûlante et douce. Mes doigts tracent les contours de ses muscles saillants et, au même moment, ses dents emprisonnent ma lèvre inférieure.

– Si tu savais combien de temps j'ai attendu ce moment, souffle-t-il.

– J'ai ma petite idée, ironisé-je, lui arrachant un rire guttural.

– Tu me rends fou, Ivy. Tu me fais littéralement perdre la tête. Quand je pense au temps qu'on a perdu...

Quand le désir de sentir sa peau contre la mienne, de m'enivrer de son odeur brute, devient trop pesant, je tire sur son tee-shirt et il ne se fait pas prier pour s'en débarrasser. Il tombe sur le sol dans un bruit léger, rejoint quelques secondes plus tard par son bas de survêtement, puis par les vêtements de Fallon.

Ma chambre est si mal isolée qu'il y fait toujours très froid l'hiver. Pourtant, ce ne sont pas les températures qui nous font frissonner, en cet instant, simplement revêtus de nos sous-vêtements. J'invite tout de même Connor à me suivre à l'ombre de ma couverture molletonnée, mais c'est simplement pour profiter de cette intimité, de cette bulle de chaleur qui n'appartient qu'à nous.

Au bout d'un moment, ses lèvres quittent les miennes pour mieux aller taquiner le lobe de mon oreille, goûter mon cou, embrasser ma poitrine. Seuls mes gémissements se font entendre désormais. Il fait glisser sa langue le long de mon estomac, lentement, jusqu'à mon nombril... et s'arrête au liseré de mon shorty noir – le seul des miens qui traînait dans les affaires de Fallon. Je cesse de respirer, le regard rivé au plafond, les lèvres sèches, dans l'expectative. Une déception inattendue m'envahit quand il dépose finalement un baiser langoureux sur mon bas-ventre, provoquant tout un tas de sensations délicieuses, avant de revenir à ma hauteur en riant doucement. Il effleure mes lèvres avant de m'entraîner d'un mouvement fluide avec lui, si bien qu'il se retrouve sur le dos, moi à califourchon sur lui. Il s'empare de mon visage d'un geste d'une infinie tendresse.

– On aura tout le temps d'explorer le champ des possibles... plus tard. Quand on ne sera pas dans une maison mal insonorisée avec ta famille au complet, par exemple.

– Demain ? proposé-je sans réfléchir, en rougissant la seconde qui suit.

Mon empressement lui arrache un rire et je m'esclaffe à mon tour, fourrant mon nez dans son cou pour cacher mon embarras.

Il me presse contre lui, faisant courir la pulpe de son index le long de ma colonne vertébrale.

– Je t'aime tellement, Ivy. Je te donnerai absolument tout ce que tu veux de moi, chaque fois que tu me le demanderas.

C'est la deuxième fois qu'il prononce ces trois mots que j'ai tant rêvé d'entendre, et cette fois-ci, je laisse mon cœur lui répondre.

– Je t'aime, Connor Isaac Holden.

Depuis des années, et pour les années à venir.

Nous passons un long moment ainsi, peau contre peau, à discuter et à nous embrasser comme si c'était aussi naturel que de respirer.

– Et maintenant ? demandé-je après un nouveau silence confortable.

Je n'ai pas besoin de préciser pour que Connor saisisse.

– On sera de retour sur le campus demain soir. Laisse-moi le temps d'organiser le *date* parfait, et ensuite je t'inviterai officiellement à notre premier rendez-vous en tête à tête.

– On passe souvent du temps seuls, tous les deux, remarqué-je.

– C'est vrai. Mais cette fois, pas de pari, pas de basket, pas de footing ni de révisions. Je veux simplement te faire la cour en bonne et due forme. Je veux te mériter, après t'avoir laissée filer la première fois.

Il dépose un baiser sur le bout de mon nez, et mes joues chauffent. J'aime ses plans. J'aime l'entendre parler de *nous*.

Nous sommes toujours entrelacés sous mes couvertures, à moitié nus, nos corps brûlant du même feu. Je soupire d'aise.

– Tu sais, amorcé-je, poussée dans la confidence par l'atmosphère paisible, je me suis tellement répété que tu ne m'aimerais jamais *comme ça* que je ne suis pas sûre de bien me rendre compte de ce qui est en train de se passer.

Il prend le temps d'assimiler mes propos. Ses doigts courent le long de mon épaule nue, semant un frisson sur leur passage.

– C'est drôle que tu dises ça, répond-il d'une voix mesurée. Car depuis ce fameux soir et les jours qui ont suivi, j'étais persuadé que tu ne me verrais jamais comme plus qu'un ami. Quand tu as mis de la distance entre nous, après notre premier baiser… je me suis dit que tu considérais ce moment comme une erreur.

– Pourquoi tu ne m'en as jamais parlé ?

Il hausse une épaule.

– Je ne sais pas. Sûrement pour les mêmes raisons que toi.

Il marque un point.

– Je me suis dit que, si tu avais voulu quoi que ce soit entre nous, tu ne te serais pas éloignée. Alors j'ai pris sur moi, et j'ai accepté ce que tu étais prête à me donner.

Je me redresse sur un coude, de façon à pouvoir le regarder dans les yeux.

– J'ai pris mes distances seulement parce que je pensais que tu jouais. Encore. J'en ai eu le cœur brisé, Connor. J'ai mis des mois à m'en remettre.

– Mais tu t'en es remise, constate-t-il, penaud.

– J'ai appris à vivre avec, Connor, mais ça ne veut pas dire que mes sentiments pour toi ont disparu. Jamais. Je suis simplement très douée pour les déguiser.

Son regard désolé parcourt mon visage. Il m'embrasse finalement la tempe, m'invitant à reposer ma tête sur la peau dorée de son torse.

– Ivy, est-ce que tu veux parler de ce qui s'est passé avec ton père, ce soir ? Je veux dire, entre la vente de la maison et sa nouvelle relation, je peux comprendre que tu sois chamboulée.

Le fait qu'il me pose clairement la question plutôt que d'insister comme il a pu le faire plus tôt me touche en plein cœur. C'est vrai que les dernières heures ont été riches en émotions, pourtant je ne ressens pas le besoin d'en discuter avec Connor maintenant. Je ne veux pas gâcher ce moment avec mes histoires de famille.

Taylor ne devrait pas tarder à arriver. Bientôt, les cinq sœurs Scott seront réunies. Et maintenant que je ne suis plus menottée à Connor, je suis certaine que nous trouverons un moment rien qu'à nous cinq, pour nous retrouver. Peut-être même que j'aurai le courage de confronter mon père avant de reprendre la route demain. Ou peut-être pas. Mais ce n'est pas grave. Seules deux heures de route nous séparent, nous trouverons bien un moment pour nous parler. Plus tard. Dans les semaines à venir. Quand nous serons prêts.

C'est le bruit caractéristique du vibreur de mon téléphone qui fait finalement éclater la bulle de douceur qui nous entourait, Connor et moi.

Taylor !

– Ma sœur ne devrait pas tarder à arriver. On ferait mieux de se rhabiller avant que quelqu'un vienne nous chercher.

Me revêtir s'avère plus ardu que prévu : Connor n'a de cesse de m'interrompre, réclamant baisers et caresses, claquant mes fesses alors que j'essaie d'enfiler mon legging. Nos rires retentissent chaque fois. C'est si fluide, si naturel qu'on croirait un véritable couple.

Peut-être que c'est ce que nous sommes, désormais. *J'espère* que c'est ce que nous sommes.

Je vérifie que Connor est présentable avant de me diriger vers la porte. Lorsque ma main atteint la poignée, ce dernier m'attrape par la taille, m'offrant un long et langoureux baiser, envoyant valser un vieux portemanteau qui s'écrase au sol avec fracas. Et avant de me libérer de son étreinte pour de bon, il me promet d'une voix assurée :

– Sache, Ivy Lynn Scott, que même si j'ai conscience de l'avoir malmené… je prendrai le temps qu'il faudra pour réapprendre à ton cœur à m'aimer.

Et c'est les joues roses et le pouls erratique que j'ouvre finalement la porte, prête à accueillir le futur à bras ouverts.

23

Taylor

Celle qui se prenait pour une diva

Je n'ai aucune envie d'être là.

Le vent souffle et le temps se couvre au fur et à mesure que la voiture avance. Les feuilles virevoltent et recouvrent la route. L'ambiance dans l'habitacle est aussi épouvantable que la pluie qui s'abat à présent sur nous. Je me suis murée dans le silence, préférant me concentrer sur mon téléphone qui ne cesse de vibrer.

AL

CE MEC EST TON OMBRE !
MÊME DANS UNE YOURTE AU FIN
FOND DE LA CORDILLÈRE DES ANDES,
IL VIENT AVEC TOI !

Mes yeux s'arrondissent, mon cœur ventile, je suis au bord du malaise ! De toute évidence, mon manager commence à perdre patience... En même temps, ça fait plus de deux heures que je m'évertue à négocier un délai supplémentaire mais il reste de marbre. Enfin, s'il croit que ces majuscules suffisent à m'arrêter, c'est qu'il me connaît moins bien que ce que je pensais. À cette idée, je lève les yeux au ciel avant de finir par lui répondre.

TAYLOR
Je préférerais encore qu'on reparle
de ton idée « brillante » de reprendre
« All I Want For Christmas Is You »
en version country pour Noël !

J'ai pris l'habitude depuis quelques mois de recevoir ses appels avec toujours le même refrain dans le combiné « Tu as écrit une nouvelle chanson ? » ou « Peux-tu me montrer le début d'une partition ? ». Au fil du temps, sa démarche était de plus en plus directe, plus incisive : « Tu as quelque chose pour moi ? » Qu'importe la manière de me poser la question, la réponse était sempiternellement la même « Non, Al ».

AL
Offre expirée ! Regarde la dernière
une de US Weekly, elle te met
à ton avantage, qu'en penses-tu ?

Une photo de moi apparaît alors sur mon écran. Le titre est accrocheur « Quand Taylor passe de la reine du Billboard à celle de la beuverie ! Queen un jour, queen toujours... »

TAYLOR
Rien de surprenant. J'espère qu'un jour,
ils finiront par comprendre que ce n'est pas
mon meilleur profil !

Ma tentative pour dédramatiser la situation ne fera sûrement pas son effet, pas après la énième cuite sous les regards cupides des paparazzis. À ce stade, il doit être certainement las de devoir essayer de rattraper mes conneries.

– Les nouvelles sont bonnes ? demande l'homme assis à côté de moi en jetant un coup d'œil en direction de mon écran.

J'avais presque oublié qu'il était là ! Avec un sourire exaspéré, je relève la tête vers lui et sa mine faussement bienveillante. Pour la première fois depuis que nous respirons le même air, soit à peine quelques heures, je prends le temps de le détailler des pieds à la tête.

J'aurais pu m'attendre à quelqu'un de plus vieux, plus bedonnant, plus... *has been*. En réalité, ce « Zic » doit être à peine plus âgé que moi. Son allure est savamment étudiée : un jean pas trop près du corps, un peu usé, un tee-shirt noir qui sculpte légèrement sa poitrine dissimulée sous une veste en cuir de la même couleur. Sa barbe de trois jours, parfaitement taillée, cache à peine sa mâchoire carrée et fait ressortir son regard obscur. Ses cheveux coiffés en bataille tournoient dans les airs quand la voiture fait une embardée.

Alors que son regard pèse sur moi, je détourne les yeux et préfère sciemment l'ignorer. Néanmoins, je retire l'un de mes écouteurs pour lui répondre :

– Plutôt oui ! Je t'ai trouvé un hôtel pour la nuit. Dès que l'alerte sera levée, je te prends un billet retour pour Los Angeles.

– Et comment comptes-tu expliquer ce revirement de situation à Al ?

Je prends le temps de respirer et de ravaler la première remarque cinglante qui me vient à l'esprit. Ce parolier est certes un gros caillou dans ma Jimmy Choo, mais il n'est pas responsable de ma relation houleuse avec mon manager. D'ailleurs, au même instant, mon téléphone vibre dans ma main.

AL

Taylor, tu n'écris plus, tu ne joues plus rien.
Au lieu de ça, tu passes ton temps

dans les soirées à te saouler avec je ne sais
qui ! Tes déboires remplacent tes succès...
Ton public ne t'attendra pas indéfiniment !

Une boule se forme aussitôt dans ma gorge, je préfère baisser la tête. *Il vient de toucher un point sensible.* J'en lâche mon téléphone et commence à jouer nerveusement avec mes ongles.

– Tu sais, plus vite on s'y met, plus vite tu seras débarrassée de moi...

Le visage impassible, la mâchoire crispée, je dévisage cet homme derrière mes lunettes noires. À y regarder de plus près, son visage m'est familier... Sûrement un type croisé dans l'une de ces nombreuses soirées.

– Et si on ignorait la première étape et qu'on passait directement à me « débarrasser » de toi ? craché-je.

Il lève les sourcils, lâche un soupir et passe sa langue sur ses lèvres comme s'il tentait d'encaisser mes propos. Puis il finit par afficher un sourire malin sans jamais lâcher la route du regard.

– Même si je trouve cette idée réjouissante, cette naïveté est presque touchante. Je ne vais nulle part tant que je n'ai pas trois couplets et un refrain.

La colère afflue dans mes veines, inondant tout mon corps à la vitesse de l'éclair. Heureusement pour lui, mon portable vibre à nouveau, l'impatience d'Al le sauvant d'une mort certaine.

AL

La maison de disques parle de casser
le contrat, on ne peut plus attendre. Tu m'as
mis dans une position vraiment délicate.
As-tu au moins le début de quelque chose ?
N'importe quoi ! Trois notes de musique

griffonnées sur un bout de serviette
du Shake Shack ?

Bien sûr que j'ai quelque chose ! hurlé-je mentalement.

Ça fait des mois que je planche sur cette fichue chanson dont je n'ai malheureusement que le titre : « Chaos ». Je sais de quoi je veux parler, seulement les mots sont étouffés par ma douleur. Même si je continue de m'asseoir devant mon piano, prête à composer, la seule chose que j'ai réussi à poser sur ces touches, ce sont mes larmes. *Trop dur.*

– J'ai toujours écrit mes chansons, reprends-je à l'intention de mon voisin. Celui ou celle qui le fera à ma place n'est pas encore né !

– Il me semble qu'Al ne t'a pas laissé le luxe de choisir, rétorque-t-il, calmement.

Je pourrais le contredire, mais le nouveau message qui s'affiche sous mes yeux lui donne raison :

AL
Tu as déjà bouffé l'avance sur ton contrat
et tu n'as pas présenté une seule chanson !
Alors, maintenant, sois sympa avec ce mec,
il a ton prochain tube entre ses mains.

Les mots me manquent, je voudrais hurler, tenter d'argumenter, mais rien ne vient. Al ne rit plus. J'ai joué avec ses nerfs et il est à présent à bout. En plus, j'ai bien compris que l'ordre vient de plus haut. Al ne fait qu'obéir.

Agacée, je verrouille mon téléphone pour de bon et le range dans mon sac. Je peux bien faire tourner en bourrique Al autant que je veux, j'ai bien compris que rien ne le ferait changer d'avis. Et puis, de toute manière, le mec en question est déjà dans mes pattes ! Ce n'est pas Al qui va m'en délivrer maintenant.

Rhaaa, il faut tout faire soi-même !

– Je suis toujours dans le top 10 des streamings, rappelé-je finalement à mon interlocuteur.

– Mais ça fait deux ans que tu ne fais plus rien... Inutile de me mentir, je me suis un peu renseignée sur toi. Tu n'as pas envie de remonter sur scène ?

L'expression que je lis sur son visage donne l'impression qu'il se préoccupe sérieusement de mon sort... *Curieux !*

– Bien sûr que je veux retrouver la scène, qu'est-ce que tu crois ? Seulement, je ne suis pas un perroquet ! Je veux trouver un sens à mes mélodies, ressentir chaque parole et donner vie à mes chansons. Chanter les mots d'un autre, ça n'a pas d'âme.

Taylor Scott n'a besoin de personne pour écrire ses chansons ! Personne ! À quel moment, j'ai laissé un truc pareil m'arriver ? Que penserait ma mère de cette situation ? Je vaux mieux que ça, bordel !

– Je n'ai pas besoin de toi, enragé-je.

– Bon, que ça te plaise ou non, tu vas devoir travailler avec un parolier et il se trouve que tu as face à toi, le meilleur dans son domaine. Oui, oui, c'est bien de moi dont il s'agit ! soupire-t-il. Donc, boude jusqu'à ce qu'on arrive si ça te chante mais dès que nous aurons posé un pied là-bas, je ne te lâche plus. J'ai un objectif et je suis déterminé à l'atteindre.

De mon côté, j'ai fait du proverbe « il ne faut jamais faire le jour même ce que l'on peut remettre au lendemain » mon mantra. *Enfin, il se pourrait que je l'aie quelque peu adapté.*

Je pensais rester tout de même la maîtresse du jeu, sauf qu'il semblerait qu'on ait redistribué les cartes sans m'en avoir informée. Mais franchement, qui les donne à un type qui s'appelle « Zic » ? S'il est aussi doué avec les chansons que pour choisir les pseudos, je peux dire adieu à mon prochain Grammy !

– C'est ce qu'on va voir, tu ne sais... commencé-je, mais il me surprend en me coupant immédiatement la parole.

– Épargne-moi le cliché de la star incomprise, par pitié. « Mon art, mes mots, blablabla », pouffe-t-il en levant les yeux au ciel.

Son attitude arrogante me prend tellement au dépourvu que j'en baisse mes lunettes tout en arquant un sourcil. Je ne suis plus vraiment habituée à ce qu'on me parle de la sorte, et ce n'est pas un arriviste qui a raté ses espoirs dans le milieu musical qui va m'apprendre mon métier...

J'ouvre la bouche et me ravise aussitôt. Son sourire en coin provocateur m'encourage à poursuivre cette joute verbale mais je refuse de rentrer dans son jeu. *Je ne lui ferai pas ce plaisir !* Je me contente de me réinstaller confortablement dans mon siège et de me tourner vers la fenêtre sur laquelle la pluie s'abat avec de plus en plus de force.

– Est-ce que ça ne pouvait pas attendre mon retour de Wilmington ? sifflé-je. J'ai bien compris que tu voulais en découvrir davantage sur moi, mais tu crois vraiment que débarquer au beau milieu d'une réunion de famille est le moment opportun ?

En effet, les Scott m'attendent de pied ferme pour le Nouvel An et même moi, j'aurais voulu être partout ailleurs. J'ai essayé de me défiler comme toutes les fois où mon père m'a demandé de rentrer, mais cette année, aucune excuse n'a fonctionné. D'ailleurs, le ton grave de celui-ci au téléphone me hante encore...

– Si le reste de ta famille est aussi aimable que toi, j'ai en effet de quoi m'inquiéter, réplique Zic sans se laisser perturber. Malheureusement, suivre la sauvage Taylor Scott dans son habitat naturel me permettra d'apprendre à mieux la connaître. Et qui sait ? Peut-être même réussirai-je à la dompter.

Il a choisi d'être parolier parce que clown était déjà pris ?

Retourner à Wilmington, c'est rouvrir ma boîte à souvenirs. La plupart d'entre eux sont heureux, je n'ai pas à me plaindre de mon enfance, loin de là ! Seulement, les derniers m'ont obligé à fuir. À ne jamais vouloir penser à cette maison ni à ses habitants.

Alors qu'on passe le panneau de la ville, je ne sais toujours pas si je serai assez forte pour affronter mon père et mes sœurs. Il y a un tel fossé entre nous désormais... Et c'est ma faute, j'en ai conscience.

– Ma famille a traversé des épreuves assez difficiles ces dernières années, expliqué-je d'une voix teintée d'amertume. J'ai réussi à les garder à l'abri dans ma sphère privée et je n'ai aucune envie de les partager avec un inconnu.

Nous ne sommes pas tous égaux face à la mort. On peut imaginer quelles seraient nos réactions, mais quand nous y sommes réellement confrontés, nos choix n'ont plus rien de rationnel. Chez les Scott, le deuil a pris des formes bien différentes.

J'ai choisi de me voiler la face.

Lorsque maman nous a annoncé son cancer, j'ai refusé d'admettre, ne serait-ce qu'une seule seconde, que j'allais la perdre. Peu importait ce qu'elle disait, ce que papa essayait de m'expliquer ou ce que mes sœurs en pensaient, je m'étais mis en tête de la sauver coûte que coûte. J'ai contacté des dizaines de spécialistes, pris des tas de rendez-vous pour des examens en tout genre, lu des centaines d'articles sans en comprendre la moitié. Je n'ai rien lâché. Je la tenais au courant de la moindre de mes trouvailles et lui envoyais régulièrement tous les produits que les publicités vantaient comme « un miracle » : des huiles essentielles, des grigris, de l'encens ou bien des traitements homéopathiques. Jusqu'à la dernière seconde, j'étais celle qui voulait garder espoir.

– Étonnant que tu n'en aies jamais parlé dans tes chansons. Pourtant, la souffrance est souvent le sentiment qui inspire le plus les artistes, non ?

Sa remarque me sort de ma torpeur.

Je le dévisage, interloquée. *Il est sérieux ?* Mais pour qui il se prend ? Si je ne me retenais pas, je lui sauterais à la gorge pour lui ôter son sourire narquois plaqué sur son visage innocent. J'ouvre légèrement la fenêtre pour laisser l'air frais calmer ma fureur volcanique. Comment peut-il penser, même une minute, que mentionner la mort de ma mère soit une bonne idée ? *On ne touche pas à ma mère, jamais !*

Par ailleurs, ces questions ramènent en moi les mots fatidiques, encore tremblants, de ma sœur Fallon : « Elle est partie. » Ce jour-là, j'ai senti un morceau de mon cœur se détacher et se noyer dans mes larmes en silence. Pour une raison que j'ignore, je n'ai rien laissé paraître au téléphone. Je me suis simplement mise sur pilote automatique. J'ai d'abord bégayé, puis j'ai prétexté que je devais remonter sur scène avant de raccrocher. En vérité, j'ai juste couru jusqu'aux toilettes pour m'y enfermer et m'effondrer à l'abri des regards… À partir de cet instant, mon monde s'est arrêté de tourner.

Perdue dans les souvenirs de cette funeste journée, je ne sens pas tout de suite la larme qui coule sur ma joue, jusqu'à ce que Zic agite une main devant moi :

– Je t'en prie, remets tes écouteurs, dit-il d'un ton soudain plus doux. Je te taquine, mais je ne voulais pas te bouleverser pour autant. Allez, méprise-moi, tu le fais tellement bien !

Son sourire bienveillant a tout de même un effet réconfortant sur moi. Il a le mérite de me changer les idées et de me rappeler une chose importante : je suis face à un illustre inconnu que j'ai bien l'intention de détester.

– Une dernière chose avant de couvrir le son de ma voix, m'interrompt-il alors que j'avais déjà un écouteur près de mon oreille. Souviens-toi de cette phrase : tôt ou tard, tu auras besoin de moi. Alors rechigne, peste, maugrée tant que tu veux, c'est juste une perte de temps.

Son aplomb démesuré devrait attiser ma colère mais, au lieu de ça, Zic m'amuse. Je masque mon sourire en me mordant la lèvre tandis qu'il bombe le torse fièrement et ajoute, une étincelle dans le regard :

– J'ai hâte de t'entendre me supplier…

Cette fois, je ne peux plus me retenir. Mes lèvres s'étirent contre mon gré, bien qu'à ce petit jeu, je refuse de perdre. Je rétorque donc, tout en ajustant mes lunettes sur mon nez :

– Un conseil : tu devrais desserrer tes chaussures. Tes chevilles ont trop enflé durant le voyage, le sang n'afflue pas correctement jusqu'à ton cerveau et, de toute évidence, tu manques d'oxygène.

Malgré ma remarque acerbe, Zic garde sa bonne humeur, pas heurté le moins du monde…

Est-ce que j'ai déjà dit qu'il était agaçant ?

Je préfère largement focaliser mon attention sur le paysage jusqu'à ce que je reconnaisse la rue de mon enfance. Un peu plus d'un an que je ne suis pas rentrée à la maison, la dernière fois remonte à ma visite furtive pour les funérailles de ma mère. Voilà que, dans quelques minutes à peine, je vais être confrontée à tout ce que j'ai refoulé jusqu'à aujourd'hui. Je sens un immense stress m'envahir de la tête aux pieds et j'ai de plus en plus de mal à rester impassible. Ma main se ferme frénétiquement sur ma cuisse tremblotante, mes ongles grattent mon pantalon si durement que le regard de Zic se pose dessus. Rhaaa ! Devoir composer avec un inconnu à mes côtés rend cette tâche encore plus compliquée, comme si ce n'était pas déjà une épreuve en soi !

Alors que la voiture emprunte l'allée principale, ma nervosité monte d'un cran et se niche dans ma gorge. Déglutir ne suffit plus tant j'ai peur de la réaction de ma famille après une absence si longue. Mes yeux s'arrondissent quand je découvre le nombre de voitures garées de part et d'autre. *Mon père avait parlé de quelques invités, pas de toute la ville !* Lorsque le chauffeur éteint enfin le moteur, je dois prendre une profonde inspiration et me calmer pour ne pas arriver les jambes complètement flageolantes devant mes sœurs.

– Prête ? me demande Zic.

Par pitié, tais-toi !

Je contemple la maison, et immédiatement quelques larmes me montent aux yeux. Mon cœur s'arrête au moment où je vois ma sœur aînée sortir sur le perron. Malgré moi, j'appréhende de quitter l'habitacle. *Ça fait si longtemps !* Elle a dû affronter en première ligne la mort de notre mère et ses conséquences tout en devenant maman. Et, même s'il me coûte de le reconnaître : je n'ai pas été là. Quand je me tourne vers Zic, c'est les sourcils froncés qu'il me demande :

– Tout va bien ?

Sa sollicitude me donne envie de vomir. C'est le signe dont j'avais besoin.

– Tout roule, décrété-je en détachant ma ceinture à la hâte.

J'ouvre la portière en grand. Et quand une grande bourrasque soulève mes cheveux et mes tripes, j'inspire un grand coup. Je ne sais pas ce que ces retrouvailles me réservent mais je vais faire ce que je sais faire de mieux : dissimuler mes émotions derrière mon plus beau sourire.

24

Taylor

Celle qui voulait se débarrasser de son invité

Bien abritée sous le porche de la maison, sans réfléchir, je prends ma sœur dans mes bras. Son odeur de vanille et de jasmin envahit mes sens et me donne l'impression de retrouver toute mon adolescence en quelques secondes. Mon corps se détend aussitôt comme s'il avait le droit à présent de baisser sa garde. À force de me barricader derrière mon chagrin et ma culpabilité, j'ai fini par oublier à quel point mes sœurs m'avaient manqué ! Je cherche son réconfort tandis que son étreinte en revanche semble bien plus dans la retenue.

Est-elle en colère contre moi ou est-ce la honte qui altère mon jugement ? Je ferme les yeux un instant pour chasser cette idée de mon esprit et m'écarte ensuite pour mieux la contempler.

Les mots ont du mal à sortir, mais je me force à les prononcer :

– Ça fait du bien de te voir ...

Fallon m'offre un sourire un peu triste, comme si elle ne savait plus comment se comporter à mon contact. Plus je la regarde, et plus je remarque qu'un détail a changé, même plusieurs...

– Fallon, tu as fait quelque chose à...

– Si tu dis « tes cheveux », je te plante là au beau milieu de cette fichue tempête !

Presque aussitôt, la gêne de nos retrouvailles laisse place à nos chamailleries de toujours. Son ton menaçant n'admet aucune discussion, alors je ravale mon compliment. De toute façon, elle n'aime pas ça. Comme pour changer de conversation, son attention se porte ensuite derrière moi.

Lorsque je me retourne pour suivre son regard, je découvre Zic près de la voiture, un parapluie au-dessus de sa tête, luttant contre le vent qui souffle à vive allure.

– Taylor, tu aurais pu prévenir que tu avais un invité ! crie-t-elle entre deux bourrasques. J'espère qu'il aime les gâteaux à la figue ! Personne d'autre n'en veut...

Elle lui fait signe de s'approcher, ce qu'il ne rechigne pas à faire. Il court même jusqu'à nous, mais a la décence de paraître penaud sous mon regard noir.

– Un « évité » plutôt, soufflé-je à l'oreille de ma sœur. Il ne reste pas, je vais l'envoyer à l'hôtel.

J'ai à peine fini ma phrase que je vois notre chauffeur se précipiter vers le coffre pour en sortir nos deux valises à la hâte.

– Hey ! protesté-je. Qu'est-ce que vous faites ?

L'homme ne semble pas m'entendre ou plutôt, préfère faire la sourde oreille. J'ai à peine le temps de descendre les trois marches du perron que le Range Rover démarre sur les chapeaux de roues.

– Espèce d'incompétent ! crié-je. Attends de voir mon avis sur le site !

Je me retourne aussitôt vers Zic, furieuse.

– Toi, tu aurais pu essayer de le retenir au moins !

– Le gars voulait rentrer chez lui avant d'être bloqué ici. Il n'a même pas pris la peine de prendre le billet de vingt dollars que je lui tendais, se justifie-t-il.

En fait, je suis sûre qu'il n'a même pas essayé de l'en empêcher afin de pouvoir rester avec moi.

– J'appelle tout de suite l'agence. Ils vont m'entendre ! Ils ont intérêt de renvoyer une voiture sur-le-champ parce qu'il est hors de question que tu restes ici.

Je compose le numéro et peine à entendre la tonalité tant les éléments qui se déchaînent autour de nous font un bruit assourdissant. Je crois entendre quelqu'un décrocher au bout du fil quand un craquement nous fait nous retourner et sursauter comme un seul homme. Complètement impuissants, nous regardons un des arbres de l'allée s'écraser au milieu du chemin en poussant un cri de surprise. Le choc est tel qu'il fait presque trembler le sol sous nos pieds.

Bordel. Un peu plus et on y passait… Mon cœur martèle ma poitrine.

– Ça a l'air sérieux, commente Fallon. On devrait se mettre à l'abri ; y compris l'« évité ».

En effet, le sort s'acharne. Je regarde le ciel en hurlant mentalement contre les éléments qui sont contre moi. Pour seule réponse, le tonnerre gronde et le vent envoie valser tous mes plans !

Dépitée, je me retourne vers mon boulet désormais enchaîné à mon pied, puis vers ma sœur, qui me dévisage, bras croisés. Je reviens alors vers eux en pointant le parolier du doigt.

– Bon, OK. Du pain rassis, de l'eau et à la cave !

Je m'apprête à poser la main sur la poignée de la porte d'entrée quand Fallon m'arrête. Elle m'oblige à me retourner vers elle, son air sévère plaqué sur son beau visage.

– Taylor…

Je connais ce ton, ça n'annonce rien de bon.

– Je sais que ça fait longtemps que tu n'es pas rentrée, poursuit-elle. Mais ce n'est pas une excuse pour ignorer la règle de maman : « La star de la chanson, c'est jusqu'au perron, une fois la porte passée, c'est uniquement Taylor Scott. » Cette règle est toujours d'actualité.

Ce souvenir est une première pique en plein cœur, sûrement le début d'une longue série puisque tout ici me rappelle ma mère. Je tente tant bien que mal d'ignorer le malaise qui s'installe tout doucement en moi et pousse un gémissement de dépit.

– Fallon, s'il te plaît, pleurniché-je. Ce mec m'a suivie jusqu'ici, c'est un véritable *stalker* ! Tu dois m'aider.

Je suis chanteuse, pas comédienne. Ma sœur est complètement insensible à mon petit manège. Faut dire qu'elle me connaît bien et, en étant l'aînée de cinq sœurs, toutes les simagrées, les ruses, les larmes de crocodile, elle sait parfaitement les identifier. D'ailleurs sa moue réprobatrice m'empêche d'aller plus loin.

– Pas de discussion. Tu ne vas quand même pas le laisser se débrouiller seul par ce temps ! Et puis, tu vas vite te rendre compte que nous avons d'autres chats à fouetter.

Cette phrase, accompagnée de son air grave, ne m'annonce rien qui vaille. Quand est-ce que j'ai dit que cette journée ne pouvait pas être pire, déjà ? Je reporte mon attention sur Zic. Je l'observe pendant qu'il revient vers le perron et qu'il lutte, nos affaires dans chaque bras, contre les violentes bourrasques. Je patiente quelques secondes, savourant cette image plutôt cocasse, jusqu'à ce qu'il remonte les quelques marches pour arriver à ma hauteur.

Il dépose alors ma valise à mes pieds et garde son sac de voyage sur son épaule. Zic me regarde fixement comme s'il attendait mes instructions.

– Tu n'attends tout de même pas un carton d'invitation, si ? demandé-je en relevant l'un de mes sourcils.

– Euh non... bredouille-t-il, contrit.

Ma sœur observe mon petit jeu sans broncher. Je me penche alors vers Zic et lui chuchote :

– Fallon vient de changer de couleur de cheveux, comme souvent, et elle adore quand on lui fait remarquer. Si tu veux marquer des points...

Zic jette un œil vers ma sœur puis vers moi, un brin hésitant, puis se lance, alors que Fallon est sur le point de rentrer dans la maison.

– Très jolie couleur, complimente-t-il, fièrement.

Alors qu'elle se retourne brusquement, le visage fermé et les lèvres pincées, je retiens un gloussement. Pourtant, au lieu de le fustiger comme je l'aurais souhaité, elle me fusille, moi, du regard et rentre sans un mot.

Zic lève un sourcil à mon attention, mais je me contente de lui rire au nez et de suivre ma sœur à l'intérieur. J'en profite pour lui claquer la porte au nez, encore hilare... *Il ne faudrait pas qu'il croie être le bienvenu !*

Mon geste provoque un nuage de poussière autour de moi qui me fait éternuer et toussoter. *Ça m'apprendra !* Cette entrée fracassante attire l'attention d'Aimee, qui vient m'accueillir les bras ouverts.

Je l'interromps en désignant la pièce autour de moi. Ce n'est pas très différent de la dernière fois que je suis venue, à croire que personne ne vit ici. En revanche, je suis étonnée de constater que mon père a fait un effort sur la décoration. Il y a même des ballons qui flottent au plafond du salon, où je n'ose pas encore rentrer.

Il y a l'air d'avoir du monde et, après ce long voyage, je n'ai pas encore la force de les affronter.

– C'est papa qui a gonflé les ballons ? demandé-je, incrédule. J'ai vu une espèce de guirlande sur la porte, aussi. Elle tente de survivre comme elle le peut malgré le vent.

– Bien sûr que non. Je crois que c'est Hazel.

– Je comprends mieux. Cette maison part en lambeaux ! Il ne fait donc rien ?

Elle ignore alors ma question purement rhétorique, me sourit et me prend dans ses bras, me serrant contre elle à m'en étouffer. Derrière nous, la porte d'entrée s'ouvre à nouveau, amenant avec elle, une grande bourrasque.

– Petite sœur, ça fait tellement de bien de te voir ! chuchote Aimee dans mon cou.

– Tes bras m'avaient manqué, souris-je.

Zic s'avance, sans un bruit, son sac sur l'épaule. Volontairement, je n'y prête pas attention, continuant de profiter allègrement de la chaleur de ma sœur. Aimee s'éloigne pourtant de moi, jetant un regard interrogateur sur le parolier.

– On a plein de choses à se raconter ! m'exclamé-je alors. On va avoir besoin du remontant de maman : le chocolat chaud aux chamallows qui répare tous les maux...

Aimee acquiesce, mais sa curiosité est bien plus forte que mon enthousiasme.

– Taylor, qui est ce jeune homme derrière toi ?

Je soupire, retrouvant un instant mes airs de divas que Fallon déteste tant et regarde mes ongles, un brin agacée.

– Si je te réponds « personne », tu me crois sur parole ?

Aimee pouffe, mais rougit sous le regard impassible de Zic.

– Tu sais qu'il nous entend, là ? murmure-t-elle pour tenter d'être discrète.

– Et il respire aussi... À mon grand désespoir !

Cette fois, Aimee change d'attitude. Elle fronce les sourcils et me dévisage. *Personne n'aime mon humour ou quoi ?!*

– Taylor, ce n'est pas de cette façon qu'on accueille les gens dans cette maison ! me sermonne-t-elle. Elle me relâche et s'approche de Zic, main tendue.

– Aimee, enchantée. Je suis la deuxième des sœurs Scott.

– Vraiment ? Tu parais pourtant bien plus jeune que Taylor, lance-t-il en me regardant droit dans les yeux. Tout le plaisir est pour moi Aimee, je m'appelle Zic...

Je reconnais aussitôt ce gloussement chez ma sœur. Elle se laisse baratiner comme une midinette ! Si Zic semble satisfait de lui, j'affiche le L de « *loser* » sur mon front en levant les yeux au ciel pendant que ma sœur a toujours le dos tourné.

Et ça le fait rire en plus ! Abruti !

– Bienvenue. Taylor va te montrer sa chambre, l'informe alors poliment ma sœur.

– Comment ça « ma » chambre ? Le sofa fera très bien l'affaire ! dis-je en pointant du doigt le salon.

– Ne dis pas de bêtises, le canapé a au moins vingt ans, il va se briser le dos. Si vous n'êtes pas... Enfin, si vous ne dormez pas...

– Évidemment que non ! protesté-je fermement en sentant monter en moi un sentiment de gêne.

– Bien, bien... Excuse-moi, mais ramener quelqu'un pour le Nouvel An, on a le droit de se poser des questions ! Bref, on peut bien mettre un matelas dans ta chambre, non ?

– Mais non, pas question ! ris-je nerveusement. Et la chambre d'amis, elle est occupée par qui d'abord ?

– La chambre d'amis ? Quelle chambre d'amis ? On n'en a jamais eu ! s'étonne Aimee.

– Ben, celle de Fallon ! Elle n'y dort plus depuis longtemps.

– Laisse tomber, papa s'en sert de débarras, y a des piles de cartons disposés un peu partout.

– Mais regarde comme cet homme est vaillant, ça ne lui fait pas peur !

– Taylor ! N'y pense même pas ! me gronde ma sœur avant de se débiner dans la cuisine.

– Alors, coloc'... Tu me montres « notre » chambre ? s'amuse Zic en se postant devant moi.

Je vais vomir ! Je serre les mâchoires, mais me résigne quand j'entends le brouhaha provenant du salon, dont la porte est entrouverte. Quant à lui, s'il pouvait arrêter avec son rictus moqueur, ça me donne envie de le frapper et je peine à me rappeler qu'il n'y est pour rien si mon manager l'a mis dans mes pattes !

J'attrape donc ma valise par la poignée et fais signe à Zic de me suivre. En montant les marches, j'avise les murs complètement défraîchis. Même si je n'ai pas remis les pieds ici depuis quelque temps, la maison me semble s'être dégradée trop rapidement. Est-ce que mon père a complètement abandonné l'entretien après la mort de maman ?

Lorsque j'arrive devant la porte de ma chambre, je prends une profonde inspiration. C'est parti pour une immersion dans mon enfance ! J'ouvre et balaie la pièce d'un rapide coup d'œil. *Tout est à sa place.* Un sourire se dessine sur mon visage alors que je pose mes affaires près du lit.

– Mais quelle chambre adorable ! s'amuse Zic en faisant un rapide tour d'horizon..

À peine arrivé, il sort déjà ses affaires. Complètement à l'aise, le gars !

— Regarde ce que j'ai pris avec moi pour ce soir. Je me suis dit que ça pourrait mettre un peu de paillettes pour cette soirée du Nouvel An, qu'est-ce que t'en dis ? annonce-t-il fièrement en sortant de son sac des lunettes HAPPY NEW YEAR, des sifflets sans-gênes et des cotillons. Je ne rate jamais une diffusion de Dick Clark's New Year's Rockin' Eve, toi aussi ?

Je me tourne alors vers les trois posters au-dessus de mon bureau : Adele, Beyoncé et Whitney Houston.

S'il vous plaît, déesses de la pop, faites que mon inspiration revienne et que je puisse condamner cet idiot à l'exil pour l'éternité. Amen !

Le regard de Zic glisse ensuite sur les bibelots sur mon étagère près de la fenêtre : quelques trophées, des photos du lycée, des magazines…

– Tu sais quoi ? s'exclame-t-il en se tournant vers le lit.

Bêtement, je tourne la tête vers lui, laissant penser que ça m'intéresse. *Erreur de débutante !*

– Entrer dans ton intimité s'avère déjà prometteur ! Écoute : « Allongée sur ce lit, elle rêvait d'un play-boy, mais finalement, elle se contentera d'un sex-toy », fredonne-t-il en jetant un regard amusé en direction de ma table de chevet.

Je rougis au sous-entendu qui pèse dans son regard. Heureusement, j'ai fait le tri avant de partir... Aucun de mes jouets n'est caché dans cette chambre ; j'ai toujours eu trop peur que mon père tombe dessus.

Malgré un léger sentiment de gêne qui remonte le long ma colonne vertébrale, je ne me laisse pas impressionner et me tourne vers Zic pour lui faire face sans sourciller.

– « Elle a joui entre ses draps, caché ses cris dans l'oreiller, pendant que toi, tu cherches toujours le point G », chanté-je à mon tour.

Il grimace en posant sa main sur son cœur comme si mes paroles l'avaient mortellement blessé, puis s'échoue sur ma couette. Je me mords la joue pour ne pas rire, mais un éclat m'échappe.

Faut dire que la vue qu'il m'offre n'est pas désagréable. Son tee-shirt remonte légèrement et laisse entrevoir sa peau hâlée et le début de ses abdos. Je m'aperçois que je le reluque ouvertement quand mon regard rencontre le sien. La honte me gagne et mes joues s'empourprent.

Je m'égare ! J'ai encore d'autres sœurs à retrouver !

25

Taylor

Celle qui découvrait le secret dans la cuisine

En sortant précipitamment de ma chambre, je tombe nez à nez avec Ivy et Connor. Dès qu'elle m'aperçoit, elle se jette dans mes bras et je ne boude pas mon plaisir de la sentir contre moi. Connor reste en retrait tout en me dévisageant. Nos retrouvailles sont cependant écourtées par un vacarme provenant de la cuisine.

Là-bas, je retrouve Fallon, bien sûr, l'intendante, mais surtout ma petite sœur, Hazel, en grande discussion avec mon beau-frère, Luke. Je fais signe à ce dernier de ne pas faire un bruit, puis surprends la benjamine de la fratrie en mettant mes mains sur ses yeux.

– Devine qui c'est ? m'amusé-je.

– Ah, te voilà, dit-elle d'un ton froid. C'est pas trop tôt.

J'ignore sa remarque qui m'égratigne et la serre contre moi en espérant qu'elle ressente à quel point elle m'a manqué. *Comme si c'était suffisant*. Je savais qu'en revenant, j'allais devoir payer pour mes erreurs et la note s'avère salée !

Dans l'adelphie Scott, on n'est pas toujours d'accord. *Souvent même !* Les murs témoignent de nos conversations houleuses dans le passé et pourtant, c'est lorsque je les ai autour de moi que je me sens complète. *Enfin, presque.*

Puis j'embrasse Luke. Ça fait tellement longtemps qu'il est dans notre famille que c'est devenu le fils que mes parents n'ont jamais eu.

– Quoi de neuf depuis tout ce temps ? demandé-je en m'éloignant de lui.

– Oh... Trois fois rien. Je ne sais pas si tu sais, mais on a eu un enfant, rétorque-t-il, impassible.

Ouch... Je connais suffisamment Luke pour reconnaître son sarcasme sous ses airs nonchalants. Il est vrai qu'à vouloir mettre le plus de distance possible avec Wilmington, je n'ai pas encore rencontré ma nièce. Ce n'est pas l'envie qui me manque pourtant...

Comme pour désamorcer la situation, la benjamine Scott prend la parole.

– On discutait du plan adopté par l'ONU pour protéger les océans. Il était temps, non ?! reprend Hazel avec cette fougue que je lui connais si bien.

Hazel est une vraie passionnée. Quand elle choisit une cause, elle s'y consacre pleinement et toujours avec conviction. Lorsque j'étais adolescente, je la trouvais parfois exaspérante. Elle était capable de me suivre partout pendant des heures, juste pour m'énumérer tout un tas d'arguments pour m'inciter à signer sa pétition pour la protection des ours polaires en Arctique ou bien pour envoyer mon argent de poche à une association qui aide à favoriser l'accès à l'école pour les jeunes filles en Afrique. La voir s'animer pour défendre les causes qui lui sont chères m'avait manqué. Son altruisme la rend tellement touchante.

J'aimerais écouter son discours avec attention cette fois, tant sa voix m'a manqué, mais quand mon regard s'attarde sur la pièce, je la découvre sens dessus dessous. Des pommes de terre épluchées à moitié, certaines découpées en morceaux, d'autres non trônent sur le plan de travail. Un saladier avec une préparation en cours a été abandonné à côté de l'évier et des légumes trempent dans l'eau. Je reconnais plusieurs recettes de maman réparties devant moi sur la table. Mais qu'est-ce qui se passe ici ?

– Est-ce que je peux faire quelque chose pour aider ? proposé-je.

Pourvu qu'elle m'envoie balader !

Au lieu de ça, Fallon revient du cellier en bougonnant.

– Aucune idée car, pour une fois, je ne m'occupe de rien ! Au menu, cacahuètes et biscuits secs ! Pour ceux que ça dérange, les recettes de maman sont juste là.

Ma sœur a-t-elle oublié la médiocrité de mes capacités culinaires ? Toutes les fois où, lorsque nous étions enfants, j'ai confondu le sel et le sucre ? *Quelle idée d'avoir deux ingrédients aux antipodes exactement de la même couleur !*

Enfin, je déteste tellement les biscuits à la figue que je m'empare de la boîte à recettes sans grande conviction. Je feuillette distraitement les fiches, quand je tombe sur celle nommée : « Tarte à la citrouille, le remède aux embrouilles ». Ma mère la faisait souvent et, en fermant les yeux, je sens encore son odeur.

– On a de la citrouille ? m'exclamé-je avec un engouement feint.

Le désastre est en marche !

– Taylor qui ne rechigne pas à la tâche, si on m'avait dit ! s'amuse Luke.

Mon beau-frère dépose devant moi cette énorme citrouille qui m'horrifie immédiatement. Comment je coupe ce truc en cubes, moi, déjà ? Mon père doit bien avoir une scie dans son cabanon ?

– Elle ferait n'importe quoi pour ne pas s'occuper de son invité ! se moque mon aînée entre deux va-et-vient.

Je fais mine de rien pendant que je récupère le plus gros couteau que je trouve, presque de la taille de mon bras, puis tente d'asséner un violent coup, imaginant la tête de Zic sous ma lame. Quoique, de si beaux yeux noirs, ce serait dommage...

Taylor, un peu de sang-froid !

Nouveau coup de couteau et il s'en est fallu de peu pour mon index...

– Ton invité ? renchérit Hazel de l'autre côté de la table.

Penchée sur ses coudes, elle agite les sourcils de haut en bas dans ma direction, un brin amusée mais surtout très intéressée.

– Attends ! s'exclame-t-elle. T'as ramené un petit ami sans prévenir ? Je t'en supplie, dis-moi qu'il s'agit de Ryan Gosling et je te pardonne tout ! Oh, ce sera mon beau-frère préféré, désolée Luke...

Ah tiens, ça a changé ! Il y a un mois, elle m'envoyait un SMS pour me recommander de sortir avec Harry Styles parce qu'il avait l'air « tellement gentil »... De toute manière, si j'écoutais Hazel, je me taperais tout Hollywood !

– Raté, sœurette ! raille Ivy en entrant dans la cuisine. Taylor n'écrit plus ses chansons, elle est donc venue avec une doublure ! Un vrai blasphème.

Elle m'adresse un clin d'œil, tout en piquant une noix de pécan sur la table au passage, sous le regard courroucé de Fallon. *Quelle balance, celle-là !* Même pas dix minutes avant de tout moucharder au reste de la famille...

C'est peut-être elle qui va passer sous ma lame, finalement.

– On parle de moi ? intervient Zic dans mon dos.

Manquait plus que lui ! Il a dû s'approcher à pas de loup si bien que je ne l'ai pas entendu arriver. Désormais appuyé dans l'encadrement de la porte, il avise les nombreuses personnes qui s'agitent dans ce petit espace. Enfin « s'agitent »... Pour l'instant, le menu de ce soir est encore purement théorique. Tout est commencé, mais loin d'être terminé.

– Euh... Combien y a-t-il de sœurs Scott au juste ?

Quand Ivy et Hazel le découvrent, elles ont deux réactions complètement opposées.

Ivy écarquille les yeux avant de battre des cils. Comme moi, elle s'attendait peut-être à quelqu'un de plus vieux ? Il se peut que l'expression « mec complètement *has been* » n'ait pas aidé à clarifier la situation, tout à l'heure. Quand Zic lui tend la main pour la saluer, elle semble perplexe.

– C'est curieux, j'ai l'impression que ton visage m'est familier.

Zic ne semble pas y prêter attention et s'écarte d'Ivy pour saluer Hazel à son tour.

Pendant ce temps, Hazel continue de scruter Zic des pieds à la tête avec une moue légèrement déçue. Pourtant, Zic est, objectivement, plutôt appréciable avec ses bras musclés, sa barbe naissante et des yeux qui semblent sonder votre âme... *Hum !*

– Mouais, finit-elle par conclure en penchant la tête. Tu n'es pas un Ryan, mais tu peux faire l'affaire.

– Ryan ?

– J'adore Ryan Gosling, il fait un Ken fabuleux. Mais Ryan Reynolds aurait convenu aussi !

Je retiens un rire et baisse la tête vers ma pauvre citrouille complètement massacrée. Ma petite sœur craque vraiment pour les acteurs de blockbusters, même si c'est, je cite, « purement platonique » !

Est-ce qu'elle a compris que je chantais ? J'écoute la conversation se poursuivre entre Zic et Hazel, puis Luke se présente à son tour.

Alors que les discussions s'enchaînent autour de moi, j'éprouve une sensation familière. Ma mère aurait sûrement aimé nous voir réunis ici, dans cette pièce qu'elle affectionnait particulièrement les jours de fête. En revanche, elle n'aurait sans doute pas apprécié ma façon de me comporter avec Zic. J'aurais eu droit à un sermon en bonne et due forme à la fin duquel j'aurais dû lui promettre de faire des efforts tout en croisant mes doigts dans mon dos.

– Qu'est-ce cette pauvre citrouille a bien pu te faire ? demande une voix chaude derrière mon oreille.

Perdue dans mes pensées, je sursaute et agite mon couteau en l'air. Immédiatement, Zic enroule ses doigts autour de mon poignet pour arrêter mon geste. Dos contre son torse, bloquée par son bras, je sens sa chaleur contre moi, et cette sensation me désarçonne quelque peu.

– Je sais que tu n'es pas ravie de ma présence, s'amuse-t-il, mais inutile d'en arriver à de telles extrémités.

J'avise la pointe du couteau, luisante sous la lumière du lustre et entièrement recouverte de chair à citrouille.

– Hum... Je... Je ne...

Qu'est-ce que je veux dire déjà ?

– Attends, regarde, dit-il doucement.

Complètement captivée par ses yeux qui ne me lâchent pas, je peine à déglutir. Je sens mon cœur battre contre mes tempes quand la main de Zic s'approche dangereusement de moi et m'effleure « accidentellement » alors qu'il attrape le couteau entre mes doigts. À ce simple contact, un soupir m'échappe.

Il joue alors avec la lame, puis se saisit d'un morceau de papier et essuie lentement l'acier d'un côté puis de l'autre sans perdre notre connexion visuelle... Jusqu'à ce que je ne voie plus rien !

C'était quoi, ça, bon sang ?

La magie de ce moment disparaît, comme nous, dans l'obscurité qui nous entoure désormais. Je n'ai pas le temps d'ouvrir la bouche que la voix de Luke s'élève non loin de moi.

– Soit il appelle un électricien, soit il décide de s'éclairer à la bougie pour le restant de ses jours... mais là, il faut faire un choix. Ça a assez duré.

Dans le noir absolu, mes sens sont en éveil. Je sais que Zic est tout près, je perçois son souffle dans ma nuque et surtout cette chaleur insensée qui m'enveloppe. Ses doigts glissent sur mon poignet, déclenchent une chair de poule qui monte le long de mon bras et m'oblige à me mordre la lèvre.

Après quelques secondes, la lumière revient, accompagnée des exclamations de soulagement de nos invités depuis le salon. Immédiatement, Zic enlève sa main et recule d'un pas. Je peine à reprendre ma respiration, alors que tout le monde retourne à ses occupations comme si de rien n'était.

– Est-ce que ça fait longtemps que les plombs sautent comme ça ? demandé-je, en essuyant mes mains dans un torchon. Papa ne peut pas réparer ça ?

Je sens que l'atmosphère se tend. Ivy baisse les yeux sur la casserole qu'elle nettoie, Hazel choisit ce moment pour prendre un appel fantôme et quitter la pièce pendant que Fallon retrouve soudain un certain intérêt pour les recettes de maman.

– Je veux bien appeler un électricien, sinon, proposé-je finalement, constatant l'absence étrange de réponse de mes sœurs.

Fallon prend une profonde inspiration et affronte enfin mon regard.

– Tu veux un chocolat chaud aux chamallows ?

Oh putain ! Qu'est-ce qui se passe ?

– Crache le morceau ! On verra après pour le réconfort.

J'ai très peur de ce que cache la soudaine gentillesse de ma sœur.

– Papa vend la maison.

Aussitôt, je m'assieds de tout mon poids, faisant tomber le couteau au sol, sans que Zic puisse le rattraper. Tout le monde tourne alors les yeux vers moi, mais cette nouvelle m'a filé le vertige.

– Papa vend la maison ? repris-je, ma voix partant dans les aigus. Qu'est-ce que... Que... Il a décidé ça quand ?!

Cette nouvelle, comme un étau, compresse mon cœur. Je peine à respirer, à les écouter, à comprendre.

– Ouais, il a lâché sa bombe tout à l'heure, renchérit Ivy, amère.

Même si elle redresse les épaules de façon désinvolte, je vois dans son regard la même tristesse qui m'inonde peu à peu.

– Taylor, tu connais la théorie du sparadrap. On conseille toujours de le retirer d'un coup sec pour avoir moins mal. Je crois que c'est le bon moment pour ajouter que papa a aussi une copine !

Je crois que c'est ce qui m'achève. Tout me tombe dessus d'un seul coup, et ce n'est pas la tristesse qui prédomine... mais la colère.

– Où est-ce qu'il est ? grincé-je.

Fallon se redresse et secoue la tête, me suppliant, silencieusement de ne pas aller au bout de mon idée. Trop tard. Il ne peut pas nous faire ça. Il n'en a pas le droit !

– Où est ce qu'il est, bordel ? répété-je plus fort.

26

Taylor

Celle qui devait faire face à ses démons

Je sors de la cuisine en trombe, faisant fi des avertissements de Fallon et de Luke. Mon père doit rendre des comptes.

Je me rends dans le salon d'un pas sûr, ignorant les invités qui conversent, un verre de champagne sans bulle à la main. Je snobe même Terry, une amie de la famille qui tente de me saluer. *On verra ça, après !*

Bredouille, je poursuis mes recherches. Je suis certaine qu'il se cache dans son bureau ! Je m'y rends sans attendre mais m'arrête net quand j'aperçois Carole sur le seuil. Je reprends mon souffle pour tenter de faire bonne figure et essaie d'esquisser un sourire quand son regard croise le mien.

La meilleure amie de maman est bien plus que ça à mes yeux. Lorsque j'ai voulu prendre des cours de chant, papa était totalement hermétique. Mon désir de devenir chanteuse était déjà très fort mais ce n'était pas un « vrai métier », il aurait préféré que je fasse du sport, activité qui éveille le corps et l'esprit selon lui. Mais Carole, à force d'arguments et de fine persuasion, a fini par le faire changer d'avis.

Depuis ce jour, je lui voue une reconnaissance sans borne. Si j'en suis là aujourd'hui, c'est en partie grâce à elle. Ce souvenir adoucit quelque peu mes traits quand je m'approche et la serre contre moi.

– Ça fait plaisir de te voir, lui confié-je aussitôt.

– Moi aussi ma grande. Mais tu es sûre que ça va ? Tu avais une drôle de tête en arrivant.

– Oui, oui ne t'en fais pas. Je cherche papa, tu ne l'aurais pas vu par hasard ?

– Je crois que je l'ai aperçu entrer dans son bureau. J'allais juste aux toilettes, dit-elle avant de s'échapper en direction du salon.

C'est d'un pas décidé que je me dirige vers le bureau en question. La porte est entrouverte, je la pousse pour m'apercevoir qu'il est effectivement là, dos à moi.

– Alors, c'est ça qui était si important ? éructé-je en me plantant devant lui.

Derrière son bureau, le regard encore perdu sur le jardin, il se retourne vers moi d'un bond, surpris, pendant que je le fusille du regard, bras croisés en tapant du pied. J'essaie de lui transmettre toute ma rage, mais aussi ma déception.

La colère coule en moi par vagues, et j'ai peur de ne pas réussir à la maîtriser, surtout parce qu'il ne réagit pas. Au lieu de ça, il se contente de s'appuyer calmement sur son bureau en fausse imitation noyer.

– Papa ! hurlé-je.

Il lève un sourcil, comme si je n'étais qu'une enfant capricieuse à qui il fallait apprendre le savoir-vivre.

– « Bonjour papa », « Comment vas-tu papa ? », c'est trop te demander ? me sermonne-t-il. Après tout ce temps, c'est la moindre des choses, tu ne crois pas ?!

Un éclat de tristesse brille dans ses yeux alors qu'il croise ses bras sur sa poitrine. Le voir ainsi me replonge bon gré mal gré dans le passé, à l'époque où je me précipitais dès que j'avais terminé une chanson pour lui demander son avis. C'était ça, alors, la clé du bonheur.

– Excuse-moi, papa, m'adoucis-je. J'ai appris que tu vendais la maison et ça m'a quelque peu bouleversée. J'essaie juste de comprendre : est-ce que c'est parce que tu as des problèmes d'argent ? Si c'est ça, tu aurais pu m'en parler.

Je sens tout mon corps se crisper mais je prends sur moi. Je serre les dents pour ne pas lui cracher au visage que je suis au courant pour « sa petite amie ». *Une nouvelle traumatisante à la fois.* Je cherche au plus profond de mes ressources pour être la plus apaisée possible alors que j'ai l'impression que le toit de cette maison va me tomber sur la tête. Au sens littéral comme au sens figuré !

Cependant, mon ton placide ne semble pas adoucir notre échange. Au contraire, un éclat de colère brille à présent dans les yeux de mon père alors qu'il se redresse.

– Ah bon ? Quand est-ce que j'aurais pu faire ça ? crache-t-il d'un rire sarcastique.

Je recule d'un pas lorsqu'il me jette son amertume au visage sans prendre de gants. Ses mots ont l'effet d'un coup de poing dont je sens la douleur au creux de mon ventre.

– Je mène peut-être ma vie à l'autre bout du pays, mais je ne vous ai jamais abandonnés, me défends-je. Si tu avais besoin de moi, j'aurais été là, assuré-je une voix teintée de larmes.

– Je n'ai pas besoin de toi, Taylor, ni de ton argent que tu prends plaisir à me balancer à la figure dès que tu en as l'occasion. Vendre cette maison, c'est mon choix.

Il m'aurait asséné un crochet du droit que ma détresse n'aurait pas été plus grande.

– Je pensais que cet endroit comptait pour toi autant que pour nous, soufflé-je, les yeux brillants.

– Curieux... Pour quelqu'un qui n'a pas remis les pieds ici depuis une éternité.

En entendant ces mots affûtés, une boule se forme dans ma gorge. Je dois prendre quelques secondes pour contenir mes larmes et ne pas craquer devant lui.

À cet instant, j'aimerais lui dire tant de choses... Lui expliquer les raisons qui m'ont gardée loin d'ici, lui exprimer mes regrets pour avoir fui juste après les funérailles, lui raconter les difficultés que j'ai eues à surmonter mon deuil, incapable de supporter leur peine en plus de la mienne.

Cependant, mes sentiments restent enfermés à double tour entre mes deux ventricules. Chaque battement de mon cœur continue d'étouffer ma douleur pour pouvoir simplement survivre.

– Papa, gémis-je alors qu'il se lève, m'obligeant à reculer une nouvelle fois comme s'il souhaitait garder cette distance entre nous.

J'ai l'impression de redevenir l'ado que j'étais face à lui, celle qui lui avait volé l'argent dans son portefeuille pour aller m'acheter le dernier album d'Adele et qui doit maintenant rendre compte de ses actes. Je sais que rien de ce que je pourrais dire ne sera susceptible d'atténuer sa rancœur, surtout maintenant qu'il fronce les sourcils, serre le poing et secoue la tête avec dépit...

– Toi, tu es partie, lâche-t-il d'un ton glacial. Non, pardon, tu as choisi de ne pas revenir. Pourquoi moi, je devrais rester ici ? Moi aussi, j'ai le droit d'aller de l'avant. Il va falloir arrêter de croire que l'âme de votre mère est entre ces quatre murs moisis. Elle est partout où vous êtes et ça ne changera jamais. Personne ne vous enlèvera son souvenir et personne ne pourra me retirer les trente années de bonheur passées ici avec elle, avec vous.

Excepté la garce qui te sert de copine ! Oui, une femme qui prétend prendre la place de ma mère est forcément une garce... Du moins, c'est ce que pense la jeune Taylor blessée qui demeure au creux de mon cœur. C'est elle qui prend le dessus à ce moment précis, même si cela veut dire être injuste.

Je me mords la lèvre pour retenir les mots acérés que j'ai très envie de lui jeter au visage. Ce n'est pas le moment de jeter de l'huile sur le feu.

– Alors oui, Taylor, j'ai fait le choix de garder ces souvenirs dans ma tête et de m'y replonger avec plaisir dès que je le décide. Parce que c'est devenu trop dur de devoir traîner ma peine comme un boulet, dans la cuisine, le salon ou encore dans la chambre. Tout ici me ramène à elle en permanence. Je dois aller de l'avant, nous devons tous aller de l'avant. Oui, je vous ai fait venir pour vous annoncer ma décision, mais pas que... Ta mère n'est plus là, mais nous, si, alors nous pouvons encore profiter de ces bons moments ensemble... Nous sommes toujours une famille.

– Si c'est ta façon de te donner bonne conscience... marmonné-je.

Si je pensais que ma remarque était à peine perceptible, elle l'était suffisamment pour le piquer en plein cœur et le mettre définitivement hors de lui. Mon père s'éloigne de moi, ivre de colère, des flammes remplacent l'iris bleu de ses yeux.

– Jusqu'à son dernier souffle, je lui ai tenu la main. Chaque seconde de son agonie, j'étais auprès d'elle pendant que toi... T'étais où ? Hein, la fille parfaite, tu étais où ?

C'est un sacré coup de boomerang que je prends en pleine tête, en plein cœur. Je me demande s'il a conscience de mettre son doigt dans une plaie encore béante.

Putain que ça fait mal !

Je me tiens les hanches pour essayer d'accuser le coup, parce que je refuse de flancher devant lui.

– Tu as abandonné ta mère quand elle avait le plus besoin de toi, crache-t-il, les mâchoires serrées. Tu as abandonné tes sœurs et moi, pour ne penser qu'à ta petite personne ! Ta carrière, tes sentiments, ta vie ! Toi, toi, toi ! Que peux-tu répondre à ça, hein ? Qui a un problème de conscience, maintenant ?

Je me sens oppressée sous le poids de ces mots, de sa colère ou de ma culpabilité, impossible à dire. Je recule, je veux m'éloigner, échapper à cette fureur qui pulse maintenant plus en lui qu'en moi.

Un silence pesant s'étire entre nous pendant que je me mords la joue, luttant contre mes larmes naissantes. *Si je flanche maintenant, je m'effondre.*

Soudain, un raclement de gorge brise la tension entre nous.

– Taylor ? appelle une voix douce mais maintenant plus familière.

Je me retourne, le cœur battant, sur Zic qui s'avance vers moi sans jamais lâcher mon père du regard, progressant avec prudence. Depuis combien de temps est-il ici ?

– Qui êtes-vous ? demande mon père sur un ton étonnamment apaisé.

Il est vrai que les Scott n'aiment pas se donner en spectacle... *Le comble pour une chanteuse !*

– Un ami de Taylor, explique Zic sans pour autant s'approcher de mon père pour le saluer.

Au contraire, il se poste près de moi, et je sens une onde de soutien. *Un ami ?* Étrange façon de se présenter, ce n'est pas le premier mot qui me serait venu à l'esprit. Sans le vouloir, sans doute dans une volonté de bien faire, il attise les flammes de la honte qui me consumaient déjà bien assez.

– J'ai entendu vos éclats de voix et je me suis dit que si je n'intervenais pas, ce combat allait finir par vous mettre tous les deux au tapis par K.-O.

– Certaines choses ont besoin d'être dites, grince mon père entre ses dents. Taylor a besoin de les entendre. Et je ne vois pas en quoi ça vous regarde.

– Je ne...

Je veux avancer d'un pas pour me confronter à mon père une nouvelle fois mais Zic m'en empêche en s'interposant littéralement entre nous. Il devient alors la victime par ricochet de mon courroux. J'ai envie de le repousser de toutes mes forces mais, lorsque mes yeux ivres de colère croisent la compassion dans les siens, je capitule.

Alors, résignée, complètement à bout, je quitte la pièce à la hâte avec un besoin irrépressible de me retrouver seule.

– Taylor ! appelle mon père dans mon dos.

J'ignore royalement son ton autoritaire et me précipite dans l'escalier, essuyant mes larmes de rage sur mes joues. Des pas me suivent de près, mais je sais que ce n'est pas le bruit des mocassins de mon père, alors je ne m'en préoccupe pas. Je passe devant ma chambre, sans m'arrêter, et grimpe le vieil escalier qui mène au grenier.

Ça a toujours été le refuge de mes larmes.

Cet endroit est probablement plus délabré que le reste de la maison, mais il contient tous les trésors de notre famille. En entrant, je découvre d'ailleurs, au milieu des cartons entassés là et des meubles usés, que mon père a monté la collection de mugs que je partageais avec ma mère. Je nous en ramenais un de chaque ville où je chantais. Au fond, près de la petite fenêtre, je retrouve mon premier piano, bien poussiéreux, mais bel et bien là.

Si j'omets la forte odeur de poussière et de suranné, ainsi que le parquet qui grince, je me sens toujours aussi bien dans cette pièce.

– Eh bien, tu cours vite ! s'essouffle Zic derrière moi.

Tiens, j'aurais bien aimé le fuir, lui aussi…

– Attention, retiens la porte, ordonné-je. La serrure se coince assez souvent. Elle est cassée depuis des années, comme beaucoup de choses dans cette maison, d'ailleurs.

Zic observe la pièce avec attention, les sourcils froncés. Il se saisit d'un carton qu'il vient glisser dans l'ouverture pour bloquer la porte, puis il finit par s'avancer vers moi.

– Écoute, tu n'aurais jamais dû assister à ça. C'est d'ailleurs une des raisons pour lesquelles je ne voulais pas que tu m'accompagnes. Tant pis pour la tarte à la citrouille ! Là, je préfère rester seule un moment.

Je m'empresse de m'éloigner de lui et vais m'asseoir devant mon instrument de prédilection. Alors que mon doigt presse une touche, le son qui en émane ressemble plus à celui d'un clavecin qu'à celui d'un Steinway... Peu importe, je ferme les yeux et tente d'ignorer l'homme à côté de moi pour me laisser gagner par l'inspiration... *Mais toujours rien !*

Au lieu de ça, les mots de mon père tournent en boucle dans ma tête : sa peine, ses reproches, sa colère...

Et le regard de Zic que je sens dans mon cou n'arrange rien.

– Tu ne veux vraiment pas aller voir ailleurs ? m'exaspéré-je en me tournant vers Zic.

Assis sur le carton qui retient la porte, il m'observe, le visage impassible.

– Je commence à voir ce qui te bloque dans ton travail, dit-il d'un ton calme.

– Magnifique, docteur Freud ! Mais pour l'instant, je n'ai pas envie de discuter de ça avec toi, avec personne d'ailleurs. S'il te plaît, laisse-moi maintenant.

Zic n'insiste pas. Cependant, lorsqu'il se relève, il tape malencontreusement dans le carton sur lequel il était assis, qui s'éventre sous nos yeux. Plusieurs vases en cristal s'en échappent et, dans un réflexe, Zic s'évertue à les rattraper pour éviter qu'ils ne se brisent.

– La porte ! La porte ! m'écrié-je.

Il essaie tant bien que mal de la retenir mais c'est trop tard ! Dans la précipitation, sa tête heurte violemment la charpente. Le choc le fait reculer de plusieurs pas alors que la porte claque sous mes yeux ébahis. *Cette tentative est un échec !*

Comme pour se moquer de nous, le petit « clic » de la serrure résonne, nous signifiant que nous sommes bel et bien coincés ensemble.

27

Taylor

Celle qui faisait rimer désir avec plaisir

Je me précipite vers un Zic encore sonné afin de m'assurer de son état.

– Est-ce que ça va ?

Je tends le bras vers lui alors qu'il met la main sur sa tête. *Il aura sûrement une belle bosse ! Ou un traumatisme crânien…* Cependant, avant qu'il puisse articuler autre chose que des propos incompréhensibles, les voix inquiètes de mes sœurs et de mon beau-frère nous parviennent depuis l'escalier. Nous avons dû faire un sacré raffut !

– Tout va bien, là-dedans ? demande Fallon en frappant à la porte.

La poignée se tourne dans un sens puis dans l'autre, en vain.

– Zic s'est cogné la tête, expliqué-je, affolée.

Je passe ma main instinctivement sur son front, à la recherche de marques. Ses doigts viennent alors enserrer les miens. Son regard semble me sonder.

– Ça va, m'arrête Zic. J'ai vu les étoiles d'Hollywood, mais je vais bien.

Pourtant ses yeux dans le vague disent complètement le contraire, mais je ne veux pas insister, alors je me mords la lèvre et recule pour lui permettre de se redresser.

– La serrure est coincée, nous annonce ma grande sœur depuis l'escalier.

Ah bon ? On n'avait pas remarqué ! Même si elle l'a déjà compris, elle continue de s'acharner sur cette pauvre poignée.

– Luke ne peut pas défoncer la porte ? propose alors Aimee.

– Pas question ! Il ne manquerait plus que le mur cède au passage et les blesse, intervient Fallon.

L'agitation gagne notre petit comité de soutien. Mes sœurs débattent de la solution idéale jusqu'à ce que Luke intervienne.

– Taylor, Zic, pas de panique. Il y a des outils en bas, je vais vous sortir de là ! Laissez-moi juste un peu de temps.

– Pas de problème, on ne bouge pas de là ! ricane péniblement Zic.

Alors que ma famille redescend, je sens ma poitrine oppressée par un sentiment de culpabilité. Si je ne m'étais pas précipitée dans le grenier, il ne lui serait rien arrivé... Si je n'avais pas pensé qu'à ma petite personne, il ne lui serait rien arrivé, encore une fois !

– Tu crois que tu peux rester debout ? demandé-je alors qu'il semble déjà vaciller en étant assis.

– Si tu m'aides à me relever, ça devrait aller.

Je l'attrape par les deux mains et le hisse pour le mettre sur ses pieds. Il bascule alors en avant et se rattrape à mes épaules. Je sens son torse effleurer le mien, son nez frôler ma joue pendant que j'essaie d'ignorer les frissons qui me parcourent l'échine.

Alors qu'il s'éloigne, je relève les yeux vers lui, tends la main vers l'une de ses mèches et la dégage pour effleurer la peau de son front. Puis je glisse ma main dans ses cheveux et parcours l'arrière de son crâne.

– Tu as peut-être une commotion cérébrale, expliqué-je alors que ses yeux noirs semblent essayer de me sonder.

– Ah oui ? Et à votre avis, il faut opérer, docteur Grey ? sourit-il. C'est juste une bosse, Taylor, mais tu peux continuer...

Je ne sais pas si la voix suave avec laquelle il me parle me met mal à l'aise, ou au contraire déclenche en moi une onde de désir exquis.

Il se penche alors et approche ses lèvres de mon oreille.

– Qu'est-ce que tu fais, au juste ? souffle-t-il en glissant sa main dans le bas de mon dos pour me rapprocher davantage de lui.

Bonne question ! Je déglutis avec beaucoup de difficulté et peine à reculer pour le regarder. Je me sens rougir comme une pivoine.

– Je vérifie seulement que tout va bien. C'est quelque chose de normal quand quelqu'un se blesse, mais j'ignorais que j'étais face à Superman... Si j'avais su, j'aurais pris de la kryptonite !

Un sourire moqueur se dessine sur les lèvres de Zic alors qu'il dégage à son tour l'une de mes mèches afin de me caresser la nuque. *OK ! C'est bien une onde de désir !* Ce geste anodin mais tellement sensuel me met dans tous mes états, et j'ai un mal fou à garder un visage impassible.

– Rassure-toi, je suis sûr que mes superpouvoirs n'ont aucun effet sur les sorcières... me glisse-t-il à l'oreille.

Son regard ne me lâche pas, alors qu'il semble lutter. Les expressions se bousculent dans ses yeux, laissant mon cœur en suspens. Pourtant, aucun de nous deux ne bouge. Je reste figée, dans l'attente d'une décision de sa part. Je pourrais faire un pas, un geste, n'importe quoi plutôt que de le regarder fixement bêtement mais je suis complètement indécise. Tout ce que je sais, c'est que la chair de poule a envahi ma peau, qu'à cet instant, je brûle d'un désir inouï alors que je ne connais rien de lui.

Que faire ?

Je n'ai pas le temps de chercher une réponse à la question que, soudain, son visage se rapproche dangereusement du mien. Je pourrais bouger, me libérer si seulement mon esprit était encore aux commandes, mais je crois que les sensations qu'il me procure ont pris le pouvoir sur la raison. Sa bouche est à présent à quelques centimètres de moi et une petite voix sortie de nulle part hurle dans ma tête.

Allez, Zic, embrasse-moi...

À travers l'œil-de-bœuf, je vois que les éclairs lézardent le ciel, suivis par un éclat de tonnerre assourdissant. Mais rien ne peut faire taire le désir qui m'anime, et j'en suis la première surprise. De tous les hommes que j'ai côtoyés ces derniers temps, jamais je n'aurais cru que Zic serait celui qui parviendrait à me faire baisser la garde. Et pourtant, c'est bien le cas : en un temps record, cet homme qui n'était encore qu'un inconnu il y a quelques heures est parvenu à me faire flancher.

Je ferme les yeux, prête à l'accueillir, déterminée à explorer davantage, quand le bruit de la serrure nous interrompt. En sursaut, nous nous séparons et reculons chacun d'un pas.

– Pas de panique, les enfants, résonne la voix de mon beau-frère à travers la porte. Luke a enfilé sa casquette de serrurier pour vous sortir de là.

J'écoute distraitement Luke pendant que je me masse la nuque, gênée par ce qui vient de se passer. Je me tape le front mentalement pour avoir été aussi faible. *Mais qu'est-ce qui m'a pris ?* Ça fait des semaines que je n'ai pas eu d'amant mais ce n'est pas une raison pour me jeter sur le premier mec que je croise...

– Zic, je... Je suis dés...

Je ne sais vraiment pas pourquoi je tiens à m'excuser, mais Zic ne me laisse pas le temps d'aller au bout de ma phrase. Alors qu'on entend le tournevis s'activer dans la serrure, Zic comble l'espace entre nous. Ses mains encerclent mon visage et, sans me laisser tergiverser, il écrase ses lèvres contre les miennes et m'embrasse passionnément.

Wow ! Je crois que je suis née pour vivre ce baiser. Je ne pensais pas pouvoir être électrisée à ce point ! Je ne me reconnais pas, mes barrières tombent. Je glisse mes mains dans ses cheveux pour l'approcher davantage de moi comme si c'était encore possible. J'en veux plus et je prendrai tout ce qu'il veut bien me donner.

Malheureusement, le crissement de la porte nous oblige à réagir. Zic s'écarte de moi alors que la silhouette élancée de Luke se dévoile devant nous.

– Et voilà, vous êtes sortis d'affaire ! s'exclame fièrement mon beau-frère.

Je ne parviens pas à prononcer un seul mot, encore à bout de souffle. Luke ne semble pas remarquer quoi que ce soit d'anormal, alors que j'ai la ferme impression que c'est écrit sur mon front… Je suis en train de caresser mes lèvres encore gonflées par ce baiser incroyable, l'air rêveuse, quand les yeux de Luke se posent sur moi. Je m'arrête aussitôt et détourne le regard par peur qu'il y lise ce que je refuse catégoriquement d'admettre.

Zic se tourne alors vers notre sauveur, un petit rictus aux lèvres.

– Merci, Luke, mais nous allons rester encore un petit moment, je pense.

Luke hausse les épaules, mais ne cherche pas à comprendre. Il dépose cependant le tournevis sur la commode près de la porte.

– Je vous laisse quand même ça, il peut toujours servir !

Je le remercie à demi-mot alors que mon beau-frère rabat déjà la porte derrière lui, sans la claquer cette fois. Dès qu'il a disparu de notre champ de vision, Zic se tourne vers moi.

– Je pourrais m'excuser pour ce qui vient de se passer mais, si je le faisais, ce serait reconnaître que j'ai commis une erreur. Or, ce baiser était tout sauf une erreur, avoue-t-il sans détour.

À cet instant, j'ai la folle impression d'être nue devant lui, complètement vulnérable. Plus rien derrière quoi me cacher. Zic ne me contraint en rien, j'en avais diablement envie, moi aussi. Néanmoins, j'aurais préféré ne pas craquer pour le mec qu'on m'a mis dans les pattes de force !

Bordel, Taylor, mais qu'est-ce que tu veux ?!

Je ne sais pas si Zic saisit mon tourment, il se contente de me sourire. Ses yeux parlent un langage que je ne décrypte pas, mais mon corps, si...

Alors, comme mon cerveau est incapable de prendre une décision, je ne réfléchis pas et suis mon instinct. Il n'y a plus de garde-fou, juste un désir irrépressible à assouvir qui me rend complètement aveugle. Cette fois, c'est à mon tour de me jeter à son cou.

Je colle donc mes lèvres aux siennes. Zic, complètement pris par surprise, ne répond pas à mon baiser. L'effet est immédiat. Glacée d'effroi, je recule et commence à bégayer.

– Pardon ! Je... Je... suis vraiment désolée, je... Je n'aurais jamais dû faire ça !

Mon éclair de folie est bel et bien terminé et laisse maintenant place aux remords et à la honte. Je baisse les yeux sur le parquet vieilli, espérant être aspirée par un trou de souris...

Ça fait deux semaines que je n'ai pas mangé de tablette de chocolat, ça devrait passer !

Alors que je me flagelle mentalement pour mon impulsivité chronique, Zic attrape mon bras, m'incitant à le regarder à nouveau.

– C'est cette histoire avec mon père, tenté-je de justifier. Et puis, tu m'as sauté dessus le premier, alors je me suis dit que ce serait un bon moyen de penser à autre chose, et...

Oh, Taylor, tais-toi, tu t'enfonces !

Je n'ai cependant pas le luxe de poursuivre mes explications vaseuses car Zic m'attire contre lui. Durant un instant furtif, il plonge ses yeux dans les miens avec une sincérité déconcertante. Il semble lire dans mon âme, derrière mes mots, mes barrières…

– Tu es sûre que c'est ce que tu veux ?

Dans l'expectative de son prochain geste, j'acquiesce fébrilement. C'est étrange, Zic est loin d'être le premier homme duquel je me rapproche intimement, et, pour être honnête, il y en a eu certains que je connaissais depuis encore moins longtemps, mais… Je me sens redevenir cette jeune fille timide et maladroite avec lui. Comme s'il ne s'arrêtait pas, comme les autres avant lui, à mon image sur papier glacé, comme s'il me voyait, moi.

Quand Zic reprend mon visage en coupe, je peux sentir son cœur battre au même rythme que le mien, juste avant que sa bouche revienne chercher la mienne. Ses lèvres me semblent encore plus douces que tout à l'heure, plus accueillantes…

Je plonge dans un état de plénitude inédit. Ce baiser chasse tous mes doutes, mes peurs, ma colère laissant simplement un désir ardent prendre possession de mon corps. Je voudrais que cette sensation unique ne s'arrête jamais…

Ses mains glissent dans mes cheveux pour m'attirer toujours plus vers lui. Mon corps s'enveloppe d'une chaleur divine. *J'en veux encore !* Lorsqu'il tente de reculer pour nous laisser respirer, je m'accroche désespérément à son tee-shirt.

– Viens là, le supplié-je en poursuivant mon assaut.

Ce baiser devient le point de départ d'une course folle vers l'apaisement… Nos langues se caressent alors que mon corps frissonne sous ses doigts. Je ne veux plus réfléchir, je veux ressentir.

Quand Zic balade sa bouche sur mon cou, je lui laisse libre accès en gémissant.

– Est-ce qu'on ne devrait pas descendre dans ta chambre ? propose-t-il entre deux baisers.

Je n'hésite pas longtemps. Les murs sont fins, mes sœurs se baladent un peu partout et, surtout, je n'ai aucune envie de faire un pas qui me rapprocherait physiquement de mon père.

Alors, pour toute réponse, je m'écarte, me dirige vers la porte et laisse la serrure se verrouiller. *Volontairement cette fois !*

– Quel dommage ! Nous sommes coincés, sourit Zic en me rejoignant en deux enjambées.

Il me plaque alors contre le battant de la porte et ses mains reprennent immédiatement l'exploration de mon corps. Je dois me mordre la lèvre pour retenir le cri d'excitation qui me saisit... Avant de retirer mon tee-shirt, il me lance un regard pour me demander à nouveau mon approbation. J'acquiesce simplement, m'abstenant de le supplier d'aller plus vite, alors Zic poursuit son geste, faisant passer le tissu au-dessus de ma tête.

Il prend un instant pour observer ma poitrine, seulement cachée par un bout de dentelle. De son index, il caresse lentement et délicieusement mon épaule. Il étudie avec attention la réaction épidermique qu'il provoque. Zic embrasse alors délicatement ma clavicule, puis fait glisser la bretelle de mon soutien-gorge sur mon bras.

La tension grimpe encore d'un cran, les battements de mon cœur s'accélèrent. Involontairement, je serre les cuisses parce que le désir transpire par tous mes pores et j'essaie tant bien que mal de le contrôler.

Soudain, Zic s'interrompt, me ramenant à regret à cette dure réalité.

Il ne va pas changer d'avis, maintenant, si ?!

– On ne peut pas faire ça comme ça, chuchote-t-il.

Sans attendre de réponse, il me plante là et se dirige à l'autre bout du grenier.

Je me saisis de mon top pour recouvrir ma poitrine pendant qu'il s'active à bouger quelques cartons, fouillant même dans certains d'entre eux. Très concentré sur sa tâche, il ne me dévoile que son dos, mais encore couvert d'un tee-shirt que je préférerais être actuellement en train de lui enlever.

– Zic, tu n'es pas obligé de...

– Sois patiente, me coupe-t-il immédiatement.

Pas ma plus grande qualité !

Malgré tout, je garde mes protestations pour moi et me contente de taper du pied. Au bout de quelques minutes, Zic me fait signe de le rejoindre. Je découvre alors qu'il a empilé une montagne de cartons pour nous cacher de l'entrée du grenier et que, derrière, il a installé un vieux drap recouvert d'une couverture mitée, et utilisé des doudounes de ski en guise de coussins.

– Ce n'est pas un cinq-étoiles, mais j'ai fait avec les moyens du bord, explique-t-il.

– C'est parfait, réponds-je, impatiente.

J'aurais été prête à poursuivre ce qu'on faisait contre la porte...

Zic me prend par la main et m'attire contre lui. Immédiatement, je m'empare de son tee-shirt que je rêve de lui retirer. J'ai hâte de sentir la chaleur de sa peau contre la mienne.

Je découvre alors, près de son cœur, la lettre « J » appuyée sur une batte de baseball. D'instinct, je passe lentement mes doigts sur son tatouage, suis les traits noirs avec délicatesse pour le redessiner, sans jamais lâcher Zic du regard. Dans ses yeux sombres, je retrouve une vulnérabilité similaire à la mienne qui me fait fondre littéralement. Ce dessin, ainsi que les émotions que Zic me dévoile, me renvoie à la lettre « M » inscrite sur mon poignet en hommage à ma mère. Comme s'il lisait en moi, lui-même attrape ma main et se penche pour embrasser l'encre noire.

Je frissonne sous la promesse de ce regard... En une seconde, j'oublie les souvenirs douloureux. Je vois déjà tout ce qu'il prévoit de me faire, et c'est bien plus agréable de se concentrer là-dessus. Je ne veux qu'une chose : me laisser aller dans ses bras. Je veux le sentir en moi, sur moi, à moi.

Néanmoins, Zic a d'abord d'autres projets. Il balade ses mains de haut en bas, de droite à gauche, et recommence encore et encore. Il considère mon corps comme une zone de jeu, et j'avoue que je suis très heureuse de le laisser s'aventurer à sa guise. Il s'attarde parfois trop longuement à mon goût sur mes sous-vêtements qui me paraissent soudain trop lourds à porter. Je me mords la lèvre pour étouffer mes gémissements et je crois qu'il adore ça.

C'est alors qu'il se glisse sur la couverture, me tenant par la main et m'entraînant avec lui. Il m'invite ainsi à le chevaucher avant de reprendre ses caresses. Sa main glisse dans mon dos puis, de son pouce et son index, il dégrafe mon soutien-gorge. *Enfin !* Mes seins libérés, il poursuit sa découverte dans une lenteur douloureusement exquise.

Je resserre mes jambes autour de son torse pour tenter d'éteindre le plaisir qui me consume jusque dans mon entre-jambe. Zic stoppe alors mon geste en posant ses deux mains sur mes cuisses, puis sa langue s'aventure enfin sur mes seins et enroule l'un de mes tétons. Prise par surprise, je saisis sans délai une des doudounes pour couvrir ma bouche.

Zic décide soudainement de continuer sa douce torture autrement. Sans me prévenir, il me soulève aisément et échange nos positions. Surprise de me retrouver maintenant couchée sur les couvertures, un petit cri m'échappe alors qu'il se faufile entre mes jambes. Il m'adresse un sourire moqueur, signe qu'il sait parfaitement où il m'emmène. Je suis sûre qu'il se fie à la température de mon corps qui n'a de cesse de grimper. *Je m'embrase.*

Quand je le sens descendre plus bas, je me demande si je suis encore capable de supporter ce jeu sans exploser. Ma culotte vole rapidement, mais alors que j'attends impatiemment que Zic mette fin à cette tourmente infinie, rien.

– Qu'est-ce que tu fous ? gémis-je en mordant de nouveau dans la doudoune.

– Qu'est-ce que tu veux ?

Surprise, mais surtout affamée, je retire le manteau qui couvre mon visage pour lui faire face. Dans son regard brûlent l'excitation et le désir, sur ses lèvres dansent le plaisir et la luxure. D'un geste très rapide, il glisse en moi son index avant de le mettre dans sa bouche.

Voilà le moment le plus sexy qu'il m'ait été donné de vivre !

Pour moi, c'en est trop, je n'en peux plus. Je l'attire contre moi, l'embrasse, et tente de lui retirer son caleçon quand ses mains retiennent les miennes.

– Qu'est-ce que tu veux, Taylor ? insiste-t-il dans un souffle, le regard avide.

Je comprends qu'il ne cédera pas tant qu'il ne m'aura pas entendu le dire de vive voix mais une part de moi refuse de lui donner ce plaisir. Pourtant, mon dilemme ne dure pas très longtemps, tant mon corps le réclame.

– Viens en moi, me lamenté-je en écartant davantage les jambes.

Je termine alors de lui retirer son caleçon, sans qu'il émette de nouvelle objection, puis l'incite à se coucher sur moi. Je saisis alors son sexe entre mes doigts, lui tirant un gémissement, puis plonge mes yeux dans les siens tout en l'introduisant en moi.

Mon cri de plaisir meurt sur ses lèvres. D'abord, Zic commence par faire quelques va-et-vient en douceur puis, rapidement, la cadence s'accélère. Je pose mes mains sur ses fesses pour accompagner chacun de ses mouvements délicieux. Zic n'essaie plus de se contrôler, il veut me posséder.

Quand je sens monter en moi cette vague de plaisir prête à me submerger, Zic le remarque aussi et cache mon visage dans son cou. Je mords alors son épaule pour y déverser un orgasme incroyable. Quelques secondes plus tard, Zic me rejoint, puis finit par s'effondrer sur moi, à bout de souffle.

Quand il roule sur le côté, j'essaie difficilement de me remettre de mes émotions.

Putain, mais qu'est-ce que j'ai fait ?!

Zic ne semble pas se poser la même question puisqu'il se redresse et me sourit avant de m'embrasser longuement.

– Wow ! finit-il par dire lorsqu'on s'éloigne l'un de l'autre.

– Je ne dirais pas mieux... réponds-je sans détour, encore haletante.

Alors que je tente de récupérer une respiration régulière, il prend ma main et pose de nouveau sa tête sur l'une des doudounes.

Qu'est-ce qu'on dit au mec qu'on connaît depuis deux heures et qu'on vient de se taper dans le grenier familial ? S'il existe un manuel qui traite du sujet, j'en aurais bien besoin tout de suite, parce que là, je suis prête à tout pour éviter une conversation affreusement gênante. On pourrait recommencer ?

– Tu sais, commence alors Zic d'une voix légèrement éraillée, je suis ravi de te servir de défouloir quand tu veux éviter ta famille...

Il agite ses sourcils, ce que j'interprète comme le signe qu'il serait déjà prêt à remettre le couvert. Lit-il dans mes pensées ?

– Mais je ne suis pas qu'un corps, Taylor ! poursuit-il, faussement gêné.

– Est-ce que tu te moques de moi ? raillé-je.

– Tout ce que je dis, c'est qu'on pourrait utiliser cette belle énergie et toutes ces émotions funestes pour les transformer en quelque chose de fantastique ! Tu sais, comme écrire une chanson par exemple...

L'idée d'utiliser son corps jusqu'à ce que mort s'ensuive me séduit assez, juste pour ressentir à nouveau ces sensations envoûtantes, mais au lieu de ça je prends juste une minute pour apprécier ce moment « after-baise ». *Appelons un chat, un chat.* Il a fait du bien à mon corps, peut-être fera-t-il du bien aussi à mon esprit ?

– Alors ? insiste Zic en laissant sa main tracer des cercles sur ma hanche. Qu'est-ce que tu en dis ? On s'y met ?

J'hésite, me mords la lèvre, tergiversant encore quelques secondes. Après tout, pourquoi pas ? Pour une fois, je décide de baisser ma garde et de me laisser porter par cet inconnu. *Qui ne l'est plus vraiment !*

– On a beaucoup de travail qui nous attend, lâché-je. Au boulot !

Ce que je ressens à cet instant est un sentiment dont j'avais oublié l'existence depuis longtemps. L'espoir. Je suis confiante, déterminée et impatiente de me remettre au travail.

J'ai l'impression de pouvoir retrouver mon goût pour la musique que je pensais définitivement perdu.

28

Taylor

Celle qui fendait l'armure autour de son cœur

Malgré notre euphorie, nous ne bougeons pas tout de suite. En vérité, je ne sais pas combien de temps nous restons ainsi allongés à échanger des regards, des sourires, des silences.

Je ne suis pas particulièrement bien installée, les rideaux qui me servent de draps sont poussiéreux, je sens les aspérités du sol le long de ma colonne vertébrale et j'ai même un peu froid. Pourtant, je ne ressens pas le besoin de bouger. La dernière fois que je me suis sentie aussi sereine remonte à si loin que je suis incapable de m'en souvenir, alors j'essaie d'imprimer chaque seconde de ce moment hors du temps dans mon esprit.

– Est-ce que je peux te poser une question ? chuchote Zic, me sortant de mes pensées.

Je me tourne lentement vers lui, passe une main sous la doudoune pour redresser un peu ma tête et lui adresse un sourire malicieux.

– Et si je réponds non ?

Il fronce les sourcils, puis désigne la porte du menton.

– Je porte plainte pour dommages émotionnels ! rétorque-t-il, un air sadique plaqué sur le visage.

Je ne retiens même pas mon rire.

– Mon idée semblait pourtant te plaire, tout à l'heure...

Pour appuyer mes propos, je glisse mes doigts le long de son torse, puis caresse lentement quelques poils sous son nombril. Il se saisit alors de ma main et la remonte vers lui pour embrasser le creux de ma paume.

– Est-ce que je dois ajouter la corruption à la liste des chefs d'accusation ? Un conseil : prépare ta défense parce que ça risque de te coûter très cher ! susurre-t-il.

Je pouffe, mais finis par céder :

– Alors, qu'est-ce que tu veux savoir ?

– Pourquoi écoutes-tu toujours la même chanson en boucle ?

Je perds immédiatement mon sourire, glacée par ce brusque changement de sujet.

Si je m'y attendais ! *Adieu douceur de vivre, bonjour l'angoisse !*

– Tu sais, poursuit-il, ignorant ma soudaine retenue, c'est peut-être aussi pour ça que tu as une panne d'inspiration... Il faudrait élargir un peu tes horizons.

Je suis tellement surprise qu'il ait déjà remarqué ça à propos de moi que je récupère brusquement ma main. Ça fait à peine quelques heures que nous nous connaissons, alors comment peut-il m'analyser aussi facilement ?

– Je ne vois pas de quoi tu...

– Ne fais pas l'innocente, me coupe-t-il avec un sourire tendre sur les lèvres. C'est toujours la même chose : dans l'avion, dans la voiture ou encore tout à l'heure, dans ta chambre, quand tu voulais m'ignorer pendant que tu ouvrais ta valise...

Malgré sa voix douce, ses yeux presque rieurs qui tentent de dire qu'il ne me juge pas, j'ai tout de suite besoin de mettre de la distance entre nous.

Je me redresse alors et cherche mon tee-shirt de la main. Comprenant ma réaction, Zic me tend le sien. Cependant, pendant que je me rhabille et m'évertue à trouver une position dans laquelle je serais plus à l'aise, il ne dit rien, attendant patiemment que je sois prête à parler.

Comme si ce jour allait arriver !

– Écoute, Zic, je ne suis pas certaine que tu comprennes. Pour la simple et bonne raison que je cherche encore un sens à tout ça.

Je n'en dis pas trop ou pas assez, juste ce qu'il faut pour clore le sujet. Zic reste silencieux, attentif. Ses yeux noirs pénètrent mon âme à la recherche de davantage de détails.

Mais que dire de plus ? Si je m'aventure sur ce terrain-là, j'ai peur de glisser et de déraper pour finir droit dans le mur ! Et en même temps, me confier à quelqu'un qui ne connaît ni ma vie, ni ma famille pourrait être libérateur ? Il veut en découvrir plus sur moi, très bien.

– Bon, je te le dis, mais je te préviens : si tu te moques, je te promets que j'irai au tribunal, sauf que tu ne seras plus là pour le voir !

Zic semble prendre mes menaces au sérieux car il lève aussitôt la main gauche, le visage grave.

– Je le jure, promet-il solennellement.

Rassurée, je me redresse, jette un rapide coup d'œil autour de moi puis prends une profonde inspiration avant de me lancer :

– Tu as pu voir tout à l'heure dans ma chambre le poster d'Adele. Je la considère comme une véritable source d'inspiration depuis toujours.

Il acquiesce, puis attend calmement pendant que je cherche les bons mots avant de poursuivre.

– Cette chanson dont tu parles, *Love in the dark*, je la connais depuis assez longtemps, enchaîné-je tout en jouant avec le bout du rideau usé qui recouvre mes jambes. Pourtant, le jour où j'ai appris le décès de ma mère, j'ai eu le sentiment d'enfin en comprendre le sens. Comme tu peux t'en douter, j'étais anéantie. Je me demandais comment j'allais bien pouvoir survivre après ça, comment continuer d'avancer sans elle à mes côtés quand ces paroles sont venues me toucher en plein cœur.

Je ne crois pas au hasard, juste à un coup de pouce du destin. Je l'ai écoutée à un moment charnière de ma vie et cette chanson a pris tout son sens pour moi. Voilà comment une simple chanson est devenue une véritable bouée de sauvetage.

J'esquisse un demi-sourire en reprenant :

– Tout le monde te dira qu'Adèle parle d'une rupture au travers de ces paroles, c'est sans doute vrai et c'est une rupture pour moi, mais pas au sens classique où on l'entend. Moi, en l'écoutant, j'entends plutôt une conversation entre ma mère et moi. Dans laquelle je la supplie de rester et où elle m'explique pourquoi c'est impossible. Depuis, à chaque fois que son absence semble trop lourde à supporter, je l'écoute. Elle ne me guérit pas, mais c'est un pansement qui me permet de rester debout.

Un silence s'étire entre nous. Zic se rapproche alors de moi, glisse son bras sous ma nuque et m'invite à poser ma tête sur son épaule. Je ne proteste pas, au contraire, je lâche un soupir qui m'oppresse depuis bien trop longtemps.

– Est-ce que ce n'est pas un peu étrange de cristalliser un deuil dans une chanson ? Quoique, pour une chanteuse, ça fait sens, non ?

Zic ne réfléchit pas longtemps avant de répondre à sa propre question :

– Une chanson ou une balle de baseball, quelle importance ? Peut-être qu'on a simplement besoin de quelque chose de concret par peur d'oublier...

– Une balle de baseball ? rétorqué-je. Drôle d'ex... me coupé-je quand mes yeux tombent au même moment sur son tatouage sur le torse.

Zic me lâche, se lève et va récupérer sa veste jetée un peu plus loin. Il fouille alors dans une des poches intérieures et en sort la balle usée avec laquelle il jouait dans la voiture.

Lorsqu'il revient vers moi pour me la montrer, je note que ses doigts tremblent légèrement. J'observe alors des coutures usées, le cuir légèrement décoloré et la signature à peine lisible.

Je ne sais pas encore ce qu'elle signifie, mais il ne faut pas être devin pour comprendre toutes les émotions qu'elle renferme...

Il se rassied près de moi et commence à jouer avec, la faisant tourner entre ses doigts, son regard happé par les souvenirs.

– Oublier... Comme si c'était possible, lâche-t-il, amer.

Alors que Zic se tait, plongé dans la douleur du passé. Je déglutis difficilement. Je sais à quel point ça peut être dur de parler de ces choses-là et pourtant, une partie de moi veut comprendre.

– Est-ce que tu parles de « J » ?

Il ne me répond pas tout de suite, mais acquiesce. C'est à mon tour de me rapprocher de lui, et je pose ma main sur ce fameux tatouage qui renferme bien des mystères. Zic ferme les yeux alors que je suis les lignes, cette fois avec une volonté d'essayer de l'apaiser.

– C'est un pan de mon histoire que j'essaie la plupart du temps de garder pour moi. Je préfère ne pas en parler, surtout dans le cadre de mon métier.

– Je crois que ce qu'on vient de faire dépasse largement le « cadre », non ?

Ma remarque parvient à lui arracher un sourire, alors que sa main se perd dans mes cheveux. Il rouvre les yeux, approche son visage et plonge ses yeux dans les miens.

– Taylor Scott, cette conversation ne devra vraiment pas sortir d'ici, sinon il doit bien y avoir une pelle dans cette maison et j'ai vu quelques endroits à l'abri des regards en venant, si tu vois ce que je veux dire...

Je ris, mais promets tout de même, main sur le cœur. Zic me lâche et s'assied, enlaçant ses genoux de ses bras.

– Le « J », c'est pour Jason, mon petit frère. Un petit gars souriant, drôle, espiègle et débrouillard comme tu ne peux pas imaginer. Notre écart d'âge ne nous a jamais empêchés de partager des choses, et ce que nous aimions plus que tout, c'était le baseball. Je ne loupais pas un de ces matchs. C'était un grand fan de Mike Trout alors, pour ses dix ans, je lui ai offert cette balle, signée de sa main.

– C'est un très beau cadeau, soufflé-je le cœur lourd.

Zic envoie la balle dans les airs, puis la rattrape aisément d'une main. Il continue encore et encore, comme si la tenir entre ses doigts trop longtemps commençait à lui peser.

– Mon frère est mort l'année d'après... Il rentrait de l'entraînement quand une voiture a percuté son vélo. Il n'avait aucune chance de s'en sortir.

– Oh mon Dieu, Zic...

Les larmes me montent tout de suite aux yeux. Pour éviter qu'il le remarque et les interprète comme de la pitié, je m'empresse de l'embrasser sur l'épaule tout en le caressant distraitement. Je n'ose imaginer si je devais perdre l'une de mes sœurs.

– Il ne quittait jamais cette balle, alors, depuis qu'il n'est plus là, c'est mon tour. La laisser dans un coin, ce serait comme l'abandonner, lui.

Cette fois, je comprends exactement ce qu'il ressent. Mon pire cauchemar serait de condamner ma mère à l'oubli. Je lutte chaque jour pour lui faire une place dans ma vie. Une réflexion, un souvenir, un objet, peu importe, du moment que je pense à elle.

Zic se rallonge sans m'adresser un regard, préférant fixer le plafond. Comme s'il avait peur de ne pas avoir la force de poursuivre si nos yeux se croisaient.

– Ma mère travaillait tard, ce soir-là, continue Zic. Ce n'était pas sa faute mais la mienne. Si j'avais été là, je l'aurais emmené à l'entraînement et rien de tout ça ne serait arrivé. C'était mon job et j'ai failli à ma mission. Si j'avais été là, il serait en train de faire des études de vétérinaire à l'heure qu'il est, il aurait visité plusieurs pays sur sa liste, il aurait...

La voix de Zic se perd alors qu'il se laisse submerger par l'émotion. Je ne réfléchis même pas et l'attire contre moi et pose sa tête sur mon épaule, ma main dans ses cheveux.

– Où est-ce que tu étais ? demandé-je à voix basse.

– Sur scène.

Je ne peux cacher ma surprise. Zic lève la tête vers moi et hausse un sourcil. Je l'observe, le détaille un instant et les pièces du puzzle semblent se former peu à peu dans mon esprit.

Oh mon Dieu ! Ça y est !

Je savais bien depuis le début que sa tête me disait quelque chose, et pour une bonne raison ! Ivy a passé deux ans à afficher des posters de son groupe dans toute la maison. Je comprends mieux sa réaction tout à l'heure. Si elle l'avait reconnu, on l'aurait entendue hurler depuis Tombouctou. Mais qui aurait pu en être capable ?!

Même si certains de ses traits me sont, encore aujourd'hui, familiers, il a changé de coupe de cheveux, de style vestimentaire, mais aussi d'attitude. Il n'a plus rien à voir avec l'adolescent lisse et souriant d'autrefois. La maturité a laissé quelques marques sur son visage...

– Est-ce que... est-ce que tu es North ? North du groupe Compass ?

– Me voilà percé à jour ! tente-t-il de plaisanter.

Même si je le reconnais à présent, je peine toujours à associer l'image de la star de *boys band* de l'époque à l'homme qui se tient devant moi.

– Tu as quitté le groupe, non ? Est-ce que tu as pris cette décision après le décès de Jason ?

Les épaules de Zic s'affaissent alors que la tristesse le submerge.

– Tu sais depuis combien de temps je n'étais pas rentré chez moi quand Jason a eu son accident ? murmure-t-il. Tu sais depuis combien de temps je ne l'avais pas eu au téléphone ? Oui, j'étais jeune, j'avais seulement dix-huit ans, mais j'étais surtout tombé dans un engrenage qui file le tournis. Nous étions au sommet, absolument tout nous souriait. J'avais une vie de rêve, sans contrainte. Je me croyais invincible ! Et puis, à cet âge-là, tu crois que les gens que tu aimes sont éternels...

Je comprends surtout qu'après tout ce temps, Zic nourrit encore son sentiment de culpabilité. Je pourrais lui dire que sa présence n'aurait rien changé, il ne m'entendrait pas. Alors je fais ce qui peut lui faire du bien : l'écouter.

Zic se rallonge sur le dos et envoie de nouveau sa balle dans les airs.

– Au téléphone, ma mère répétait en boucle : « Jason est mort. Jason est mort. » Mon père nous a lâchés peu après la naissance de Jason. Elle était donc seule au Texas tandis que moi, je n'ai décroché qu'après son vingtième appel, encore bourré de la veille... Le chagrin a vite laissé place à la culpabilité, et le sentiment d'avoir laissé tomber ma famille a commencé à m'étouffer.

– Comment aurais-tu pu imaginer ?

Zic ignore ma question purement rhétorique et continue de revivre ces souvenirs tout en fixant le plafond.

– Le groupe, le manager, la maison de disques, ils m'ont tous laissé du temps pour faire mon deuil. Ils ont attendu, mais j'ai très vite compris que ce ne serait jamais suffisant. Je ne pouvais plus abandonner ma mère. Tout le monde n'a pas forcément compris ma décision de quitter tout ça, mais peu importe. Encore aujourd'hui, je suis convaincu qu'il n'y avait pas d'autre choix pour moi.

Machinalement, je pose ma main sur sa poitrine quand le besoin de me rapprocher de lui, de lui montrer que je suis une oreille attentive, se fait trop fort.

– Je me rappelle très bien quand la presse en a fait les gros titres. Ils annonçaient ton départ pour une carrière solo mais en réalité, tu voulais juste disparaître des radars.

Zic hoche la tête, sa main revenant chercher la mienne.

– Si la musique devait être toute ma vie, alors le prix était trop cher à payer.

Je ne sais pas s'il imagine à quel point ses mots font écho en moi. Je me niche dans son cou et ce geste nous procure un réconfort mutuel.

Entre nous, un silence s'étire. Bizarrement, ça me rend nerveuse alors, pour tenter de le combler, je lâche :

– C'est étrange, mais j'envie ta réaction. Je crois qu'aujourd'hui, avec plus de recul, j'aurais voulu avoir la même. C'est ce que mon père et mes sœurs auraient attendu de moi : que je rentre à la maison, que je redevienne seulement Taylor et que je reste auprès de ma famille. Si j'avais su...

– Qu'est-ce que tu veux dire ?

Je m'éloigne alors de lui pour plier mon bras et le glisser sous ma tête afin de lui faire face.

– Quand ma mère m'a annoncé qu'elle était malade, j'ai pensé qu'avec mon argent, je pourrais lui offrir les meilleurs soins, les meilleurs médecins...

Les reproches de mon père me reviennent immédiatement en pleine figure. Oui, j'ai fait ça : j'ai voulu acheter la vie de ma mère grâce à mon compte en banque. Utiliser tout ce qui était dans mon pouvoir, pour éloigner la mort. En vain.

– La santé n'est pas un putain de sac de luxe que tu choisis sur Rodeo Drive ! craché-je, amère. Et pourtant, maman m'a écoutée... Elle a suivi des tas de traitements, fait de la chimio.

Et je te jure, grâce aux vidéos que Fallon m'envoyait, je pouvais voir les effets que ça avait sur elle. Je voulais tellement croire qu'ils allaient la sauver que je me persuadais que ça marchait.

Zic ne dit rien et se contente de me regarder droit dans les yeux tout en caressant mon bras de l'index.

– Est-ce que tu crois que je l'ai torturée ? demandé-je avec désolation.

Il m'attrape aussitôt dans ses bras pour me serrer contre lui.

– Arrête ça tout de suite. Comment peux-tu penser ça ne serait-ce qu'une seconde ? Quand on aime quelqu'un, on lui veut du bien, c'est comme ça, et ta mère le savait.

– Elle est venue jusqu'à Los Angeles six mois avant son décès pour m'annoncer l'inévitable. Mon monde s'est littéralement effondré. Elle est restée calme, posée, douce. Elle avait une force incroyable. Elle était le roc de cette famille, elle ne vacillait jamais, même face à la mort. Alors que j'étais inconsolable… J'ai fini par lui dire entre deux sanglots que je refusais de la voir partir. J'ai dû dire quelque chose comme : « Je ne peux pas te regarder t'éteindre, c'est trop dur, c'est au-dessus de mes forces » et je me souviens que ma mère m'a serrée contre elle et m'a simplement chuchoté : « D'accord. » C'est la dernière fois que je l'ai vue vivante.

J'essaie de me contenir mais malgré tout une larme s'échappe. Je l'essuie rapidement de mon index.

– Une mère fait ce genre de choses pour son enfant, tente Zic.

– Une enfant fait ce genre de choses pour sa mère, lui rétorqué-je.

Je secoue la tête comme si je revivais ces mois, mais cette fois, en comprenant le sens de chaque mot… *Enfin.*

– J'ai continué de l'appeler tous les jours, de vouloir me rassurer en me disant qu'elle allait bien, mais je refusais d'assister à sa chute. Mon père pense que je suis insensible, parce que je n'étais pas là, mais c'est tout le contraire. J'étais incapable de voir ma mère, celle qui m'a tout appris, dépérir. C'était viscéral, je ne pouvais pas être confrontée à sa mort !

Cette fois-ci, c'est Zic qui sèche mes larmes puis il finit par déposer un baiser sur ma tête.

– Je voulais… repris-je entre deux sanglots. Je voulais garder un souvenir de ma mère telle que je l'ai connue et j'y suis parvenue, mais à quel prix ? Plus une note de musique, plus une parole de chanson, uniquement de l'alcool et des soirées à n'en plus finir pour oublier que je suis une lâche, tout simplement.

Mes larmes trempent à présent le rideau qui me sert de couverture. Je baisse le regard, honteuse. Zic doit me prendre pour une folle aux yeux bouffis.

– Taylor, la mort est un univers inconnu. Imagine un gâteau au chocolat que tu ferais pour la première fois. Tu as vu cette recette des centaines de fois mais tu te décides à la faire enfin. Tu y mets tous les ingrédients, tu les connais bien, la farine, le sucre… Considère que ce sont tes certitudes. Le deuil, c'est le gâteau à la sortie du four, brûlant, tu ne peux pas le toucher. Tu dois patienter avant de pouvoir t'en emparer. En attendant, tu imagines son goût. Ça, ce sont tes convictions. Donc tu l'observes longuement avant de finir par le manger. Tu prends le temps de découvrir cette nouvelle saveur, de ressentir, et puis de digérer. Tu es seul juge. C'est ta réalité.

Alors que je ne réagis toujours pas, Zic relève mon visage en glissant son pouce sous mon menton.

– Nous avons tous les deux perdu un être cher, me dit-il en plongeant ses yeux noirs, éclatants de sincérité, dans les miens. Nous avons tous les deux réagi à notre façon. Comment peut-on savoir ce qu'il faut faire ou ne pas faire à ce moment-là ? Je crois qu'il n'y a pas d'attitude parfaite, juste des personnes qui font du mieux qu'elles peuvent avec quelque chose jusque-là inconnu : la mort et le deuil.

Les mots me manquent mais je lui suis tellement reconnaissante. J'espère qu'il lit la gratitude dans mon regard parce que mon cœur essaie encore d'assimiler tout ce qui vient de se passer.

– Je n'avais encore jamais raconté ça à personne, pas même à mes sœurs... À l'heure qu'il est, tu es toujours un inconnu, mais je te remercie de ne pas m'avoir jugée.

– Un inconnu qui te connaît intimement, maintenant, non ? raille-t-il en laissant son doigt glisser à la naissance de ma poitrine.

Sa façon de me toucher déclenche aussitôt un frisson en moi. Je ris, et je sens un poids qui se retire de mes épaules. Cette conversation à cœur ouvert m'a fait beaucoup de bien.

Zic vient presser ses lèvres contre les miennes et je me laisse volontiers emporter par la magie de ce baiser.

– Deux âmes qui essaient d'avancer au beau milieu du chaos ne peuvent que se comprendre... Tiens, ça ferait un bon début de couplet, ça non ? s'amuse-t-il.

Sa remarque me prend complètement au dépourvu. Je relève la tête d'un coup alors que mon cœur a un raté dans ma poitrine et que mes yeux s'arrondissent.

– Qu'est-ce que tu viens de dire ?

Étonnée par ma réaction disproportionnée, Zic répète plus lentement, mot pour mot, la phrase qu'il vient de prononcer.

– J'ai dit quelque chose qu'il ne fallait pas ? s'inquiète-t-il.

Ma mère disait toujours : « Il n'y a pas de hasard. » Et voilà que Zic lui donne raison ?

– Non, mais... C'est juste complètement fou ! Tu sais que je n'ai pas de chanson, pas de mélodie, rien. En revanche, j'ai un titre : « Chaos ».

Zic sourit comme si l'évidence ne le surprenait pas.

– Eh bien, nous pourrions écrire cette chanson pour répondre à celle d'Adele ? Qu'est-ce que tu en dis ?

– Très bonne idée, dis-je, pensive.

J'essaie d'apprécier ce moment. Celui où l'excitation de me remettre au travail me galvanise. Je l'ai attendu, ce moment, et désormais je le sens, je le reconnais, il est bien là. Je ne peux plus m'arrêter de sourire.

Zic se rapproche de moi, sa bouche dépose de doux baisers sur mon épaule, mon bras, avant que son regard happe le mien.

– Tu vas peut-être croire que je te raconte des salades, mais je tiens à préciser que je n'avais jamais fait ce genre de choses auparavant...

– Quoi donc ? Coucher avec la chanteuse que tu suis partout dans le grenier de ses parents ?

On rit ensemble de cette situation grotesque, mais il reprend avec sérieux.

– Je crois que je veux recommencer, souffle-t-il à mon oreille.

– Je te crois sur parole... Mon corps me joue la même sérénade.

Zic m'attire contre lui et nos bouches se dévorent avec une passion non dissimulée. Entre deux baisers, je demande :

– Est-ce que c'est quelque chose que l'on ne vit qu'une seule fois ?

Le revoir dans un autre contexte rendrait ce moment moins magique qu'il ne l'est actuellement ?

– Laisse-moi quelques minutes et je répondrai à ta question, réplique-t-il, un sourire espiègle sur les lèvres avant de m'embrasser à nouveau. Mais je serais aussi ravi d'y répondre demain, ou qui sait, dans quelques jours, lorsqu'on se retrouvera à Los Angeles.

C'est tout ce que j'avais besoin d'entendre.

Zic me caresse la joue et laisse le silence nous envahir. Dans ce calme apaisé, une dernière question me taraude. Je le repousse quelque peu pour capter son attention.

– Dis, ton prénom, ce n'est pas vraiment « Zic », hein ?

– Ah, tu crois ? rit-il.

– Allez, sois sérieux, c'est quoi ton vrai prénom ? le supplié-je.

Je me pose cette question depuis qu'il s'est présenté à moi. Choisir un pseudo, c'est choisir une façade. Je veux connaître celui qui se cache derrière cet écran de fumée.

– Pourquoi veux-tu vraiment le savoir ?

– Je préfère connaître l'identité des hommes avec qui j'accepte de sortir, ris-je.

– Un rencard ?! Alors le jeu en vaut vraiment la chandelle. Je m'appelle Adam.

Je tourne la tête en fixant à nouveau le plafond tout en chuchotant à plusieurs reprises, comme une litanie : « Adam, Adam, Adam. »

29

Taylor

Ceux qui nouaient une complicité

Contrairement à ce qu'on pourrait penser, « motivation » ne rime pas toujours avec « inspiration ». Je commence sérieusement à croire que je ne suis plus capable d'écrire...

Zic et moi nous sommes désormais rhabillés. *À contrecœur.* J'ai trouvé du papier et des stylos dans un tiroir et nous travaillons chacun dans notre coin depuis une vingtaine de minutes maintenant. Et contrairement à moi, lui n'a pas l'air de rencontrer la moindre difficulté : sa feuille se noircit à vue d'œil !

J'avise le blanc immaculé devant moi, soupire d'agacement, puis me lève d'un bond, excédée et lasse de tourner en rond. Je me rapproche de Zic pour voir ses notes et ses paroles au lieu de ça, je découvre des dessins...

– C'est tout ce que tu fais depuis tout à l'heure ? Gribouiller ?

Zic sursaute. De toute évidence, il ne m'a pas entendue approcher. Sa réaction m'arrache un sourire.

– Désolé. Je griffonne tout en essayant de réfléchir mais, étonnamment, rien ne me vient. Peut-être que si tu me montrais ce que tu as fait, je pourrais m'en inspirer ?

– Excellente idée ! ironisé-je en brandissant ma feuille blanche.

Il baisse la tête en se tapant le front comme s'il s'avouait vaincu.

– Oh, je vois. Bien…

Je ne dis rien, mais ça me rassure de voir que nous sommes tous les deux dans la même galère. Ça me donne l'illusion que mon problème n'est pas irréversible.

– Inutile de me juger, hein ! Après tout, c'est moi la chanteuse en manque d'inspiration et toi, le remède miracle, normalement… Sauf que pour l'instant, je ne vois rien de miraculeux dans tout ça !

Zic ne me répond pas, mais se prend la tête dans les mains. Je peux presque voir les notes et les mots défiler sans jamais réussir à les imbriquer.

Dépitée, je m'assieds en tailleur à côté de lui. Instinctivement sa main vient caresser mon genou. Alors que je suis encore surprise devant tant d'attention, mon regard s'arrête sur sa main posée là alors que lui continue de se triturer les neurones.

Hum…

– Comment en es-tu arrivé à écrire des chansons pour les autres ? demandé-je pour oublier pendant quelques instants que j'en suis toujours incapable. Tu m'as dit tout à l'heure que tu avais fait une croix sur la musique.

– Ce n'est pas exactement ce j'ai dit. J'ai quitté le groupe parce que ça m'aurait ramené sans cesse à ma culpabilité et que je n'étais plus assez fort pour ça. Mais j'écrivais déjà la plupart des chansons du groupe avant l'accident de Jason. Je suis auteur, compositeur, et interprète, Madame ! Ce qui signifie que, encore aujourd'hui, je gagne très bien ma vie grâce à ces chansons. Prépare ta plus belle robe, je t'emmène dans un restaurant trois étoiles pour notre premier rendez-vous à L.A.

Il me fait un clin charmeur qui me fait éclater de rire.

– De toute façon, je ne vais nulle part tant que je n'ai pas vu tes comptes bancaires et la couleur de ta carte de crédit, ironisé-je

Zic rit à gorge déployée à son tour.

Néanmoins, je sais que si je n'insiste pas, je ne saurai jamais toute l'histoire.

– Alors, pourquoi cette envie d'écrire pour les autres ? persisté-je. Et pourquoi sous un nom différent ?

Zic repousse la feuille devant lui et s'assied en tailleur face à moi.

– Après mon départ du groupe, deux années ont passé, Compass a fini par se séparer définitivement, mais je suis toujours en contact avec les membres. On était une bande de potes avant d'être un groupe de musique. Un jour, j'ai reçu un appel de Shane, celui que tu connais sous le nom de South. Il m'a demandé de lui écrire une chanson. Dans un premier temps, j'ai refusé – je n'avais aucune envie de remettre un pied dans ce milieu –, mais Shane a insisté. Il avait vraiment besoin d'aide pour lancer sa carrière solo. J'ai fini par dire oui... Après tout, c'était mon ami.

– Je me souviens de cette chanson avec son refrain entêtant. D'ailleurs, elle s'est hissée tout de suite numéro 1 des charts, me reléguant au second plan. Mais personne n'a jamais su que tu te cachais derrière ce succès, n'est-ce pas ?

– J'ai découvert un nouvel aspect du métier et, de cette façon, j'ai pu continuer à baigner dans la musique. C'est l'essence même de ma vie. J'aime créer, composer et, surtout, j'ai découvert que j'adorais écouter les autres donner vie à mes chansons. Après tout ce temps, enfermé à imaginer, fredonner, griffonner, quand vient le moment d'être spectateur du résultat, c'est un sentiment... presque indescriptible mais absolument délicieux.

Je trouvais jusque-là que nous avions plein de points communs. Une sensibilité, une culpabilité aussi mais, avant tout, l'amour pour la musique. Mais ce qui me semblait évident ne l'est pas tant que ça en réalité. Écrire mes chansons, c'est mon exutoire. Ma peine, ma douleur, ma joie, mon bonheur. Alors, forcément, ce n'est pas aussi exaltant quand c'est pour conter les déboires de quelqu'un d'autre. Ce que j'écris, j'aime l'écrire avant tout pour moi.

– Mais pourquoi changer de nom ? Tu aurais très bien pu garder North et connaître davantage le succès. Reprendre la route là où tu t'étais arrêté...

– Au début, à mon retour au Texas, même aller faire les courses avec ma mère était compliqué, mais peu à peu, je suis retombé dans l'oubli et j'ai beaucoup apprécié ce calme après la tempête. Après tout ce temps, oublier North, garder Adam dans l'intimité et faire une place à Zic était une évidence.

Je comprends mieux maintenant. Je trouve que son parcours de vie est semé de beaux compromis.

Note à moi-même : dans ma prochaine vie et ma nouvelle carrière, penser à prendre un pseudo !

Soudain, Zic se lève et s'installe devant mon premier piano.

Zic joue quelques notes et, curieusement, malgré les années, ça sonne plutôt bien. Il s'arrête un instant, son regard sur moi me déstabilise. *Est-ce que je m'y ferai un jour ?* Je me sens rougir alors aussitôt, je me détourne.

On va éviter de lui sauter une nouvelle fois dessus !

Je balaie la pièce du regard pour essayer de penser à autre chose quand je suis attirée par un objet posé sous une pile de draps : le tourne-disque de ma mère, un héritage de ma grand-mère.

– Je crois que j'ai trouvé plus vieux que mon piano ! m'exclamé-je en me relevant.

Je me précipite vers ma découverte, la sors de dessous ce bazar puis souffle sur l'épaisse couche de poussière qui la recouvre. Je cherche à la hâte une prise pour brancher le tourne-disque et croise les doigts pour qu'il fonctionne encore.

Je retiens mon souffle quand j'enfonce le bouton *ON*. Plusieurs étincelles jaillissent, me prenant par surprise et m'obligeant à reculer. Waouh ! J'en déduis qu'il est trop vieux pour un dernier vinyle quand soudain, un bruit résonne. Alléluia !

Je m'empresse d'installer le phonocapteur sur le disque qui n'a pas bougé, convaincue que c'est la dernière chanson que ma mère a écoutée, puis je me rassieds sur le siège près de Zic, immobile et un brin déconcerté.

Les crépitements emplissent la pièce et je sens l'excitation me gagner peu à peu. Les premières notes retentissent et je reconnais aussitôt la voix de Freddie Mercury. La nostalgie me happe et me replonge dans mes souvenirs. Des souvenirs dans lesquels, ma mère et moi, nous dansions au milieu du salon au rythme des chansons qui passaient sur ce vieil appareil. C'est là qu'est née ma passion pour la musique. Et, pour la première fois, l'imaginer danser sur « The Show Must Go On » m'arrache un sourire.

Zic choisit ce moment pour déposer un baiser tendre sur mon épaule. Mes mains cherchent alors à retrouver le contact de sa peau.

– C'est fou, murmuré-je, je ressens presque sa présence à mes côtés, quand j'écoute cette chanson. Je crois que ça m'inspire... Ça me donne envie d'écrire, Adam.

– Allez, faisons-le. On pourrait commencer par composer quelque chose rapidement et proposer un premier couplet et un refrain à ta famille ? Je pense que leur avis compte pour toi, susurre-t-il tout en plongeant son nez dans mon cou.

Je peine à garder les idées claires, pourtant sa remarque fait son bonhomme de chemin dans ma tête. Il a raison. Ce ne sera pas une chanson entière, pour cela il faudrait plus de temps, mais c'est un bon début. Ma famille a toujours été là pour moi, mes sœurs adoraient être mon premier public... C'est peut-être ça, ce dont j'ai besoin : revenir aux sources, là où tout a commencé. Alors la perspective de renouer le lien me séduit ; même si les caresses de Zic m'embrument l'esprit.

Je suis sûre qu'il fait exprès de me torturer !

– C'est vrai que tu as de bonnes idées, marmonné-je en m'accrochant à son tee-shirt.

Je sens mon cœur se réchauffer alors que notre concentration vacille. Mon corps réclame de nouveau celui de Zic... Ce baiser me fait complètement chavirer. Je suis totalement accro aux sensations qu'il me procure.

Je tente donc d'enlever son tee-shirt, mais il m'arrête dans mon élan, un sourire malin aux lèvres.

– Rappelle-moi déjà pourquoi nous nous sommes rhabillés ? rit-il contre ma bouche.

– Je ne me souviens pas... m'impatienté-je. Mais retire-le !

J'insiste, mais il m'emprisonne entre ses bras puis, d'un mouvement brusque, me retourne sur le siège afin que mon dos soit désormais contre son torse.

Euh...

– Taylor Scott, on a une chanson à terminer, chuchote-t-il à mon oreille. Peut-être pas la version définitive, mais un premier jet...

– Tu as raison. On devrait s'y remettre, soupiré-je, résignée.

Mais je sens le souffle de Zic glisser sur ma nuque et je n'ai aucune volonté.

– On devrait... dit-il tout en continuant de promener ses lèvres dans mon cou.

– S'il te plaît... gémis-je tout en fermant les yeux pour mieux apprécier la douceur de ses caresses.

Est-ce que je lui demande d'arrêter ou de poursuivre ? Je n'en sais rien, j'ai cessé de réfléchir depuis un petit moment.

Zic s'arrête soudain et je le sens redresser la tête, surpris.

– Je rêve ou tu viens de me supplier ?

Je fronce les sourcils, dubitative.

– De quoi parles-tu ?

– Je t'avais bien dit que tu finirais par me supplier de travailler avec toi.

Dès qu'il me lâche, je me retourne vers lui et pointe un doigt menaçant.

– C'est faux, tu n'as jamais dit ça ! Et puis de toute manière, tu as mal entendu, j'ai...

Zic brandit sa main entre lui et moi.

– Tatatatatata ! Écoute bien les mots qui vont suivre, ça va faire mal, mais en vrai, c'est tellement bon. T'es prête ? « J'avais raison » !!! se moque-t-il ouvertement.

Je pince mes lèvres, cherchant une réplique bien sentie pour lui faire ravaler son orgueil mal placé, mais rien ne vient.

– Regarde-moi humer ce sentiment de pleine puissance, se pavane-t-il.

Pour appuyer ses propos, il se lève, gonfle le torse et commence à saluer un public imaginaire, avant de se retourner vers moi.

Le seul moyen que je trouve pour faire revenir cet idiot sur terre est d'aller chercher une des doudounes pour la lui lancer en plein visage.

Zic se contente de rire et, finalement, j'en fais autant, jusqu'à ce qu'il s'exclame :

– J'ai une idée !

Maintenant qu'une distance réglementaire s'est installée entre nous, je retrouve peu à peu ma concentration.

Zic pose un doigt sur une touche du piano, les notes timides se cherchent au même rythme que les paroles. L'humour a laissé place au sérieux.

– « Parmi les cris, je ne perçois que ton silence », commence-t-il fébrilement.

Il tourne alors les yeux vers moi, et je vois sur son visage les émotions qui remontent, similaires aux miennes.

– « Dans la lumière subsiste pourtant mon obscurité », renchéris-je en bégayant presque.

Les mots se déversent, j'essaie de ne rien montrer mais ça fait un mal de chien ! J'ai gardé trop longtemps cette douleur contre mon cœur et m'en débarrasser n'est pas une mince affaire.

– « À travers la foule, je ne vois que ton absence », souffle Zic.

– « Derrière mon sourire, tu es le seul à discerner ma peur », conclus-je en écoutant les quelques notes de Zic qui ponctuent mes mots.

Zic cherche l'approbation dans mon regard. Je suis définitivement nulle pour cacher mes émotions, mais je sais qu'il a compris.

– On continue ? me demande-t-il doucement.

Avant d'acquiescer, je prends la feuille pour noter nos paroles sur lesquelles nous reviendrons plus tard. Mais pour la première fois depuis des mois, les idées se bousculent et je veux leur laisser toute la place.

Une petite éternité plus tard, les feuilles de papier en boule jonchent le sol. Zic se masse les doigts à plusieurs reprises à force d'user le clavier, mais la détermination nous unit plus que jamais. J'aime l'effervescence qui nous anime, l'idée de partager l'inspiration avec quelqu'un. L'excitation, l'échange, la passion, le talent... Tout est là, je le ressens et je ne pensais pas ça possible. J'avais tort !

Je commence une phrase, Zic la termine. Les paroles naissent peu à peu et les notes deviennent une vraie mélodie. Ma voix s'élève pour donner vie à tout ça, au message entre les lignes. Lorsque je termine et que le silence reprend sa place, Zic m'adresse un sourire serein et fier.

Je comprends aussitôt que nous venons d'écrire la moitié d'une chanson, ou du moins : une ébauche.

– Tu es prête pour l'interpréter devant ta famille ?

Je prends une profonde inspiration, mais finis par hocher la tête. Je ne suis pas impressionnée de devoir chanter devant ma famille, je l'ai fait des centaines de fois, en revanche, interpréter cette chanson en particulier va s'avérer une tâche plus difficile. Je sais que cela va remuer des choses et faire écho chez chacun d'entre nous. Est-ce que je suis vraiment prête pour la conversation qui s'annonce ensuite ? C'est une chose de parler à cœur ouvert à un inconnu comme Zic, mais c'en est une autre de devoir confronter mon deuil à celui de mes proches...

OK, j'ai la frousse ! Zic doit le ressentir car il se lève, s'approche de moi et me prend la main.

– Je ne te lâche pas, m'assure-t-il pour me donner du courage.

Ses doigts serrent les miens et je m'y accroche désespérément.

– Je sais que tu ne veux pas reprendre la scène et je respecte cette décision, mais... Est-ce que tu accepterais de la chanter avec moi, juste une fois ?

– Taylor... Je...

– Cette ébauche, on l'a écrite à deux. Elle parle de nos douleurs, de nos rancœurs... Et j'ai vraiment besoin de t'avoir à mes côtés dans ce salon.

– Mais...

– Tu veux que je te supplie ? Très bien, je te supplie ! Ne m'oblige pas à me mettre à genoux, par pitié ! Je n'y arriverai pas toute seule. Je m'apprête sans doute à affronter le moment le plus dur après la mort de ma mère.

Zic ne dit plus rien, juste un long échange de regards. Je me crispe et me mords la lèvre en attendant sa réponse. Puis il finit par mettre fin à ma tourmente.

– Juste une fois, dit-il simplement.

– Oui !!! crié-je avant de lui sauter dans les bras. Merci !

30
Taylor

Ceux qui chantaient enfin leur chanson

Zic n'a pas menti, sa main tient fermement la mienne lorsqu'on descend l'escalier. Mais rien ne peut apaiser l'angoisse qui me gagne peu à peu et le brouhaha provenant du salon n'aide pas à me détendre.

Le salon est bondé. Entre les amis de mes parents, j'entrevois mes sœurs. Fallon rit comme une adolescente avec Luke, pendant qu'Hazel pique les dernières cacahuètes sur la table d'un air ennuyé. *Merde, la tarte à la citrouille !* Aimee discute avec un homme dont le visage m'est familier. *Satan ?!* Tandis qu'Ivy enlace son meilleur ami, les joues rosies. *Elle a confondu meilleur ami et meilleur amant, non ?* Mes yeux se posent enfin sur mon père en pleine conversation avec Carole.

Mon cœur se serre, c'est l'instant de vérité.

Je racle timidement ma gorge pour me donner un peu de contenance, mais personne ne le remarque. Les conversations bruyantes étouffent ma tentative.

Finalement, Hazel jette tout de même un regard curieux sur la main de Zic qui serre la mienne, mais poursuit son chemin vers la cuisine.

Je décide de me saisir d'un verre posé devant moi et tape dessus avec une cuillère pour me faire entendre. Tout le monde est à présent là, les yeux fixés sur nous.

– Désolée de vous interrompre dans vos discussions animées, commencé-je, mais j'ai besoin des Scott ! Ma chère famille, pouvez-vous me rejoindre dans le bureau, s'il vous plaît ?

Tandis que les invités retournent à leurs conversations sans rechigner, ma famille nous suit vers l'antre de notre père.

– Taylor ? Où est-ce que tu avais disparu ? m'interroge aussitôt Aimee.

Je ne sais pas ce qui s'est passé au rez-de-chaussée, mais j'aurais cru que les notes de musique avaient traversé les planches du grenier. J'imagine qu'il y a trop de monde pour nous entendre d'ici.

J'attends que nous soyons tous confortablement installés pour lui répondre. Nous sommes nombreux, dans cet espace réduit, mais en un sens j'en suis rassurée. Cela fait si longtemps que je n'ai pas eu l'occasion de voir tous les membres de ma famille réunis…

– Hum, justement… Si vous voulez bien nous accorder cinq minutes, nous voudrions votre avis sur le début de chanson que nous venons de composer. Donc, pour répondre à ta question, Aimee, nous n'avons pas bougé du grenier depuis tout à l'heure. L'inspiration est finalement revenue et ça me tient à cœur de la partager avec vous, bégayé-je, mal assurée.

Ivy s'enthousiasme immédiatement et tape dans ses mains.

– Oh génial, une nouvelle chanson ! J'adore toujours autant ce privilège.

Les regards attentifs des membres de ma famille sont rivés sur Zic et moi, même si je remarque le manque d'entrain de ma sœur Fallon. J'ignore comment interpréter son visage complètement éteint mais cette sensation désagréable au creux de mon ventre n'annonce rien de bon. Lorsque tout le monde est installé, j'en profite pour prendre juste une minute et respirer profondément.

– Comment tu te sens ? s'inquiète Zic en me caressant le bras.

Je grimace un sourire et ferme un instant les yeux pour mieux apprécier sa chaleur. *Ça me fait tellement de bien.* Je suis heureuse et lui exprime toute ma gratitude dans mon regard baigné de larmes. Je n'aurais pas pu le faire sans lui parce que je suis à l'aube de quelque chose de particulièrement difficile, qui me paraissait insurmontable sans soutien extérieur. Surtout venant de quelqu'un comme Zic, qui a vécu quelque chose de semblable.

– Je suis morte de trouille, avoué-je sans détour.

Ses doigts pincent légèrement ma peau, m'obligeant à ouvrir les yeux. Je tombe alors dans son regard sombre, confiant et serein.

– Ils vont adorer. Ils vont *t'*adorer ! Et même si ce n'est pas le cas, ils n'ont pas d'autre choix : vous êtes liés par le sang !

Si seulement c'était si simple...

Je ris nerveusement à sa tentative de plaisanterie, mais Zic n'a pas le temps d'argumenter. Ma famille s'impatiente.

Ils se sont tous installés devant nous comme un magnifique portrait de famille. La réalité me saisit de plein fouet. Je détaille avec beaucoup d'attention chacune de mes sœurs, je nous revois plus jeunes, et contemple à présent les belles jeunes femmes qu'elles sont devenues.

Ma mère disait toujours : « Mes filles changeront le monde, chacune à sa manière », et elle avait tellement raison.

Puis mon attention s'arrête sur le bureau de papa où trône une photo de ma nièce Penny. Le regard de Fallon suit le mien avant de revenir vers moi, me laissant entrevoir un éclair de tristesse dans ses prunelles noisette. Je me suis tellement laissée aveugler par ma peine que j'ai perdu de vue l'essentiel.

Je comprends à cet instant que ce n'est pas la colère qui l'anime mais que c'est pire encore : la déception.

Le poids de mes erreurs comprime mon cœur. Mon père avait raison, je n'ai pensé qu'à moi. Juste à ce moment-là, nos yeux se rencontrent. Je remarque les traces de fatigue sur son visage. Tout ce que j'ai loupé se trouve devant moi. Le regret m'étreint, cette sensation obsédante et désagréable qui ne me quittera jamais. Si j'avais su...

Soit je chante, soit je m'effondre.

– Bien, c'est parti !

Zic cherche la mélodie qu'il a enregistrée sur son téléphone, branche le tout sur l'enceinte de l'ordinateur et nous voilà prêts. Les premières notes emplissent la pièce. Je me concentre sur Zic quand ma voix s'élève dans la pièce. Puis, lorsque je sens le regard de chacun sonder mon âme, je choisis de fermer les yeux. Dans cette obscurité, je me laisse guider par mes émotions qui se posent parfaitement sur chacune des paroles.

L'image de ma mère se glisse dans mon esprit et j'ai l'impression de chanter uniquement pour elle à présent. J'essaie de contenir mes larmes, mais quand la voix de Zic se mêle à la mienne, l'une d'elles s'échappe et roule sur ma joue sans que j'aie le temps de l'arrêter. Je me laisse emporter sans me poser de questions. Puis vient le temps du refrain et, surtout, de la dernière strophe :

Dans le chaos, je cherche mes mots.
Après la détresse vient l'allégresse.
Dans la douleur, je cherche mon cœur.
Derrière ce halo se cache la chaleur.
Dans le chaos de l'absence, tu ressentiras toujours l'amour.

La mélodie touche à sa fin et la main de Zic serre à nouveau la mienne alors que le silence nous répond. Je dois à présent ouvrir les yeux et affronter la dure réalité.

Je plonge mon regard dans celui de chacun des membres de ma famille et je suis surprise de lire l'émotion sur leurs visages. À dire vrai, je pourrais presque voir mon reflet dans leurs yeux brillants.

Cependant, aucun d'eux ne réagit. Je me demande bien par où commencer quand Ivy, dans son euphorie communicative, s'exclame en se levant d'un bond :

– C'est North ! North est dans notre maison ! crie-t-elle, survoltée.

Ivy redevient en l'espace d'une seconde l'adolescente de quatorze ans, soufflant en même temps un vent de nostalgie. Je revois celle qui venait dans ma chambre vêtue du tee-shirt du groupe pour me supplier de lui chanter leurs chansons. Je lui avais fait la promesse une fois de lui présenter les membres de Compass lorsque je serai devenue une star. *Je viens de la tenir sans le vouloir !*

Sa simple remarque fait rire l'assemblée et brise par la même occasion la glace épaisse autour de ma honte. Le sourire sur leurs lèvres me réchauffe un peu le cœur. Je me concentre à présent sur mes sœurs. Je vois bien qu'elles sont partagées entre l'envie de me prendre dans leurs bras et la rancœur vis-à-vis de mon absence. Quant à mon père, égal à lui-même, il reste apathique. Je crois que je leur dois des explications :

– Je tenais à écrire cette chanson depuis très longtemps, plus précisément depuis l'annonce de la maladie de maman. J'ai cherché les mots, les notes, sans jamais véritablement les trouver. Je crois que je devais affronter mes erreurs et ma douleur avant de pouvoir écrire quoi que ce soit.

Un long silence s'étire entre nous, mon père semble toujours ailleurs. *Il entend ce que je lui dis ?* Mes sœurs échangent des regards et je perçois qu'elles veulent se libérer d'un poids mais ne savent pas comment s'y prendre.

– Tout ce chemin pour dire que... que... Je vous dois des excuses, bégayé-je. Je suis désolée de ne pas être revenue à la maison plus tôt. Je pensais que ce serait plus facile de rester loin du fantôme de maman, mais j'avais tort. Complètement tort. Je regrette chaque jour qui passe. J'ignore ce que vous avez traversé, mais...

Fallon n'attend pas la fin de ma phrase. Je crois que pour elle, c'en est trop. Elle se lève d'un bond, le visage fermé, et me fait face.

– C'est très bien dit, Taylor : tu ne sais pas par quoi nous sommes passés.

À présent, elle me fusille du regard. C'est la première fois que je vois autant d'amertume en elle, et c'est ma faute.

– Fallon ! la gronde Aimee en posant sa main sur son bras.

Je ne sais pas si Aimee la coupe dans son élan pour tenter d'esquiver l'inévitable ou bien pour lui rappeler d'y aller doucement. Ma sœur n'a jamais été une grande adepte des conflits.

– Quoi ? crache-t-elle. Je dois me taire pour la protéger ? Et pourquoi *elle* plus que *nous* ? J'en ai assez !

Fallon saisit la main de son mari, cherchant son soutien.

– Tu crois qu'on n'a pas souffert ? reprend-elle en se tournant vers moi.

Ses yeux noirs brillent d'une colère inouïe.

– Qu'on n'a pas pleuré ? On s'est relayés chaque nuit pour qu'il y ait toujours quelqu'un à son chevet. On l'a accompagnée à tour de rôle à l'hôpital pour qu'elle ait toujours une épaule sur laquelle s'appuyer. On a écouté les médecins, prodigué les soins, géré les papiers et...

Alors que sa voix chancelle, Aimee lui prend l'autre main. Je baisse les yeux sur le pouce de ma sœur qui trace de petits cercles apaisants sur la paume de Fallon. Dans cette épreuve, elles se sont unies... Et je comprends seulement maintenant, que j'ai dû perdre ce lien précieux.

– Toi, tu n'as jamais entendu ces gémissements de douleur, reprend Fallon. Ça m'arrive encore parfois de les entendre ! Tu sais, si tu n'avais pas besoin de nous pour apaiser ton chagrin, nous, nous avions besoin de toi et tu étais aux abonnés absents. Aimee devait se débrouiller pour faire les allers-retours entre ici et Chicago, les filles rentraient de l'université dès qu'elles le pouvaient, entre deux cours et leurs examens. Et moi... J'ai dû mettre au monde ma fille sans ma mère à mes côtés. Et toi, où étais-tu ?

Son cri déchire la pièce alors que les sanglots secouent ses épaules. Mon cœur se déchire, je suis submergée par mes émotions. Je leur fais face pour la première fois : la peine, la colère, la rancœur, mais surtout... la douleur.

– Fallon...

Je sais que je ne dois pas m'écrouler. À présent, je dois garder mes larmes parce que les sentiments de mes sœurs sont aussi légitimes que les miens. Fallon, libérée de ce poids, pose sur moi un regard vide. Mais je distingue, au fond de ses yeux, qu'elle attend.

J'hésite par peur de faire un pas de trop, mais je sens la main de Zic dans mon dos. Il m'encourage, mais surtout, me pousse en avant. J'ai confiance en son instinct, il ne m'a pas trompée jusque-là. J'écarte les bras et me précipite vers ma sœur aînée.

Elle m'accueille et plonge sa tête dans mon cou et verse quelques larmes sur mon tee-shirt.

– Je te demande pardon, Fallon. À vous toutes, en réalité. Pardon de m'être noyée dans ma peine en oubliant que je n'étais pas seule à sombrer. Pardon de m'être laissée ensevelir par mon désespoir. Pardon d'avoir été à bout de souffle et d'avoir oublié mon oxygène : vous, déballé-je en écrasant discrètement des larmes entre mon pouce et l'index.

Devant mon désarroi, mes trois autres sœurs nous rejoignent, sans un mot, et nous formons ensemble un câlin gigantesque.

– Tu nous as manqué, bordel, souffle Fallon dans mon cou.

– Tellement, ajoute immédiatement Hazel d'une voix tremblant sous l'émotion de nos retrouvailles.

Aimee, complètement grisée par l'instant, s'écrie :

– Papa, papa ? Viens ! Toi qui aimes les câlins collectifs...

– Ah non, moi je ne fais pas de câlin au vieux ! râle Hazel en s'écartant. Ce sera sans moi.

Aimee tente de la retenir, mais la benjamine dit vouloir retourner dans sa chambre, ce qu'elle fait.

– De toute façon, papa est déjà reparti, soupire Fallon.

Je relève la tête, déçue. C'était le moment parfait pour faire la paix. Néanmoins, ma sœur a raison. Quand pour seul écho, nous entendons le silence, nous nous écartons aussitôt.

– Il est passé où ? demande Ivy.

D'un regard, nous balayons la pièce à sa recherche mais rien. Fallon se tourne vers les garçons.

– Vous avez vu dans quelle direction il est parti ?

Luke hausse les épaules tandis que les autres se contentent de secouer la tête.

Fallon pivote alors vers nous et, toujours très pragmatique, rétorque :

– Vous connaissez sa tolérance aux cris. Au-delà de vingt décibels, il s'enfuit.

Elle marque un point. Mon père n'a jamais aimé ça et je crois que ce que j'ai provoqué aujourd'hui a dû atteindre son quota pour les cinq années à venir.

J'ai besoin de son pardon, de passer le reste de ma vie à réparer mes erreurs et non à les payer.

– Tout ça, c'est ma faute, avoué-je. C'est à moi de lui parler.

Mes sœurs m'enlacent une dernière fois comme pour me donner du courage et je pars à sa recherche. Je fouille d'abord le rez-de-chaussée : personne dans la cuisine et pareil dans le jardin. Je fais donc ensuite le tour des chambres au premier étage, mais là encore, rien.

Je suis en train de refermer la porte de l'antre de Fallon quand Zic me rejoint en haut de l'escalier :

– Tu l'as retrouvé ?

Je secoue la tête, de plus en plus inquiète. Dehors, la tempête semble s'être calmée, mais ça ne me rassure pas davantage. J'espère qu'il n'est pas sorti...

– C'est bizarre...

Zic ne semble pas inquiet le moins du monde. Je ne sais pas s'il adopte une attitude faussement détendue pour ne pas m'angoisser davantage ou bien s'il n'y a vraiment aucune raison de s'affoler.

– Il est peut-être juste allé faire un tour pas très loin, suggère-t-il.

– J'y ai pensé, mais c'est le premier à nous dire de ne pas sortir quand le temps se gâte...

Zic s'approche de moi et me prend dans ses bras. Je ne sais pas de quoi demain sera fait et je ne suis pas du genre à me projeter. En revanche, la chose dont je suis sûre, c'est que je prends de plus en plus plaisir à me lover dans ses bras, à m'autoriser à ressentir des émotions inconnues jusque-là. J'ignore où le vent va nous mener, mais je veux bien lui faire une place dans ma vie et, qui sait, peut-être aussi dans mon cœur.

– Il ne doit pas être loin. Quand ton père aura envie d'être retrouvé, il fera un signe.

J'acquiesce, peu convaincue, mais je ne vois pas quoi faire d'autre...

– T'as probablement raison.

Zic m'attire contre lui, ma main sur sa poitrine. Sur le point de m'embrasser, il change finalement d'avis, l'air sérieux tout à coup.

– Qu'est-ce qui t'arrive ?

Zic palpe soudainement ses poches, je lis la panique sur son visage.

– J'ai perdu ma balle de baseball !

C'est à mon tour de tenter de le réconforter. Je sais maintenant l'importance qu'elle revêt pour lui.

– Calme-toi, on l'a sûrement laissée dans le grenier.

– Zic ? appelle alors Luke depuis l'entrée. Tu n'as pas dit que tu voulais voir Dick Clark's New Year's Rockin' Eve ?

Zic hésite, mais je m'empresse de le rassurer :

– Vas-y, descends, je vais regarder là-haut et te la rapporter !

Il lance un regard incertain vers l'escalier qui mène au grenier, alors je décide de déposer un baiser sur ses lèvres, avant de le renvoyer gentiment vers le rez-de-chaussée pendant que je vais moi-même récupérer sa précieuse balle.

Je m'élance vers l'escalier quand je suis stoppée net dans ma lancée. La voix grave de mon père attire mon attention. J'approche doucement de la salle de bains dont la porte est entrouverte. Et le temps s'arrête. Ma respiration se coupe, le sang quitte mes extrémités et mon cœur se vide.

Là, debout devant moi, à travers la fine ouverture vers la pièce commune, je reconnais mon père. Et dans ses bras, une femme que j'ai toujours aimée profondément : Carole.

Ma main se pose sur ma poitrine, comme pour me rappeler de reprendre mon souffle. C'est impossible ! Papa et la meilleure amie de maman ? Je recule, doucement, sans faire de bruit. Chaque pas m'éloigne un peu plus du profil de ces amants qui n'auraient jamais dû l'être. Quand mon dos bute contre une surface dure, je me rends compte que j'ai atteint l'autre bout du couloir. Je suis sur le point de m'effondrer au sol sous le poids de tout ce que cette soirée m'a apporté et enlevé en l'espace de quelques heures, quand la porte derrière moi s'ouvre. Ma petite sœur, Hazel, la poignée en main, lève ses grands yeux noisette vers moi. Son expression doit faire écho à la mienne car elle semble affolée :

– Tay… Qu'est-ce qui se passe ?

J'ouvre la bouche mais les mots semblent coincés dans ma gorge. À la place, j'entre dans sa chambre et en referme la porte derrière moi. Ce n'est qu'une fois dans l'intimité sororale que je respire de nouveau.

Je lui demande ce qu'elle fait là, craignant qu'elle ait aperçu ce spectacle cauchemardesque elle aussi. J'entends à peine sa réponse, je crois que je lui dis même de me prêter le cannabis qu'elle prétend fumer – j'en aurais bien besoin, là.

Bref, je suis à côté de la plaque. Mais lorsque Hazel insiste pour savoir ce qui m'arrive, je ne peux plus garder ça pour moi. *Il faut que ça sorte.*

Alors c'est après quelques inspirations profondes, comme une enfant qui se débarrasse d'un secret qu'elle aurait préféré ne jamais découvrir, que je dis enfin :

– Papa a une copine… et je sais qui c'est.

31

Hazel

Celle qui brisait le cœur des jolies filles

Quand j'avais douze ans, mon père m'a mise en garde contre les garçons qui brisent le cœur des filles « jolies et naïves » comme moi.

Je ne me trouvais pas spécialement jolie, et encore moins naïve, mais ça m'est resté. C'est pourquoi j'ai décidé que, s'il fallait briser des cœurs, je ne serais jamais la victime.

Ce jour-là, j'ai répondu « OK » au lieu de lui avouer que, de toute façon, les garçons ne m'intéressaient pas.

Huit ans après, mes ex disent toutes que je suis « pire qu'un mec ». Ironique, non ?

Quelque part, c'est la pire insulte possible.

Justement, l'une d'elles est là ce soir : Danielle. L'une des raisons pour lesquelles je me cache dans ma chambre à l'étage… Aussi parce que je ne suis pas sûre de pouvoir supporter la vue de mon père une minute de plus sans faire de scène.

On me prend déjà pour la râleuse de service… Je n'ai pas envie de gâcher la soirée de tout le monde, alors je leur fais une fleur en choisissant de me retirer.

Malgré tout, je pensais que j'allais enfin pouvoir profiter de mes sœurs, que je ne vois pas souvent...

C'est raté. Mon père a décidé d'inviter des gens de la ville à passer le Nouvel An chez nous. Comme si c'était normal d'accueillir une vingtaine d'inconnus le jour de l'anniversaire de maman ! Et bien sûr, c'est moi qui ai dû me taper les pires corvées : gonfler les ballons à l'hélium pour les faire léviter au plafond, puis faire tenir la guirlande HAPPY NEW YEAR malgré le vent, que Luke a fini par clouer à la porte d'entrée tant il a été pris de pitié en me voyant la scotcher encore et encore.

Mon père n'a pas aidé une seule seconde, trop occupé à passer des appels mystérieux dans son bureau.

Je ne peux pas m'empêcher d'être déçue, et pourtant je ne suis pas surprise. Depuis la mort de maman, papa refuse de se retrouver seul avec ses filles... comme si ça lui faisait peur. Ou peut-être ressent-il son absence davantage quand nous sommes entre nous ?

Est-ce pour cela qu'il vend la maison ?

Je suis allongée sur mon lit, fixant le plafond, lorsque mon téléphone vibre à côté de moi. Je l'ignore la première fois, bercée par le bruit des branches qui frappent contre la fenêtre sous la force du vent.

La deuxième fois, je regarde l'écran.

Un sourire familier prend immédiatement place sur mon visage.

Gracie
Qu'est-ce que tu fais seule dans ta chambre
le soir du Nouvel An ?

Gracie
Tu bouges pas. Rassure-moi,
t'es pas morte ??

Je me redresse, amusée, et tourne la tête vers la fenêtre.

Mon cœur manque un battement en la voyant de l'autre côté de l'arbre qui sépare nos deux maisons, son téléphone en main.

Gracie.

Ma voisine et meilleure amie depuis... à peu près toujours. Je l'ai connue toute ma vie. Je ne me rappelle pas une époque où elle n'était pas là, pour être honnête. Quand les gens demandent, je réponds toujours qu'on s'est rencontrées à la maternité.

Gracie nous appelle les « voisines de berceaux ».

C'est simple : nous sommes toujours fourrées l'une chez l'autre, tellement que Ivy et Aimee plaisantent souvent en disant que Gracie est notre sixième sœur. Je déteste les entendre dire ça. Gracie n'est *pas* ma sœur.

Et parce que je suis un cliché lesbien, je suis évidemment, irrévocablement, follement, amoureuse d'elle.

Ma meilleure amie hétérosexuelle.

Je sais, je sais. Pire qu'un *teen movie* des années 2010.

Hazel
Je recharge mes batteries sociales.

Gracie
Je parie que ton père n'a pas prévu
d'options végétariennes.

Je roule des yeux devant la fenêtre, ce qui la fait sourire.

Hazel
Heureusement que Fallon
a pensé à acheter des légumes.
Mais au moins, il y a du champagne
à volonté !

Gracie éclate de rire derrière la fenêtre, et je regrette de ne pas être capable de l'entendre.

Elle est encore plus belle que d'habitude. Elle a coiffé ses tresses noires dans un chignon haut, laissant quelques mèches retomber jusqu'à sa poitrine. Son fard à paupières rose pêche brille magnifiquement sur sa peau brune. Elle a même mis du gloss sur ses lèvres pulpeuses.

Je me demande quel goût il a.

J'aime qu'elle ne soit pas sur son trente-et-un malgré l'occasion. Gracie porte un jean skinny et un pull en laine moche qui suffit malgré tout à faire accélérer mon rythme cardiaque.

Hazel
Comme d'hab, il comptait sur Fallon
pour s'en occuper. Sauf que cette fois,
elle a d'autres chats à fouetter...

Gracie
Typique.

Hazel
Trop de choses à te dire.
On monte sur le toit ?

Notre coin secret.

Personne ne s'y aventure jamais à part nous. L'arbre qui sépare nos fenêtres est une vraie bénédiction : Gracie et moi grimpons dessus pour nous infiltrer dans nos chambres respectives. Mes parents ne l'ont jamais su, mais ma meilleure amie a passé de très nombreuses nuits ici même, dans mon lit.

Une douce torture.

Quand l'une de nous a besoin de vider son sac, on monte sur le toit de chez moi avec des oreillers et on reste là à observer le ciel en silence.

Gracie
Au cas où tu aurais loupé l'info,
on est en pleine alerte tempête.

Hazel
Froussarde ! Ça semble s'être calmé.
Il y a juste un peu de vent, promis.

Gracie
C'est trop dangereux.

Hazel
Ou, au contraire, excitant ;)

Gracie
Tu n'as aucun instinct de survie, c'est dingue.

Je boude à travers la fenêtre, mais Gracie secoue la tête sans se démonter.

Gracie
Je veux bien que tu viennes, en revanche.
J'aimerais te parler d'un truc avant de passer
à la nouvelle année...

Je m'apprête à l'appeler, ne serait-ce que pour entendre sa voix, quand un poids s'abat soudain contre ma porte. Je me lève pour aller ouvrir celle-ci, agacée qu'on vienne me déranger. Si c'est Fallon qui vient me forcer à faire un câlin à papa, je vais vraiment m'enfermer à double tour...

Sauf que ce n'est pas Fallon. Il s'agit de ma sœur Taylor, adossée à ma porte avec une main tremblante devant sa bouche. Je comprends tout de suite que quelque chose cloche.

– Tay... Qu'est-ce qui se passe ?

Elle tente de me répondre, en vain. Finalement, elle me repousse à l'intérieur de ma chambre et referme la porte derrière nous.

– Pourquoi t'es là ? demande-t-elle en butant contre un carton vide.

Je cille en regardant autour de moi. Elle réussit à me mettre le doute le temps d'une nanoseconde.

– Euh... C'est ma chambre.

– Non, je veux dire : pourquoi t'es ici, toute seule, dans le noir ? me questionne-t-elle d'une voix inquiète. T'as vu un truc ? T'as pas croisé papa, si ?

Taylor a le regard un peu fuyant, c'est suspect. Quelque chose la tracasse, je le sens, et pourtant je ne sais pas comment lui parler. C'est triste, car Taylor est ma sœur, mais je ne sais plus trop comment me comporter avec elle. Elle a disparu pendant si longtemps, nous laissant seules pendant la maladie de maman, et après sa mort...

Je n'ai même pas pu échanger avec elle à l'enterrement, puisqu'elle a décidé de s'isoler pour souffrir dans son coin.

Je lui en veux.

Cela dit, c'est celle dont j'ai toujours été le moins proche, même avant tout ça. C'est peut-être dû au fait qu'elle est une super star mondiale. Ou alors tout simplement parce que je suis la plus jeune, le bébé qu'on n'attendait pas, celle qui a dû s'élever seule parce que tout le monde avait la paresse de le faire.

Tout le monde, sauf Fallon. La maman de nous toutes.

– Je me drogue, je plaisante en haussant une épaule.

Taylor ne tique même pas, hochant la tête comme si tout était normal. À croire qu'elle ne m'entend même pas.

– Ah. Cool. T'en as un peu pour moi ?

OK, là c'est bizarre. Je jette un regard à Gracie pour lui faire comprendre que j'ai un imprévu, puis prends ma sœur par les épaules.

– Bon, arrête ton cinéma et dis-moi ce qui ne va pas.

Ma sœur me regarde enfin dans les yeux, hésitante et... paniquée. Un mauvais pressentiment me serre la gorge, pourtant rien ne peut me préparer à la bombe qu'elle lâche :

– Papa a une nouvelle copine... et je sais qui c'est.

Tout mon corps se raidit sous le choc. Je lâche les épaules de Taylor, la bouche entrouverte.

Quoi ? Papa a une petite amie ? Depuis quand ?!

– Qui ?

– ... Carole, souffle Taylor, comme si elle n'osait même pas prononcer son nom trop fort. Je viens de les voir en train de s'embrasser...

L'espace d'une seconde, je me demande si nous parlons de la même personne. *Notre* Carole ? La... meilleure amie de maman. La femme que nous considérons toutes comme une tante, et ce depuis avant ma naissance.

Non. Impossible.

Il n'a pas fait ça.

Ma première réaction est évidemment de ne pas y croire, mais la mine trahie de ma sœur me fait comprendre que c'est bien réel. Je ne douterai jamais de sa parole.

Soudain, je repense à toutes les fois où Carole est passée à la maison après le décès de maman. À tous les regards échangés, les mains sur l'épaule, les murmures dans la cuisine.

Je pensais que papa avait besoin d'une amie, quelqu'un qui avait aimé maman autant que lui. Finalement, je suis bel et bien aussi naïve qu'il le pense.

Évidemment, qu'il l'a fait.

On dirait un horrible cauchemar. Je rentre du campus pour retrouver ma chambre pleine de cartons, comme s'il me mettait dehors. Puis j'apprends qu'il vend la maison de notre enfance sans même nous demander notre avis. Et maintenant, *ça* ?

– Quel connard.

– Surveille ton langage ! me dispute Taylor. Ce n'est pas totalement faux, mais quand même... Un peu de respect.

Je roule des yeux devant son effort d'éducation.

– Je n'ai plus quinze ans. J'ai grandi, depuis que t'es partie. Tu le saurais, si tu prenais le temps de venir nous voir...

Je *voulais* que cela sonne comme un reproche, mais je ne suis pas fière de voir les dégâts immédiats sur ses traits.

– Tu as raison...

– Et papa *est* un connard. Comment ose-t-il ?! je riposte, furieuse. Le jour de l'anniversaire de maman !

Mes mains tremblent de colère à mesure que je comprends ce que cela veut dire. J'ai tellement de questions. Depuis quand ça dure ? Était-ce seulement un baiser accidentel, le premier ? Ou pire : est-ce la raison pour laquelle il déménage ? Pour vivre avec elle ?!

Si oui, est-ce qu'il y pensait déjà quand maman était encore vivante ? J'imagine que si c'est le cas, la voie est désormais libre.

Je crois que je vais vomir.

Cette simple idée réussit à me rendre malade. Je commence à me diriger vers la porte, le cœur battant. Cette fois, je ne suis plus d'humeur à faire des efforts.

La tornade dans ma poitrine menace de tout détruire sur son passage. Il faut que j'explose.

– Je ne sais pas comment le dire aux filles, c'est... Attends, tu vas où ?! s'inquiète Taylor en me voyant ouvrir la porte.

– À ton avis ?

Taylor s'élance à ma suite dans l'escalier, incapable d'arrêter la colère qui sommeille en moi. Elle me dit de me calmer, d'y réfléchir à deux fois, de ne pas faire de scène devant tout le monde.

Je m'en fiche, des autres. Je n'ai aucune réputation à protéger, *moi*. Ces gens ne sont rien pour moi.

C'est comme si une bête avait pris possession de mon corps. J'ignore le brouhaha des discussions et de la musique de fond tandis que je débarque dans le salon décoré de guirlandes lumineuses. Mes yeux croisent ceux de mon père à travers la foule, près du canapé. Heureusement pour elle, je ne vois Carole nulle part.

– Hazel, ma Paupiette ! s'exclame-t-il en ouvrant les bras.

Il joue le papa dévoué devant tout le monde, mais je ne lui rends pas son sourire.

– Ça dure depuis combien de temps ?

– Pardon ? me demande papa, confus.

Taylor se tait, mais je sens sa présence à ma droite. Celle de toutes mes sœurs, d'ailleurs, qui se sont rapprochées en sentant que quelque chose se tramait.

Mes aînées m'entourent toutes dans un cercle protecteur, le regard rivé sur l'homme qui nous a élevées.

– Toi et ta petite copine. Depuis combien de temps ?

Je capte avec précision le moment exact où il comprend que je sais. Son sourire se fige, se crispe, puis disparaît lentement. Sa première réaction n'est pas d'essayer de me rassurer.

Non, jamais.

Son premier réflexe est de regarder autour de lui pour s'assurer que je n'attire pas l'attention sur nous... Quand ses yeux s'attardent sur Carole, que j'aperçois soudain près de la cuisine, je n'ai qu'une envie : exploser. Parce que j'ai la preuve que tout est vrai.

– Hazel, m'interrompt Fallon, une main rassurante sur mon bras. On peut peut-être passer dans une autre pièce...

Je fronce les sourcils devant sa réaction.

– Tu as entendu ce que j'ai dit ? Comment tu peux rester aussi calme ?

Ma grande sœur ouvre la bouche pour répondre, mais rien n'en sort. Je réussis à intercepter l'expression embarrassée qu'elle partage avec Ivy et Aimee, pas loin.

Et là, je comprends.

– Vous saviez, je chuchote sans y croire. Vous saviez et personne n'a pensé à me le dire ?

Je ne peux étouffer le sentiment de trahison qui me serre la gorge. Pourquoi est-ce qu'on me tient toujours à l'écart de tout, bordel ? Je ne suis plus une enfant !

– On l'a appris ce soir, murmure Ivy en ignorant notre père, qui se lève pour nous diriger vers le vestibule.

J'arrache mon bras de sa prise, les joues brûlantes. Mon père soupire en chuchotant :

– Je comptais vous le dire bientôt, mais je n'ai jamais trouvé le bon m...

– T'avais pas le droit, putain ! je m'écrie sans réussir à me contenir. Pas aussi tôt ! Pas avec *elle* !

– C'est comp...

– T'as pas honte ?! Depuis quand vous attendez votre moment, au juste ? T'es qu'un menteur ! Je n'arrive pas à croire que vous ayez trahi maman...

– Je n'ai trahi personne, gronde-t-il en me faisant signe de baisser d'un ton. Votre mère n'est plus là, Hazel. Je l'aimais, je l'aime toujours, mais...

– Oh, va te faire foutre !

Je me prends une gifle en plein visage. Le bruit de sa main claquant ma joue se répercute contre les murs avant de percer ma poitrine.

Je suis trop choquée pour réagir. Tout le monde l'est.

C'est Fallon et Ivy qui éclatent les premières, l'une me plaquant contre sa poitrine, l'autre hurlant sur notre père. Lui-même me regarde avec des yeux ronds, bafouillant des excuses. C'est la première fois qu'il lève la main sur l'une de nous.

Je ne suis pas surprise que ce soit moi. Ça me pendait au nez depuis des années.

Notre père fuit le regard de nos invités jusque dans la cuisine, où nous le suivons toutes les cinq. Nous passons devant Carole, qui tente de m'intercepter d'un air coupable :

– Les filles, attendez...

Ses cheveux blonds sont parsemés de confettis. C'est ce qui me rend le plus malade, je crois : savoir qu'elle s'amuse dans cette maison qui appartenait à ma mère... une femme qu'elle considérait comme sa sœur.

– Lâche-moi, je rétorque en retirant mon bras de son emprise.

Je ne m'attarde pas pour voir sa réaction, ni celle de mes sœurs. Une fois dans le silence de la cuisine, Aimee me demande avec des yeux méfiants :

– Hazel. Qu'est-ce que tu entends, par « pas elle » ?

En voyant les visages curieux des filles, je comprends qu'elles ne savent pas tout. Mon père secoue la tête dans ma direction, comme s'il s'attendait encore à ce que je le protège.

– Il se tape Carole dans notre dos.

Tout le monde me regarde avec stupeur. Je garde la mâchoire serrée, humiliée par la brûlure qui mord ma joue. Cette gifle, je l'ai méritée, mais je ne suis pas encore prête à l'avouer à voix haute.

– Quoi ? bredouille Fallon. *Notre* Carole ?

– Je comprends pourquoi les placards débordent de gâteaux à la figue que personne n'aime... dit Aimee, dépitée. C'était donc pour elle ! Ça explique tout...

– Non... Impossible, souffle Ivy, qui semble remettre toute sa vie en question. N'importe qui sauf elle.

Notre père soupire, pris au dépourvu, et finit par sortir le speech qu'il avait probablement répété plusieurs fois avant. Il nous explique que c'est arrivé « comme ça », que rien n'était prévu, que personne ne choisit de qui on tombe amoureux...

« Amoureux » ?! Je m'étouffe presque à ce mot.

Il ajoute que cette nouvelle « relation » n'entache en rien l'amour qu'il a porté à notre mère, que Carole et lui ont commencé à se voir après sa mort et jamais avant.

Il dit qu'il est désolé, aussi.

Mais c'est la dernière chose qu'il dit alors que ça aurait dû être la première.

Je refuse de croire qu'il n'a jamais eu de pensées romantiques pour une femme qu'on a connue toute notre vie, une femme qu'il embrasse tout juste un an après la mort de son épouse. Il me dégoûte.

– Tu n'as pas perdu de temps, en tout cas.

– Hazel... Je sais que c'est dur, d'accord ? J'ai perdu ma femme. J'ai passé un an dans le noir. Mais j'ai envie d'être heureux à nouveau...

– Et j'ai perdu ma *mère* ! je hurle en sentant les larmes couler sur mes joues. Nous cinq ! Arrête de tout rapporter à toi, bordel !

– Qu'est-ce que tu crois, papa ? ajoute Fallon, l'expression fermée. Qu'on a passé l'année qui vient de s'écouler à flotter sur un nuage, à se prendre par la main et à chanter des chansons ?

– C'était dur pour nous aussi, confirme Aimee d'une voix douce. Ça l'est toujours.

C'est Ivy, d'habitude toujours enjouée et optimiste, qui rétorque sèchement :

– Et t'étais pas là. On avait besoin de toi pour se serrer les coudes, mais on dirait que tu as juste baissé les bras. Tu n'as même pas pensé à organiser Noël, le premier depuis sa mort !

– Tu ne peux pas nous reprocher de nous sentir trahies quand on apprend que, tout ce temps, tu te tapais la meilleure amie de ta femme, termine Taylor, restée silencieuse jusqu'ici. J'ai besoin de prendre l'air...

Taylor s'en va la première. Ivy la suit peu après, la tête ailleurs. Je crois que c'est la plus secouée d'entre nous. Seules Aimee et Fallon restent à mes côtés, les plus âgées.

– Je ne voulais pas que vous l'appreniez comme ça, soupire notre père, l'air ennuyé. On pourra toujours en parler demain matin, entre nous...

– Honnêtement ? Fais ce que tu veux, je m'en fous.

Sur ces paroles, je lui tourne le dos pour quitter la cuisine. Mes sœurs me laissent faire. J'aimerais pouvoir digérer la nouvelle avec elles, mais je ressens le besoin viscéral d'être seule.

C'est pourquoi je vais m'enfermer dans les toilettes du rez-de-chaussée. J'ai chaud, trop chaud. Mon cœur bat la chamade, encore maintenant, et les larmes s'accumulent derrière mes paupières. Je pose une main sur ma poitrine pour me calmer, les yeux clos.

J'ai passé cette dernière année à refuser de penser à ma mère. Parce que penser à elle me rappelait toujours qu'elle était morte.

– C'est tellement injuste, ai-je murmuré le jour de l'enterrement, ma main nichée dans celle de Gracie.

– Je sais... Elle était encore tellement jeune. Je suis désolée, Haze.

Elle m'a ensuite prise dans ses bras, mais je n'ai pas réussi à l'étreindre en retour. Je n'ai pas non plus osé lui répondre que ce n'était pas ce que je voulais dire, par peur de révéler mon égoïsme.

C'était injuste, c'est vrai. Pour *moi*.

Moi qui suis née trop tard, moi qui n'ai pas eu le temps de profiter de ma mère. Les filles ont plus de souvenirs. Elles ont partagé des choses ensemble. Pas moi.

J'ai continué à vivre ma vie, alors que je pensais que j'étais dans la phase d'acceptation du deuil. Mais la suivante, la reconstruction, n'est jamais venue.

Il faut croire que c'était en fait celle du déni.

Et la prochaine, celle qui m'empêche de respirer, là tout de suite, fait enfin apparition.

La colère.

Je sors mon téléphone de ma poche de jean et envoie un message à Gracie. C'est ce que j'aurais dû faire depuis le début de toute façon.

Hazel
SOS. J'ai besoin de toi. Toilettes du bas.

Je n'ai pas besoin d'attendre sa réponse. Je sais qu'elle va se pointer sans poser de question, parce que c'est ce qu'on fait toujours.

Un SOS, c'est un SOS.

Cinq minutes plus tard, j'entends quelqu'un toquer à la porte.

– Hazel ? Tu te caches encore ?

Une vague de soulagement m'envahit en entendant sa voix. Je sèche mes larmes, vérifie mon maquillage dans le reflet de mon écran de téléphone et déverrouille la porte.

Gracie a tout juste le temps d'ouvrir la bouche avant que je tire sur son pull pour la faire rentrer. Je me rassieds avec un soupir sur le battant des toilettes.

C'est étroit, mais Gracie réussit à s'accroupir devant moi, ses mains sur mes genoux pour se stabiliser.

Bordel, elle est tellement belle. Ma bouche devient sèche tandis que je résiste à l'envie de passer son corps en revue. Ce n'est pas le moment.

– T'es là, je soupire en reposant mon front contre le sien.

Elle se fige légèrement, silencieuse. Puis :

– C'est à cause d'elle que tu te caches, c'est ça ?

– Hein ?

Je crois d'abord qu'elle parle de Carole, mais c'est impossible qu'elle soit au courant si vite.

Je me redresse à temps pour voir ses yeux se lever au ciel.

– Danielle. Tu sais, la fille avec qui t'étais il y a deux mois...

– Ah. Non, rien à voir.

Ma voix est plus froide que je ne l'aurais voulu. Je n'ai aucune envie que Gracie ramène mes ex sur le tapis, pas ce soir. J'ai l'impression que tout ce en quoi je croyais s'effondre. Comme si je ne pouvais vraiment faire confiance à personne.

– Oh... répond Gracie en voyant mon expression. C'est vrai que j'ai senti une ambiance bizarre en arrivant. Qu'est-ce qui se passe ?

– Je n'ai pas envie d'en parler.

Je ne l'ai pas appelée pour ça. Je n'ai pas besoin qu'elle me rassure ni qu'elle tente de me faire entendre raison. Je veux rester en colère un petit moment. J'en ai le droit. C'est une sensation que j'apprécie, principalement parce qu'elle est si forte qu'elle efface toutes les autres...

Si je suis en colère, je n'ai pas le temps de me sentir triste, pas vrai ?

– OK... répond Gracie avec un sourcil arqué, preuve qu'elle ne me croit pas. Tu as envoyé un SOS, pourtant.

– C'est le dernier jour de l'année, bordel ! Ce soir, on s'amuse, d'accord ? dis-je en lui adressant un sourire excité de façade. Aucune limite !

Après tout, tout le monde semble faire ce qu'il veut sans se soucier des autres : papa déménage avec sa maîtresse, Taylor vit sa vie de star à l'autre bout du pays, Fallon et Luke décident de divorcer puis de se remettre ensemble sans rien dire à personne...

Cette fois, c'est mon tour.

32

Hazel

Celle qui n'aimait pas l'amour

Finalement, je raconte tout à Gracie.

Je ne voulais pas, mais elle m'a interdit de sortir avant que je crache le morceau. De toute façon, je suis incapable d'avoir des secrets pour elle.

Sauf le plus évident de tous, bien sûr.

Nous sommes toujours cachées dans les toilettes du rez-de-chaussée. Notre proximité m'empêche de respirer, mais j'ai appris à le cacher depuis le temps.

Son parfum de cerisier caresse mes narines avec cruauté. Je meurs d'envie de nicher mon visage dans son cou et juste... de la respirer. *Est-ce que c'est bizarre ?*

– Je vois, soupire Gracie une fois que j'ai terminé. Ça fait beaucoup. Donc c'est quoi, le plan ?

– L'indifférence et la mauvaise foi, bien sûr.

– Bien sûr.

Elle hoche la tête sans m'expliquer par A + B pourquoi c'est une mauvaise idée. Au contraire, elle se donne pour mission de me suivre dans ma colère afin de me remonter le moral, et c'est ce dont j'avais besoin.

– Ça tombe très bien, dit-elle. Je sais que c'est bête, mais au début de l'année j'avais fait une liste de choses à réaliser.

– Quoi ? Genre, comme des défis ?

– On peut dire ça, oui. Sauf qu'il y en a quelques-uns que je n'ai pas eu le temps – ou le courage – de mener à bien avant ce soir...

Je lui dis de me montrer, si bien qu'elle me tend son téléphone portable. Mes joues brûlent un peu en voyant son fond d'écran : une photo de nous, hilares, en train de nous étreindre lors d'un festival de musique auquel on est allées il y a trois ans.

J'ai failli craquer et l'embrasser, ce soir-là.

– On n'a qu'à tous les faire avant minuit, je lance en ouvrant son application de notes. Défi accepté !

Je jette un coup d'œil à sa liste, consciente de son regard timide sur moi. Il ne lui reste pas beaucoup de points, mais je comprends pourquoi elle n'a pas eu la force de les cocher avant : *Fumer de l'herbe / Se teindre les cheveux / Se faire tatouer / Prendre un bain de minuit / Avouer un secret / Embrasser quelqu'un au décompte de la nouvelle année.*

Je frissonne à ce dernier point, que je lis plusieurs fois. Qui embrassera-t-elle, si nous passons la soirée ici, chez moi... rien que toutes les deux ?

– Ce soir, j'ai envie d'être courageuse, sourit Gracie en triturant le trou dans mon jean. Alors, tu m'aides ?

Ses doigts touchent la peau de mon genou à travers mon jean troué. C'est bête, mais cela suffit à m'apaiser. Je sais ce qu'elle est en train de faire. Elle utilise cette opportunité pour me faire penser à autre chose. Elle tente de me faire oublier mes problèmes le temps d'un soir.

Et si c'était ma chance ?

Je déglutis, un peu moins confiante tout à coup, et réponds :

– Il ne nous reste plus que quelques heures. On ferait mieux de s'y mettre dès maintenant !

Je prends sa main pour l'aider à se relever. L'endroit est si étroit que nos poitrines se touchent. Son regard ne me quitte pas, ses doigts toujours accrochés aux miens.

Au moment où j'ouvre la bouche, quelqu'un frappe à la porte. Je passe le bras derrière Gracie pour atteindre la poignée, si bien que nos joues s'effleurent, et ouvre la porte.

Un invité est posté là, l'air mécontent.

– Ça fait vingt minutes que vous êtes là-dedans !

– Et alors ? dis-je d'un sourcil arqué. Je n'ai pas le droit de faire caca dans ma propre maison ?

Gracie laisse échapper un rire. Le type me regarde sans savoir quoi répondre. Je ne lui en laisse pas le temps et tire ma meilleure amie derrière moi. Mon père n'est nulle part en vue, Dieu merci.

Gracie me demande où l'on va, mais je pose un doigt sur ma bouche pour lui intimer de se faire discrète.

– Ivy ne l'avouera jamais, mais je sais très bien qu'elle fume un peu d'herbe de temps en temps... surtout avant une réunion de famille.

Gracie sourit, amusée. Personne ne nous arrête lorsque nous montons à l'étage en direction de l'ancienne chambre d'Ivy.

– Je parie que c'est Connor qui l'a mise au défi un jour.

C'est très probablement le cas. Ces deux-là ont une relation plus qu'étrange. J'attends encore le moment où ma sœur comprendra que ce type est fou d'elle depuis le début.

– Tu verras que l'un d'eux va finir en taule avec leurs conneries...

– À ce que j'ai pu voir en début de soirée, ils ont déjà les menottes, dis-je en fouillant le sac de voyage de ma sœur, qui trône sur le lit. À moins que ce soit un accessoire pour plus tard... Connor a l'air d'aimer les jeux de rôles, tu ne trouves pas ?

– Je ne veux pas me poser la question, Hazel.

– Trouvé ! je murmure victorieusement.

J'ai enfin mis la main sur le petit sachet que Ivy cachait dans une poche secrète. *Petite cachottière !* Je suis certaine que ça ne lui manquera pas.

Je range le sachet dans ma poche de jean arrière, puis fais signe à Gracie de me suivre. Ma chambre est un endroit risqué, puisque tout le monde peut venir m'y trouver, c'est pourquoi je choisis la salle de bains.

– T'as déjà fait ça ? me demande Gracie quand je ferme la porte à clé derrière nous.

– Non. Mais ça doit être comme le sexe, tu fonces et t'improvises !

Gracie fronce les sourcils, un sourire crispé aux lèvres.

– C'est ce que tu t'es dit pour ta première fois ?

C'est drôle, parce que Gracie sait absolument tout de ma vie, jusqu'à la chose la plus embarrassante et inutile qui soit. Mais on ne parle jamais de sexe, pas vraiment, jamais en détail en tout cas. C'est comme si nous avions passé un accord tacite.

Forcément, je suis surprise par sa question.

– En quelque sorte. Pas toi ?

Gracie ouvre la bouche, les joues roses, et lâche un petit rire nerveux.

– Je te dirai quand ça arrivera.

Oh. Je ne savais pas. Gracie et moi sommes très différentes : elle est discrète et bienveillante alors que je suis impulsive et grande gueule. J'avais hâte de faire l'amour avec quelqu'un. Je voulais savoir ce que ça faisait et pourquoi tout le monde en parlait avec tant d'engouement. Je ne savais pas comment m'y prendre, mais j'ai appris sur le terrain. Comme tout le monde.

Gracie, quant à elle, est plutôt du genre à prendre son temps. Elle veut faire des recherches avant, savoir dans quoi elle s'embarque, être sûre de ne pas faire d'erreur.

Je l'aime pour cela ; et plus encore.

Malgré tout, je pensais qu'elle avait déjà sauté le pas, notamment avec son ex-petit ami – que je n'ai jamais aimé, je tiens à le préciser. Pas seulement parce qu'il me la volait, mais parce qu'il était bête comme ses pieds.

– Pas même avec Max ?

– Non. Quelque chose... clochait. C'était bizarre.

– Tu parles de sa bite ?

– Mais non ! s'écrie-t-elle en éclatant de rire, ses mains cachant son visage. Pourquoi elle serait bizarre ?

Je souris, amusée. Je déteste la savoir mal à l'aise, en particulier avec moi, alors j'essaie toujours de dédramatiser la situation. De la faire rire.

– Je sais pas, je n'en ai jamais vu de ma vie. Lesbienne, tu te rappelles ? je souris en enjambant la baignoire. Mais il paraît que certaines sont tordues. Peut-être que c'était son cas.

– C'était lui, le tordu, pas son pénis.

Ça, c'est clair. Je l'ai vu dès le début. Bien sûr, j'ai d'abord pensé que j'étais jalouse, pour des raisons évidentes. J'ai essayé de lui laisser de l'espace, de lui faire confiance, de la laisser faire ses propres choix...

Mais j'avais raison. Max était un connard.

Il s'avère que ma meilleure amie a le chic pour se faire briser le cœur.

– Je pense que tu ne rates rien, j'ajoute lorsqu'elle me rejoint. Et si ça peut te rassurer, certains idiots diraient que je suis encore vierge moi aussi.

Gracie roule des yeux, l'air un peu remonté.

– C'est n'importe quoi. Le sexe, ce n'est pas seulement une question de pénétration.

Je souris sans réussir à m'en empêcher. J'adore sa réaction, et je l'aime plus encore après cette dernière remarque.

Pourquoi a-t-il fallu que Dieu la crée hétérosexuelle ?!

– Prête ? je demande quand j'ai fini de nous rouler deux joints. À la tienne !

Je ne sais pas si je l'ai bien fait, ni si c'est assez pour nous deux. J'imagine que nous verrons bien !

Je les allume, puis en tends un à Gracie.

Nous sommes toutes les deux allongées dans la baignoire, chacune d'un côté. Nos jambes se chevauchent et s'entremêlent tandis que nous tirons une première taffe.

Gracie manque de s'étouffer, ce qui me fait rire. Je me redresse en lui disant de faire pareil, puis approche ma bouche de la sienne. Je la sens se raidir, tout sourire disparu, lorsque j'emprisonne nos visages en coupe.

Ses yeux restent plongés dans les miens lorsque j'ouvre la bouche pour souffler la fumée dans la sienne. J'ai déjà vu des gens faire ça dans un film, et j'ai toujours trouvé ça cool.

C'est... nouveau. Cette proximité. Ou plutôt, la tension qui l'accompagne. Son regard, aussi. Elle ne m'a jamais regardée avec une telle intensité.

Cela me donne envie de tout risquer, même ma dignité.

– Vas-y doucement, je murmure en me reculant.

Elle récupère son joint en se raclant la gorge. Son regard fuit le mien, ce qui fait battre mon cœur plus fort. C'est bon signe, non ? C'est moi qui la fais se sentir comme ça. Ce n'est pas rien, quand même.

– Tu me maquilles ? je propose pour changer de sujet. J'adore ce que tu as fait à tes yeux.

Elle hoche la tête dans de timides remerciements. Je lui passe ma trousse à maquillage, posée près du lavabo. J'essaie de trouver une position confortable mais la baignoire est trop petite et mes genoux me font mal.

– T'es trop grande, sourit Gracie. Viens.

Ses mains saisissent mes chevilles et, la seconde d'après, me voilà à quelques centimètres d'elle... mes jambes de part et d'autre de sa taille, par-dessus les siennes.

Elle me demande si c'est mieux, et je me contente d'opiner. *Bordel.* Je me répète intérieurement de ne pas nous imaginer nues, mais c'est peine perdue.

Gracie est bien la seule personne à me faire perdre mes mots comme ça.

– Comment ça se fait qu'on n'ait jamais parlé de ça ? demande-t-elle en sortant les pinceaux un par un.

Ses doigts écartent une mèche de mes cheveux tandis que je porte le joint à sa bouche pour qu'elle tire dessus. Cette fois, elle ne s'étouffe pas. Il faudrait que j'ouvre la fenêtre au-dessus de nous, mais je n'ai pas envie de bouger.

– Du pénis de Max ? je demande.

– De pénis, tout court...

J'arque un sourcil amusé dans sa direction, si bien qu'elle me fusille du regard en retour.

– Au risque de me répéter, ce n'est *vraiment* pas mon truc, dis-je avec un sourire.

– Tu sais très bien ce que je veux dire !

Je ris un peu, la laissant appliquer un blush pourpre sur mes joues. Elle est tellement proche que je sens son souffle contre mes lèvres.

– Je ne sais pas, j'avoue alors. Parce que j'ai peur que tu me juges, comme les autres.

– Moi, te juger ? Tu as peur que je te dise la vérité, plutôt.

Elle a raison. Gracie ne serait pas ma meilleure amie si elle était du genre à porter un jugement sur ma vie. En revanche, je peux toujours compter sur elle pour être honnête. Quand j'ai tort, elle me le fait comprendre.

– La vérité, qui serait... ? Je t'écoute.

Gracie hésite le temps d'un instant, comme si elle ne voulait pas me blesser. Je sais déjà ce qu'elle pense. Probablement que je ne suis pas mieux que Max, qui se joue des sentiments des gens. Sauf que, contrairement à lui, je ne promets aucun conte de fées.

Je suis honnête depuis le début. Mon cœur n'est pas disponible, et c'est comme ça. Je n'y peux rien.

Je finis toujours par être la méchante de l'histoire.

– Tu as tellement peur de souffrir que tu préfères faire souffrir les autres.

– C'est faux. Je ne les fais pas souffrir, je leur donne tout de moi : mon temps, mon soutien, mon affection...

– Sauf la seule chose qu'elles veulent.

– Mais c'est leur problème, pas le mien. Je n'ai jamais rien promis ! Je ne comprends pas pourquoi ce n'est jamais assez.

Gracie hausse les épaules sans insister, voyant que la discussion dérape. Nous ne sommes pas du genre à nous disputer. Jamais. C'est peut-être pourquoi notre amitié est si solide. On communique avec honnêteté, mais on s'arrête toujours quand on sait qu'on risque d'aller trop loin.

On respecte les limites de l'autre.

– Je ne vois pas pourquoi c'est un souci. L'amour, ça craint. Regarde mes parents ! Je croyais que c'était le couple parfait : coup de foudre, pas divorcés, cinq beaux enfants – surtout la petite dernière...

Gracie sourit en appliquant de l'highlighter sur mes pommettes.

– Et tout ça pour quoi, apprendre que ma mère n'était qu'une roue de secours ?

– Tu ne peux pas dire ça... Ton père a aimé ta mère, profondément, et tu le sais. Je pense que c'est plus compliqué que ça.

Je ne l'écoute pas. Je ne veux pas l'entendre. J'ai juste envie d'être en colère ce soir.

– Pareil pour Fallon et Luke ! C'est comme si tous mes modèles éclataient les uns après les autres.

Gracie s'arrête, les yeux écarquillés. Je prends une nouvelle taffe du joint, appréciant la fumée qui emplit mes poumons.

– Attends, quoi ?

Je rassure aussitôt ma meilleure amie en lui disant qu'ils se sont réconciliés. Je ne suis pas surprise : ces deux-là sont des âmes sœurs.

– Dieu merci, sinon j'aurais été en garde partagée...

– Luke n'est pas ton père, Hazel, me rappelle-t-elle.

– Parfois, c'est l'impression que j'ai.

C'est ce qu'il y a de plus triste dans cette histoire. Gracie le comprend. Elle me dit de fermer les yeux et y applique du fard à paupières bleu, la même couleur que mes pointes de cheveux.

– À t'écouter, on dirait que tu as décidé que tu ne tomberas jamais amoureuse.

Heureusement que j'ai les yeux fermés, parce qu'elle aurait tout de suite vu la vérité dans mon regard. Celle que je lui cache depuis toujours.

Comment fait-elle pour ne pas le voir ?

– Je crois que l'amour, c'est bien tant que cela reste un fantasme. Dès qu'il devient réalité, c'est là que ça commence à partir en couilles.

– Si jeune et déjà si pessimiste. Tu lis trop de littérature classique anglaise...

– Quoi, tu crois au prince charmant, toi ? je me moque en rouvrant les yeux.

Gracie s'approche plus près encore, mascara en main, et applique une fine couche sur mes cils. Une vague de chaleur part de mes pieds pour parcourir mon corps jusqu'à ma poitrine. Je la regarde faire, figée.

Son sourire en coin est secret et tout bonnement adorable.

– « Le prince charmant », vraiment ? Waouh. Tellement hétéronormatif.

Touché. Son regard croise enfin le mien et nous explosons de rire en même temps. Gracie ne répond pas à la question. Elle me demande quel rouge à lèvres je veux et je sais qu'il s'agit là d'une tactique d'évitement, alors je joue le jeu.

Je choisis une teinte prune, presque noire, qu'elle pose sur mes lèvres avec concentration. Ses doigts tiennent mon menton en place, doux comme de la soie.

– Tu sens une différence, toi ? je demande lorsqu'on termine les deux joints. Parce que moi, non.

– Aucune.

Je grimace, déçue. Je pensais réussir à me laisser aller grâce à ça, mais je suppose que les cieux ne sont pas en ma faveur ce soir.

– Je suis sûre que Connor a fait croire à Ivy que c'était du cannabis alors que c'est du basilic, ou une merde comme ça...

Nous sommes interrompues par quelqu'un tentant d'ouvrir la porte. Nous nous figeons sur place, silencieuses. Gracie résiste à l'envie de rire, et la voir se retenir me donne envie de faire pareil. Ma meilleure amie souffle dans l'air, comme si elle voulait faire disparaître l'odeur.

– Il y a quelqu'un ?

Une voix inconnue. Je me lève de la baignoire, non sans jeter un coup d'œil à mon nouveau maquillage dans le miroir – *canon !* – et vais ouvrir.

Un homme me fait face, surpris. Il m'a l'air vaguement familier, mais impossible de le resituer.

– Pardon, s'excuse-t-il en pointant sa chemise tachée du doigt. Quelqu'un a renversé son vin sur moi, alors...

– C'est qui ? demande Gracie derrière moi.

Je plisse les yeux et tente de zoomer son visage avec mes doigts avant de me rappeler que ce n'est pas une photo.

Mais oui ! Je me rappelle, maintenant !

– Le chauffeur d'Aimee, je crois.

Ma meilleure amie me rejoint, posant son menton sur mon épaule. Je me raidis délicieusement lorsqu'elle enlace ma taille de ses bras.

– Aimee peut s'offrir les services d'un chauffeur ? Waouh. Je croyais que son boss mégalomane la payait une misère ?

Ma première réaction est d'éclater de rire devant le regard noir du type. Je sais très bien qui il est, même si je fais semblant pour l'embêter. Satan l'a bien cherché !

Il nous offre un sourire crispé en disant :

– Je suis le « boss mégalomane ». Enchanté.

Bon OK, il a l'air vraiment énervé.

Et s'il virait Aimee à cause de moi ?

Je reste immobile, fuyant son regard. Si je ne le regarde pas dans les yeux, il ne me voit pas non plus, si ?

Je tourne lentement la tête vers Gracie, sur mon épaule, qui souffle :

– C'est gênant.

– Je fais quoi ? je demande entre mes dents serrées.

Satan reprend la parole en disant :

– Hazel, c'est ça ? La sœur rebelle et végane. On s'est croisés plus tôt.

Je sens que je devrais être indignée par cette description, mais Gracie ouvre grand les yeux d'un air impressionné.

– Waouh. Il a l'air de bien te connaître !

Il nous demande s'il peut utiliser le lavabo, mais je continue de faire barrage.

– Est-ce que ta sœur sait que tu fumes de l'herbe ? soupire-t-il avec impatience.

– Laquelle ?

– N'importe laquelle.

Je fais mine d'y réfléchir quelques secondes. Cet inconnu commence à sacrément m'agacer.

– Non, Monsieur. Mais vous n'êtes pas une balance, si ?

– « Monsieur » ? Tu crois que j'ai quel âge, au juste ?

Gracie et moi répondons en même temps :

– Quarante-sept.

– Quelque part entre trente-cinq et soixante et un. Je suis nulle, à ce jeu.

Le boss d'Aimee ouvre la bouche, trop stupéfait pour répondre. Finalement, il secoue la tête et nous abandonne sans un mot.

Gracie et moi éclatons de rire. Nous migrons vers ma chambre au cas où il reviendrait avec du renfort. Je ne me rends compte seulement après que j'aurais dû fermer à clé. Car, moins de cinq minutes plus tard, la porte s'ouvre à la volée... laissant place à une Aimee furieuse.

– Hazel !

– C'était une balance, murmure Gracie à mon oreille.

Aimee avait raison, cet homme est vraiment le diable.

– Si papa te voit dans cet état, t'es morte, soupire ma sœur en se massant les tempes. Je sais que tu es furieuse, mais ce n'est pas une raison pour t'attirer des ennuis.

Elle nous fouille pour s'assurer qu'il ne nous en reste pas. Gracie et moi restons sages tandis qu'elle nous conseille de camper ici quelques heures, histoire que ça redescende.

– Tu savais que ton patron était encore là ? je lui demande lorsqu'elle s'apprête à repartir. Il s'attend à ce qu'on l'héberge pour la nuit ou quoi ? Je ne sais pas s'il est au courant, mais la tempête s'est un peu calmée, suffisamment pour reprendre la route en tout cas. Je peux le mettre dehors à coups de pied au cul, si tu veux. Je me sens d'humeur !

– Oui, je sais, et non, ce n'est pas la peine.

– OK... Je croyais que tu le détestais, dis-je en arquant un sourcil.

Aimee rougit un peu, puis sourit.

– Il n'y a que les idiots qui ne changent pas d'avis.

33
Hazel

Celle qui n'était qu'une enfant

– Rouge ou violet ?

Je tends les deux bombes de teinture devant moi, un sourcil arqué sous forme de question. Gracie se mord la lèvre, hésitante. Je sens enfin que l'herbe fait effet, même un peu trop.

La pièce tangue mais je me sens détendue… heureuse… Comme si rien n'était grave. Mon père se tape Carole, et alors ? Je souffre d'un amour à sens unique, et alors ? Ma mère est morte, et alors ?

La vie est belle, le monde est vaste.

– Je ne suis pas sûre que…

– Ça fait partie de la liste. On ne se dégonfle pas ! T'as de la chance, je n'ai pas de vraie teinture sous la main. De toute façon, j'aurais trop peur de défoncer tes cheveux.

Gracie soupire parce qu'elle sait que ses parents vont la tuer, mais je lui rappelle que c'est éphémère, alors elle opte pour le rouge.

– Très bon choix, je réponds avec un sourire satisfait.

Ma meilleure amie met la musique à fond sur mon tourne-disque tandis que je lis les consignes d'utilisation. Je finis par laisser tomber au bout d'une phrase, de toute façon j'ai l'habitude.

Malgré les regards désapprobateurs de mon père, je suis passée par beaucoup de couleurs de cheveux : blond, auburn, aubergine, vert, rose… pour m'arrêter à la couleur bleue que j'ai aujourd'hui.

– Je vais te passer un tee-shirt à moi pour éviter que tu taches ton pull…

– Pas besoin.

Je n'ai pas le temps de réagir. Gracie passe son haut par-dessus sa tête et le jette sur mon lit. Je me fige sans savoir où regarder. *Putain.* Qu'est-ce que je suis censée faire ?! Si je regarde, c'est mal. Je ne serais pas mieux qu'un homme, pas vrai ?

Juste un peu.

Je lève les yeux vers elle, la gorge sèche. Ma meilleure amie porte un soutien-gorge en dentelle noire qui met sa poitrine parfaitement en valeur. Sa peau sombre a l'air douce… et je reconnais le grain de beauté familier sous son sein gauche.

Je lui dis de s'asseoir sur le bord du lit, ce qu'elle fait. Mon cœur bat honteusement vite lorsque je m'insère entre ses jambes écartées, debout devant elle.

– Haze, souffle-t-elle en levant la tête vers moi. Ne me rate pas, OK ?

– T'inquiète. Au pire, ça partira dans… deux semaines.

– Ce n'est pas aussi rassurant que tu le crois.

Je prends l'une de ses tresses, concentrée, et commence à appliquer la bombe sur les pointes. À mesure que je monte, j'applique de moins en moins de bombe afin d'obtenir un joli dégradé.

– Je peux être honnête le temps d'une minute ? demande Gracie en levant les yeux vers moi.

Je sais déjà ce qu'elle va dire. Gracie est douce et juste, elle essaie toujours de comprendre ce que les gens traversent avant de juger leurs actions. Je suppose que c'est une bonne chose... Mais je n'ai pas envie de ça, ce soir. Je n'y arrive pas. Je n'ai pas envie de comprendre les autres.

J'aimerais qu'on me comprenne *moi*, pour une fois.

Peut-être est-ce pour cette raison que je ressens le besoin de crier... de parler fort.

Pour être entendue.

– Ça dépend. Ça va m'énerver ?

– Possiblement.

Je la fusille du regard, mais elle m'offre un doux sourire. Je soupire pour lui faire comprendre qu'elle peut y aller, puis continue mon travail.

– Peut-être que ton père a ses raisons... Peut-être qu'il ne l'a pas fait exprès.

– Oh, je t'en prie ! Personne ne rentre sa bite dans un vagin par accident, Gracie. Je ne suis peut-être pas une experte, mais je sais au moins ça.

– Je sais ! Je ne parlais pas de ça.

Ses mains entourent mes poignets pour me forcer à arrêter ce que je suis en train de faire, si bien que mon regard plonge dans le sien. Ses pupilles sont dilatées, mais son discours tient la route. Même défoncée, Gracie garde sa sagesse légendaire.

– Je parle d'amour, ajoute-t-elle d'une voix un peu timide. On ne choisit pas de qui on tombe amoureux. Ça ne t'est jamais arrivé ? D'aimer quelqu'un que tu n'étais pas censée aimer. Ou bien d'aimer quelqu'un au mauvais moment.

Putain. Je ne suis vraiment pas assez lucide pour avoir cette conversation. Ma langue se délie et j'ouvre la bouche, prête à lui avouer que là est toute ma malédiction.

Tout le monde dit que je suis la reine des cœurs brisés.

La vérité, c'est que je suis la reine de l'amour non réciproque.

Le seul cœur brisé, ici, c'est le mien.

Maman, j'aurais bien besoin de tes conseils là tout de suite... Pourquoi tu n'es pas là ? Pourquoi tu m'as laissée me débrouiller toute seule ?

– Non. Je ne tombe pas amoureuse, je réponds d'un sourire froid.

La lueur d'espoir inscrite sur son visage disparaît d'un seul coup. Elle lâche mes poignets, l'air un peu déçue.

– C'est triste.

– C'est prudent. Nuance.

Je lui tourne le dos pour qu'elle ne voie pas l'expression sur mes traits. Ils me trahiront, pour sûr. Gracie lit en moi comme dans un livre ouvert, du moins la plupart du temps. Mais cette émotion, j'ai appris à la lui cacher très tôt.

Des années d'entraînement qui me font aujourd'hui passer pour une fille froide et cynique.

Je monte le son de la musique en reconnaissant Panic ! At the Disco, puis ouvre en grand les portes de mon dressing. J'ai quasiment tout laissé ici quand je suis partie étudier à la fac, faute de place dans ma petite chambre universitaire.

– Assez parlé d'amour ! Tu as besoin d'une nouvelle tenue pour aller avec tes nouveaux cheveux.

Gracie semble sur le point de décliner mon offre, mais je ne lui en laisse pas le temps. Je fouille mes vêtements un à un, jetant jupes et débardeurs aux quatre coins de ma chambre. Ma meilleure amie se prend vite au jeu. Je lui fais essayer tout et n'importe quoi, et très vite je fais de même.

Nous nous déshabillons en riant, défilant devant un RuPaul imaginaire au rythme de la musique qui fait vibrer les murs.

– « *If you can't love yourself, how in the hell are you gonna love somebody else ?* »

Lorsque nous avons trouvé notre bonheur – une robe noire moulante et des combat boots pour moi, une salopette rose et un boa jaune pour elle –, ma chambre se transforme en discothèque. J'éteins la lumière, si bien que nous sommes seulement éclairées par le reflet violet des néons accrochés aux murs.

Nous dansons comme si nous étions n'importe où sauf ici.

Nous dansons comme si nous étions seules.

Nous dansons pour nous sentir libres et heureuses.

Je saute malgré la sueur et mes cheveux ébouriffés. Je tends la main vers Gracie, puis la fais tourner dans mes bras. Elle éclate de rire en suivant le mouvement. Je ne sais pas ce qui me prend, mais je ne la lâche pas.

Mes doigts restent entrelacés aux siens et soudain, sa mince poitrine est pressée contre la mienne. Nos seins se touchent et mon bras entoure sa taille fine.

Je sens mon cœur s'affoler, tellement qu'il se fait presque entendre par-dessus la musique. Je ne crois pas que Gracie soit consciente de notre proximité car elle se contente de danser contre moi en riant. Ses doigts ne m'abandonnent jamais.

Ma respiration s'accélère lorsque son autre main enroule ma nuque et, soudain, nos fronts s'effleurent et nos regards s'accrochent pour ne plus jamais se lâcher. Le moment est suspendu dans le temps. La musique disparaît et je n'entends plus que ma respiration saccadée.

Mes yeux tombent sur sa bouche. Je meurs d'envie de l'embrasser. Devrais-je ? J'ai si peur de tout gâcher. Nous ne sommes pas dans notre état normal. Et si elle regrettait une fois sobre ?

Ses doigts caressent langoureusement la naissance de mes cheveux et cela suffit à me faire frissonner.

– T'es sensible, ici, chuchote-t-elle avec un doux sourire.

Bordel, elle n'a aucune idée de ce qu'elle me fait ressentir d'un seul toucher.

Et si les autres avaient raison ? Et si je n'étais qu'une briseuse de cœurs ? Peut-être que je veux Gracie parce que c'est la seule que je ne peux pas avoir… Je ne veux pas lui faire de mal, à elle aussi. Même si, pour le moment, je suis la seule victime.

– Est-ce que c'est comme ça que tu les séduis toutes ? continue-t-elle dans un souffle.

Ses hanches bougent au rythme des miennes et je manque l'arrêt cardiaque. Une vague de chaleur crépite entre mes jambes, le puits de tout mon désir pour elle. Cette fille est dangereuse et elle ne s'en rend même pas compte.

– Qui ça ?

– Tes conquêtes.

Ma bouche est sèche tout à coup. Nous sommes si proches qu'une mèche de mes cheveux est collée au gloss de ses lèvres. Je l'enlève délicatement en répondant :

– Pourquoi ? Ça fonctionne ?

Je crois d'abord qu'elle ne va jamais répondre, mais je ne rêve pas son petit rictus en coin lorsqu'elle murmure, presque pour elle-même :

– Un peu.

Hein ? Je n'ai pas halluciné, si ? Est-ce que c'est l'herbe qui me fait entendre des choses ?

Je crois que j'arrête de respirer un instant. Je veux lui demander ce qu'elle veut dire par là, je veux qu'elle me donne la permission de continuer, je veux prendre son visage entre mes mains et l'embrasser jusqu'à ce que nous manquions d'air.

Mais soudain, la porte s'ouvre et révèle...

Merde.

– Ce n'est pas trop tôt, lance Danielle d'un air ennuyé.

Je comprends ce qu'elle s'imagine en voyant nos corps ainsi enlacés. Danielle sait que j'en pince pour Gracie : je suis toujours honnête lorsque je romps avec quelqu'un. C'est pourquoi j'ai peur qu'elle lâche une bombe en pensant que j'ai tout avoué à ma meilleure amie.

– Vous en avez mis du...

Mon ex ne finit pas sa phrase car je bondis sur elle pour plaquer ma main sur sa bouche. Mon regard urgent lui fait comprendre la situation, si bien qu'elle soupire avec agacement.

– T'es vraiment lente à la détente, Hazel. T'attends quoi, qu'elle soit mariée à un hétéro blanc décevant ?

– Je t'en prie, tais-toi.

Je me retourne vers Gracie pour m'assurer qu'elle n'a rien entendu, mais je suis surprise de voir que toute joie a quitté son visage. Elle croise les bras sur sa poitrine, la mâchoire serrée. Ses yeux sont rivés sur Danielle.

Je me rappelle seulement maintenant que les deux ne se sont jamais appréciées. Mon ex refusait que je passe autant de temps avec Gracie, tandis que ma meilleure amie n'aimait pas la façon dont Danielle tentait de me façonner à son image.

– Fallon te cherche, m'apprend cette dernière en ignorant le regard meurtrier qui lui est destiné. Vous avez fumé, non ?

– Non, répond Gracie du tac au tac.

Ce n'est pas du tout crédible, mais je ne préfère pas intervenir. La tension est à couper au couteau. Je propose à ma meilleure amie de descendre avec moi, mais je dois d'abord appliquer un soin sur ses cheveux. Contre toute attente, Danielle nous suit jusque dans la salle de bains, telle une ombre. Je devine aisément qu'elle s'ennuie comme un rat mort.

– Je croyais que tu me faisais la gueule ? je lance entre mes dents serrées.

– C'est le cas.

– Alors pourquoi tu t'incrustes ?

Son sourire malicieux ne m'inspire pas confiance.

– J'ai bien envie de voir comment ça va se finir, cette histoire.

La garce ! Elle se recoiffe devant le miroir tandis que je m'occupe des cheveux de Gracie. J'applique un soin sur ses pointes avec des gestes délicats. Son expression demeure fermée. Elle ne parle plus, et je commence à regretter de ne pas l'avoir embrassée tout à l'heure, quand j'en avais encore l'occasion.

Ai-je vraiment manqué ma chance ?

– Oh waouh... souffle Danielle en voyant le résultat.

Gracie se redresse, jetant un coup d'œil à ses tresses colorées. Son *tie and dye* rouge lui va à ravir, même si c'est effectivement très surprenant. Pour le coup, elle est bien loin de sa zone de confort.

C'est très sexy.

– Quoi ? s'inquiète-t-elle en voyant nos expressions stupéfaites. C'est trop ? J'ai fait une erreur ? Ma mère va me tuer ?

Danielle et moi répondons au même moment :

– Je confirme.

– Non, non, c'est magnifique.

Évidemment, ma meilleure amie ne retient que le commentaire de Danielle. Je coule un regard noir vers cette dernière, qui hausse les épaules.

Quand Gracie se regarde enfin dans la glace, le sourire qui éclôt sur son visage submerge mon cœur.

– Ma mère va quand même me tuer, mais au moins je serai bonne.

– T'as toujours été bonne, je réplique sans réfléchir.

Danielle arque un sourcil que j'ignore, marmonnant dans sa barbe : « Contente de le savoir... »

Gracie ne semble même pas m'entendre. Elle fixe son reflet sous plusieurs angles, satisfaite. Lorsque je réussis enfin à la tirer hors de la salle de bains, nous descendons pour retrouver Fallon.

En bas, c'est le chaos. Parmi les invités qui discutent en petits groupes à travers le salon, je réussis à apercevoir la tête relookée de Fallon, en pleine conversation avec Ivy et Luke.

– Yo.

Ma sœur me regarde, heureuse de m'avoir trouvée, mais au moment de dire quelque chose, la voilà qui fronce le nez.

Merde. J'avais oublié que Fallon était pire qu'un chien de flic. La voilà qui me renifle, un pli sur le front en voyant les cheveux de Gracie.

– Je rêve ou vous vous êtes *droguées* ?! siffle-t-elle.

– Pas si fort, Babycakes, murmure Luke avec un sourire hypocrite.

Impossible de nier l'évidence. Je ne peux pas dire non, alors je choisis l'option la plus prudente : jouer les imbéciles.

– De la drogue ? Je ne sais pas, c'est quelque chose que j'ai trouvé dans le sac d'Ivy... Ivy, ne me dis pas que c'était du cannabis ?!

Mon autre sœur ouvre grand la bouche dans ma direction, indignée de ma trahison.

Désolée, Ivy. C'était toi ou moi !

Mais celle-ci n'est pas prête à tomber seule non plus, car elle secoue la tête en pointant son voisin du doigt.

– Pas du tout, c'était à Connor !

Ce dernier s'étouffe avec son verre, les yeux écarquillés devant la colère qui déforme le visage de Fallon.

– Quoi ? Non, je... Ce n'est pas à...

Ivy lui donne un coup de coude pas du tout discret et je le vois qui hésite une seconde. Mais son instinct de survie reprend le dessus et il craque :

– Je ne peux pas. Désolé mais ta sœur me terrifie.

– Poule mouillée, bougonne Ivy en le fusillant du regard.

C'est finalement Aimee, accompagnée de son patron, qui intervient en soupirant :

– Je confirme, elles sont bel et bien défoncées. Je leur ai dit de rester là-haut en attendant que ça se calme.

– Espèce de vendue, dis-je d'une moue boudeuse tandis que Gracie menace le boss mégalomane en passant son pouce sous son cou.

Celui-ci déglutit, légèrement intimidé. Fallon secoue la tête, l'air dépassée par les événements. Je lui souris pour l'attendrir. Je ne sais pas si cela fonctionne, mais elle finit par abandonner.

– Ivy, il t'en reste ? Je crois que j'en aurais bien besoin aussi, ce soir...

– Euh, je ne crois pas, désolée.

– Évidemment. Je suis la seule à devoir endurer ce cauchemar sobre ! Bon, essayons au moins de faire bonne figure jusqu'à ce que nos invités partent, sinon...

– Sinon quoi ?

Tout le monde se retourne vers notre père, dont le regard se pose automatiquement sur moi. Une envie irrépressible de fuir à toutes jambes m'envahit, mais je tiens bon. Il est accompagné de Carole, légèrement en retrait.

– Hazel, je t'ai cherchée partout...

– Tu n'as pas dû chercher bien loin, j'étais dans ma chambre.

– Il faut qu'on parle, dit-il en ignorant ma riposte salée.

Malheureusement pour lui, je n'en ai pas fini.

– Enfin, est-ce encore ma chambre ? Vu que tu vends la maison, je suppose qu'il faut que je remplisse ces cartons que tu as gentiment laissés à ma disposition.

– Ce n'est pas...

– Je doute d'être invitée à vous accompagner, toi et Carole, jusqu'à Bora Bora.

Mon père soupire, agacé par mon comportement, mais je m'en fiche. Je veux qu'il l'entende. Il mérite ma colère.

– Hazel, tu devrais écouter ton père, intervient Carole. On n'a jamais voulu vous faire de la peine, c'est...

– Qu'est-ce que tu fais encore là, au juste ? demande Fallon, les bras croisés sur sa poitrine. Tu devrais partir.

Mon cœur se réchauffe de la voir prendre ma défense. J'en rajoute une couche, en colère :

– C'est une histoire de famille. Tu ne t'attends pas à ce que je t'appelle belle-maman quand même, rassure-moi ?

Carole nous observe tour à tour, espérant trouver ne serait-ce qu'une alliée, sans succès. Finalement, elle pose une main sur l'épaule de mon père et prend congé en promettant de l'appeler « une fois que les choses se seront tassées ».

Et moi qui l'adorais ! *Plot twist* : c'est une connasse. Je crois n'avoir jamais vécu pareille trahison depuis *Star Wars :*

Le Réveil de la Force, quand Kylo Ren a poussé son père dans le vide et que toute la salle de cinéma a hurlé d'indignation.

– Hazel, ça suffit, gronde mon père une fois que sa nouvelle copine a disparu. Tu te comportes vraiment comme une gamine.

– Bah, il était temps ! je m'écrie enfin, la poitrine douloureuse. Parfois, j'ai l'impression de n'avoir jamais pu me le permettre. Toute ma vie, vous m'avez traitée comme une adulte quand j'avais juste besoin d'être une enfant !

Mes sœurs me regardent avec pitié et compassion, ce qui ne réussit qu'à m'énerver davantage. Mes yeux me brûlent, mais je tiens bon. Mon regard reste braqué sur mon père lorsque j'ajoute :

– Et encore une fois, tu décides de vendre une maison dans laquelle, au cas où tu l'aurais oublié, je vis encore ! Tu y as pensé, à ça, avant d'imaginer ta nouvelle vie de rêve ? Qu'est-ce que je suis censée faire, au juste ? Me débrouiller, comme d'habitude ?

– Hazel, tu vis sur le campus ! Je ne te mets pas à la porte...

– Bah c'est l'impression que j'ai. À aucun moment tu n'as pensé à nous demander notre avis. Ce n'est pas *que* chez toi. C'est chez nous, aussi. C'est chez maman. Je sais qu'elle n'est plus là, mais cette maison, c'est le seul souvenir que j'ai d'elle et, ça aussi, tu essaies de le faire disparaître !

Cette dernière phrase semble le heurter telle une gifle. Taylor pose une main réconfortante sur mon bras, mais je la sens à peine. J'étouffe. J'ai besoin d'air, j'ai besoin d'espace, j'ai besoin d'être loin de tous ces gens.

– Tu veux que je parte ? Très bien.

Alors c'est ce que je fais.

Je prends la fuite.

34
Hazel

Celles qui faisaient un très beau couple

Pour la première fois de ma vie, je me sens libre.

Une part de moi, encore lucide, sait que c'est la colère mêlée à la drogue qui dicte mes actions, mais je l'ignore. Je claque la porte d'entrée sans regret.

Je sens à peine les bourrasques me fouetter violemment les joues. Mon cœur bat la chamade tandis que j'accélère le pas dans l'allée. L'adrénaline se diffuse dans mes veines, si bien que je ne réagis pas à la voix qui hurle mon prénom.

C'est la main de Gracie qui m'arrête lorsque j'attrape mon vélo en vitesse. Ses tresses colorées volent autour de son visage inquiet. Sa peau est chaude malgré le froid hivernal. Bordel, j'aurais dû prendre une veste !

– Hazel, attends ! Tu vas où ?

– N'importe où sauf ici.

– C'est dangereux, on devrait rester à l'intérieur...

– Rentre, si tu veux. Moi, j'étouffe là-dedans.

Son expression devient dure.

– Tu n'iras nulle part sans moi.

C'est ce que j'ai toujours rêvé d'entendre. Bien sûr, je sais qu'elle ne le pense pas de la même façon, et cela réussit à me faire revenir sur Terre.

– Alors, monte sur le guidon.

– On est en pleine alerte tempête, où est-ce que tu v...

– Ça va... On n'est plus vraiment en alerte ! Et puis je croyais que tu voulais un peu d'aventure ? je la coupe en plongeant mon regard dans le sien. Un peu de frisson.

Gracie se mord la lèvre, hésitante. Je sais pourtant que je la tiens. Je sais déjà où l'emmener, et quelque chose me dit qu'elle s'en doute également.

– OK. Mais si on meurt, je te pourrirai ta vie d'après.

– Chérie, tu seras en train de te baigner nue dans de l'eau bénite avec des anges blondinets, pendant que je ferai un barbecue avec d'autres enfants gays dans les flammes de l'enfer.

Elle accorde un air blasé à ma réplique, mais je peux déceler son demi-sourire adorable.

– On devrait au moins aller chercher des manteaux...

– Pas question que j'y retourne, c'est la honte. Allez, dépêche !

Gracie se hisse sur le guidon en face de moi, à contrecœur, et il ne m'en faut pas plus pour décoller.

Personne n'essaie de nous arrêter. C'est du moins ce que je pense avant qu'une main me retienne par la selle. Je crois d'abord que c'est Fallon, mais quand je tourne la tête, mes yeux se posent sur...

– Je peux venir ?

Danielle me fixe d'une expression neutre, presque indifférente. Je fronce les sourcils pour lui faire comprendre qu'elle est en train de gâcher mon moment.

– Non, dit Gracie.

– Ce n'est pas à toi que j'ai posé la question.

Gracie arque un sourcil vers moi, l'air de me défier. Elle est plutôt convaincante, je l'avoue.

– Non, je répète simplement.

Danielle ne semble ni surprise ni vexée de mon refus. Alors que je m'apprête à pédaler pour prendre la fuite, mon ex s'assied sur le porte-bagages derrière moi. Je lui crie de descendre, mais elle hausse les épaules.

– Sans vouloir t'offenser, les soirées chez toi sont nulles à chier. Je vais retrouver des amis dans le centre-ville. Avance-moi un peu, OK ?

– Non, pas OK ! Vous êtes trop lourdes !

– Hé ! s'écrie Gracie avec indignation. Tu dis que je suis grosse ?!

Je me masse les paupières, fatiguée.

– Bien sûr que non, tu es parfaite.

– C'est aussi ce que tu disais de moi quand on... commence Danielle avant que je lui donne un coup de pied dans le tibia.

Bordel, pourquoi rien ne va jamais dans mon sens ? Tout ce que je voulais, c'était claquer la porte et fuir main dans la main avec l'amour de ma vie pendant que mes sœurs couraient après moi en hurlant mon nom, comme au cinéma.

Mais je suppose que c'était trop demander !

Pour l'instant, rien ne se passe comme prévu. Le vent est assez violent pour me décoller la rétine, personne ne m'a couru après pour me rattraper, et mon ex-petite amie se tape l'incruste.

Je regarde l'heure sur mon téléphone et soupire.

– Bon, je n'ai pas le temps pour ces conneries. On y va.

Danielle sourit à Gracie, l'air victorieux. Celle-ci garde le silence, le regard rivé droit devant elle.

Je leur dis de s'accrocher, et nous sommes parties ! Le vent est si fort qu'il ne me facilite pas la tâche. Le vélo tangue dangereusement tout du long. Heureusement, nous sommes les seules inconscientes sur la route, si bien que je peux slalomer en prenant toute la place.

Gracie passe son temps à crier « On va mourir ! » tandis que Danielle me hurle à l'oreille des indications routières qui n'ont aucun sens pour mon cerveau embrumé par la drogue, si bien que nous finissons par emboutir le coin d'une voiture.

Puisque je suis déjà vouée à l'enfer, je ne laisse pas mon numéro de téléphone.

Je dis à mes passagères de se taire, mais c'est peine perdue. Je me souviens tout à coup de la petite pente tandis qu'elle s'avance dangereusement vers moi. Il est déjà trop tard lorsque je la descends à toute vitesse, poussée par le vent.

Cette fois, nous sommes trois à hurler.

– Tenez-vous bien !

– On va s'écraser !

– Mais ralentis, espèce d'idiote déséquilibrée !

Je réussis, je ne sais comment, à nous réceptionner à la fin de la pente. Mais nous avons pris tant de vitesse que le guidon devient incontrôlable.

Nous nous échouons brutalement sur un trottoir. Je crois que ma tête heurte une boîte aux lettres dans ma chute. Tout mon corps est endolori. Je grogne en voyant le sang imbiber mon jean au niveau de mes genoux.

Putain, c'était douloureux.

Mais plutôt cool, aussi.

– Tout le monde va bien ? je demande en relevant la tête. On a dû faire un atterrissage en urgen... Aïe !

Danielle me frappe à l'épaule, l'air furieuse.

– T'as failli nous tuer !

Gracie se relève difficilement à côté de moi. Sa joue est éraflée, mais elle a l'air d'aller bien, si ce n'est qu'elle est un peu secouée. Nos regards se croisent et je crois d'abord qu'elle va me faire des reproches...

Mais soudain nous éclatons de rire au même moment. Un fou rire incontrôlable. Danielle nous reluque l'une après l'autre comme si nous étions échappées de l'asile.

– Ugh. Mariez-vous, et vite !

Je n'ai même pas la force de la fusiller du regard.

Nous nous relevons tant bien que mal, mais le vélo est mort. Je le laisse sur le trottoir en me promettant de revenir le chercher demain matin – si je n'ai pas oublié.

Les filles et moi marchons ensemble dans le froid, silencieuses. Lorsque j'aperçois enfin ce que je cherchais, je me tourne vers Gracie pour lui prendre la main et l'attirer à moi.

– Viens !

J'avais un doute avant de venir, je ne pensais vraiment pas que ce serait ouvert. Nous sommes un soir de Nouvel An en pleine alerte tempête... mais je suppose que tout le monde a des factures à payer.

– Tadaaaaa !

Gracie fixe la devanture de la boutique avec la bouche grande ouverte. Je lui souris pour la rassurer, mais elle secoue la tête en voulant faire demi-tour.

– NOPE.

Je la rattrape par les épaules, la forçant à passer la porte. Une petite clochette annonce notre arrivée en fanfare. Un adolescent nous fait face derrière le comptoir, le nez plongé dans une bande dessinée Marvel. Il nous regarde comme si nous étions sorties d'un chapeau magique.

– Oh waouh. Vous êtes les seules personnes à être venues ce soir.

Gracie me regarde d'un air sérieux, baissant la voix :

– Hors de question que je me fasse tatouer par un enfant qui n'a pas encore de poils au zizi...

– Si ça te rassure, on peut lui poser la question, je plaisante pour détendre l'atmosphère.

Le type en question lève maladroitement la main.

– Euh, je vous entends.

Je jette un coup d'œil circulaire au petit salon de tatouage, curieuse. Une petite musique de rock sort des enceintes, mais l'endroit reste désert et légèrement glauque. Je comprends mieux pourquoi j'ai passé des années à passer devant sans jamais y entrer.

– Et pour info, c'est la boutique de mon père. C'est lui, le tatoueur. Moi, je ne suis qu'un ado déprimé qui a été forcé de tenir la caisse un soir de Nouvel An... Je suis presque certain qu'il le fait exprès pour m'empêcher d'être heureux.

Je grimace en compatissant. *Ça craint.*

– Je m'y connais, en parents qui ne veulent pas que tu sois heureux. Tu t'appelles comment ?

– Theo.

Theo nous propose de jeter un coup d'œil au portfolio de son père pendant qu'il part dans l'arrière-boutique pour « le réveiller ». Je feuillette le cahier aux pages plastifiées.

– Je ne le sens pas, se plaint Gracie.

– Qu'est-ce qui pourrait bien nous arriver, hein ?

– Je pourrais me retrouver avec une infection dans le sang, faire une réaction allergique, ou pire : me retrouver avec un tatouage que je n'ai pas demandé.

– Ça, c'est pire que l'infection dans le sang ? je souris avec amusement.

Gracie n'a pas l'air de vouloir m'imiter. Je lui presse donc la main pour la rassurer.

– Si tu veux, je le fais avec toi. Ça te va ?

Son expression s'adoucit soudain. Elle hoche la tête malgré ses paumes moites et ses jambes tremblantes. Je lui montre quelques tatouages, mais elle ne semble convaincue par aucun d'eux.

– OK, je te propose un truc : et si l'on choisissait chacune le tatouage de l'autre ?

– Ughhhhhhhhh.

Nous sursautons au même moment. Danielle se trouve derrière nous, faisant semblant de se faire vomir avec le doigt.

– Comment t'es apparue d'un seul coup ? s'offusque Gracie avec stupeur.

– Je suis presque sûre qu'elle peut se rendre invisible...

– J'étais là depuis le début, répond Danielle.

Ah bon ? Ma meilleure amie et moi échangeons un regard dubitatif. Aucune de nous ne l'avait remarquée avant maintenant.

Je demande à Danielle si elle n'a pas quelque part où aller, mais elle me sourit en répondant :

– Si, mais je suis curieuse de voir si vous irez jusqu'au bout de votre connerie. J'adore les enquêtes sociologiques, et vous êtes des sujets amusants.

Je sais que je devrais le prendre mal, mais je n'ai pas le temps d'entrer en confrontation avec mon ex devant la mère de mes futurs enfants.

Je remarque le regard noir de Gracie sur les tatouages qui recouvrent les bras de Danielle. Puis tout à coup, ma meilleure amie s'exclame :

– Je vais le faire.

Quelques minutes plus tard, le tatoueur nous prend enfin en charge. Une fois qu'elle est allongée sur le dos en soutien-gorge, Gracie me broie les mains en soufflant avec urgence :

– J'ai changé d'avis, Hazel.

– Ça ne fera pas mal. Ça va seulement picoter un peu, promis.

Je reste assise à côté d'elle, le visage au-dessus du sien. Le père de Theo nous regarde avec une lueur d'amusement dans les yeux, imperturbable. Il choisit ses ustensiles, se préparant en sifflant une mélodie que je ne connais pas.

– Haze, je te préviens : si je me retrouve avec le dessin d'une pomme de terre qui parle ou que sais-je d'autre, j'irai avouer à Fallon qui a tué son dernier cochon d'Inde il y a dix ans.

– C'était un accident ! je m'écrie.

– C'est ce que disent tous les meurtriers en série...

Je ne me fais pas trop de souci. J'ai choisi quelque chose de simple et de mignon pour son premier tatouage. Je sais qu'elle aimera parce que je la connais par cœur ; mieux que personne d'autre.

À sa décharge, elle se débrouille à merveille. Je la vois se mordre la lèvre lorsque l'aiguille passe sur la peau fine qui recouvre sa clavicule, mais son regard reste concentré sur le mien.

Je lui fais promettre de ne pas regarder ce que c'est avant que j'aie le mien. Danielle, assise nonchalamment sur le côté, reluque le dessin d'un œil peu impressionné.

– Y'a une faute, non ?

Gracie écarquille les yeux, paniquée, mais je fusille Danielle du regard en lui disant de se taire.

– Elle se fout de toi, ne l'écoute pas.

C'est désormais mon tour, et je choisis de l'avoir sur le bras – je veux pouvoir le contempler à loisir. Je m'allonge, la boule au ventre, et ferme les yeux. Je ne la vois pas, mais je sens la présence de Gracie tout autour de moi. Elle me caresse la main avec des gestes doux et circulaires.

Je n'ose pas lui dire que je ne suis pas stressée. Je veux qu'elle ne s'arrête jamais. L'aiguille picote mon bras mais, globalement, la douleur reste surmontable. Il étale un gel transparent sur le tatouage après coup, puis le recouvre d'un patch transparent à garder pendant trois jours.

Je refuse toujours de regarder ce que c'est.

– Vous faites un très joli couple, nous complimente le père de Theo après que j'ai payé pour les deux.

J'ouvre la bouche pour le contredire, mais quelque chose m'en empêche. L'espace d'un instant, je laisse l'opportunité à Gracie de le faire. Ma meilleure amie baisse les yeux avec embarras, mais elle finit par sourire en silence.

Oh.

– Je ne comprends pas la référence, commente Danielle en fixant mon bras.

Gracie lui offre un sourire crispé tandis que nous sortons.

– Je suppose que tu ne la connais pas aussi bien que moi, alors.

– Dois-je te rappeler que je l'ai vue à poi...

– OK, stop ! Danielle, rentre chez toi d'accord ?

Mon ex me sourit pour me narguer une dernière fois, puis fait demi-tour en fourrant les mains dans ses poches.

– Salut !

Gracie et moi nous retrouvons seules sur le trottoir, agressées par le vent qui hurle.

– Bon. On se les montre ?

Nous prenons des photos mutuellement, puis comptons jusqu'à trois. Je reste concentrée sur l'expression de Gracie au lieu de regarder mon propre tatouage. Celle-ci semble à la fois contente et émue de découvrir le petit cœur rempli qui orne désormais sa peau.

– C'est adorable. Je l'adore !

Elle me presse de jeter un coup d'œil au mien, ce que je fais. Mon sourire s'effondre en voyant la petite baleine qui recouvre l'intérieur de mon bras. Je comprends tout de suite pourquoi elle a choisi ce dessin.

Mon cœur se serre et j'essaie de me retenir, je le jure.

Mais c'est impossible. Je fonds en larmes. Gracie me prend tout de suite dans ses bras. Elle sait que ce n'est pas parce que je le déteste. Au contraire, je l'adore.

Car Gracie me connaît mieux que personne, au moins autant que je la connais, elle sait que mon livre préféré est *Moby Dick*. C'était aussi celui de ma mère avant moi... et l'histoire qu'elle me racontait toujours avant d'aller dormir.

Je n'aurais pas pu rêver mieux comme hommage, ni comme souvenir. Ma mère a disparu, mais elle restera à jamais dans mon cœur... dans ma peau.

– Haze, souffle ma meilleure amie en me serrant fort contre elle. Ce n'est pas parce que ton père vend la maison que ta mère va disparaître avec. Les souvenirs restent dans la tête et dans le cœur.

Je sais qu'elle a raison. Je m'accroche à des futilités parce que c'est le seul semblant de contrôle que je pense avoir.

– Merci, je murmure dans le creux de son cou.

Merci d'être là, merci d'être toi. Merci de ne pas m'abandonner.

Soudain, toute la colère que j'ai accumulée ce soir me quitte. Je n'ai plus assez de force pour l'alimenter. Je suppose que la dépression est la prochaine étape du deuil, car je me sens submergée par une tristesse infinie.

J'essaie de la repousser, mais elle tient bon.

– Allez, rentrons. Tes sœurs doivent se faire un sang d'encre.

– Tu parles ! Aucune n'a essayé de me rattraper...

– Elles devaient probablement enguirlander ton père, répond Gracie en riant. Peut-être aussi qu'elles savaient que tu en avais besoin. Tu sais, elles te connaissent mieux que tu ne le crois.

Je sèche mes larmes en la suivant sur le chemin du retour. Sa main est nichée dans la mienne. Je ne fais rien pour la retirer, bien au contraire. Je me colle à elle pour chercher un peu de réconfort, et elle n'hésite pas à enrouler son bras autour de mes épaules. Nous avançons ainsi, pas à pas, reconnaissantes envers le vent qui a l'air de s'être calmé.

Tout est parfait.

L'espace d'un instant, je suis pleinement heureuse.

Puis j'entends le sifflement. Je fais l'erreur de tourner la tête vers le groupe de mecs à la fenêtre d'une maison où se déroule une fête. Ils fument en riant, le regard rivé sur nous, et jettent des pétards à quelques mètres.

L'un d'eux ouvre la bouche pour nous qualifier de noms à la fois sexistes, racistes et homophobes ; rien de surprenant jusqu'ici. La routine.

Gracie lâche ma main immédiatement. J'essaie de ne pas me sentir vexée de la distance qu'elle met entre nous deux, car je comprends sa peur, mais mon cœur se pince malgré tous mes efforts.

– Et si tu descendais pour me répéter ça en face, connard ? dis-je avec un sourire provocateur.

Ses amis sifflent devant mon audace, ce qui le fait rougir d'humiliation. Il me dit de la fermer, mais je lève les yeux au ciel devant son manque d'originalité.

– Hazel, laisse tomber. Rentrons.

Évidemment, je n'écoute pas ma meilleure amie.

– Tu parles de vagins comme si t'en avais déjà vu un en vrai, mais je parie que j'en ai côtoyé plus que toi.

– Espèce de... ! Attends que je descende, je vais...

Nous sommes interrompus par le moteur d'une voiture et une voix qui gronde par-dessus la vitre baissée :

– Il y a un problème ?

Eh merde.

Je soupire en me tournant vers Luke, qui me fait signe de monter. Je suppose que quelqu'un est bel et bien venu me chercher, finalement.

35
Hazel

Celle qui avait mal

J'ai toujours rêvé d'avoir un frère.

Évidemment, je suis arrivée la dernière dans une fratrie de quatre sœurs. Autant dire que je n'ai pas trop eu le choix.

Mais Luke a fini par arriver, le fruit de toutes mes prières d'enfant. Il était parfait : fou amoureux de Fallon, et toujours attentionné envers moi. Quand j'étais petite, je pensais être amoureuse de lui, moi aussi. Bien sûr, j'ai vite compris mon erreur. Mais j'avais tout de même raison sur une chose.

Je l'aimais.

Je l'aime toujours. Comme un grand frère protecteur et cool. Il ne le dit pas, mais je sais que je suis sa préférée à lui aussi.

Même si là, tout de suite, il a surtout l'air furieux.

– Qu'est-ce qui t'a pris, de te faire la malle comme ça ? T'es complètement folle, ma parole. Tu veux attraper la mort ?!

Après qu'il nous a ramenées en voiture, Gracie est entrée à l'intérieur pour nous laisser de l'intimité. Le moteur éteint, nous voilà dans un silence gênant et réconfortant à la fois.

Je n'ai aucune envie de revenir à cette soirée, au milieu de gens que je ne connais pas et d'autres que je n'ai pas envie de voir.

– Hazel… Je te parle.

Je garde la tête baissée, concentrée sur mes doigts tandis que je me gratte les cuticules. Je n'ose pas le regarder dans les yeux, de peur d'y voir refléter la déception.

– Je n'aime pas quand t'es fâché contre moi, j'avoue d'une petite voix que je déteste.

– « Fâché » ? Bambi, je ne suis pas… Ugh. Je suis inquiet, pas fâché.

Cette fois, je lève les yeux vers lui. Mon cœur s'apaise à l'entente de ce surnom affectueux.

– C'est pareil pour tes sœurs, ajoute-t-il.

– Tu crois ?

– Je le *sais*. Même si j'en connais une qui risque de paniquer en voyant ceci…

Nous jetons un coup d'œil au tatouage sur mon bras, et je grimace.

– Je vais en prendre pour mon grade, hein ?

Luke hausse les épaules.

– Je n'en suis pas si sûr. Tu sais… Je ne dis pas cela parce que c'est ma femme, mais Fallon est plutôt cool. Tu devrais lui faire davantage confiance.

– Assez cool pour accepter que j'aie un tatouage ?

– Tu n'es plus une ado, Hazel, tu as l'âge de prendre tes propres décisions. Et puis… ajoute-t-il avec un petit sourire secret. Ça reste entre nous, mais ta sœur a elle-même une petite étoile tatouée sur la hanche. Un souvenir de notre premier rencard.

J'écarquille les yeux, surprise. Fallon, tatouée ?! Et depuis toutes ces années, en plus ! Alors là… J'avoue que je ne l'imaginais pas aussi détendue. Comme quoi, je ne la connais peut-être pas aussi bien que je l'aurais cru.

– On dirait que l'histoire se répète, soupire Luke en jouant de ses sourcils.

Je suis son regard, apercevant Gracie derrière la fenêtre du salon. Elle nous observe discrètement, au moins autant qu'elle en est capable.

– Ce n'était pas un rencard.

– Tu devrais le lui dire. Je pense qu'elle est prête à l'entendre.

– Et si cela brisait notre amitié ?

– Et si tu passais à côté de l'amour de ta vie ?

Mon estomac se tord à cette idée. Je sais très bien ce qu'il veut dire par là... Finalement, lui et Fallon ont eu la même relation que Gracie et moi. Ils se sont mis en couple plus tard, mais ils étaient amis.

Ils ont sauté le pas, et ne l'ont jamais regretté.

Ça pourrait peut-être être nous... si j'avais le courage.

– OK. Merci, docteur Mamour.

– Ne m'appelle plus jamais comme ça.

– Juste Mamour, alors ?

– Hazel, gronde-t-il tandis que je sors de la voiture en riant.

Je fais signe à Gracie de me rejoindre à l'arrière de la maison, dans le jardin. Je n'ai toujours pas envie de rentrer tout de suite, et Luke a raison... Peut-être que je devrais saisir cette chance, ce moment suspendu dans le temps, pour avoir une discussion avec elle.

M'ouvrir aux autres, une bonne fois pour toutes.

– Tout va bien ? demande ma meilleure amie en me rejoignant dans le jardin.

Le vent souffle dans mes cheveux, si bien qu'elle se bat avec pour tenter de les retirer de mes yeux. Il fait tellement froid que ma peau est recouverte de chair de poule. Ou alors est-ce parce que ses doigts frôlent mon visage ?

– Maintenant, oui, je souffle sans détourner le regard du sien.

Elle cille, l'air surprise. Ses doigts restent toutefois à leur place, faisant accélérer mon rythme cardiaque.

– Hazel... Il faut que je te parle d'un truc, lance-t-elle dans un souffle hésitant. C'est plutôt urgent.

Je n'aime pas le ton sérieux qu'elle emploie. J'ai peur qu'elle gâche tout alors que je m'apprête à lui confier mon cœur. C'est pourquoi je la coupe :

– Il reste encore des choses sur ta liste.

Elle hausse un sourcil. Je tourne mon menton dans la direction de la piscine, que la bâche recouvre. Gracie pâlit à vue d'œil.

– Dis-moi que tu plaisantes.

– Jamais.

Je m'échappe de son étreinte pour avancer vers la piscine et retirer la bâche. Le vent, bien que calmé, me rend la tâche difficile, mais j'y arrive après plusieurs tentatives.

– On va mourir d'hypothermie...

– C'est aussi ce que tu as dit quand on était sur le vélo, et pourtant on est toujours vivantes !

– Pour l'instant. Je suspecte quand même que l'une de mes rotules se soit déplacée...

Je ris doucement en déboutonnant mon jean. Je sais qu'elle a raison, c'est de la folie. Personne ne se baigne un soir de 31 décembre, encore moins pendant une alerte tempête. Mais quelque chose au plus profond de moi se refuse à ne rien faire, parce que j'ai trop peur de ce qui va me tomber dessus si je m'arrête plus de trente secondes.

– Allez ! je l'encourage en faisant passer ma robe au-dessus de ma tête. Tu voulais avoir une dernière soirée de folie, non ?

Me voilà en sous-vêtements devant Gracie ; jusqu'ici, rien d'anormal. Et pourtant, c'est la première fois que je me sens vulnérable devant son regard. Timide, même.

Peut-être parce que c'est aussi la première fois qu'elle me reluque de cette manière. Avec curiosité et... *envie ?*

– Alors ? Tu vas te dégonfler ?

Ses yeux se font plus durs, plus sombres. C'est comme si j'avais réveillé la bête. Soudain, Gracie se déshabille à son tour. Son regard ne flanche pas tandis qu'elle retire ses vêtements, un par un.

Je vois l'étendue de sa peau noire du coin de l'œil, mais je n'ose pas regarder. Je me contente de déglutir difficilement.

Mon rythme cardiaque s'affole tandis que nous nous faisons face, en soutien-gorge et culotte. Gracie dégrafe le premier avant moi. La deuxième tombe à ses pieds peu après.

Putain. Je peine très vite à respirer. Je dois combattre un violent frisson lorsqu'elle passe à côté de moi, son épaule frôlant la mienne.

– À ton tour, Haze.

Son souffle chatouille mon oreille à ces mots. J'ai honte de remarquer que mes mains tremblent lorsque je les cache dans mon dos. Je dois m'y prendre à plusieurs reprises avant de réussir à dégrafer mon soutien-gorge.

C'est Gracie qui m'aide, en silence. Le temps que ma culotte touche le sol, mes joues sont rouges et cuisantes.

– À trois ? je propose en tendant ma main.

Elle la prend en hochant la tête. Je prie intérieurement pour que personne ne nous espionne depuis les fenêtres.

– Un... deux... trois !

Nous sautons en même temps, le sourire aux lèvres. Celui-ci disparaît aussitôt que mon corps heurte l'eau glaciale ; on dirait un mur de béton.

Mayday, mayday ! C'était clairement une erreur.

Ma tête perce la surface avec un cri de stupeur.

– Oh mon Dieu, tu avais raison ! On va mourir !

Gracie est hilare à mon côté, l'eau perlant au bout de ses longs cils. Elle est absolument sublime. Cette vue me fait temporairement oublier la froideur de l'eau.

Je la regarde tourner autour de moi, le visage à moitié recouvert par l'eau. On n'y voit pas grand-chose, les lumières du jardin étant éteintes. Les bourrasques perturbent l'eau, créant des vaguelettes autour de nos corps, et faisant trembler les transats en plastique posés sur l'herbe.

Malgré ça, la tension est électrique et mon corps grésille de toute part.

– Pourquoi tu me regardes comme ça ?

Je ne sais pas ce qui me prend. Peut-être est-ce le cannabis fumé plus tôt, ou la lassitude de devoir cacher ce que je ressens vraiment.

Mais je réponds doucement :

– Je te regarde tout le temps comme ça.

Gracie grimace.

– C'est faux.

– Je t'assure. Mais généralement, je le fais quand tu as la tête tournée.

Elle déglutit avec difficulté. Je prends sa réaction pour une invitation et m'approche plus près. Chaque parcelle de mon corps tremble à cause du froid, mais je ne le sens même pas.

Je ne sens qu'elle, la chaleur de son corps, la brûlure de mes joues, le tambourinement de mon cœur.

– Pourquoi ? chuchote-t-elle.

Je hausse les épaules, laissant mes yeux glisser le long de son cou, de ses épaules fines... plus bas. Gracie me laisse faire.

– Parce que c'est difficile de faire autrement, j'avoue dans un souffle.

Il y a quelque chose de différent ce soir. Est-ce parce que je suis défoncée ? Est-ce que j'hallucine cette nouvelle complicité qui vient de s'installer, cette tension sexuelle dont j'ai toujours rêvé ?

– Ce n'est pas ce que j'ai demandé.

Je fronce les sourcils sans comprendre. Gracie baisse les yeux, l'air d'hésiter, avant de reprendre :

– Pourquoi est-ce que tu ne le fais que quand tu penses que je ne te vois pas ?

Oh. Je ne sais pas quoi répondre à cela. Je suis tellement surprise que mes lèvres restent bloquées dans un O parfait.

Gracie se rapproche tout doucement pour tenter de rectifier mes cheveux, mais ceux-ci continuent de partir dans tous les sens à cause du vent.

– Ça t'a fait mal ? je demande en passant le pouce sur sa clavicule.

Le cœur me nargue sous le film transparent.

– Non. Et toi ?

– Un peu.

Je ne parle pas du tatouage, mais ça, elle ne le sait pas.

Je me penche pour déposer un baiser chaste dessus. Son visage n'est plus qu'à quelques centimètres du mien désormais.

Quand je relève le menton, Gracie me sourit.

– Ça chatouille.

Je meurs d'envie de la toucher, mais je me retiens. J'ai peur de tout ruiner, bordel de merde, et ça me tue.

Gracie prend le relais en saisissant mon bras, puis le lève à hauteur de visage pour déposer un baiser sur ma petite baleine.

– Bisou magique. Comme ça, tu n'auras plus mal.

Je souris à mon tour, amusée mais triste.

– Alors, pourquoi ça fait toujours autant souffrir ?

Gracie comprend enfin que je ne parle pas du tatouage. Son air peiné ressemble au mien, comme la surface d'un miroir.

Sa main glisse le long de mon bras pour caresser ma joue, tendrement.

– Dis-moi où tu as mal, d'accord ? Je m'occupe de tout.

Au cœur.

– Partout, je souffle en me retenant de pleurer.

Gracie hoche la tête sans surprise. C'est alors qu'elle s'approche, plaquant sa poitrine nue contre la mienne. Je frissonne violemment lorsque ma meilleure amie se penche pour déposer un baiser sur mon épaule.

Elle ne s'arrête pas là. Elle prend son temps en arrosant ma peau de baisers doux et mouillés.

Le cou, le menton, les joues, le nez, le front, les yeux...

Son nez effleure le mien lorsqu'elle plonge son regard dans le mien, *enfin*. Sa main droite est dans mes cheveux, la mienne posée contre sa hanche. Tout mon corps crépite d'anticipation et de désir.

– C'est bon ?

Je secoue la tête, incapable d'articuler quoi que ce soit. Ses yeux tombent alors sur ma bouche entrouverte.

J'ai à peine le temps de passer la langue sur celle-ci. Gracie raffermit sa prise dans mes cheveux avant de déposer ses lèvres sur les miennes.

Le moment est tellement surréaliste que je peine à y croire. C'était si court, si rapide, que je crois avoir rêvé.

– Et là ? murmure-t-elle.

Cette fois, c'est moi qui saisis son cou pour l'attirer à moi. Sa bouche se plaque sur la mienne avec plus de force, pourtant notre baiser reste doux et symbolique.

Je ne sais pas laquelle de nous deux ouvre la bouche en premier, mais soudain nos langues se rencontrent. Elles se caressent avec tendresse et passion, timidité aussi.

Nos mains et nos corps se touchent eux aussi. Ils s'apprivoisent, ils apprennent à se connaître dans le vacarme de la pluie claquant contre la surface de l'eau et le souffle du vent mécontent dans le feuillage des arbres.

Gracie sent incroyablement bon, au moins autant qu'un champ de lavande. Nos corps s'imbriquent à merveille, bercés par les vagues d'eau créées par le vent.

Celui-ci se lève à nouveau, nous bousculant avec force, et c'est presque comme si les dieux n'appréciaient pas l'affront de deux filles s'embrassant aux yeux de tous... car soudain le ciel s'ouvre sur nous.

Une pluie glaciale et torrentielle nous tombe dessus. Les arbres se plient à la force du vent, leurs feuilles battant l'air avec force. Tous les éléments se déchaînent, et pourtant...

Gracie et moi restons enlacées au milieu de la piscine tel un bateau en pleine tempête. Imperturbables.

Quand je me recule enfin pour reprendre ma respiration, Gracie me regarde dans un mélange de stupéfaction... et de crainte.

Nous nous sourions un peu bêtement, comme si nous venions de faire quelque chose d'interdit.

– Désolée... s'excuse-t-elle.

– Non, je la coupe immédiatement. Jamais.

Je prends sa main pour lui dire de me suivre. La piscine, c'est bien, mais je n'ai pas envie de perdre mes orteils à cause d'un défi stupide.

Nous sortons donc pour retrouver les serviettes sèches dans le coffre de jardin. Une fois enroulée dans la mienne, je souris à Gracie.

Je n'ai aucune idée de ce que ce baiser signifie pour elle, mais c'est bon signe non ?

C'est le moment. C'est *mon* moment.

– Gracie, je...

– Hazel, j'essaie de te dire quelque chose depuis le début de la soirée, et ce n'est vraiment pas facile, dit-elle au même moment.

Je m'arrête net, étonnée. Ma meilleure amie ne sourit plus. Au contraire, elle a l'air triste. C'est comme si ce moment incroyable dans la piscine n'avait jamais existé.

Ou peut-être va-t-elle me dire la même chose que moi ?

– Qu'est-ce qui se passe ?

J'avais tort.

– Je suis prise à l'université de New York pour ma dernière année, avoue-t-elle misérablement. Je déménage dans six mois.

36
Hazel

Celle que tout le monde abandonne

Toute ma vie, j'ai été entourée.

J'ai beaucoup de sœurs. Je suis la fille sociable et marrante qui se fait des amis partout où elle va.

Et pourtant, je me suis toujours sentie seule au plus profond de mon cœur. Mes sœurs étaient occupées, tout comme mes parents, et mes prétendus amis n'étaient jamais là quand j'en avais besoin.

La seule qui a su me sortir de ces moments-là, c'est Gracie. Petit à petit, ils ont tous fini par partir. Taylor, Aimee, Ivy...

Maman.

Et maintenant papa.

Ma seule consolation, c'était de savoir que Gracie serait toujours là.

Mais je suppose qu'elle aussi, elle a fini par m'abandonner. Je ne suis jamais assez... jamais assez importante pour retenir les gens que j'aime.

– Je suis prise à l'université de New York pour ma dernière année. Je déménage dans six mois.

Je ne sais pas ce que je ressens en premier. La surprise, la déception, la trahison... la colère ? Tout se mélange et voilà que je tremble sous ma serviette.

Je viens d'embrasser la fille dont je suis amoureuse depuis des années, mais le karma m'a rattrapée. Après avoir brisé tant de cœurs, justice est désormais faite.

C'est le mien qui explose en mille morceaux à ses pieds.

– Quoi ? je bredouille en serrant les poings.

– Je suis désolée... J'ai voulu te le dire tant de fois, mais ça s'est passé si vite.

J'ai envie de lui demander pourquoi. Pourquoi part-elle, pourquoi si loin, *pourquoi sans moi ?*

– Et nos plans d'emménager ensemble ?

C'est idiot, je le sais. Ma première réaction ne devrait pas être un reproche. C'est sans importance, vraiment.

Et pourtant.

Son expression abasourdie me fait me sentir plus mal encore.

– C'étaient des rêves d'enfant, Hazel...

– Pas pour moi ! je m'écrie sans pouvoir m'en empêcher. Si ce n'étaient que des paroles en l'air, il fallait peut-être penser à me prévenir, merde !

Comment peut-elle dire une chose pareille quand c'est la seule chose qui m'a aidée à tenir cette dernière année ? Pour moi, c'était réel. Mais je suppose que, tout ce temps, je rêvais un fantasme irréalisable.

Je suis vraiment une idiote.

– Ce n'étaient pas des paroles en l'air, je le pensais vraiment. Quand j'étais jeune, précise-t-elle. Mais il s'est passé beaucoup de choses depuis, on a grandi, et...

Je ne veux pas entendre la suite. Je m'écarte d'elle comme Icare aurait dû fuir le soleil, serrant ma serviette autour de moi, et me dirige vers la porte qui mène à la cuisine. J'en ai assez entendu. Il faut que je parte, que je respire, que je m'habille.

– Haze, attends...

– Pourquoi t'as fait ça, alors ?

Je fais volte-face, les joues rouges d'humiliation et les yeux embués de larmes. Des larmes de rage, parce que j'ai l'impression qu'elle m'a menée en bateau et je déteste ça.

La vérité, la vraie, et je le sais au fond de moi... C'est que Gracie ne me doit rien. Elle est libre de faire ce qu'elle veut, et je n'ai pas à le lui reprocher. Je n'ai pas le droit de la retenir.

Seulement, c'est la dernière partie de mon cœur qu'on m'arrache, et j'ai peur que, sans elle, je ne sois plus capable de survivre.

– Parce que j'ai besoin de partir d'ici, et...

– Pas ça. Je veux parler du baiser.

Un silence s'ensuit. Gracie semble avoir honte d'elle, car elle se mord la lèvre en fuyant mon regard.

Elle regrette.

Oh waouh. C'est pire que ce que je pensais.

– J'en avais envie. Mais je n'aurais pas dû...

– Arrête. Stop. C'est bon, laisse tomber.

Si je continue, je vais finir par révéler mes sentiments et je ne suis pas certaine que cela sorte de la meilleure façon possible. C'est pourquoi je lui tourne le dos à nouveau pour me réfugier à l'intérieur.

Je tombe nez à nez avec Aimee dans la cuisine, occupée à emballer son patron. Elle sursaute de stupeur en me voyant, le poussant si violemment qu'il grogne de douleur en se prenant le frigo dans l'épaule.

– Hazel ! Ce n'est pas ce que tu...

– Je m'en fous, je la coupe sèchement en continuant mon chemin.

Là maintenant, je n'ai que faire des secrets de chacun. Elle peut se taper son boss, pour ce que ça change ! Ça ne fait que prouver ce que je dis : tout le monde cache des secrets.

– Minute, papillon ! j'entends Fallon crier dans mon dos. On s'est fait un sang d'encre, bordel.

Je m'arrête une seconde pour lui sourire avec hypocrisie, les bras levés au ciel.

– Je suis vivante. Alléluia !

– Fallon a raison, me réprimande Ivy, les bras croisés sur sa poitrine. Tu es en colère, et on le comprend : on l'est toutes ! Mais te mettre en danger, c'est non. Et s'il t'était arrivé quelque chose ?

– Je ne...

– Plus jamais, c'est clair ? me coupe sèchement Fallon, et je reconnais sa voix de maman. On n'a pas besoin d'un autre deuil dans cette famille.

Elle s'approche et me prend dans ses bras. C'est rapide car je la vois me tourner le dos pour cacher ses yeux humides. Ça me fait l'effet d'un électrochoc. Bordel, je suis vraiment égoïste. Les filles ont raison. J'aurais pu y rester... Maman m'aurait tuée, si elle était encore vivante.

– Pardon, je m'excuse avec honte avant de croiser le regard de ma meilleure amie.

– Qu'est-ce que vous faites en serviette, d'ailleurs ? interroge Ivy.

– Je vais me changer.

Je ne leur laisse pas l'occasion de répondre et traverse le couloir pour me rendre à l'étage, à l'abri des regards. Je sais que Gracie me suit, car je l'entends rassurer mes sœurs avant que ses pas fassent écho aux miens sur les marches en bois.

Elle referme la porte de ma chambre derrière elle, si bien qu'on se retrouve à nouveau seules. Je laisse tomber ma serviette à mes pieds, enfilant des sous-vêtements à la hâte. Je grelotte de froid, les cheveux trempés.

– Pour être honnête, je ne comprends pas pourquoi ça t'embête autant, dit-elle en cherchant ses mots. Mon départ ne signifie pas la fin de notre amitié, on continuera de se parler tous les jours.

– Ce ne sera pas pareil, et tu le sais.

Tu vas m'oublier, ai-je envie d'ajouter.

– Je ne comprends pas comment. Il y a bien un moment où on allait devoir se séparer, non ?

Je la regarde, interloquée.

– Non. Je suppose que c'est naïf, mais je pensais qu'on allait rester collées l'une à l'autre et finir à trente-cinq ans dans une colocation style New Girl, où on élèverait nos gosses ensemble.

Aussi surprenant que cela puisse paraître, Gracie cille... puis éclate de rire. Je crois d'abord qu'elle se moque de moi, mais son air est radouci.

– Hazel... Ça, c'est une vie de couple.

– Et c'est mal ?

Les mots sont sortis sans que je réussisse à les retenir. Mon ton est pressé, comme si j'avais besoin de poser la question aussi vite que possible, mais timide. Parce que j'ai peur de sa réponse.

Gracie paraît peu surprise de ma question.

– Non, souffle-t-elle tout bas. C'est juste... terrifiant.

Un espoir un peu fou grandit en moi. C'est idiot, mais elle ne m'a pas rejetée, pas encore. J'ai l'impression qu'elle sait, mais qu'elle tourne autour du pot parce qu'elle a peur.

– Pourquoi ?

– Parce que tu as une fâcheuse tendance à briser le cœur des femmes, Hazel Scott... Je n'ai pas envie que ça nous arrive.

Le tien, j'en prendrai soin. C'est ce que je meurs d'envie de lui dire. Au lieu de ça, les larmes coulent sur mes joues. Ma voix se brise lorsque j'avoue :

– C'est le mien que tu brises. Depuis toujours.

Cela a le don de la prendre de court. Gracie ouvre la bouche, hésitante, mais aucun son n'en sort.

Je me mets à pleurer comme une madeleine, incapable de m'arrêter. C'est humiliant, mais libérateur aussi. Je m'effondre au pied de mon lit, seulement vêtue de mes sous-vêtements. C'est comme si ma poitrine était ouverte en deux au creux de mes paumes.

Gracie se laisse tomber à côté de moi, ses bras entourant mes épaules. Je niche ma tête dans son cou, mes larmes noyant le puits de sa clavicule. Le dessin que j'ai choisi pour son nouveau tatouage me nargue.

– Ma mère me manque tellement, je lâche dans un sanglot.

– Je sais… Je suis désolée.

Maintenant que j'ai ouvert les vannes, je suis incapable de m'arrêter. Il faut que ça sorte. Je n'ai pas eu l'occasion de parler de ce que je ressentais après la mort de maman. J'ai tenté, plusieurs fois, d'en discuter avec mes sœurs.

Mais chacune était occupée, et je suppose que certaines avaient besoin de faire leur deuil autrement ; en silence. Ça m'a fait mal, car je pensais qu'on devait se soutenir, et au lieu de cela je me suis sentie plus seule encore.

Alors j'ai tout enfoui. J'ai fait comme si j'allais bien, parce que c'était ce que tout le monde attendait de moi.

La vérité, c'est que j'ai mal. Je suis triste parce qu'elle me manque. Je suis en colère parce qu'elle est partie trop tôt. Je suis déçue parce qu'elle n'a pas eu le temps de me connaître.

– Je n'ai pas assez profité d'elle, dis-je entre deux sanglots. Les filles ont eu tellement d'années à ses côtés, chacune a tant de souvenirs à évoquer, et moi…

– Je sais. Elle n'aurait pas dû vous quitter si vite.

– Il y a tellement de choses qu'elle n'a pas eu le temps de voir ni d'entendre. Je n'ai pas pu lui dire que… que…

Putain. Je n'ai pas pu faire mon *coming out* avant qu'elle meure. Je n'ai jamais eu de discussion avec elle sur le fait de tomber amoureuse, pas vraiment. Elle n'aura jamais l'occasion d'assister à mon mariage si je décide de sauter le pas un jour.

Mes enfants n'auront pas de grand-mère.

Et ça me tue.

– J'ai l'impression qu'elle ne m'a jamais connue… Pas la vraie *moi.* Elle n'a connu qu'un mensonge.

Gracie me caresse les cheveux, doucement et, l'espace d'un instant, ça va mieux. Mais la douleur dans ma poitrine refuse de disparaître. Je me demande si elle va rester là longtemps.

– Elle te connaissait mieux que tu ne le crois, lance-t-elle comme un aveu. Tu es sa fille. Je ne suis pas certaine que tu aies pu lui cacher quelque chose de si gros. Et puis... sans vouloir t'offenser, c'était quelque peu évident.

– Je ne vois pas de quoi tu parles, je renifle.

– Tu es allée au bal du lycée en smoking, au bras d'Eva Ferrars, dit-elle avec un sourire moqueur. Tu avais un poster immense de Keira Knightley sur la porte de ta chambre. Tes chanteurs préférés sont Conan Gray, Harry Styles et Sam Smith... Chérie, tu es un drapeau multicolore ambulant.

Je prends quelques secondes pour y réfléchir. En effet, elle n'a pas tort. Je n'ai pas été très douée pour le cacher, je suppose.

– Je n'ai jamais pu lui demander des conseils en amour...

– Je crois que tu n'as pas besoin de ça. Tu te débrouilles très bien toute seule. Combien de copines tu as eues, déjà ?

– Ça n'a pas d'importance, puisque je n'ai pas celle que je veux.

Le temps se suspend entre nous. Je lève le menton pour la regarder, son visage à quelques centimètres du mien, et cette fois, je suis forcée de jouer cartes sur table.

J'en ai marre, de mentir, de tout garder pour moi.

J'ai envie que les gens sachent qui je suis avant que ce soit trop tard, parce qu'on ne sait jamais de quoi demain est fait.

Si je ne le lui dis pas maintenant et qu'elle part pour New York, je le regretterai à vie.

– Je suis amoureuse de toi depuis toujours, Gracie. Et je sais que c'est nul, je sais que c'est cliché, mais je n'y peux rien. J'ai essayé de détourner mon attention, je le jure. Je n'ai jamais réussi...

J'ai toujours rêvé de lui avouer mes sentiments. Plus jeune, je m'endormais en imaginant mille et une façons de le faire. Parfois, cela se passait bien. Parfois, non. La plupart du temps, je me faisais rejeter. D'autres fois... je rêvais que Gracie m'embrassait en retour.

Mais dans chacun de ces scénarios, mon aveu la choquait.

Là tout de suite, j'ai plutôt l'impression qu'elle s'y attendait.

L'idée qu'elle soit déjà au courant me noue l'estomac et soudain, mon visage se teinte d'une expression d'horreur.

– Oh mon Dieu, ne me dis pas que...

– Je m'en doutais, finit-elle avec une moue timide.

Je reste plantée là comme une idiote, interdite. Elle s'en doutait... tout ce temps ? Et elle n'a rien dit. Elle a fait semblant de ne pas savoir parce qu'elle ne ressent pas la même chose, je suppose ? Parce que mon amour la gêne. Parce qu'elle ne veut pas que tout change entre nous.

Et je viens de tout gâcher.

Je suis passée pour une idiote pendant des années.

– Comment ? je demande malgré tout.

– J'en ai parlé avec ta mère, un jour. Ça a fait tilt.

Je cligne des yeux, stupéfaite. Gracie soupire, puis continue sans oser me regarder :

– Je me suis confiée à elle il y a presque deux ans, avant sa mort.

Je ne suis pas très étonnée de l'entendre. Ma mère était très proche de Gracie, elle la considérait comme une de ses filles. C'est ce qui m'énervait un peu d'ailleurs ; je ne voulais pas que les gens considèrent Gracie comme un membre de ma famille, si ce n'est en tant que ma petite amie.

– À propos de quoi ?

– Toi, avoue-t-elle d'une petite voix. Elle m'a surprise en train de pleurer devant chez moi. Tu étais sortie. Elle m'a invitée à l'intérieur pour boire une citronnade et... j'en ai profité pour lui demander conseil.

Je ne comprends toujours pas, même si c'est bien quelque chose qui ressemble à ma mère.

– Tu venais de rompre avec petite amie numéro 6, et Danielle n'a pas tardé à suivre après ça... Ça m'a fait mal, et je n'arrivais plus à le cacher. J'ai même pensé à t'éviter, à prendre de la distance, à prétendre être occupée avec les cours... C'est aussi pour cela que j'ai postulé à l'université de New York, même si cela me blessait.

– Pour t'éloigner de moi ?

Cette simple idée me fait un mal de chien.

– Oui...

– Mais pourquoi ?

– Parce que, d'une certaine manière, rester près de toi me fait plus mal encore qu'être loin. Te regarder sortir avec des filles, savoir que tu couches avec elles, puis te soutenir une fois que tu leur as brisé le cœur... et rester pendant que tu recommences, encore et encore... C'est dur, Hazel. C'est un cauchemar en boucle, comme une bulle spatio-temporelle dans laquelle je serais coincée à jamais, incapable de sortir... Et j'ai peur de devenir folle.

Mes pensées sont sens dessus dessous. Je n'ai aucune idée de ce qu'elle essaie de me dire. Mon cœur bat la chamade et ma peau se recouvre de chair de poule, et...

– Ta mère m'a prise dans ses bras, puis m'a dit de ne pas m'inquiéter. Que tu gardais tout en toi, mais que tu restais un livre ouvert. Elle m'a dit d'avoir confiance en tes sentiments... et de ne pas avoir peur de t'avouer les miens.

Je comprends que je pleure lorsque le sel de mes larmes touche mes lèvres.

– Alors, elle savait ?

Gracie hoche la tête. Tout ce temps, ma mère me connaissait sans que j'aie à lui dire quoi que ce soit. Elle savait, et elle ne m'a rien dit. Elle n'a pas essayé de me faire avouer quoi que ce soit, elle m'a laissé le temps d'agir comme je le souhaitais.

Et moi j'ai attendu parce que j'avais peur de sa réaction.

Je ne lui ai pas fait confiance alors que j'aurais dû.

– Elle t'aimait comme tu es, Hazel. Rien de ce que tu aurais pu faire ne pouvait empêcher cela.

Je me mets soudain à rire comme une idiote, à rire à travers mes larmes incessantes. Ma mère m'aimait comme je suis. Elle savait que j'étais lesbienne, et elle n'a jamais cessé de m'aimer. Elle a même compris que j'étais amoureuse de Gracie...

Tout ce temps, elle m'a laissée faire. Elle m'a fait confiance. C'est ce qu'elle a toujours fait.

– J'ai voulu suivre son conseil et tout te dire, mais le diagnostic est tombé peu après et je savais que ce n'était pas le moment. Je voulais être là pour toi, t'aider à gérer sa maladie. Puis les jours ont passé... et j'ai fini par me dégonfler. J'ai cru que ta mère s'était trompée, puisque tu n'as jamais rien dit à ce sujet.

Je suis bouche bée. Comment ai-je pu être si aveugle ?

Gracie est littéralement en train de me dire qu'elle m'aime en retour, et que ça ne date pas d'hier.

– C'est pour ça que tu pars ? Pour que j'arrête de te faire souffrir ?

Je comprends le besoin qu'elle ressent, j'ai eu le même pendant longtemps. Mais tout a changé, pas vrai ? Si elle m'aime, et si je l'aime...

Ça veut dire qu'on peut être ensemble.

– Pas seulement, ajoute Gracie en faisant retomber sa tête contre le lit. Leur programme m'attire depuis plusieurs années... et je crois que j'ai besoin de partir d'ici. Je crois que je serai plus heureuse à New York.

– Comment ça ?

– Ici, j'étouffe. Je n'arrive pas à être moi-même. Mais à New York, il y a plein de gens comme...

Je hausse un sourcil.

– Comme moi ?

– Comme nous, finit-elle timidement.

Oh. Waouh. Je refoule un frisson irrésistible, la chaleur inondant ma poitrine. J'ai toujours cru que Gracie était hétérosexuelle parce qu'elle ne sortait qu'avec des garçons, mais je suppose que c'était stupide.

J'aurais dû poser la question plus tôt.

– J'aime bien New York, dis-je avec un petit sourire.

Gracie me regarde fixement, comme si elle avait peur de comprendre où je veux en venir. Je sais que c'est une folie, mais il faut croire que je suis du genre imprévisible.

Avec Gracie, en revanche, je sais que je n'aurai aucun regret. C'est ce dont j'ai toujours rêvé.

– Vraiment ? Assez pour, disons, faire une coloc à la New Girl et élever nos gosses ensemble ?

Un nouveau frisson m'échappe à la mention de nos potentiels enfants.

– Gracie, je te l'ai déjà dit : c'était l'évidence même pour moi. Mais si la « vie de couple » te fait peur...

– Non, me coupe-t-elle en emmêlant ses doigts aux miens. J'en ai envie, moi aussi. Faisons ça.

– Quoi, « ça » ? Dis-le. Je ne veux plus de malentendus.

Gracie soupire, l'air ennuyée, mais son sourire trahit le bonheur qu'elle ressent ; le même que le mien.

– Suis-moi jusqu'à New York, Hazel Scott.

Je hoche la tête sans hésitation aucune. Après tout, mon père vend la maison. Je crois que c'est le signe dont j'avais besoin.

Après la dépression vient la résignation.

37

Hazel

Celle qui était aimée

Je ne sais pas comment, mais soudain les mains de Gracie sont sur mes hanches et sa bouche recouvre la mienne et nos pouls s'accélèrent à l'unisson sous nos peaux.

C'est comme si tout ce que j'avais retenu jusqu'ici explosait enfin. Nous nous embrassons avec tendresse et passion à la fois. Ses lèvres sont d'une douceur exquise, mais les sons qu'elle fait quand ma langue caresse la sienne sont absolument indécents.

– C'est OK ? je souffle pour m'assurer que je ne vais pas trop vite pour elle.

Gracie opine de la tête sans s'arrêter de m'embrasser, si bien que je la fais basculer sur le dos, sur le sol de ma chambre. Les minutes qui suivent sont tirées d'un rêve que j'ai l'impression d'avoir déjà fait plusieurs fois.

Sauf qu'aujourd'hui, c'est réel.

Je le sais au tremblement de mes mains et à mon cœur qui bat dans ma gorge, dans mes tempes, dans mon estomac… entre mes jambes.

J'ai tellement envie d'elle que c'en est douloureux.

Ressent-elle la même chose ? Est-elle aussi mouillée que moi à l'idée que je la touche ?

Au moment où je m'apprête à lui demander si je peux dégager la serviette qui dissimule son corps au mien, la sonnerie d'un téléphone retentit dans la pièce.

Je comprends qu'il s'agit du sien, mais je retiens son visage de mes mains. Pas question que ce moment s'arrête, pas déjà !

– Laisse sonner...

– Et si c'était important ?

– Plus important que *ça* ?

Gracie rit en me repoussant gentiment, comme si j'avais dit quelque chose de drôle.

– On a tout le temps du monde pour *ça*. Bouge pas, je reviens.

Je soupire de frustration, me laissant retomber sur le sol, tandis qu'elle trouve son téléphone sur mon lit et s'éclipse dans le couloir pour répondre.

J'en profite pour tenter de me calmer, moi et mon désir violent. J'ai encore du mal à croire que tout cela n'est pas le fruit de ma folle imagination.

Gracie m'aime.

Moi.

Et elle a accepté que je la suive jusqu'à New York ! Mieux encore : c'est elle qui me l'a proposé. Jamais je n'aurais cru possible une chose pareille, encore moins aujourd'hui.

Je me redresse pour faire les cent pas en attendant que Gracie revienne. C'est comme ça que je remarque l'étrange bocal posé sur mon bureau. Je fronce les sourcils en reconnaissant l'objet que mon père a posé sur la cheminée avec beaucoup de mystère.

Pourquoi est-il ici ? Ce n'était pas là tout à l'heure.

Je m'en approche avec méfiance. L'objet est rempli de bouts de papier pliés en deux, de toutes les couleurs. À côté, je reconnais l'écriture de mon père sur un Post-it :

« Je sais que tu ne veux pas me parler pour l'instant. Tu as le droit d'être en colère. Mais tu dois savoir une chose : j'ai toujours aimé votre mère, d'un amour fou qui ne s'éteindra jamais. Surtout : on vous aimait, vous cinq, plus que n'importe quoi.

Tu as toujours été voulue, Hazel. Tu es la pièce manquante pour que la famille Scott soit au complet. Tu es le H final à la foi de ta mère. Fallon, Aimee, Ivy, Taylor, Hazel... FAITH.

Elle vous a laissé ce bocal avant de mourir. Elle savait que ce serait dur. Elle voulait que vous puissiez venir à elle chaque fois qu'elle vous manquerait ou que vous auriez un coup de mou. Il vous suffit de piocher.

Personne ne pourra jamais l'effacer, Hazel.

Je t'aime,

Papa. »

Je pleure à nouveau, mais cette fois, c'est un sourire qui se dessine sur mes lèvres. Pourquoi nous a-t-il caché l'existence de ce bocal tout ce temps ?

Je me sens soudain légère, apaisée... soulagée.

Aimée, aussi. Parce que j'étais voulue.

Parce que j'ai enfin compris que tout allait bien se passer. Ma mère est morte, mais ça ne veut pas dire qu'elle a disparu. Elle reste là, dans mes souvenirs plus que dans une vieille maison.

Mes sœurs m'aiment et me protègent, même quand j'essaie inconsciemment de les repousser.

Mon père a le droit de tourner la page pour être heureux, même si je n'approuve pas ses choix.

Quant à ma meilleure amie...

Voilà un cœur que je n'ai pas l'intention de briser.

– C'était ma mère, dit cette dernière en revenant dans la chambre. Elle m'a demandé si je comptais rentrer pour le décompte.

– Oh... Tu dois y aller ?

Je n'ai aucune idée de l'heure qu'il est, mais je suis prête à parier que minuit n'est pas loin. J'essaie de dissimuler ma déception, difficilement.

– Non, répond-elle lorsque je me relève pour lui faire face. J'ai répondu que je dormais là ce soir. Est-ce que... ça te va ?

Bordel. Gracie a dormi ici plus de fois que je ne peux les compter de mémoire. Mais ce soir, c'est différent. L'air est électrique, mes mains sont moites, mes lèvres sont sèches.

– Bien sûr. Après tout, sur ta liste il y avait écrit : « Embrasser quelqu'un lors du décompte », non ?

Je lui offre un sourire en coin qu'elle me renvoie. Je lui tends des vêtements secs à enfiler ; un débardeur et un short en coton. Pendant qu'elle est dans la salle de bains, j'en profite pour me vêtir d'un long tee-shirt de rock qui m'arrive aux genoux.

Puis j'essaie de créer une ambiance sympa. J'allume plusieurs bougies le long de ma fenêtre, ainsi que sur ma table de chevet et mon bureau. J'éteins la lumière, laissant seulement la luminosité ambrée de ma veilleuse.

C'est parfait.

Je me dépêche de lancer l'une de mes playlists Spotify sur mon enceinte. J'en ai pour à peu près toutes les occasions : pour m'endormir, pour faire du sport, pour les séances câlins, pour pleurer un bon coup, pour chanter sous la douche...

Le Bluetooth se connecte pile au moment où Gracie débarque. Ses yeux tombent sur les bougies, puis sur moi. Je m'apprête à lui sourire chaleureusement quand la musique retentit à fond dans la chambre...

... et que je reconnais l'air de « I'm Sexy And I Know It ».

... Girl look at that body
Girl look at that body
Girl look at that body
I-I-I work out

– C'est... un choix intéressant, commente Gracie d'un ton moqueur.

Je saisis la télécommande de mon enceinte, embarrassée.

– Non, ce n'est pas... Merde. Je me suis trompée de playlist.

... When I walk in the spot, this is what I see
Everybody stops and they staring at me
I got passion in my pants and I ain't afraid to show it

Gracie éclate de rire en me voyant tenter désespérément de changer de musique. Celle-ci disparaît enfin... vite remplacée par quelque chose de pire encore. Mon rêve s'est transformé en cauchemar, et sa bande-son est « Barbie girl ».

Come on, Barbie, let's go party
Ah, ah, ah, yeah

Gracie rit tellement qu'elle se tient les côtes sans pouvoir respirer. Mes joues brûlent quand je me prends les pieds dans le tapis et trébuche en essayant d'atteindre l'enceinte.

– C'est ma playlist de la honte, OK ?! je m'écrie en attrapant le fil de la prise. Bouche-toi les oreilles !

Je tire dessus de toutes mes forces, soulagée de retrouver le silence. Ça ne peut pas être pire que ça.

Je soupire en me cachant le visage dans mes mains, honteuse. J'ai essayé de faire un geste romantique, et voilà où ça m'a menée. Ce n'est vraiment pas mon truc. Je ne sais même pas pourquoi j'essaie.

– Haze, souffle Gracie en s'approchant.

Je ne réponds pas, morte de honte. Ses doigts attrapent les miens pour dégager mon visage. Son sourire est sincère et adorable. Mon cœur se remet à battre plus fort quand elle m'embrasse tendrement.

– On n'a pas besoin de musique... dit-elle en entourant ma taille de ses bras. Je veux t'entendre.

Je crois que toute pensée cohérente me quitte à ces mots.

– Je voulais que tout soit parfait pour...

– C'est *toi*. C'est déjà parfait.

Je hoche la tête, incapable de respirer. J'aurais aimé attendre et avoir ma première fois avec elle. J'aurais aimé qu'on découvre ça ensemble, mais l'heure n'est plus aux regrets.

C'est Gracie qui va fermer la porte de ma chambre à clé avant de poser une main sur ma poitrine, me forçant à reculer.

Mes genoux heurtent mon lit, si bien que je retombe sur le matelas. Je suis complètement subjuguée par elle, par la façon dont ses seins se soulèvent à chacune de ses respirations, par la fossette unique sur sa joue droite quand elle sourit timidement, par sa soudaine confiance en elle.

Nom d'un chien, je n'ai jamais rien vu d'aussi sexy.

– On n'est pas obligées, tu sais. On peut y aller doucement.

Ma meilleure amie me fait taire d'un baiser, ses genoux de part et d'autre de moi.

– J'ai assez attendu, Hazel.

Je pose mes mains sur ses cuisses nues, appréciant le doux toucher de sa peau. La piscine brûlante qui s'accumule entre mes jambes menace de déborder. Je sens mon sexe pulser à l'idée d'être là avec Gracie, à l'anticipation de ce qu'on s'apprête à faire.

– Je peux l'enlever ? demande-t-elle en frôlant mon soutien-gorge des doigts.

J'acquiesce du menton, la laissant faire. La chair de poule recouvre mes seins nus lorsque mon soutif finit par terre. Sa respiration se coupe légèrement, me faisant sourire.

– Tu es tellement belle...

– Pas autant que toi.

– Ferme-la, gronde-t-elle en se penchant.

Je suis incapable d'articuler quoi que ce soit lorsqu'elle m'embrasse le cou, ses mains caressant maladroitement mes seins. Les miennes jouent avec la couture du tee-shirt qu'elle porte, le soulevant toujours plus haut.

Finalement, Gracie se redresse pour le passer au-dessus de sa tête.

Ses seins sont parfaits, tellement que j'en suis presque jalouse. Je suis incapable d'avoir une seule pensée cohérente lorsque Gracie se frotte doucement à moi. Mon bassin suit le mouvement de lui-même, affamé.

Je meurs d'envie de la toucher, de la goûter...

– Désolée mais je ne peux plus tenir.

C'est le seul avertissement que je lui donne avant de la retourner sur le dos. La seconde d'après, je suis allongée sur le ventre, la tête au-dessus de ses jambes écartées.

– Est-ce que je peux ? je souffle.

Gracie écarquille les yeux, ses mains allant machinalement cacher sa culotte.

– Euh... Je ne sais pas. C'est un peu gênant.

– Pas du tout. J'en meurs d'envie et je sais que ça te fera du bien. Mais si tu n'es pas à l'aise, on oublie.

Ma meilleure amie se mord la lèvre, hésitante. Finalement, ses jambes s'écartent davantage, me laissant le champ libre. Elle laisse sa tête retomber en arrière, probablement pour ne pas avoir à me regarder dans un moment de telle vulnérabilité.

Je fais glisser sa culotte le long de ses cuisses, lentement. Je ne veux pas la presser, ni lui faire peur. L'idée que je suis la première à lui faire ressentir tout ça est incroyablement excitante ; même si l'inverse n'aurait rien changé.

– Détends-toi, d'accord ?

La seconde d'après, ma langue est sur elle. Son bassin tressaute légèrement contre ma bouche, ce qui me fait sourire. Ce nouveau contact l'a surprise.

J'entoure ses cuisses de mes bras avant de continuer à l'apprivoiser. Tendrement... Lentement. Parce que je veux la rendre dingue, je lui fais ce qui fonctionne le mieux pour moi.

J'embrasse, lèche, suce, en alternant un rythme lent et un rythme plus rapide. J'adore sentir son corps se raidir sous l'assaut du plaisir, ses jambes se resserrer autour de mes épaules, ou même le son des gémissements qui se bousculent sur sa langue.

Lorsque je la sens prête à jouir, j'utilise mes doigts en espérant que ça la fera tomber.

– Oh oui, gémit-elle en agrippant mes cheveux.

Cette fois, elle me regarde enfin. C'est tout ce qu'il lui faut. J'accélère le rythme, encore et encore, et l'orgasme finit par la submerger de plein fouet. Ses cuisses se referment sur moi, me rendant prisonnière, et ses pieds se crispent sur les draps tandis que son dos se courbe.

Je remonte son corps, déposant des baisers chastes un peu partout. Ses mains saisissent mon visage pour m'embrasser.

– Tu as aimé ?

Elle opine, le souffle court.

– Je veux essayer.

– Comment ça ?

– Je veux te le faire, dit-elle en baissant ma propre culotte sur mes jambes. Je peux ?

Je suis tellement surprise que je me laisse faire. Soudain, ses mains sont sur mes fesses et Gracie se baisse pour que je puisse m'asseoir au-dessus de son visage.

C'est tellement sexy que j'en perds tous mes moyens.

Je dois me tenir au mur en face de moi pour ne pas tomber à la renverse – pour m'empêcher de chevaucher sa bouche, aussi.

Sa langue est timide, mais c'est mignon. Pour être honnête : tout ce que Gracie fait m'excite. Elle essaie des choses, se cale à la façon dont ma respiration se coupe quand elle touche un point sensible.

– Plus haut, dis-je avant de gémir. Oh bordel… Oui !

J'ai besoin de la voir, j'ai besoin de la toucher, je n'en peux plus. Je m'écarte d'elle, si bien qu'elle me dévisage d'un air embarrassé.

– Désolée… C'était nul ?

– Pas du tout. Mais ta bouche me manque.

Je l'embrasse avec fièvre et urgence. Nous finissons allongées côte à côte, enlacées. Nous nous embrassons, nous nous touchons, nous rigolons, et je ne sais pas combien de temps cela dure, mais c'est le moment le plus magique de toute ma vie.

– Je t'aime, je souffle entre ses seins.

– Moi aussi, répond-elle en faisant disparaître ses doigts entre mes cuisses.

Une éternité plus tard, les couvertures recouvrent nos têtes tandis que je somnole sur la peau brûlante de son ventre. Je crois que je me suis endormie le temps d'une seconde, car c'est la voix de Gracie qui me réveille :

– Hazel... Tu ne trouves pas que ça sent bizarre ?

– Le sexe. C'est normal.

– Je ne parle pas de ça, répond Gracie en nous sortant des couvertures, qu'elle plaque contre sa poitrine nue. Ça sent le cramé, non ?

Je renifle, curieuse, avant de me raidir. Elle a raison, ça sent la fumée. D'ailleurs, j'ai l'impression que la pièce est remplie d'un léger brouillard grisâtre.

Fallon a probablement laissé Luke s'occuper du dessert, et il a tout laissé brûler dans le four... Pas vrai ?

– Je vais vérif...

Je suis interrompue par des cris qui réussissent à me glacer le sang. Je me raidis une seconde, assez longtemps pour échanger un regard inquiet avec Gracie, et l'instant d'après, nous sommes toutes les deux debout. Je me dépêche d'enfiler quelque chose, le cœur battant. Un mauvais pressentiment me serre la gorge.

Je vois la fumée passer de sous la porte, trop tard. J'ouvre celle-ci avec terreur, et soudain, c'est le chaos. Je vois des flammes inonder l'escalier qui me fait face, lécher les murs, m'empêchant de rejoindre le rez-de-chaussée.

En bas, j'entends les gens crier et courir, probablement pour essayer de sortir.

– Oh mon Dieu, panique Gracie derrière mon épaule.

Je referme la porte en vitesse, le cœur battant la chamade. La maison est en feu !

La maison est en feu et on est coincées à l'étage !

Gracie prend peur à côté de moi, mais je n'ai pas le temps de paniquer. Je lui crie de m'aider à porter ma couverture. J'attrape la bouteille d'eau que je garde toujours près de mon lit pour dormir, puis je renverse tout son contenu sur la couette.

– Coince-la en dessous, vite !

Gracie obéit malgré la peur, et nous roulons le tissu mouillé en bas de la porte. Je ne pense à rien. Je ne pense ni à la façon dont c'est arrivé, ni à comment vont les autres. Je ne préfère pas. Tout ce qui m'importe, là, tout de suite, c'est qu'on sorte d'ici.

– La fenêtre ! je m'écrie avant de tousser à cause de la fumée qui a réussi à passer.

Gracie l'ouvre, la main sur son nez. On a déjà fait ça des milliers de fois : grimper sur l'arbre qui sépare nos deux maisons.

Aujourd'hui, il va probablement nous sauver la vie.

– Vas-y la première, dis-je en poussant ma meilleure amie. Fais attention.

– Attends ! Et toi ?

Je la fais taire d'un rapide baiser sur la bouche.

– Je serai juste derrière, promis. Une fois que t'es en bas, cours chez toi pour prévenir tes parents et appeler les pompiers !

Gracie escalade ma fenêtre et réussit à grimper à l'arbre malgré le vent. Elle me lance un dernier regard avant de descendre le tronc dans l'obscurité du soir.

Je passe par la fenêtre à mon tour, terrifiée. C'est l'adrénaline seule qui me permet de grimper à l'énorme branche, qui tremble sous l'assaut du vent. Les feuilles me fouettent le visage, mais je commence à descendre comme j'ai tant l'habitude de le faire.

Jusqu'à ce que je m'arrête d'un coup.

– Hazel ! hurle Gracie en retombant en bas. Dépêche !

Le bocal ! J'ai oublié le bocal sur mon bureau !

Je lève des yeux écarquillés vers ma fenêtre ouverte, déchirée. Je n'ai pas envie de mourir, et en même temps...

Bordel, elle va me tuer si jamais je survis.

Je jure tout bas avant de remonter à toute vitesse. Gracie me crie des choses que la tempête emporte avec elle. Hors de question que je parte sans ce fichu bocal. Pas même sans l'avoir une fois ouvert, pas sans que les filles en aient pris connaissance !

C'est le dernier souvenir que nous avons d'*elle*. Ma mère est morte une fois, je ne compte pas la laisser périr à nouveau.

La fumée épaisse me prend à la gorge quand je mets un pied sur le sol de ma chambre. Comment l'incendie a-t-il pu se propager si vite ? Mes yeux se posent tout de suite sur l'objet, que j'attrape en panique.

Je le cale sous mon bras, non sans tousser. J'entends les flammes crépiter de l'autre côté de la porte et tout mon corps semble en feu désormais... Mais l'odeur est le pire.

Ça sent la mort.

J'entends des hurlements provenant de l'extérieur lorsque je passe de nouveau la jambe en travers de la fenêtre.

– Hazel ! Je t'en supplie, fais vite !

Mes mains sont tellement moites, de peur et d'angoisse, que je commets l'erreur la plus stupide : le bocal en verre glisse de l'étau de mes bras pendant des secondes qui semblent s'écouler au ralenti.

– Non ! Non, non, non, non...

S'il se brise, c'est fini. Mon cœur se fige dans une terreur glaciale tandis que l'objet touche le sol... et s'en sort indemne. Dieu merci !

Je m'apprête à foncer vers le bocal pour le récupérer et le tenir bien fermement cette fois. Mais au même moment, quelque chose explose dans le couloir.

Je crie en sursautant d'effroi, protégeant mon visage des éclaboussures de bois. Quand je rouvre les yeux, le bocal a disparu. Où est-il ?! Il a roulé quelque part, mais où ?

Mon pouls s'accélère sous mon sein tandis que je fouille la chambre à sa recherche, en larmes. Les cris de Gracie me rappellent à l'ordre par la fenêtre, et voilà que je n'arrive plus à respirer. La chaleur, la fumée, et les sanglots enflent dans ma gorge.

Je manque de temps.

Ma porte est en train de prendre feu à partir du bas, et je serai la prochaine si je ne me dépêche pas. La sueur perle le long de ma peau. Je suis déjà en train de fondre.

J'ai l'impression que mes entrailles se déchirent lorsque je prends la décision de me sauver.

Je suis désolée, maman.

De retour sur le rebord de la fenêtre, je tousse sans interruption à cause de la fumée menaçante. Mes mains moites glissent à plusieurs reprises sur le tronc d'arbre, mais je réussis à m'effondrer sur l'herbe.

La seconde d'après, Gracie me prend dans ses bras en sanglotant.

– T'es complètement folle ! Plus jamais tu me fais un coup pareil, espèce de cinglée !

Je l'étreins avec force en retour, le visage noyé de larmes.

– Pardon, pardon, pardon, je souffle contre ses cheveux.

Je remarque soudain la présence d'Ivy et Connor, le visage déformé par l'inquiétude. Je suppose que les cris de Gracie ont dû les alerter, ou alors quelqu'un les a envoyés vérifier du côté de l'arbre.

– Il faut absolument qu'on s'écarte, s'écrie Connor.

La fumée commence à devenir noire et menaçante. Je prends la main de Gracie pour partir d'ici et faire le tour de la maison, ma sœur et son ami sur nos pas. Nous réussissons à retrouver les autres devant celle-ci, amassés en petits groupes paniqués. Les voisins sont sortis eux aussi, certains en tenue de soirée, d'autres en robe de chambre.

Je réussis à trouver ma famille grâce à la voix forte de mon père. Celui-ci hurle en direction de la maison, et c'est un autre homme qui le retient difficilement par les bras.

– Tu ne peux pas entrer là-dedans !

– Ma fille est dans cette maison ! J'irai si je le veux !

Mon cœur s'arrête de battre quand je comprends que personne ne m'a vue sortir. Mes sœurs se tiennent la main, les mines pleines d'effroi. Taylor est au téléphone, elle garde le cap. Fallon est à deux doigts de craquer. Aimee tente de rassurer tout le monde malgré ses mains tremblantes.

C'est finalement Luke qui débarque avec un immense jet d'eau, l'expression déterminée.

– Je vais y aller. Je vais la ramener.

Il s'apprête à repartir tel un héros hollywoodien avant que Ivy s 'approche en criant :

– Stop ! On l'a trouvée, elle va bien !

Tout le monde fait volte-face. Cette fois, toutes mes sœurs fondent en larmes en voyant que je suis saine et sauve. Luke soupire profondément, une main cachant son visage.

C'est mon père qui s'élance le premier et m'écrase dans un câlin qui me coupe la respiration. J'écarquille un peu les yeux, sous le choc. Ce n'est pas arrivé depuis... toujours, en fait.

– Est-ce que tu sais la peur qu'on a tous eue ?! me dispute-t-il. Où t'étais, hein ?! J'étais prêt à m'élancer dans les flammes, figure-toi !

Je roule des yeux, même si mon cœur se réchauffe de le voir si inquiet.

– Et puis, combien de fois je vous ai dit de ne pas laisser vos fers à lisser allumés ! continue-t-il à hurler, hors de lui. C'est forcément l'une de vous, ça !

– Attends, tu nous accuses, là ? s'indigne Ivy dont les larmes redoublent.

– Tu crois vraiment que le moment est bien choisi pour nous sermonner, papa ? sanglote Aimee.

Il finit par se calmer avant de me prendre dans ses bras, comme pour s'assurer que je suis bien saine et sauve. Je referme mes bras sur son dos, profitant de ce moment précieux.

Mon père est imparfait, mais c'est le mien. Je n'en ai qu'un, et je l'aime. Je sais ce que ça fait de perdre une mère, désormais. Je regrette de ne pas avoir pu profiter davantage, je regrette les minutes que j'ai pu passer à la détester quand on était en désaccord.

Je ne veux pas faire pareil avec le seul parent qu'il me reste. Alors je pardonne et j'avance.

– Désolée, dis-je en acceptant l'étreinte de Fallon, qui tente misérablement de cacher ses larmes. J'ai voulu récupérer le bocal que maman nous a laissé…

C'est Ivy qui parle la première :

– Tu te fous de moi ? T'as failli mourir pour du matériel ?! Il te manque une case ou quoi ?

– Ce n'était pas n'importe quel « matériel »… C'était le dernier objet que nous a laissé maman.

À cela, Ivy semble se calmer un peu.

– Oh… il y avait quoi dedans ?

– Je n'en sais rien, je réponds en pleurant de plus belle. J'ai dû l'abandonner.

À ce stade, je ne sais pas si je parle du bocal ou de maman. La tristesse infinie que je ressens n'est pas anodine, mais j'ai peur de m'y attarder. Mes sœurs sont tout à coup silencieuses, laissant le son des flammes emporter le dernier souvenir de notre mère.

– Je suis trop soulagée pour t'engueuler là maintenant, mais ça va venir, renchérit Fallon, qui se tourne ensuite vers Luke avec un demi-sourire. C'était sexy, au fait.

Son mari lui offre un demi-sourire timide.

– Tu trouves ?

– On vous entend, grogne Taylor.

Luke m'ébouriffe les cheveux d'un geste paternel.

– Content que tu ailles bien, Bambi.

Nous faisons tous face à la maison qui prend feu lorsque les premières sirènes de pompiers retentissent. C'est la maison de notre enfance qui disparaît sous nos yeux, tous nos souvenirs – bons et mauvais.

Je serre la main de Fallon dans la mienne, appréciant le contact de mes sœurs autour de moi. Mon ancre. Mon point de repère en ce monde.

– Et bonne année, hein ! s'exclame Taylor.

Je souris presque en voyant qu'elle a gardé sa coupe de champagne, désormais tendue dans les airs. Mon téléphone indique minuit.

Je me tourne vers Gracie, qui pose sa joue contre mon épaule.

– Ta maison est en train de cramer. Pourquoi tu souris ? demande-t-elle comme si j'étais folle.

– Parce que je crois que je suis prête.

– À quoi ?

Je hausse les épaules, consciente du fait que mes sœurs m'entendent, elles aussi. Pour la première fois depuis longtemps, j'ai l'impression d'être écoutée, soutenue, entourée.

C'est bête, mais je sens maman tout autour de nous. Comme si elle veillait sur moi.

Je n'ai plus peur.

J'imagine que c'est ça, la dernière étape du deuil : la reconstruction.

– Je suis prête à tourner la page, moi aussi.

Épilogue

Luke

Un mois plus tard

– Où est mon chargeur ?

Ma belle-sœur Hazel est debout au milieu de notre salon. Elle pointe vers chacune de ses sœurs un index menaçant. Personne ne moufte, surtout pas Cillian, Connor et Adam qui, même s'ils ne connaissent le clan Scott que depuis un mois, semblent se douter qu'il vaut mieux rester en dehors de tout ça. Il n'y a que la douce Gracie qui la regarde d'un air amusé.

– Il était branché dans la cuisine... Je vous laisse cinq secondes pour le remettre à sa place. Sinon...

Maintenant j'en ai la preuve : leur maison a pris feu et leur père a déménagé à l'autre bout du pays avec la meilleure amie de leur défunte mère, mais elles s'engueulent toujours pour des broutilles. Comme quoi, qu'on le veuille ou non, la vie continue.

– Hazel, calme-toi ! Ça fait un mois que tu ne nous as pas vues et c'est comme ça que tu nous accueilles ? s'offusque Aimee, un sourire en coin.

– Pardon, dit-elle en plaquant un sourire de façade sur son visage et en plaçant théâtralement une main sur son cœur. Ô mes sœurs chéries ! Que votre douce présence m'a manqué durant les trente couchers de soleil qui nous ont séparées. C'est mieux ?

– Grave ! s'exclame Ivy. Là, je me sens choyée !

– Parfait ! Donc maintenant, si la grosse voleuse qui m'a tiré mon chargeur pouvait me le rendre, ça m'arrangerait ! Je n'ai quasi plus de batterie.

– Arrête avec ça ! intervient Fallon.

– Forcément, tout le monde s'en fout de mes affaires ! se renfrogne Bambi, la mâchoire serrée.

Ses sœurs ne répondent pas, ce qui a le don de rendre l'ambiance encore plus lourde. On pourrait sentir le stress crépiter dans l'air. Fallon a invité ses sœurs à venir ce matin sans leur en expliquer la raison.

Maintenant que Taylor s'est installée temporairement ici avec Zic le temps d'écrire un album, il a été assez simple de demander aux deux étudiantes de rentrer pour le week-end. Il n'y a qu'Aimee qui a pris l'avion sans vraiment chercher à connaître le motif de cette invitation. Elle a dû comprendre que si sa sœur lui demandait de rentrer, c'était pour une bonne raison. Mais maintenant qu'elles sont toutes réunies, je sens une appréhension. Sûrement parce que, la dernière fois que c'était le cas, leur foyer familial est parti en fumée.

Tentant piètrement de calmer la tempête, je décide de prendre la plus grande tasse de café que nous avons et la remplis presque à ras bord. J'apporte sa potion magique à Hazel quand Taylor me barre la route :

– Oh, merci ! dit-elle en me chopant la tasse des mains.

– Tu ferais mieux de lui donner son café. Surtout quand on sait que c'est toi qui as pris son chargeur...

– Traître ! m'insulte-t-elle avant de se tourner vers Hazel. Tiens, ton café, ma sœur d'amour.

La benjamine est sur le point de maudire sa rock star de sœur, et toute sa descendance avec elle, quand la plus calme des Scott prend la parole :

– J'imagine que ce n'est pas pour nous entendre nous chamailler que tu nous as demandé de venir, déclare Aimee, confortablement installée contre son boss.

– Non... Si je vous ai demandé de venir, c'est pour une raison très spéciale.

Ma femme tourne ses yeux d'automne vers moi et hoche la tête. Signe que je comprends. Les quatre sœurs se taisent quand je me lève pour déposer l'objet au milieu de la table, pile au centre des cinq sœurs et de celle et ceux qui les soutiennent aujourd'hui.

– Luke a retrouvé le bocal.

Elles laissent toutes échapper un cri de surprise.

– Mais... On le pensait perdu dans les flammes ?

– Après la fin de l'enquête, on a pu avoir accès aux décombres. Ta chambre a sacrément été touchée Hazel... Je préfère ne pas m'imaginer ce qui aurait pu se passer si tu étais restée une minute de plus.

Mon cœur se pince fort à l'idée du drame qui aurait pu toucher notre famille.

– Je sais... admet-elle, honteuse. Il était où ? Je l'avais pourtant cherché partout comme une dingue.

– Sous ton immense armoire au fond de la pièce. C'est le seul endroit encore intact. Un véritable miracle. On a passé des jours à tout déblayer mais...

Elle n'écoute même pas la fin de ma phrase et se rue dans mes bras. Sa petite tête brune se niche sous mon menton et, entre deux sanglots, elle prononce un « merci » qui me réchauffe le cœur.

– De rien, Bambi.

– Oui, merci, Luke, ajoutent toutes les autres sœurs Scott.

À l'exception de ma femme qui reste silencieuse. Mais je n'ai qu'à voir son regard embué de larmes reconnaissantes pour savoir ce qu'elle n'est pas en mesure de dire.

– Ne vous inquiétez pas. Je suis juste heureux qu'on soit tous là aujourd'hui pour se disputer pour un chargeur.

Hazel laisse échapper un rire enroué avant de relever des yeux pleins de larmes. Elle en éponge certaines du revers de la main et rejoint ses sœurs autour de la table basse. En tailleur, elle prend place aux côtés de Gracie qui est là aussi pour la soutenir.

– Bon... Vous êtes prêtes ? lance Aimee.

– On n'attend pas papa ? demande Taylor.

De nouveau, un silence emplit la pièce. Cela fait un mois que Rob est parti. Quelques jours après l'incendie, il a refusé d'annuler ses vacances avec Carole, supposément pour « laisser de l'espace et du temps » à ses filles d'accepter la situation. Chaque sœur a sa propre manière de vivre les choses. Fallon préfère ne pas en parler, mais je sais qu'elle en souffre. Je ne pense pas qu'il comprenne à quel point ses actions impactent ses filles. Peut-être parce que, habitué comme il est à ne penser qu'à lui, il en oublie que, depuis la mort de Hope, il devrait le faire pour six.

– Le problème, c'est qu'on doit repartir bientôt... C'est maintenant ou jamais.

– Je n'arrive pas à croire que c'est vraiment un bocal fait par maman, prononce Ivy à voix haute, ce que nous pensons tous.

Nous voilà donc ensemble pour lui offrir un dernier hommage. Elles prennent toutes place, à même le sol, de part et d'autre de la table de basse. Au centre : un bocal rempli de mots qui semblent tout droit venir de l'au-delà. Autour : cinq cœurs d'enfants qui ne mourront jamais. Personne ne sait ce que contiennent les messages. Même pas Rob.

– Qui commence ? demande Ivy, les yeux gonflés par l'émotion, lovée entre les jambes de Connor.

Sans surprise, ma femme se redresse sur ses genoux et se relève.

– J'y vais, se dévoue-t-elle.

Comme une évidence, ses sœurs acquiescent. Elle le cache bien, mais je sens que Fallon est fébrile. Je crois voir sa main trembler quand elle pose sa tasse sur la table. Pourtant, c'est le bout des doigts assurés qu'elle retourne le récipient en verre et renverse plusieurs petits papiers au centre de la table. Quand elle repère celui marqué de son nom, elle me jette un regard qui me brise le cœur.

Merde, je me bats contre moi-même pour ne pas la sortir de là, la ramener dans la chambre que nous avons réinvestie pour la nouvelle année et lui épargner des larmes qui, j'en suis sûre, vont couler.

Elle ouvre le papier. Ses paupières clignent plusieurs fois, mais elle reste muette.

– Qu'est-ce que ça dit ?

Je ne sais pas qui pose la question tant je suis suspendu aux lèvres de Fallon. Celle inférieure tressaille, trahissant l'émotion qui la submerge.

– Excusez-moi ! souffle-t-elle entre deux sanglots avant de se précipiter à l'extérieur.

Je n'ai même pas à réfléchir que je suis déjà sur ses talons. Une fois sur le pas de la porte, elle se jette dans mes bras. Notre étreinte est tendre, pourtant je sens les mains de ma femme s'agripper à moi comme on s'accroche à un rocher après un naufrage.

– Tout va bien ?

Je plonge ma tête dans ses cheveux. L'odeur de jasmin de son shampoing m'apaise instantanément. Mais elle ne répond pas, le visage toujours solidement ancré contre mon torse. Quand je glisse sa main sous son menton pour relever son visage, je suis surpris de la voir sourire entre ses larmes. Comme un putain d'arc-en-ciel au milieu d'une énième averse.

– Pourquoi tu souris ?

– Parce que je sais que ça va aller. J'en suis sûre à présent.

Elle dépose un baiser sur mes lèvres et le sel de ses larmes ne m'a jamais paru aussi doux. Une voiture s'arrête devant la maison. Je reconnais là celle de ma mère et ma fille sur la banquette arrière. Nous avons préféré qu'elle reste chez sa grand-mère, au moins le temps d'expliquer tranquillement la situation à mes belles-sœurs.

– Penny est là, commente Fallon en effaçant ses larmes.

– Attends, il disait quoi, le mot ?

Elle se contente de le glisser dans ma main avant de courir rejoindre notre fille. Sous la fine pluie qui tombe, les deux femmes de ma vie s'enlacent, et soudain il ne fait plus froid. Quand je déplie le papier que lui a confié sa mère, je suis persuadée qu'elle a raison.

« Ne perds pas ton temps à te battre contre la pluie.
Tu es le soleil, Fallon. Je t'aime plus que tout.
Maman »

Cillian

– Est-ce qu'on attend que Fallon revienne ouuuu ?

La sœur superstar montre des signes d'impatience. Près d'elle, le type qui l'accompagnait au Nouvel An. *A priori*, ils ne sont plus uniquement des co-auteurs désormais. Tellement de choses se sont passées en un mois ! Mais je comprends à présent pourquoi la présence d'Aimee était requise. En réponse à son empressement, tout le monde se tord le cou vers la porte qu'a empruntée leur aînée afin de vérifier si elle revient.

– Il vaut mieux que nous soyons toutes présentes pour découvrir nos petits mots, non ? suggère Aimee en réponse aux hésitations autour de la table basse.

Deux d'entre elles finissent par acquiescer. Quant à la dernière, son attention est entièrement focalisée sur le fameux bocal, l'admirant avec de l'émotion dans le regard. Pour cause, après le terrible incendie du Nouvel An, l'adelphie ne pensait jamais revoir cet objet dont la valeur sentimentale est inestimable. Une chance qu'il ait été retrouvé dans les décombres.

Pendant que les sœurs discutent entre elles, de mon côté, depuis le sofa, je n'ai d'yeux que pour celle qui partage désormais ma vie : Aimee Scott. Tomber sous le charme de mon assistante n'était pas prévu au programme, mais sa sensibilité, son caractère impétueux et sa détermination à me tenir tête ont eu raison de moi.

Et, presque comme si elle sentait le poids de mon regard caresser la courbe de son épaule nue, dévoilée par le sweat-shirt trop large qu'elle porte, elle lève vers moi ses prunelles noisette parsemées de paillettes d'or.

Je ne me détourne pas.

Je veux qu'elle sache que je serai toujours là pour elle, pour la soutenir. D'ailleurs, c'est l'unique raison qui justifie ma présence dans cette bourgade de Caroline du Nord. De son côté, elle me gratifie d'un sourire qui étire ses lèvres roses et gourmandes. Je me surprends à penser que je pourrais m'habituer à ce qu'elle me regarde avec autant d'affection. *D'amour ?*

Qui aurait cru qu'un cœur gelé comme le mien puisse s'éprendre d'un ange ?

Grâce à Aimee, j'apprends à lâcher prise et à m'octroyer du temps pour nous afin de m'investir dans notre histoire et qu'elle ne doute jamais de combien elle compte pour moi.

– Tu devrais ouvrir le tien, murmure la plus jeune. On ne va pas y passer la journée, si ? Et puis, papa ne va pas tarder à arriver non plus. À tous les coups, il va plomber l'ambiance.

Hazel encourage Aimee à se lancer.

Cette gamine est peut-être la benjamine, mais son regard renferme plus de tristesse qu'elle ne veut le montrer. Je devine sans mal que l'annonce de Rob au sujet de sa relation avec la meilleure amie de leur mère est encore une plaie à vif. Pour ma part, je ne sais pas quoi penser de cette histoire, toutefois je me garde d'émettre tout jugement, ça ne me regarde pas. À mon sens, les seules à être directement concernées sont Aimee et ses quatre sœurs.

– Je crois que tu as raison. Si vous êtes toutes d'accord, j'y vais alors.

Aimee pioche de ses longs doigts délicats un des petits papiers qui porte son nom, l'ouvre lentement et, à mesure qu'elle en découvre le contenu, puis quand elle a terminé, elle le ramène contre sa poitrine à l'endroit où bat son cœur, comme pour en prolonger les émotions, ou le protéger.

– Merci, maman, murmure-t-elle dans un souffle étouffé par quelques larmes qui s'accrochent à ses cils.

Puis elle le tend à Ivy.

– Tu veux bien le lire pour moi, ma sœur ? Je crois que je suis incapable de le faire sans vous inonder de larmes, et on n'a franchement pas besoin de ça, plaisante-t-elle pour se donner une contenance.

Ivy accepte :

« Aimee, sois comme l'eau. Brillante et invincible.
Je sais que tu es capable d'être qui tu veux, trouve ton chemin dans ce monde et le monde sera à toi.
Sache que je suis fière d'être ta mère. Je t'aime plus que ma propre vie. Maman »

Les sœurs se prennent ensuite dans les bras l'une de l'autre. Et tandis que j'assiste à la scène, je me rends compte qu'en plus de mes sentiments, j'éprouve un respect sans nom pour Aimee, mais également pour ses sœurs.

Il y a seulement quelques semaines, elles perdaient la maison de leur enfance et tous les souvenirs auxquels elles étaient attachées. Pourtant, cette épreuve les a encore rapprochées.

Ensemble, elles font preuve d'un courage exemplaire, d'une force de caractère inouïe et de solidarité face à l'adversité. Pour cette raison, j'ai confiance en l'avenir. Toutefois, je m'assurerai moi-même qu'aucune d'entre elles ne manque de rien. J'en fais une affaire personnelle.

Pour Aimee.

Après tout, si je veux un futur avec elle, je dois accepter de porter avec elle le poids de son passé.

Suis-je prêt à ça ? Plutôt deux fois qu'une ! Où devrais-je dire... plutôt *cinq* fois qu'une.

Connor

Ivy est nichée entre mes jambes depuis que nous sommes arrivés chez Fallon et Luke, il y a quelques heures. Mes mains ne l'ont pas quittée une seule seconde, caressant tantôt sa chevelure d'or, tantôt la courbe indécente de ses reins. J'ai tellement fantasmé sur l'éventualité de notre histoire que, même un mois plus tard, j'ai toujours du mal à croire que tout ceci est réel.

Depuis la soirée du Nouvel An et le terrible incendie par lequel il s'est conclu, elle se montre sous un jour nouveau, faisant des efforts considérables pour accueillir ses sentiments plutôt que de tenter coûte que coûte de les masquer. Dans cette bataille comme sur le terrain, je suis son plus fervent supporter.

En parlant de l'incendie, aussi impressionnant qu'il fût sur le moment, les pompiers sont parvenus à le maîtriser assez rapidement, avant qu'il ne s'étende au voisinage et ne cause plus de dégâts. Nous ne savons toujours pas quelle en a été la cause, mais Rob Scott aura sûrement une réponse à nous apporter à son arrivée, qui ne devrait plus tarder.

Je sais qu'Ivy appréhende de revoir son père : depuis un mois, elle n'a eu aucun contact avec ce dernier, pas plus que ses sœurs, d'après ce que j'ai compris. Une véritable guerre froide est déclarée entre les filles Scott et leur paternel et, vu ma relation inexistante avec mon propre père, je ne peux qu'espérer que le pardon s'invite bientôt au sein du clan.

– Regardez qui est là !

La voix chantonnante de Fallon me tire de mes pensées.

Ivy saute sur ses pieds dès qu'elle aperçoit la petite tête blonde perchée dans les bras de son beau-frère, au moment où ils entrent dans le salon. Après une bataille acharnée pour garder la petite, ma championne perd lamentablement face à la coriace Hazel et finit par revenir se blottir dans mes bras.

Je m'empare de ses lèvres, profitant de ce que l'attention de la compagnie soit concentrée sur Penny.

– Bon, s'exclame Hazel au bout de quelques minutes tout en recoiffant sa nièce. À ton tour, Ivy.

Nous nous redressons de concert. Ivy toussote tout en attrapant l'un des morceaux de papier sur lequel son nom est inscrit. Elle prend une seconde pour inspirer profondément avant de le déplier, puis le lit d'une voix à la fois fragile et assurée, à l'image de ce qu'elle est.

« Ivy, Ton courage est ta plus grande force,
mais veille toujours à ouvrir ton cœur à ceux que tu aimes.
Il contribuera à rendre leur monde meilleur.
Je t'aime au-delà du ciel. Maman »

Une larme lui échappe, mais elle ne cherche pas à s'en cacher, et bordel, ça me rend si fier d'elle. Elle replie son mot avec soin et le range dans la coque de son téléphone. Quelque chose me dit qu'elle ne s'en séparera pas de sitôt.

Je m'apprête à lui demander comment elle se sent quand trois coups frappés à la porte d'entrée nous interpellent. Toute l'assemblée tourne la tête à l'unisson vers le couloir où se dirige déjà Fallon.

Quand elle revient, Rob Scott est sur ses talons. Un silence de plomb s'abat sur la pièce. En un clin d'œil, nous sommes tous debout à nous regarder les uns les autres.

Le père de famille a l'air abattu. De larges cernes creusent son visage. Il semble avoir vieilli de dix ans en l'espace de quelques semaines.

Au départ, personne ne répond au faible « bonjour » qu'il adresse à l'assemblée. La tension est palpable. Luke est finalement le premier à aller le saluer en retour et à l'inviter à prendre place sur l'une des chaises libres autour de la table. C'est ensuite Aimee, la plus douce des cinq sœurs, qui ouvre ses bras à son père. Ce dernier s'y effondre de soulagement.

– Je suis tellement désolé, commence-t-il, avant d'être interrompu par Fallon.

– Pas maintenant, papa.

– Au contraire, s'interpose Ivy d'une voix incertaine en adressant un regard contrit à sa sœur aînée. Cela fait un mois que nous nous posons mille questions.

– Il est peut-être temps d'écouter ce qu'il a à nous dire, termine Taylor en croisant les bras sur sa poitrine.

Ivy s'approche de la table, suivie de Taylor. Je me positionne juste derrière Ivy, les mains posées sur ses épaules. Seule Hazel reste en retrait, toute proche de Gracie. Le silence retombe lorsque Rob Scott s'éclaircit la voix.

– Bien. Je vais tenter d'être concis, mais ce ne sera pas chose aisée. Je vous dois des excuses. Pour tout un tas de raisons, à vrai dire, mais principalement pour...

Il s'interrompt, prenant une profonde inspiration. Nous nous dévisageons, dans l'expectative. Sous mes mains, je sens Ivy qui se tend et j'exerce une légère pression sur ses épaules que j'espère réconfortante. Toutefois, quand Rob Scott termine finalement sa phrase, je doute qu'un simple massage suffise à amortir le choc.

– Pour avoir été responsable de l'incendie qui a ravagé la maison.

La stupeur est collective. Rob fournit ses explications en gardant le regard rivé sur le sol, et il fait bien : les expressions sur les visages de ses filles le couperaient clairement dans son élan. Il explique qu'à plusieurs reprises durant les dernières semaines avant le drame, il avait remarqué une odeur de brûlé chaque fois que le radiateur électrique de la salle de bains était allumé… ce qui ne l'a pas empêché de continuer à l'utiliser. Y compris la journée du 31, où il a en plus oublié de l'éteindre.

Après un mois d'enquête, le rapport est sans appel : Rob et le radiateur sont coupables. Dire que j'avais misé sur la vieille lampe d'Ivy ! Je me flagelle mentalement de l'avoir accusée à tort, même si c'était uniquement dans l'intimité de mes pensées.

Après une seconde de battement, tout le monde se met à parler en même temps. Je ne parviens qu'à distinguer la voix courroucée d'Ivy dans le chaos.

– Et dire que tu nous as accusées ! Tu vois, Hazel, je t'avais bien dit que tes bougies n'y étaient pour rien !

– Du calme, s'il vous plaît ! tonne Luke d'une voix autoritaire. Je peux vous assurer que tout le circuit électrique de la maison est en cause. Vraiment ! C'est tombé sur Rob, mais n'importe lequel d'entre nous aurait pu être responsable. Ça devait bien finir par arriver.

Les sœurs s'adressent des regards peu convaincus, mais finissent par garder leurs pensées pour elles et par retrouver leur calme. Rob en profite pour poursuivre sa tirade.

– J'ai bien conscience de ne pas être un père exemplaire. Je n'aurais pas dû prendre la décision de vendre la maison sans vous en parler, je m'en rends compte, maintenant. Je te l'ai déjà dit, Aimee, mais tes sœurs doivent l'entendre également :

je me suis retrouvé seul, entre ces murs qui renferment tous les souvenirs de votre mère. Seul pour entendre les fantômes de ses rires et apercevoir les mirages de ses gestes. Je ne l'ai pas supporté.

– T'aurais dû proposer à Carole de venir s'y installer pour les effacer.

– Hazel ! s'indigne Aimee.

– Quoi, c'est vrai, non ? reprend la benjamine. Tout ce beau discours pour, au final, se taper la meilleure amie de maman. On croit rêver !

– Je porte un lourd fardeau, répond Rob d'une voix plus assurée que précédemment. Mais je ne m'excuserai pas pour mes sentiments envers Carole, ni pour notre relation.

Je passe mon poids d'un pied sur l'autre, croisant les regards de Cillian, Gracie et Zic. C'est sans doute mesquin, mais je suis rassuré de les trouver aussi embarrassés que moi.

– Écoutez, reprend le père, soudain las. Je vous épargne les détails de notre intimité, mais croyez bien qu'en trois décennies de mariage, votre mère et moi avons eu tout un tas de conversations. Un jour, je lui ai dit que, s'il m'arrivait malheur, je souhaitais qu'elle refasse sa vie.

Rob arbore un sourire nostalgique alors que son regard se perd dans le vide.

– Sa réaction a été mémorable. Elle s'est indignée, puis m'a rétorqué qu'elle refusait que je l'oublie auprès d'une autre dans la situation inverse. C'était au début de notre mariage, mais quand elle est tombée malade, elle s'en est souvenue... et elle a mis un point d'honneur à revenir sur ses propos. Elle m'a fait jurer de refaire ma vie, d'être heureux, mais de toujours garder une place pour elle dans mon cœur. Et j'ai tenu mes promesses.

De nouveau, le silence s'invite dans l'assemblée.

– J'espère que vous me comprendrez un jour, et que vous trouverez la force de me pardonner pour mes maladresses.

Mais d'ici là, j'espère également que vous accepterez de me refaire une place dans vos vies.

Après une longue hésitation, Aimee est une nouvelle fois la première à prendre son père dans ses bras.

– On en rediscutera plus tard, si tu veux bien. Mais merci pour tes paroles, papa. Je crois qu'on en avait toutes besoin.

Bientôt, ses sœurs l'imitent avec plus ou moins d'entrain – sauf Hazel, qui prend prétexte de la présence de Penny sur ses genoux pour ne pas avoir à se lever – et je détourne le regard, tentant ainsi de ne pas s'immiscer davantage dans leur intimité.

– Bon, j'aimerais bien tirer mon petit papier, moi aussi, s'exclame Taylor avec un enjouement un rien forcé quand le câlin collectif prend fin.

Après quelques minutes, les conversations reprennent et tout le monde semble se détendre un peu. Aimee explique à Rob que le bocal a été sauvé et qu'elles ouvrent un mot à tour de rôle. Cette nouvelle semble le réjouir.

Quand Ivy réapparaît dans mon champ de vision, je l'accueille entre mes bras et m'enivre de son odeur.

– Comment tu te sens ? lui demandé-je à l'oreille.

– Honnêtement ? Je ne sais pas. Je crois que je vais avoir besoin de temps pour digérer tout ça. Heureusement que tu es là, Connor.

Son tendre sourire me serre le cœur.

– Je t'aime, Ivy Lynn Scott, soufflé-je entre deux baisers parsemés sur ses tempes. Tant que tu voudras de moi, je n'irai nulle part.

Zic

Je profite en silence de la vue d'ensemble. En voyant les cinq sœurs rassemblées autour de cette table, je me demande si elles ont conscience de leur pouvoir. Quelque chose qui ne s'explique pas mais qui se ressent. Une force incroyable émane d'elles lorsqu'elles sont réunies, un peu comme les cinq éléments de l'univers.

La terre représente parfaitement Fallon et sa dévotion pour ses racines, l'eau pour Aimee et son cœur pur, l'espace pour Ivy et sa détermination, le feu de la jeunesse mais aussi de la passion pour Hazel et enfin, l'air, celui que Taylor transforme en or dès qu'elle chante. J'ai rencontré cette fille alors qu'elle portait sa tristesse comme un manteau trop lourd pour elle.

Elle a cru pouvoir le cacher mais ça transpirait par tous les pores de sa peau. Je suis convaincu que, si elle est restée si longtemps barricadée, c'est parce qu'elle savait que ses sœurs allaient deviner son chagrin. Près d'elles, Taylor sait que c'est sa deuxième chance de pouvoir dire adieu à sa mère dignement.

Elle distribue sourires et câlins à ses sœurs, pas pour rattraper le passé mais pour guérir le présent et profiter de l'avenir sereinement. D'ailleurs, cette nouvelle année ne pouvait pas mieux commencer. Pressés de faire découvrir notre nouvelle chanson à Al et à la maison de disques, nous avons décidé d'enregistrer la maquette à Wilmington dès que nous l'avons terminée. J'ai toujours aimé entendre mes chansons interprétées par d'autres mais là, c'était un tout autre spectacle.

Bien sûr, j'étais fier mais je ressentais surtout quelque chose de nouveau, de différent mais de complètement captivant. Je ne pouvais pas encore poser de mots dessus mais j'avais tout le temps d'y parvenir. Une prise a suffi pour que « Chaos » prenne vie. Le soir même, Al nous appelait, complètement conquis. Dans cette euphorie, écrire tout un album est devenu une évidence.

Fallon et Luke nous ont proposé de rester chez eux et c'était la situation idéale. On passait nos journées au studio, le soir Fallon et Taylor essayaient de gommer les ratures de leur histoire et, la nuit, nous tentions de ne former plus qu'un.

J'appréciais chaque trait de sa personnalité qu'elle me dévoilait au gré du temps mais, surtout, je n'avais qu'une seule envie : en découvrir toujours davantage. Quelque chose me dit qu'elle ne m'épuisera jamais...

La tension est un peu redescendue depuis l'arrivée de Rob et ses explications concernant les résultats d'enquête. Je ne le leur dirai jamais, mais je pense que c'est un mal pour un bien. Tout déconstruire pour mieux reconstruire. Mais ce chemin est encore long, il suffit d'observer Taylor, le regard rivé au sol. Je sais ce qu'elle pense à cet instant. Nous en avons longuement discuté. Après la colère vient le pardon mais, pour l'acceptation, c'est encore trop tôt pour elle. Mais ça viendra peut-être...

Aimee relance Taylor pour qu'elle pioche son papier à son tour. Je l'examine pendant qu'elle contemple chacune de ses sœurs avec attention. Je comprends qu'à cet instant, Taylor prend le temps d'immortaliser ce moment. Avant de se lancer, elle attrape Penny dans les bras d'Hazel, ou plutôt, elle la lui arrache ! Hazel s'apprête à protester mais Taylor est plus rapide.

– J'ai besoin de ce petit miracle avec moi pour affronter mon message.

Depuis que nous avons élu domicile chez Fallon et Luke, elles ont toutes les deux noué une véritable complicité, ce qui hisse désormais Taylor dans le top 3 du *billboard* familial ! D'une main hésitante, Taylor saisit le bout de papier. Elle prend une profonde inspiration avant de l'ouvrir enfin. Je vois ses yeux briller et se noyer dans des larmes d'apaisement. Ivy se retourne alors vers sa sœur.

– Si c'est trop dur, tu n'es pas obligée de nous le lire.

– Si, si. Il le faut, sanglote-t-elle.

« Taylor,
Dans les moments où ta sensibilité devient
un fardeau, n'oublie jamais qu'il n'y a rien de plus beau.

N'aie jamais honte de ressentir avec le cœur
car il ne se trompe jamais.
Je t'aime à la Bob Dylan. Maman »

Voilà une chose de plus que j'aime chez Taylor. Cette fois, elle accepte que ses sœurs sèchent ses larmes. Elles s'enlacent les unes les autres et je sais qu'elles lui offrent ce dont elle a eu besoin si longtemps. Le spectacle est beau à voir et pourtant je ne connais que la partie émergée de l'iceberg. Un sourire niais s'installe sur mes lèvres quand j'imagine Taylor et moi l'année prochaine au même endroit. *Mais cette fois sans flammes, sans cris et sans drame !*

Qui sait : on parle de miracle de Noël, peut-être existe-t-il un miracle au Nouvel An ?

Gracie

S'il y a bien une personne que je connais mieux que moi-même, c'est Hazel Scott.

Nous n'avons pas besoin de mots pour communiquer, un seul regard suffit.

Elle est moi, et je suis elle.

– Stressée ? je chuchote à son oreille pendant que Taylor finit de lire son bout de papier à voix haute.

Hazel secoue la tête, l'air peu impressionnée, mais je ne suis pas dupe. Depuis l'arrivée de son père chez Fallon, elle n'a quasiment pas décroché un mot. Et pour cause : ma meilleure amie – désormais promue au statut de petite amie – n'a pas adressé la parole à Rob depuis l'incendie. Quatre longues semaines qu'elle a passées entre son campus et le mien.

Je crois que cette histoire avec Carole l'a vraiment ébranlée... et le souvenir de la gifle qu'elle a reçue est encore trop frais dans son esprit – il ne s'est jamais excusé pour cela, d'ailleurs.

Ma main droite agit d'elle-même, s'accrochant à ses doigts tremblants. Je ne sais pas si c'est pour la rassurer, lui donner de la force, ou tout simplement pour m'assurer qu'elle est bien là, saine et sauve.

Le traumatisme de l'incendie fait encore écho en moi. Je n'ose pas l'avouer à Hazel, ne voulant pas l'inquiéter. Mais je sais qu'elle le comprend, car elle est toujours à mes côtés, la nuit, quand je me réveille en sursaut après avoir rêvé qu'elle périssait dans les flammes.

Parfois, je suis incapable de remonter sur l'arbre et j'entends ses hurlements pendant qu'elle brûle. D'autres fois, je tiens son corps immobile entre mes bras.

Dieu merci, ce ne sont que des cauchemars.

– À ton tour, Paupiette, s'exclame Rob, un peu en retrait.

Hazel se raidit au surnom que lui donne son père, tout comme ses sœurs. Je trouve ça cool qu'il se soit excusé pour les accusations qu'il a pu porter contre elles à propos de l'incendie, mais pour le reste...

Il semblerait que Carole ne sera pas élue « meilleure belle-mère de l'année ».

– Je n'ai plus cinq ans, gronde Hazel. Je vais le faire, alors arrêtez de me fixer comme ça.

Elle n'a toujours pas lâché ma main tandis qu'elle saisit un papier sur lequel est inscrit son nom à l'encre noire, et lit ce qu'il contient.

Les derniers mots de sa mère.

Ce pour quoi elle a risqué sa vie.

Ses yeux scannent la feuille à toute vitesse, embués de larmes. Mais aucune ne tombe, et je sais qu'elle se force à les ravaler.

Hazel Scott n'a jamais été du genre à pleurer en public, sauf exception.

– Alors ? s'enquiert Aimee au bout d'une minute de silence.

Hazel referme le bout de papier, l'expression neutre, et hausse les épaules sans répondre. *Merde.*

– Bon, bah c'était sympa ! dit-elle avec un mince sourire. Merci d'avoir tous assisté à cette super séquence émotion.

L'humour pour dissimuler la tristesse. Typique.

Personne ne sait comment réagir. Hazel lâche ma main et se lève la première devant nos expressions abasourdies.

Je ne la suis pas tout de suite tandis qu'elle disparaît dans la cuisine. Je sursaute en remarquant que toutes les têtes se sont désormais tournées vers moi.

C'est Fallon qui dit :

– Elle a besoin de toi.

Je lui réponds qu'à mon avis, Hazel a surtout besoin de ses sœurs. C'est pourquoi nous nous dirigeons toutes les cinq vers la cuisine.

Hazel est dos à nous, les mains accrochées au comptoir de la cuisine. Ses phalanges sont blanches et son visage est levé vers la fenêtre qui donne sur le jardin.

– Haze, ça va ?

Lorsqu'elles voient leur petite sœur pleurer, les sœurs Scott fondent toutes en larmes à leur tour. *Adorable.*

Je m'écarte pour leur laisser de l'intimité, attendrie, tandis qu'elles s'étreignent dans un câlin collectif.

– Je vous aime tellement, sanglote Hazel, qui n'arrive plus à s'arrêter. Je suis désolée d'être si chiante au quotidien... Je ferai des efforts, promis – mais seulement si vous promettez de trier vos poubelles dorénavant. Je ne demande pas la lune !

Ivy et Taylor s'esclaffent, émues, tandis que les deux aînées s'indignent en rassurant leur sœur :

– Toi, chiante ?! Tu es la plus cool d'entre nous ! Personne d'autre ne sauve les baleines ici.

– Ne parle pas comme ça de ma sœur favorite, tu m'entends ? Même si elle me force à manger des steaks de soja dégueu !

Hazel sourit, rassurée. Je suis contente de la voir entourée des femmes qui lui ont tellement manqué après la mort de sa mère. Je sais à quel point elle s'est toujours sentie légèrement en retrait, et toujours infantilisée.

Finalement, l'incendie leur aura permis de se retrouver à nouveau.

– Est-ce que vous pensez que j'ai tort d'en vouloir à papa ? demande-t-elle d'une petite voix, la tristesse ayant refait surface. Il me fait de la peine... mais c'est plus fort que moi. Je n'arrive pas à l'accepter, encore moins à pardonner à Carole.

Les filles se regardent en silence, comme si elles communiquaient autrement qu'avec les mots.

C'est Fallon qui commence avec un profond soupir :

– Tu n'as ni tort ni raison. C'est ce que tu ressens, et tu n'as pas à te forcer. Crois-moi, ça ne m'enchante pas plus que toi... mais je vais l'accepter. J'ai compris il y a bien longtemps à quel point notre père était égoïste. J'ai juste appris à faire avec.

Je ne suis pas surprise de sa réaction, après tout Fallon est la plus mûre et la plus sage du groupe. Aimee, la plus conciliante, ajoute :

– Pareil. J'avoue avoir accusé le coup... mais finalement, je veux simplement que papa soit heureux. Ça va juste être un peu gênant aux prochains repas de famille !

Hazel baisse les yeux, probablement honteuse de ne pas avoir ce degré d'empathie. J'aimerais lui dire qu'elle n'a pas à s'en vouloir.

Si elle veut en vouloir à son père, qu'elle le fasse.

Seul le temps panse les blessures.

– Je ne sais pas si j'y arriverai un jour non plus, murmure Ivy, l'air revêche. Je veux qu'il trouve l'amour à nouveau, bien sûr, mais... pas Carole, bordel.

– Pour ma part, je vais avoir besoin de quelques années au moins, grimace Taylor. Et d'une loooongue thérapie.

– Tu m'étonnes ! Pour effacer de ta mémoire l'image d'eux en train de se bécoter, surtout.

Hazel et Ivy font mine de vomir, ce qui m'amuse.

– Je me demande ce que doit penser maman, à nous regarder depuis son nuage…

Fallon a l'air mélancolique. C'est Aimee qui lui répond :

– Elle doit sûrement nous dire d'avoir foi[2]. En la vie, en nous… en l'avenir.

Un nouveau câlin s'impose, et cette fois je n'existe plus. Je m'écarte pour leur laisser ce moment privilégié et, ce faisant, mes yeux tombent sur le bout de papier ouvert sur le comptoir de la cuisine.

« Hazel, tu as toujours été différente. C'est ce qui te rend
unique, même si ça ne plaît pas à certains.
Alors, n'attends pas qu'on te fasse une place dans ce monde.
Impose-toi, et ne t'en excuse jamais.
Je t'aime, ma petite baleine. Maman »

Je ne peux m'empêcher de sourire.

Les filles sont désormais dans leur bulle, leur tête baignée d'une lumière presque surnaturelle, silencieuses.

Et je comprends que, quoi qu'il arrive, aucune des cinq ne sera plus jamais seule.

Même de là-haut, leur mère reste le lien qui les unit.

---

2 « *Faith* » en anglais.

Remerciements

Écrire un roman à dix mains, c'était du jamais-vu… mais on l'a fait !

Cinq amies, cinq autrices, et dix mille idées à la minute. Forcément, on devait en faire quelque chose.

Malgré les nombreuses nuits blanches, écrire ce roman a été pour nous un vrai bonheur, à la fois enrichissant et amusant. Les sœurs Scott font désormais partie de nous, à jamais, et on espère que vous saurez les aimer comme elles le méritent.

Bien sûr, cette histoire n'aurait jamais pu voir le jour sans quelques personnes, qu'on tient à remercier du fond du cœur…

La team Hugo, comme d'habitude, pour avoir cru en notre projet fou. En particulier nos fabuleuses éditrices, Sylvie, Alice, Marie, Lea, et Karen. Merci de nous avoir accompagnées sur ce texte et de nous avoir permis de faire vivre nos personnages comme on l'entendait.

Merci à vous, les lecteur·rice·s, toujours. Vous êtes notre moteur et notre motivation. Ce roman, il est pour vous autant que pour nous. Merci de nous soutenir avec tant de ferveur, merci pour vos sourires et pour vos messages. On espère vous voir bientôt !

Merci *Les Frères Scott*, une série qui a notre cœur, à tel point qu'elle nous a inspiré nos propres sœurs Scott.

Et bien sûr, merci à nous. Car si cette histoire est celle de cinq sœurs, c'est surtout celle d'une belle amitié… Écrire ensemble a été une expérience unique que nous chérirons, toujours.

Dahlia, Delinda, Lyly, Magali & Morgane

Des mêmes autrices

DAHLIA BLAKE

Les Azalées fleurissent en hiver, Hugo Poche, 2021
Pourvu qu'on ne s'aime jamais, Hugo Poche, 2023

DELINDA DANE

Stairway to Heaven, Hugo New Romance, 2020
et Hugo Poche, 2021
Scottish Rhapsody, Hugo New Romance, 2021
et Hugo Poche, 2022
Highway to us, Hugo New Romance, 2022
et Hugo Poche, 2023
Love, Charlie, Hugo New Romance, 2023

LYLYBLABLA

Le Soleil de minuit (partie 1), Hugo New Romance, 2022
et Hugo Poche, 2023
Le Soleil de minuit (partie 2), Hugo New Romance, 2022
et Hugo Poche, 2023
True Colors (partie 1), Hugo New Romance, 2023
True Colors (partie 2), Hugo New Romance,
à paraître en 2024
Tous nos lendemains, Hugo New Romance,
à paraître en 2024

MAGALI INGUIMBERT

Si seulement, Hugo New Romance, 2020
et Hugo Poche, 2021
Seulement si, Hugo New Romance, 2020
et Hugo Poche, 2021
Hell, Hugo New Romance, 2021 et Hugo Poche, 2022

MORGANE MONCOMBLE

Viens, on s'aime, Hugo New Romance, 2017
et Hugo Poche, 2018
Aime-moi, je te fuis, Hugo New Romance, 2018
et Hugo Poche, 2019
Nos âmes tourmentées, Hugo New Romance, 2019
et Hugo Poche, 2020
Falling again, Hugo New Romance, 2020
et Hugo Poche, 2021
En équilibre, Hugo New Way, 2021 et Hugo Poche, 2022
L'As de cœur, Hugo New Romance, 2021
et Hugo Poche, 2022
L'As de pique, Hugo New Romance, 2022
et Hugo Poche, 2023
True Colors (partie 1), Hugo New Romance, 2023
True Colors (partie 2), Hugo New Romance,
à paraître en 2024

Saga *Seasons* :

Un automne pour te pardonner, Hugo New Romance, 2023

Un hiver pour te résister, Hugo New Romance,
à paraître en 2024

Un printemps pour te succomber, Hugo New Romance,
à paraître en 2024

Un été pour te retrouver, Hugo New Romance,
à paraître en 2024

Suivez l'actualité des autrices sur les réseaux sociaux

@dahliablakeauteure
@delindadane
@lylyblabla
@magalinguimbert
@morganemoncomble

@dahliablakeauthor
@delindadane
@lylyblabla
@magaliinguimbert
@morganemoncomble

Composition et mise en pages
Nord Compo à Villeneuve-d'Ascq

Imprimé en France par
CPI Bussière
en novembre 2023
N° d'impression : 2075117